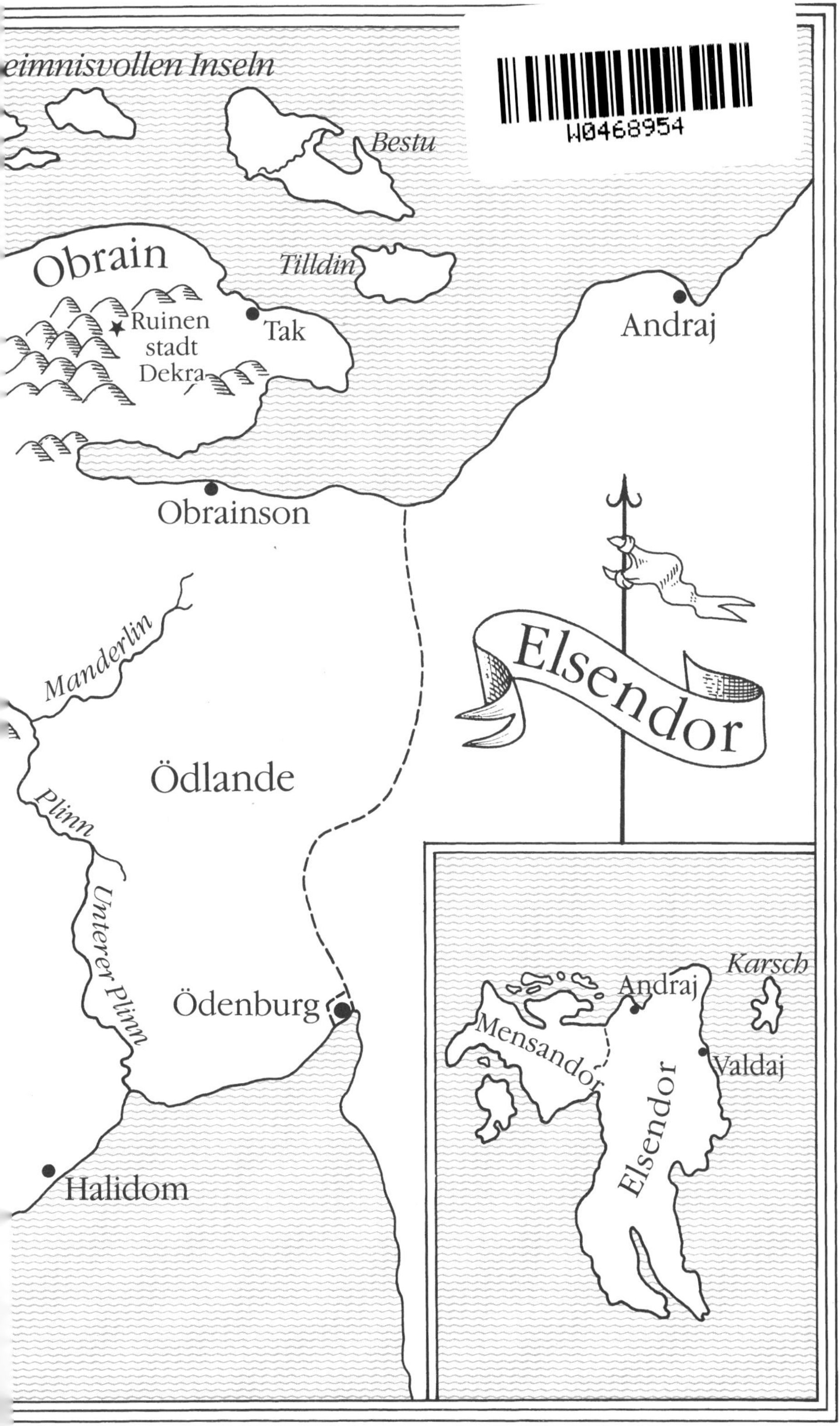
eimnisvollen Inseln
Bestu
Obrain
Tilldin
Ruinen stadt Dekra
Tak
Andraj
Obrainson
Elsendor
Manderlin
Ödlande
Plinn
Unterer Plinn
Ödenburg
Halidom
Karsch
Andraj
Mensandor
Valdaj
Elsendor

In großer Liebe für die Cousins
Tiffany, Robbie, Erin
Annie und Jeffrey

I

Auf einen langen, krummen Stab gestützt, mühte sich die gebückte Gestalt den Hügel hinab. Der Wanderer mußte häufig stehenbleiben, um sich auszuruhen, und blickte dann auf die heitere Tiefebene, wo fern im Westen Askalon lag. Der uralte Mann trug das Kapuzengewand eines Priesters. Auf seinen Gesichtszügen lag ein dunkler Schatten, denn er hatte seine Kopfbedeckung trotz der Hitze und dem hellen Sonnenschein nicht zurückgeschlagen, sondern folgte von Kopf bis Fuß eingehüllt seinem Weg. Aus der Ferne hätte man ihn für einen schwarzen Käfer halten können, der mit dem Gewicht seines schweren Panzers auf dem Rücken einen Hügel emporkrabbelte.

Als er den Gipfel erreicht hatte, setzte er sich unter einem alten, wettergegerbten Baum, der seine kargen, knorrigen Äste über den Weg reckte, auf einen Stein. Hier auf diesem Stein hatten sich schon zahlreiche Pilger niedergelassen, um zu den Göttern zu beten und sie um ein glückliches Vorzeichen anzuflehen.

Doch dieser Wanderer war kein Pilger und betete nicht. Statt dessen ließ er mit zusammengekniffenen Augen den Blick über die Landschaft schweifen. Die Luft war erfüllt von Vogelgezwitscher und schimmerte vom Glast der aufwallenden Hitze. Die scharfen Adleraugen des Mannes erspähten in der blauen Ferne den dunkelgrünen Saum des Pelgrin-Waldes, der sich wie ein unendliches grünes Meer gen Westen erstreckte. Im Tal am Fuße des Hügels arbeiteten die Bauern auf ihren Getreidefeldern. Die Rufe, mit denen sie ihre Ochsen antrieben, wehten den

Hügel hinan, als wären es Bitten an einen Gott, der ihnen kein Gehör schenkte.

Der Greis wandte sich von dem friedlichen Landstrich ab, der im Licht des klaren, ungetrübten blauen Himmels grün und goldgelb erstrahlte. Er sah nach dem Tempel, der weiß und still wie ein Grabmal vor ihm aufragte. Dann mühte er sich wieder auf die Beine, ergriff seinen Stock und wanderte weiter.

Als er den Tempelhof erreichte, hielt er inne und lehnte sich lang auf seinen Stock, als warte er auf ein Zeichen oder als könne er sich nach dem langen Weg nicht entscheiden, ob er das, was zu tun er sich vorgenommen hatte, auch ausführen sollte. Nach einer Weile wandte er seinen Blick gen Osten, den Bergen zu, deren mächtige Häupter sich über massige Rücken erhoben. Dort über den fernen Gipfeln sah er dunkle Wolken aufkommen und mit dem Wind gen Westen treiben.

Der greise Priester nickte in sich hinein und schritt dann über den gepflasterten Hof zu den Stufen des Tempels. Er stieg sie hinan, packte den Eisenring an der massigen Holztür und klopfte ein paarmal.

Nach wenigen Augenblicken öffnete sich die Tür; ein Mann in einem roten Umhang streckte seinen Kopf heraus. »Der Tempel ist um diese Tageszeit geschlossen«, sagte er unfreundlich. »Komm um die siebte Stunde wieder, wenn dich nach Gebeten oder Weissagungen verlangt.«

»Siehst du nicht, daß ich Priester bin?« fragte der Greis. »Ich möchte den Oberpriester des Ariel sprechen.«

»Er empfängt niemanden«, entgegnete der Tempelwächter. »Er hat sich zurückgezogen.«

»Tatsächlich? Mein Anliegen ist von höchster Dringlichkeit. Er muß mich empfangen.«

Der Wächter stierte den verhutzelten alten Priester an; seine Miene verriet, daß ihm der Greis mit dem krummen Stock lästig fiel.

Doch ehe er etwas erwidern konnte, fuhr der alte Mann fort: »Du hast hier nichts zu entscheiden. Hole jemanden, der dazu befugt ist. Wenn nicht den Oberpriester, dann seinen Stellvertreter oder den Priester, der heute Dienst hat.«

Der Tempelwächter verfluchte den Greis mit einem stummen Blick und schloß das Tor. Gesenkten Hauptes wartete der Alte eine Weile. Als er gerade wieder mit dem Ring klopfen wollte, hörte er Schritte auf der anderen Seite des Tores. Ein grau gewandeter Priester, ein junger Mann mit pockennarbigem Gesicht, streckte den Kopf durch den Türspalt. Hinter ihm stand stirnrunzelnd der Wächter.

»Nun denn«, sagte der junge Priester, »was wünschst du?«

»Ich möchte mit dem Oberpriester sprechen. Das ist wohl nicht verboten. Die Angelegenheit ist durchaus von Belang.«

»Er empfängt keinen unangemeldeten Besuch«, fauchte der Priester.

»Dann möge man mich unverzüglich anmelden«, entgegnete der alte Mann leise. Seine verblaßten Augen waren steinhart geworden.

»Der Oberpriester Pluhel hat sich zurückgezogen; man darf ihn nicht stören. Ich bin der diensthabende Priester, und es steht in meiner Macht, dir zu helfen.«

Da lächelte der Alte verschlagen. »Das möchte ich herzlich bezweifeln. Trotzdem, du wirst es schon recht machen. Melde mich ihm. Ich sehe doch, daß du ein Mann bist, der Mittel und Wege kennt; du wirst schon eine Möglichkeit finden.«

Das Gesicht des jungen Mannes verzog sich zu einer wütenden Grimasse. Er holte tief Luft, um den Alten mit lautem Geschrei davonzujagen. Aber ehe er ein Wort sagen konnte, gebot der Greis ihm mit erhobener Hand Einhalt. »Tu, was ich sage«, sprach er ganz ruhig, jedoch mit äußerstem Nachdruck. Der junge Priester empfand diese Worte wie eine Maulschelle. Sofort hielt er den Mund.

»Warte da drüben«, murmelte er und deutete auf eine Steinbank, die auf der anderen Seite des Hofes unter einem Baum nahe der Umfassungsmauer stand.

»Ich werde warten«, erwiderte der Greis. Er machte kehrt und stieg bedächtig die Stufen hinab.

»Welchen Namen soll ich ihm nennen?« rief ihm der junge Priester hinterdrein.

»Sage«, antwortete der Greis nach einer Weile, »ein Freund aus dem Osten sei da.« Er schob seine knorrige Hand zwischen die Falten seines Gewandes. »Gib ihm dies.« Er streckte dem anderen ein dunkel funkelndes Ding hin.

Der junge Mann trat aus dem Tempel und nahm das Amulett entgegen. Als es auf seiner Handfläche lag, betrachtete er es eingehend.

Es war eine flache, runde Münze aus schwarzem Stein, versehen mit seltsamen Sinnbildern, die er nicht kannte. Sie fühlte sich kalt an, und während er sie so hielt, überkam ihn ein sonderbares Gefühl – eine düstere Ahnung, als würde das Verhängnis sich wie dunkle Wolken über seinem Kopf zusammenbrauen.

Ohne ein weiteres Wort drehte er sich um und ging in den Tempel. Der alte Mann stieg die Stufen ganz hinab und begab sich gemächlich zu der Bank unter dem Baum. Dort ließ er sich im Schatten nieder.

Der Tag verstrich müßig. Am Mittag plagten sich ein paar Pilger zum Tempel hinan. Der diensthabende Priester empfing sie und nahm ihre Gaben entgegen. Die Pilger warteten, bis sie in den Tempel eintreten durften, um ihren Wahrspruch zu erhalten. Danach kamen sie wieder heraus und gingen fröhlich schwatzend fort, erfüllt vom günstigen Schicksal, das die Priester ihnen versichert hatten. Keiner bemerkte den alten Mann, der still wie ein Götzenbild unter dem Baum an der Mauer saß.

Es wurde Abend, und im Osten kam ein kühler Wind auf, der

den süßlich dumpfen Geruch von Regen mit sich brachte. Als die karmesinrote Sonne mit feurigem Schein hinter den goldenen Feldern im Tal unterhalb des Tempels versank, trat ein Priester mit einer Fackel heraus und entzündete die Flammenschale, die auf einem Steinpfeiler in der Mitte des Tempelhofes stand.

Der Priester kehrte dem alten Mann den Rücken, er reckte die Fackel empor, bis in der Schale Feuer aufflackerte. Dann drehte er sich langsam um, weil er einen Blick auf sich spürte, und erspähte den alten Mann, der noch immer im Schatten auf der Bank saß. Aus der Dunkelheit funkelten ihn im Fackelschein zwei leuchtende Augen an. Der Priester zuckte zusammen und hätte beinahe die Fackel fallen lassen. Dann machte er kehrt und floh in den Tempel. Das große Holztor knallte hinter ihm zu, daß es im leeren Hof nur so hallte.

Der Greis rührte sich nicht. Er schloß lediglich wieder die Augen und wartete.

Hohe, schnell dahinfliegende Wolken gleich zerschlissenen Segeln verdüsterten den Mond, der gerade über dem Tal aufging. Der Wind war böig geworden, und aus der Ferne hörte man gedämpftes Donnerrollen. Vertrocknetes Laub wirbelte über die Pflastersteine des Tempelhofs, als würden Mäuse vorüberflitzen. Die Flammen in der Pfeilerschale zischten, sobald der Wind sie heftig erfaßte.

Der alte Mann saß mit gesenktem Kopf da; er zog sein Gewand fester um sich und wartete.

Um Mitternacht lag der Hof dunkel und still da. Der Himmel war jetzt wolkenverhangen, und das leise Donnerrollen klang näher. Der Wind blies frisch und stet aus Osten; er brachte die Flammen zum Fauchen und die Schatten um den Pfeiler zum Springen und Tanzen.

Da tauchte vom entferntesten Winkel des Tempels ein schwacher Lichtschein auf. Blinkend kam er näher, gehalten von schwankender Hand, beim Geräusch über den Steinboden patschender Sandalen. Der Greis hob den Kopf und lächelte ins Dunkel.

Einen Augenblick später stand der Ankömmling vor dem Sitzenden. Er hob die geschlossene Laterne und schob einen der Läden hoch, damit mehr Licht herausfiel. In dessen gelben Schein musterte er den Besucher. »Wer bist du?« fragte er.

»Da bist du endlich, Pluhel.«

»Woher kennst du mich?«

»Du bist der Oberpriester, nicht wahr? Hat der Oberpriester keinen Namen?«

»Den habe ich, und du kennst ihn. Jetzt würde ich gern den deinen erfahren.«

»Du kennst ihn, glaube ich.«

Blinzelnd betrachtete der Oberpriester das greise Antlitz und kam mit der Laterne näher. »Dich habe ich noch nie gesehen, nie«, sagte er und fügte fragend hinzu: »Oder etwa doch?«

Der alte Mann schüttelte sein Haupt. »Nein, vielleicht nicht. Es ist lange her, daß ich mich in dieser Gegend aufhielt.«

»Du bist kein Priester«, stellte Pluhel fest, »auch wenn du ein Priestergewand trägst. Woher soll ich deinen Namen kennen, wenn du seit vielen Jahren nicht mehr hier warst?«

»Du hast mein Amulett erhalten, nicht wahr?«

»So ist es.« Er streckte seine Hand aus und hielt dem alten Mann den Stein hin. Dieser nahm ihn und reckte ihn empor. »Ein höchst seltenes Stück.«

Genau in diesem Augenblick wurde der Himmel von einem Blitz zerrissen, der die beiden Gestalten in ein grelles, unnatürliches Licht tauchte.

»Das Gewitter bricht über uns herein«, sagte der Greis.

»Wer bist du?« fragte der Oberpriester.

»Ich habe dir doch gesagt, daß du mich kennst.«

»Ach was, du verschwendest meine Zeit. Ich will nichts mehr

mit dir zu schaffen haben. Du hältst mich vom Schlafen ab.« Er starrte den alten Mann böse an. »Wie töricht von mir, zu dir zu kommen.«

»Aber gekommen bist du. Ich frage mich, warum.«

Der Oberpriester wollte etwas erwidern, besann sich aber eines Besseren und hielt den Mund.

»Ich werde dir sagen, warum«, hob der alte Mann leise an. »Du bist gekommen, weil du mußtest. Du hattest keine andere Wahl, als zu kommen und dich persönlich davon zu überzeugen, ob deine Vermutung zutrifft.«

Darauf sagte der Oberpriester nichts. Der Wind blies so heftig, daß die Fackel flackerte. Die Äste über ihnen ächzten und knarzten im Sturm.

»Du bist gekommen, weil ich dich hierher bestellte.«

»Verlogener alter Narr!« rief Pluhel. »Bilde dir nur nichts ein.«

»Du bist gekommen, weil du weißt, daß es Schwierigkeiten geben wird und daß ich helfen kann.«

»Du bist verrückt. Ich habe dir nichts mehr zu sagen. Geh!« schimpfte der Oberpriester.

»Na schön«, entgegnete der Alte gleichmütig. Er stand auf und tat so, als wolle er unverzüglich aufbrechen. Dabei rutschte die Kapuze von seinem Kopf, so daß lange weiße Strähnen zum Vorschein kamen und man sah, daß das runzlige Gesicht zerfurcht war wie ein frisch gepflügter Acker. Aus dem verwüsteten Gesicht leuchteten scharfe, schwarze Augen. »Ich werde gehen, aber es gab einmal eine Zeit, in welcher der Name Nimrod Respekt einflößte.«

Beim Klang dieses Namens fuhr der Oberpriester unwillkürlich zurück. »Nimrod!« rief er entgeistert. »Das kann nicht sein!«

»Da, siehst du? Du kennst mich!«

»Aber – aber du bist tot ... Es ist Jahre her ... ich war noch ein

Knabe ... da hörte ich ... du seist in der Schlacht gegen den Drachenkönig gefallen.«

»Wie du siehst, bin ich es nicht«, erwiderte der Alte.

»Nimrod! Ich traue meinen Augen nicht!«

»Traue ihnen, Herr! Ich bin Nimrod, niemand sonst.«

Der Blitz durchzuckte den Himmel und löste den Donner aus, der laut dröhnend durchs Tal rollte. Schwere Regentropfen begannen, auf die Erde zu fallen und auf die Steine des Tempelhofs zu prasseln.

»Was sind das für Schwierigkeiten, von denen du sprachst? Wie willst du helfen können?«

Nimrod blickte zum Himmel hinauf. »Der Sturm tobt mächtig. Möchtest du mich nicht in dein Privatgemach bitten? Wir haben, glaube ich, vieles zu bereden.«

Einen Augenblick lang stand der Oberpriester Pluhel unschlüssig da. Er musterte Nimrod scharf und erwog die Sache. Der Regen peitschte ihm ins Gesicht. Das Feuer auf dem Pfeiler erlosch mit einem leisen Fauchen, als würde eine Schlange durch die Dunkelheit zischen.

»Wie du wünschst«, sagte Pluhel. »Folge mir.« Er führte den Alten zu einem selten benutzten Seiteneingang und überließ den Tempelhof Regen und Nacht.

2

Bria lag seit einem Augenblick wach und lauschte auf das Tröpfeln des Regens draußen auf dem Söller. Die Türen standen weit offen, so daß der sanfte Sommerwind hereinwehen und den frischen, klaren Duft der Regenluft mitbringen konnte. Auf dem Geländer zwitscherten winzige blaue Vögel ihr fröhliches Morgenlied.

Die Königin drehte sich auf die Seite und streckte zärtlich ihren Arm aus. Mit der Hand tastete sie das leere Laken ab, wo eigentlich ihr Gemahl hätte liegen müssen. Er war weg. Träge öffnete sie die Augen und murmelte: »Ach, Quentin, schläfst du denn nie?«

Sie stand auf und warf sich ein Gewand über. Sofort eilte die Zofe herbei, ein frisches Sommerkleid aus schwerer, himmelblauer Seide mit einem aus Gold gewirkten Gürtel in der Hand.

»Hat meine Herrin gut geschlafen?« fragte das Mädchen.

»Danke, ja, Glenna. Ist das Wetter nicht schön?«

»Ja, Herrin, schön.« Sie lächelte, daß ihre Augen strahlten. »Fast so schön wie meine Herrin.«

»Du schmeichelst so behend wie die Vögel zwitschern.« Bria lachte, da wurde es im Zimmer noch heller. »Hast du den König gesehen?«

»Nein, Herrin. Soll ich nach dem Kammerherrn schicken?«

Die Königin zuckte die Achseln. »Nicht nötig. Ich weiß, wo er steckt.«

Die Zofe half der Königin beim Ankleiden und begann dann, das Gemach aufzuräumen. Bria verließ ihre Kemenate und begab sich zum Frühstücken.

Leichtfüßig lief sie durch einen Flur und eine Treppe hinab bis zum Bankettsaal. Kaum hatte sie diesen betreten, als jemand jauchzte und flugs zu ihr lief.

»Mutter! Hast du das gehört? Hast du die Neuigkeit gehört?« Zwei kleine Mädchen rannten wie der Blitz zu ihr, packten sie an den Händen und zerrten sie zum Frühstückstisch.

Prinzessin Elena, die jüngere von beiden, trug ihr Haar in langen Zöpfen, in die Goldfäden geflochten waren, daß es glänzte und schimmerte, wenn sie auf ihren winzigen Füßchen umhertänzelte. Sie lächelte ihre Mutter an, und ihre grünen Augen blitzten fröhlich ob ihres Geheimnisses. Ihre Schwester, Prinzessin Brianna, die gertenschlank war und wie ihre Mutter hellblau gekleidet, drückte der Königin die Hand und sagte: »Komm, Mutter, setz dich zu uns. Wir haben vieles zu erzählen!«

Prinzessin Elena nickte heftig mit dem Kopf: »Ja, o ja, ganz, ganz viel zu erzählen.«

»Nun denn«, meinte Königin Bria und ließ sich anmutig auf der Bank am Tisch nieder. »Wie lautet eure Neuigkeit? Ich kann es keinen Augenblick mehr erwarten!«

Das ältere Mädchen schaute ihre Schwester an, worauf beide in Lachen ausbrachen. Es zu hören war die reine Freude. Mehrere Küchenbedienstete blieben stehen, um lächelnd zuzusehen.

»Wollt ihr eure Mutter auf die Folter spannen? Ich muß es, ehrlich gestanden, sofort wissen!« Bria nahm ihre Hände und drückte sie.

Unter großem Gekicher sprudelten sie hervor: »Esme kommt! Esme! Ist das nicht wunderbar? Esme kommt noch heute abend!«

»Das ist wirklich eine wunderbare Nachricht!« rief Bria, ihre Töchter umarmend.

»Aber sag es Vater bitte nicht«, bat Brianna, »wir wollen es ihm erzählen. Ja?«

»Na schön, ihr dürft es ihm erzählen. Es soll eure Überraschung sein.«

»Komm, suchen wir ihn!« rief Elena.

Die beiden wollten sofort davonspringen, aber die Königin holte sie zurück.

»Der König ist nicht da, meine Täubchen. Er ist heute in aller Frühe zum Tempel geritten.«

»Dürfen wir auch dorthin? Bitte, Mutter«, flehten sie aufgeregt.

»Kommt und frühstückt erst ein bißchen, dann sehen wir weiter.« Bria blickte sich rasch um. »Und wo ist euer Bruder? Immer noch im Bett? Es ist schon spät!«

»Ach, nein. Er hat sich ein Körnerbrötchen genommen und ist längst fortgelaufen. Er trifft Toli im Stall. Sie gehen reiten.«

»Schon wieder reiten! Immer reiten. Ein Wunder, daß dem Jungen nicht Hufe und Mähne wachsen.«

Bei dieser Vorstellung mußten die Mädchen glucksen. Die Königin seufzte. Es freute sie nicht, daß ein so kleiner Knabe so große Pferde ritt. Aber, dachte sie, solange Toli bei ihm ist, kann ihm kein Schade widerfahren.

»Also, eßt jetzt euer Frühstück. Wir haben heute viel zu tun, wenn wir Esmes Besuch vorbereiten wollen!«

Sie setzten sich zum Essen hin, aber die Mädchen waren so aufgeregt, daß sie kaum einen Bissen hinunterbrachten. Schließlich ließ ihre Mutter sie gehen, und sie rannten lachend aus dem Saal. Bria lächelte, während sie den fliegenden Zöpfen nachsah.

Esme kommt also, eine gute Nachricht, dachte sie. Wie die Mädchen das wohl herausgefunden haben? Wie dem auch sei, sie wird uns allen höchst willkommen sein. Sie ist schon viel zu lange nicht mehr auf Askalon gewesen. Viel zu lange. Sie hat mir gefehlt.

Quentin stand vor einem großen, grob gezimmerten Tisch in der Mitte eines großen Steinvierecks. Andächtig beugte er sich über ein riesengroßes Stück Pergament, das an beiden Enden mit Steinen beschwert war.

»Schau hier«, sagte er und zeigte auf eine Stelle des Plans. »Wenn wir die Mauer diese Woche hochziehen, dann können wir mit den Balken anfangen. Was meinst du dazu, Bertram?«

Bertram, der grauhaarige alte Maurermeister, blickte blinzelnd auf die Stelle, auf die der König zeigte, dann hob er den Kopf, kratzte sich sein stoppeliges Kinn und deutete damit auf die Mauer, die vor ihnen stand. »Ja, das könnte gehen, Herr«, erwiderte er hinhaltend. »Aber erst müssen die Sperrträger gesetzt werden, und die sind noch nicht fertig. Und die Tragbalken auch nicht.«

»Hm.« Der König runzelte die Stirn.

»Aber sie wird bald stehen, Herr. Ja, das wird sie. Verlasse dich drauf. Bald steht sie.« Er nickte und rief dann einem seiner Maurer etwas zu. »Verzeih, Herr. Ich muß nach meinen Leuten sehen.«

»Ja, natürlich. Geh nur. Ich kehre bald auf die Burg zurück.«

»Guten Tag, Herr.« Bertram verbeugte sich und eilte fort.

Die Hände in die Hüften gestemmt, betrachtete Quentin eine Zeitlang das Werkeln und Schaffen um sich herum. Der Morgen war klar und schön, das lange Gras noch naß vom Regen der Nacht. Die Maurer und viele Gehilfen arbeiteten munter voran. Steinmetze mit Schlitten voller Material brachten ihre Ladungen zu den Stapeln an beiden Enden des Vierecks, während Handlanger sich dort die passenden Stücke aussuchten, sie auf ihre Schubkarren luden und zu den Maurern fuhren. Mörtelmacher und ihre Träger rührten in den Schlammgruben, schaufelten den frischen Mörtel auf Tragen und brachten sie zu den Maurern, die ständig mehr verlangten.

Inmitten dieses geordneten Durcheinanders erstanden langsam und kaum merklich die Mauern des neuen Tempels, des Tempels zu Ehren des Allerhöchsten. Die Arbeiten dauerten nun schon fast sechs Jahre, und manchmal hatte Quentin den Eindruck, als würden sie niemals an ihr Ende gelangen.

Ungeduldig wollte er den Tempel fertig dastehen sehen, denn seine Vollendung würde das neue Zeitalter eröffnen; und in diesem Tempel würde er ganz Mensandor zur Verehrung des neuen Gottes führen. Der Tempel sollte dem gesamten Reich als Sinnbild dafür gelten, daß das neue Zeitalter begonnen hatte.

Die alten Götter sind tot, würde er verkünden. Verehrt den neuen Gott, den Allerhöchsten, den Schöpfer von allem und Herrscher über alles!

Die Kunde vom neuen Tempel war rasch übers Land getragen worden, sobald die Bauarbeiten eingesetzt hatten. Kein Haus im ganzen Reich, das nichts von des Königs neuem Tempel, wie er genannt wurde, gehört hätte. Aber sechs Jahre waren bereits verstrichen und mindestens vierer weiterer würde es zu seiner Fertigstellung bedürfen. Bis dahin ... ja, bis dahin war noch viel zu tun.

Quentin hörte hinter sich Glöckchen klingeln, und als er sich umdrehte, sah er, daß Feuersturm ungeduldig den Kopf schüttelte. Das mächtige Roß hatte sämtliches saftige Gras in Reichweite gefressen und wollte weiterziehen. Unablässig schüttelte es den Kopf, so daß die Glöckchen, die in seine Mähne geflochten waren und am silbernen Zaumzeug hingen, läuteten, als wollten sie sagen: »Auf! Die Sonne steht am Himmel, der Tag ist schön. Eilen wir!«

Quentin lächelte und ging zu dem Tier. Er legte seine Hand auf die breiten Nüstern des Pferdes. »Du bist ungeduldig, und ich auch, alter Freund. Na gut«, sagte er und setzte den Fuß in den Steigbügel, »wir brechen auf. Ich habe diese tüchtigen Leute für heute genug gestört.«

Behende schwang er sich in den Sattel und zog die Zügel an.

Feuersturm zog die Vorderbeine vom Boden und machte kehrt. Quentin hob Bertram zum Gruß die Hand; dieser winkte zurück, und dann sprang Feuersturm davon. Sie galoppierten über die Straße, die den breiten Hang hinabführte, und wichen den Ochsenkarren aus, die Lebensmittel und Nachschub für die Arbeiter brachten. Und als der König die Sonne auf seinem Gesicht spürte und merkte, wie das schöne Wetter sein Herz entzückte, gab er Feuersturm die Sporen und lenkte ihn von der Straße weg, den Hügel hinab, hinaus auf die Ebene von Askalon.

Die Burg thronte auf ihrem hohen Fels und funkelte wie ein Juwel im Morgenlicht. Auf tausend Türmchen wehten klappernd blaue und rote Wimpel. Die hohen Befestigungsmauern ragten in die Lüfte, gekrönt von Türmen und Söllern: stark, sicher, auf immer uneinnehmbar.

Quentin freute sich an der Kraft des Rosses unter sich. Sein Herz klopfte wie rasend, als sie über den noch feuchten Grund galoppierten. Feuersturms Hufe ließen den schlammigen Boden hoch aufspritzen.

Geschwind erreichten sie eine große Steinplatte, die ganz allein mitten auf der Ebene stand. Quentin zog die Zügel zum Trott an. Vor der Platte blieben sie stehen, und Quentin saß ab. Er ging zu dem Denkmal und kniete davor nieder.

Auf beiden Seiten waren Worte in den Stein gemeißelt, die Quentin auswendig kannte. Dennoch las er sie wieder:

Hier auf diesem Feld begegneten Mensandors Krieger
Nins des Verheerers Barbarenmeute in der Schlacht
und besiegten sie.

Hier fiel auf ewig Eskewar,
Drachenkönig und Herrscher des Reiches,
und viele Tapfere mit ihm.
Der Friede wurde mit ihrem Blut erkauft,
die Freiheit durch ihr Blut errungen.

Nachdem Quentin die Worte wie schon so oft gelesen hatte, stand er auf, stieg wieder auf sein Pferd und ritt nach Askalon weiter.

3

Östlich der Stadt, auf einer von alten Eichen umgebenen, vor neugierigen Blicken geschützten Wiese, übten Toli und Prinz Gerin reiten. »Versuch es noch einmal, junger Prinz«, rief Toli und lenkte den tänzelnden Riff auf einen ausgetretenen Pfad, über dem ein umgestürzter breiter Baumstamm lag.

Der Prinz, ein beherzter Knabe von neun Jahren mit zerzaustem dunkelbraunem Haar, betrachtete das Hindernis vor sich; dabei kniff er die flinken grünen Augen vor äußerster Anspannung zusammen und spitzte den Mund. Mit vor Aufregung roten Backen reckte er bedächtig das Kinn vor. Diese Geste entsprach so genau den Gepflogenheiten des Königs, daß Toli sein Gesicht glucksend hinter der Hand verbarg, um nicht laut aufzulachen.

Dann schnalzte Gerin mit den Zügeln, stieß seinem Pony die Fersen in die Flanken, und es ging los, den Pfad entlang auf den umgestürzten Baumstamm zu.

Im letzten Augenblick warf der kleine Prinz die Zügel nach vorn und drückte sich an den Nacken des Tieres. Das Pony hob die Beine und flog mühelos über das Hindernis. Mit einem dumpfen Schlag kam es auf der anderen Seite zum Stehen. Den jungen Reiter schleuderte es nach vorn und zur Seite, aber er hielt sich im Sattel.

»Sehr gut!« rief Toli. »Hervorragend! So geht es! Komm jetzt und ruh dich ein bißchen aus.« Er strahlte seinen Schützling an und nickte ihm anerkennend zu.

»Nur noch einmal, Toli, bitte. Ich möchte mir merken, wie das Gefühl ist.« Er wandte sein Pferd wieder dem Stamm zu.

Toli ritt zu ihm und saß ab; er beobachtete den Prinzen genau. Diesmal zögerte das Pony des Jungen, als es das Hindernis erreichte, weil es sich des Befehls seines Reiters nicht sicher war. Es sprang unbeholfen und zu spät und brach zur Seite aus. Prinz Gerin rutschte halb vom Sattel, klammerte sich aber fest und versuchte das Tier verzweifelt zum Halten zu bewegen. Er schaffte es jedoch nicht, mußte loslassen und fiel dröhnend zu Boden. Das braune Pony sprang ohne Reiter weiter.

»Uff!« Der Prinz rollte kopfüber durch das weiche Gras.

Toli eilte zu ihm. »Hast du dir weh getan?« Er hob den Jungen auf und bürstete den Schmutz an Kinn und Ellbogen von ihm ab.

»Mir geht es gut. Ich bin nicht zum ersten Mal gestürzt. Das zumindest scheine ich zu beherrschen.«

»Leider wird es wohl auch nicht das letzte Mal gewesen sein«, sagte Toli lachend. »Aber ich muß zusehen, daß du heil bleibst, andernfalls reißt mir dein Vater den Kopf ab!«

Stirnrunzelnd sah der Prinz seinen Lehrmeister an. »Werde ich es jemals richtig lernen?«

»Ja, freilich, mit der Zeit.«

»Aber die Jagd ist doch schon in vierzehn Tagen!«

»Nur keine Sorge, junger Herr. Du machst gute Fortschritte. Bei der Jagd bist du dabei, das verspreche ich dir. Und dein Vater wird eine Überraschung erleben. Alles zu seiner Zeit. Erst einmal mußt du lernen, daß du nicht zögern darfst, wenn du zum Sprung anzusetzen hast. Das verwirrt dein Pferd, und dann springt es schlecht.«

»Darf ich es noch einmal versuchen?«

»Wir sollten allmählich zurückkehren. Ich habe auch noch andere Pflichten.«

»Bitte, Toli, nur noch einmal. Ich möchte unsere Übungen für heute nicht mit einem Sturz abschließen.«

»Gut gebrüllt. Noch einen Sprung, und dann eilen wir nach Hause.«

Der Prinz rannte zu Tarky, seinem Pony, das von dem Gras am Ende des Pfads fraß. Toli ging zu Riff zurück und saß auf. »Überleg dir, was du tust, mein Herr!« rief Toli. »Sammle dich!«

Der Junge kletterte in den Sattel und machte eine finstere entschlossene Miene. Er nahm das Hindernis vor sich ins Visier, schnalzte mit den Zügeln und spornte sein Pferd an.

Und schon ging es den Pfad hinab. Im Nu rasten sie auf den Baumstamm zu. Prinz Gerin legte sich tief in den Sattel, hob die Hände an, und das Pony sprang hoch und flog so anmutig und behende darüber wie ein Reh. Der Prinz zog die Zügel an, wendete sein Tier mit Triumphgeheul und galoppierte über die Wiese in den Wald.

»Gut gemacht, Prinz Gerin!« rief Toli. »Gut gemacht!« Dann lenkte auch er sein Pferd in Richtung des Waldes auf den Weg, der zurück nach Askalon führte.

Auf Derwins Arbeitstisch lagen mächtige Stapel von Pergamenten und Büchern. Gebückt, das Kinn auf die Hand gestützt, saß er auf einem hohen Hocker und murmelte beim Lesen vor sich hin. Sein langes Haar war inzwischen fast völlig ergraut, aber seine Augen waren so flink wie eh und je und seine Gliedmaßen gesund. Er wirkte nur halb so alt, wie er in Wirklichkeit war.

Unvermutet hob er den Kopf und schnüffelte die Luft. »Aha!« rief er und sprang auf. Rasch eilte er zu einem kleinen Becken mit glühenden Kohlen, auf denen ein schwarzer Topf blubberte. Er war übergekocht, und schwarzer Rauch wogte zu den Deckenbalken empor. Derwin nahm einen langen Holzlöffel und rührte den Topf um, als jemand ihn von draußen rief.

»Huh! Guter Einsiedler, was ist das für ein furchtbarer Gestank? Ganz ekelhaft!«

Als Derwin aufblickte, sah er die Königinwitwe in der breiten Türöffnung stehen und ihn beobachten; vor aufrichtigem Abscheu rümpfte sie die Nase.

»Alinea! Was, mein Gebräu behagt dir nicht? Es ist ein starkes Heilmittel gegen Gelenkschmerzen.«

»Man muß sich fragen, ob einem die Schmerzen in diesem Fall nicht angenehmer wären.«

»Meine Patienten, das versichere ich dir, stört der Geruch nicht.«

»Deine Patienten?«

»Ich nenne sie so, Herrin. Das ist für Toli.«

»Toli braucht dergleichen doch gewiß nicht.«

»Nein, aber seine Pferde, Herrin. Ich bereite es für seine Pferde, obwohl es dem Reiter auch nicht schaden würde, wenn er Bedarf dafür hätte.«

»Und seine Nase etwas aushält!« setzte sie lachend hinzu. »Das tut meine nicht. Laß ein wenig von deiner Arbeit ab, Einsiedler. Ich möchte gern mit jemandem im Garten plaudern.«

Der Einsiedler lächelte und verneigte sich. »Es ist mir ein Vergnügen. Das ist genau das Richtige. Ich war schon viel zu lang in diesen Dunstschwaden, andernfalls wäre ich selbst auf die Idee gekommen.«

Gemeinsam gingen sie durch die Burg, an der großen Halle des Drachenkönigs vorüber und hinaus auf die Treppe in den Garten. »Sieh nur, wie hell die Sonne scheint«, sagte Alinea. »Sieh, wie prächtig die Blumen blühen.«

Im Duft Tausender verschiedener Rosen stiegen sie die Stufen zum Garten hinab. Die Frühlingsblumen waren verblüht, aber dafür sprangen gerade die Knospen des Sommers auf; wohin der Blick auch fiel, traf er auf bunte Farben.

»Ach, hier zu sein ist der reine Friede«, seufzte Derwin. Er betrachtete seine Begleiterin. Das Alter war mild mit ihr umgegangen; ihr langes Haar war geflochten und wurde in einem Haarnetz gehalten. Das Rotbraun war inzwischen mit vielen silbernen Strähnen durchwirkt, und um ihre Augen und ihre lieblichen Lippen zeigten sich Fältchen. Doch ihre Augen waren noch immer so grün wie ein Waldteich und ihre Stimme klang wie ein sprudelnder Quell.

Ja, dachte Derwin, das Alter meint es mit uns allen gut. Ich würde meine Jahre nicht tauschen wollen. Der Allerhöchste ist gut; er hat dem Land seinen Segen geschenkt. Wir haben allen Grund, dankbar zu sein.

»Was denkst du gerade, mein Freund?« fragte Alinea sanft.

»Daß die vergangenen Jahre sehr glücklich waren, Herrin, und üppig. Ich bin zufrieden.« Er hielt inne, und seine Stimme nahm einen wehmütigen Ton an. »Selbst wenn ich mich morgen zum Sterben niederlegen müßte, ich würde nichts bedauern. Gar nichts.«

»Und ich könnte von mir dasselbe behaupten«, erwiderte Alinea. »Doch reden wir nicht vom Sterben. Das kommt von allein.«

»So ist es! Ja, so ist es.« Derwin nickte bedächtig. Seine Miene hellte sich auf, und er sagte: »Erzähl mir, was es für Neuigkeiten gibt. Heute morgen soll ein Bote eingetroffen sein. Brachte er gute Nachricht?«

»Ja! Ja, das wollte ich dir gerade erzählen. Er brachte Kunde aus Hinsenbucht…«

»Aus Hinsenbucht? Von Teido?«

»Nein, von Esme. Sie ist auf dem Weg hierher. Noch vor dem Abend wird sie da sein. Es herrscht gutes Reisewetter.«

»Ach, Esme. Sie habe ich, scheint mir, seit Jahren nicht gesehen.«

»Wir haben sie hier sehr vermißt. Und es ist traurig, aber keinem tat ihre Abwesenheit mehr weh als ihr selbst.«

»Ja, das war eine schreckliche Angelegenheit. Sehr traurig. Sie gemahnt uns daran, daß es Menschen unter uns gibt, deren Leben nicht so frei von Bedauern ist wie unseres. Sie hätte es sicher anders gehalten, hätte sie die Wahl gehabt.«

Alinea schwieg eine Weile. Sie spazierten über die Gartenpfade und spürten beide die Wärme der Sonne und ihrer wechselseitigen Gesellschaft. »Ich möchte gern wissen, ob einer von uns so wählen würde, wie wir es getan haben, wenn wir die Zukunft kennten.«

»Vielleicht nicht. Aber es ist ein Segen, sie nicht zu kennen. Die Bürden des Alltags wiegen schwer genug. Wir könnten nicht auch noch die des nächsten Tages tragen.«

»Natürlich nicht. Wie weise du bist, lieber Einsiedler. Aber es ist schön, Esme einmal wiederzusehen. Vielleicht können wir ihr dabei helfen, daß alte Wunden verheilen.«

Genau in diesem Augenblick vernahmen sie das fröhliche Gezwitscher von Kinderstimmen und sahen die Prinzessinnen Brianna und Elena so schnell auf sich zulaufen, wie ihre dürren Beine sie zu tragen vermochten. Bria ging müßigeren Schrittes hinter ihnen drein.

»Großmutter! Großmutter!« riefen die kleinen Mädchen. »Wir wissen ein Geheimnis. Ein ganz großes Geheimnis!«

»Ein Geheimnis? Was das wohl sein könnte?«

»Du mußt es erraten, Großmutter!« rief Brianna.

»Ja, rate! Rate!« juchzte Elena.

Alinea faltete ihre Hände und legte sie an ihre Lippen. »Laßt mich einmal sehen«, sagte sie mit leuchtenden Augen, froh über den Anblick ihrer Enkelinnen. »Macht ihr eine Reise?«

So heftig, daß die Zöpfe flogen, schüttelten sie ihre Köpfchen.

»Nein«, fuhr ihre Großmutter fort. »Dann habt ihr ein neues Spiel gelernt und wollt es uns zeigen!«

»Auch nicht!« riefen sie und kicherten los. »Esme kommt! Heute abend ist sie da!« Beide Mädchen hüpften wie wild auf und ab.

»Das ist aber eine schöne Nachricht!« erwiderte Alinea.

»Hast du gehört, Derwin?« riefen sie. »Heute abend ist sie da.« Dann schauten sie sich an, als würde ihnen etwas Besseres einfallen. »Vielleicht bringt sie uns Geschenke mit!« sagte Brianna.

»Ja, Geschenke!«

Sie klatschten in die Hände und schossen dann zwischen den Rosenbüschen zum Springbrunnen.

»Wie kleine Hummeln«, meinte Derwin.

»Da bist du ja, Mutter«, sagte Bria und blieb vor ihnen stehen. »Wie ich sehe, haben sie dir ihr Geheimnis erzählt.«

»Ja, meine Liebe. Wie sehr du dich freuen mußt.«

»Ich bin fast so aufgeregt wie sie – wenn das möglich ist!« erwiderte sie lachend, während sie mit dem Blick den beiden davonlaufenden Mädchen folgte. »Guten Tag, Derwin. Ich freue mich, daß Mutter dich aus deiner scheußlichen Höhle gezerrt hat. Ich habe mich schon gefragt, ob du jemals wieder hervorkommen würdest.«

»Ach, sie kam gerade recht. Denn sobald ich mir etwas in meinen alten Kopf gesetzt habe, lasse ich nicht so leicht davon ab.« Er lächelte breit. »Darum habe ich euch zwei, daß ihr euch um mich kümmert. Ich weiß, daß ihr mich nicht zu lang allein laßt, und danke euch dafür.«

»Ließe sich jemand anders doch ebenso leicht überzeugen.«

»Meinst du Quentin?«

Bria lächelte ein wenig traurig und nickte. »Ach, ich weiß, er hat jetzt viel zu tun. Er sorgt sich um seinen Tempel. Aber er ist fast jeden Tag von morgens bis abends unterwegs und steckt mit seinen Baumeistern und Architekten zusammen. Er rastet nie. Ich sehe ihn kaum mehr.«

Wehmütig sah Alinea ihre Tochter an. »Bei einem König ist es immer so. Du darfst nicht vergessen, meine Liebe, daß er nicht sich selbst oder seiner Familie gehört. Er gehört dem Reich, dem Volk. Quentin trägt mit seinem Tempel eine schwere Last. Alte Sitten sterben nicht so leicht aus, und er versucht, die Herrschaft des Gottes fest zu begründen.«

Bria ließ den Kopf hängen. »Ich sollte mehr Geduld üben, ich weiß. Aber er ist in seinem eigenen Haus ein Fremder geworden.«

»Quentin ist zu hohen Taten berufen. Durch ihn wird sich Großes erfüllen.«

»So ist es«, pflichtete Derwin bei. »Aber Bria sagt die Wahrheit. Er muß sich auch um das Wohl seines Heims kümmern. Ob König oder nicht, ist dies die oberste Pflicht eines Mannes. Der Allerhöchste freut sich über Taten im kleinen ebenso wie über solche im großen. Oft denke ich mir, ein Tempel wird ihm nicht so wichtig sein wie der schlichte Zusammenhalt einer Familie.« Er zauderte und sah Bria an. »Ich kann mit ihm sprechen, wenn du es möchtest.«

»Ich danke dir, lieber nicht. Ich werde warten. Der Tempel ist wichtig, das weiß ich. Vielleicht finden wir wieder Zeit für uns, wenn er einmal fertig ist. Bis dahin werde ich warten.« Sie lächelte bezaubernd und warf ihrer Mutter einen Blick zu. »Die Frauen in unserer Familie sind das Warten gewohnt. Wir beherrschen es gut.«

4

Anders als die Priester, denen Pluhel vorstand, lebte er selbst in üppiger Pracht und herrlichster Ausstattung. Die Zellen der einfachen Priester waren nämlich karg, ohne Mobiliar und Schmuck außer den wenigen Gegenständen, die zum Leben absolut nötig waren: ein Bett mit einer Strohmatratze, ein Hocker, ein ungehobelter Tisch, eine hölzerne Schüssel, eine Talgkerze. Im Gemach des Oberpriesters hingegen hingen schwere Teppiche und standen geschnitzte Stühle um einen großen Tisch, der mit einem kostbaren Tuch und schwerem Silber gedeckt war. In goldenen Ständern brannten Kerzen aus duftendem Bienenwachs. Das Bett war hoch und mit einem Vorhang versehen, die Matratze mit Eiderdaunen gestopft.

Das, so sagte er sich, entsprach seinem Rang, den Erfordernissen seiner Stellung, war der Lohn für seine Pflichterfüllung.

Der Oberpriester und sein Gast hatten sich viele Stunden lang beraten. Jetzt starrte Pluhel trübe vor sich hin, unter seinen Augen lagen schwarze Ringe, weil er nicht geschlafen hatte, und seine hochmütigen Gesichtszüge waren von Bedenken zerfurcht.

Die knorrigen Hände unter dem Kinn gefaltet, beobachtete der alte Nimrod ihn genau. Er wirkte wie das Ebenbild eines verschlagenen Kaufmanns, der gerade einen besonders glücklichen Handel abschließt. Auf seinen dünnen, blutleeren Lippen lag der Hauch eines Lächelns.

»Also abgemacht?« sagte Nimrod und brach endlich das Schweigen.

Pluhel hob langsam den Kopf; sein Mund wurde von einer höhnischen Grimasse verzerrt: »Welche Wahl bleibt mir schon? Jawohl, abgemacht. Ich werde tun, was du gesagt hast.«

»Sorge dafür, und alles wird gut werden. Du wirst den Tempel retten; und darüber hinaus wirst du Macht über das Reich gewinnen. Das Königtum wird dir gehören und der König dein Diener werden. Denk dir nur!«

»Die Sache ist gewagt. Ich lasse mich nicht gern auf Gefahren ein.«

»Nur wer wagt, gewinnt, mein Freund. Und wie du selbst sagtest, dir bleibt keine Wahl. Ich sage dir, dieser Emporkömmling will den Hochtempel niederreißen und die Priester vertreiben. Des Königs Tempel wird Tag für Tag größer. Wenn er fertig ist, wird deiner zerstört werden.«

»Ob er sich das wirklich trauen würde? Es würde das Volk gegen ihn aufbringen. Dafür würde ich sorgen.«

»Im Namen seines Gottes traut er sich alles. Man muß ihm unverzüglich die Stirn bieten. Du hast dich schon zu lang hinter deinen Amtsgewändern versteckt. Wenn du noch länger zauderst, wird es zu spät werden.«

»Ja, ja. Das behauptest du.« Pluhel blickte seinem Gast scharf ins Gesicht. »Der König gefällt mir kein bißchen, und ich fürchte ihn nicht. Die Unversehrtheit und Macht des Tempels muß gewahrt bleiben. Wann und wo fangen wir an?«

Nimrod lächelte breit. »Zeit und Ort werde ich bestimmen. Überlaß alles mir. Aber sechs deiner Tempelwächter werde ich brauchen, sechs Männer, die gehorchen und Geheimnisse bewahren können.«

»Die sollst du haben. Was noch?«

»Nichts im Augenblick.« Nimrod erhob sich schwerfällig. »Nur einen Platz zum Ausruhen und einen Bissen zu essen. Dann ziehe ich weiter.«

»Nun gut. Sage dem Priester, der draußen wartet, was du

brauchst. Er wird sich um alles kümmern. Ich suche die Männer aus, die dich begleiten sollen.«

Nimrod senkte den Kopf und ging hinaus. Der Oberpriester blieb einen Moment auf seinem Stuhl sitzen und starrte leer ins Dunkle. Dann raffte er seine Gewänder zusammen, weil ein Schauder ihn durchzuckte; in seinem Zimmer war es eiskalt geworden.

Die Nachmittagssonne ging sanft golden scheinend hinter den baumbestandenen grünen Hügeln unter. Die Straße, die ins Tal hinabführte, lag im kühlen Schatten, als die kleine Reisegesellschaft auf der Hügelkuppe anhielt.

»Dort drüben liegt Askalon«, sagte Wilkins, einer von Esmes Begleitern, »was für ein schöner Anblick!«

Esmes hellblaue Augen füllten sich mit dem funkelnden Schauspiel. Die Burg Askalon, deren Türme und Erker vom goldenen Schein des Sonnenuntergangs rot strahlten, funkelte wie ein Juwel. Die mächtigen Mauern standen stark, unüberwindlich und leuchtend im Dämmerlicht.

Sie erschauerte, als ihr das andere Mal einfiel, als sie an ebendieser Stelle auf einem Pferd gesessen und die Burg betrachtet hatte, wie sie genauso im Licht der Abendsonne geblitzt hatte. Es hat sich nichts verändert, dachte sie. Ach, wie töricht! Alles hat sich verändert, vor allem ich.

»Ja«, sagte sie schließlich so leise, daß ihre Begleiter ihre Worte kaum hörten. »Ein schöner Anblick. Und ich war viel zu lange weg. Aber jetzt bin ich wieder da.«

Ohne ein weiteres Wort packte Esme die Zügel und ritt den Hügel hinab ins Tal. Ihr Pferd witterte Futter, Wasser und einen Stall, darum verfiel es erst in einen Trott und dann in Galopp. Die übrigen schlossen sich an, und bald rasten sie alle gen Askalon und erfüllten mit jauchzenden Stimmen die Luft.

Sie erreichten das Dorf, das sich an den Burghügel schmiegte, und klapperten fast im vollen Galopp durch die Straßen. Dann überquerten sie die Zugbrücke, durchmaßen das Torhaus und brachten ihre Tiere im Außenhof zum Stehen. Knappen eilten herbei, nahmen ihnen die Pferde ab und führten sie in den Stall.

»Esme! Da bist du ja!« ertönte ein Schrei hinter ihr. Als sie sich umdrehte, kam Bria aus einer Tür gestürzt. Unter ihren Röcken spähten mit leuchtenden Augen zwei kleine Gesichter hervor.

Esme kniete nieder und streckte die Arme aus. »Kommt her, meine Herzchen!« rief sie und wurde im Nu mit Küssen und Kichern zugedeckt. »Wie groß ihr geworden seid!« stellte sie erstaunt fest. »Ach, ich habe euch so vermißt!« Sie küßte die beiden Mädchen und drückte sie fest an sich. Dann stand sie auf und umhalste ihre Mutter. »Bria, wie herrlich, daß wir uns sehen.«

Die beiden Frauen hielten sich lang in den Armen und traten dann ein paar Schritte zurück, um sich genau zu betrachten. »Esme, du bist schöner denn je. Ja, wahrhaftig. Es ist...« In Brias Augen traten Tränen. »Du hast mir so gefehlt!«

»Du mir auch. Du hast keine Ahnung, wie gut es tut, endlich wieder hier zu sein. Ich wollte schon so oft kommen, aber...«

Bria faßte sie an den Händen und zog sie mit sich. »Komm!« sagte sie. »Wir haben vieles zu bereden. Laß deine Sachen hier. Ich lasse sie dir in deine Gemächer schaffen.« Dann wandte sie sich der übrigen Gesellschaft zu, die mit Esme gereist war. »Herzlich willkommen bei uns. Ruht euch aus, macht es euch nach eurer langen Reise bequem. Wenn ihr wollt, könnt ihr heute abend im Bankettsaal mit uns speisen. Wenn es euch aber lieber ist, könnt ihr euch das Essen auch auf eure Zimmer bringen lassen.«

»Hoheit«, erwiderte Wilkins mit einem tiefen Diener, »unsere Herrin hat uns viel von dir und der Burg erzählt. Wir sind alle gespannt. Wir werden uns zu euch gesellen, sobald wir uns den Staub von der Reise abgewaschen haben. Es wäre mir eine Ehre, dem Drachenkönig zu begegnen. Sein Name ist im ganzen Land berühmt.« Die übrigen nickten beifällig.

»Mein Gemahl wird sich über eure Neuigkeiten sicher freuen. Ich werde euch sofort den Kammerdiener schicken, daß er euch zu euren Zimmern geleite.«

»Chloe«, sagte Esme, »du kannst bei mir bleiben.« Eine schlanke, braunhaarige junge Frau, wie Esme in Reitkleidung, trat scheu einen Schritt vor. Sie machte einen Knicks vor der Königin und hielt ihrer Herrin zwei Bündel hin.

»Ach, ja, das hätte ich beinah vergessen!« rief Esme und nahm sie entgegen. »Ich habe meinen kleinen Freundinnen etwas mitgebracht.«

Entzückt jauchzten die Prinzessinnen auf. »Geschenke!« kreischten sie. Esme gab jeder ein in helle Seide gewickeltes Bündel. »Danke! Viel tausendmal Dank!« Beide küßten sie und rannten dann fort, um ihre Geschenke zu öffnen.

»Sie sind Schätze, Bria, echte Schätze.«

»Das sind sie. Komm nun, du mußt müde sein. Deine Gemächer sind bereit und erwarten dich.« Sie führte Esme mit sich und lächelte Chloe zu, die ihnen stumm folgte. »Ihr könnt euch beide vor dem Essen ein wenig ausruhen.«

Die Königin geleitete sie vom Außenhof zum Gang in der inneren Umfassungsmauer und dann in die Burg. Auf dem Weg unterhielten sie sich über die Reiseerlebnisse der gerade Angekommenen. Als sie endlich die Gemächer der Königin erreichten, verkündete Bria: »Du wohnst hier bei mir, Esme. Ich will dich in meiner Nähe haben. Erfrischt euch nun und ruht ein wenig. Heißes Wasser steht bereit. Ich komme in einer Weile wieder und hole euch zum Abendessen ab.«

»Wie lieb von dir, Bria. Danke. Nachdem ich hier bin, scheint alle Müdigkeit wie weggeblasen. Ich möchte einfach neben dir sitzen und lange mit dir reden.«

»Oh, das werden wir, Esme. Wir müssen oft und ausführlich

miteinander reden, bis ich's zufrieden bin.« Etwas düsterer fügte sie hinzu: »Ich habe oft an dich gedacht.«

»Danke. Ich auch an dich. Ja, wir haben über vieles zu reden.«

Quentin und Toli standen mit Wilkins gleich neben der weit geöffneten Tür zum Festsaal. Die anderen Leute hielten ein Stück Abstand und unterhielten sich leise, von der Anwesenheit des Drachenkönigs in Ehrfurcht versetzt. Begeistert schilderte Wilkins die Reise nach Askalon und berichtete die Neuigkeiten, die er unterwegs gehört hatte.

Quentin, der sich freute, Gäste zu haben, denn Fremde waren schon seit einiger Zeit nicht mehr auf der Burg gewesen, fragte dem mitteilsamen Mann Löcher in den Bauch.

»Und wann wollt ihr zurückkehren?« erkundigte der Drachenkönig sich. »Zur Jagd bleibt ihr doch gewiß hier.«

»Von des Königs Jagdpartien habe ich gehört!« rief Wilkins aus. »Fürwahr, ich hoffte darauf, eingeladen zu werden. Viele Dörfler, die wir unterwegs trafen, erzählten uns von der Jagd. Die meisten beschrieben sie als ein ganz außergewöhnliches Ereignis.«

»Es ist eher ein Fest als eine Jagd«, erläuterte Toli. »Es wird Geschicklichkeitswettbewerbe geben, Barden und sogar einen Zirkus. Drei Tage sollen die Festlichkeiten dauern. Die Leute strömen aus ganz Mensandor zusammen, um mitzumachen oder einfach zuzusehen.«

»Was ist der Anlaß für die Feier?« fragte Wilkins.

»Das weiß ich nicht«, antwortete der König lachend. »Der Grund dafür findet sich in tiefer Vergangenheit. Das Herkommen besagt, das Jagdfest habe zu Zelbakors Zeiten begonnen. Er nutzte es, um neue Ritter für seine Dienste zu gewinnen. Die Legende behauptet, wenn ein Mann drei Eber an einem Tag erlegen konnte, ohne abzusitzen oder das Pferd zu wechseln, wurde er noch vor Sonnenuntergang zum Ritter geschlagen!«

»Später, als Eskewar in den Krieg gezogen war, fand die Jagd nicht statt. Aber wir haben den Brauch wiederbelebt«, fügte Toli hinzu.

»Ja, es war allein Tolis Werk!« stellte Quentin fest. »Er wollte seine Pferde zur Schau stellen! Und was wäre besser dazu geeignet als eine Jagd?«

Wilkins nickte wissend. »Deine Pferde, Herr, die sind ebenfalls berühmt. Sogar im fernen Elsendor hat man voll Bewunderung von den Rössern des Drachenkönigs gehört.«

Da kam Bewegung in die an der Tür Stehenden: Königin Bria und Esme traten in den Saal. Beide trugen leichte Sommerkleider aus Zindeltaft: Brias war rosenfarben und Esmes rostrot. Quentin lächelte herzlich und schritt zu ihnen. »Guten Abend, meine Liebe.« Er küßte seine Gemahlin. »Esme, ich freue mich, daß du hier bist. Wie schön, dich zu sehen.« Er faßte sie an den Händen und küßte sie auf die Wange. »Sei willkommen. Ich hoffe, du hast dir vorgenommen, lange bei uns zu bleiben.«

»Danke, Quentin. Du siehst so schmuck aus wie immer. Bria hat mir erzählt, daß die Arbeiten an deinem Tempel gut vonstatten gehen.« Sie wich seinem Blick kurz aus.

»Jawohl«, erwiderte Quentin. »Sie gehen voran. Aber darüber können wir uns später unterhalten. Du wirst doch bestimmt ...« Er drehte sich um und warf rasch einen Blick hinter sich. »Wohin ist er denn plötzlich verschwunden? Gerade war er noch hier.«

»Wer denn, Herr?«

»Toli. Er stand dort.« Er deutete auf die Stelle. Toli und Wilkins waren fort. »Er ist immer noch so scheu wie die Rehe, unter denen er aufgewachsen ist. Sicher wird er dich später unter vier Augen begrüßen wollen.«

Am anderen Ende des Saals kamen Diener aus der Küche und trugen große Platten mit Speisen auf: Wild und Schwein, geröstetes Geflügel aus Haus und Wald, frisch geerntetes Gemüse und knusprige runde Brotlaibe, die man gerade aus dem Ofen gezogen hatte.

»Nehmen wir Platz«, sagte Bria. Die Bänke zu beiden Seiten des niederen Tisches hatten sich bereits gefüllt. Esmes Reisegefährten hatten unter den Höflingen des Königs Freunde gefunden. Man hatte einen Wanderbarden zum Mahl geladen, der nun zwischen den Gästen umherging, Unsinnsgedichte aufsagte und Wünsche für das entgegennahm, was er nach dem Mahl erzählen sollte. Ihn begleitete schallendes Gelächter.

Der große Raum war hell erleuchtet, die Stimmung fröhlich. »Siehst du, was dein Kommen bewirkt hat?« rief Quentin und ging zur Hochtafel voran. »So gute Laune hat hier seit… seit langem nicht mehr geherrscht.«

»Das ist reizend von dir, Quentin. Aber man weiß sehr wohl, daß an des Drachenkönigs Tafel stets Witz und Frohsinn regieren.« Esme blickte sich um, und ihre Miene hellte sich auf. »Alles ist so wie in meiner Erinnerung… ganz so, wie ich es vorzufinden hoffte.«

Bria drückte ihre Hand und zog sie zu einem Stuhl. Derwin trat auf sie zu und entschuldigte sich für sein spätes Kommen; dann umarmte er Esme zur Begrüßung herzlich. Während sie sich unterhielten, schaute Quentin sich nach Toli um, der für gewöhnlich neben ihm der Königin gegenübersaß. Er entdeckte den Dscher am Ende der Hochtafel, ins Gespräch mit Wilkins vertieft. Die beiden hatten alles um sich herum vergessen.

Quentin richtete seinen Blick auf die niederen Tische; alle schauten ihn an und warteten darauf, daß er begann. Er streckte die Hand aus, nahm ein Stück Brot, brach es und legte es, seinen Gästen zunickend, auf seinen Silberteller. Sogleich fingen sie zu essen an. Alles reichte Platten herum, füllte die Becher und plauderte munter drein.

Da näherte der Spielmann sich der Hochtafel und verbeugte sich vor dem König. »Majestät«, sprach er, »wünscht Ihr ein bestimmtes Gedicht zu hören? Ihr braucht es nur zu nennen, und Lerchensang steht Euch zu Diensten.«

»Etwas, das zur frohen Laune dieses Sommerabends paßt«, verkündete Quentin. »Mögen tapfere Ritter und kühne Taten auf ein andermal warten. Heute abend möchte ich leichtere Kost hören, die unsere Herzen erwärme.«

»Wenn Ihr muntere Stimmung wünscht, Herr, dann weiß ich genau das Richtige!« Der Barde verneigte sich abermals und sagte: »Entschuldigt mich nun, ich ziehe mich zurück, um das Lied zu dichten.«

Was für eine Ehre, König zu sein, dachte Quentin. Eine große Ehre, fürwahr. Ich bin wahrhaftig gesegnet.

Er betrachtete seine Gäste und teilte ihre Freude und ihren Frohsinn. Das Leben in Mensandor ist schön; im Reich steht alles zum besten, ging es ihm durch den Sinn. Und sein Herz füllte sich so mit tiefer Freude, daß es ihm fast überging.

5

Der fahle Mond stand hoch am Himmel und tauchte das ganze Land in einen silbernen Schein. Toli stand allein auf dem Söller vor dem Festsaal, der auf den Garten ging. Durch die offene Flügeltür drang Gelächter aus der Halle, und der flackernde Fackelschein warf Flecken auf den Stein und färbte ihn golden.

Zum Lobpreis aller Gäste trug der Barde Lerchensang seine Lieder vor. Toli hörte seine kräftige Stimme schallen, konnte die einzelnen Worte aber nicht verstehen, da diese im dauernden Gelächter untergingen. Nach dem Ende jeder Geschichte erklangen donnernder Beifall und Rufe nach neuen Liedern.

Aber im Grunde kümmerte Toli nicht, was drinnen vor sich ging. Ihn hatte Unruhe erfaßt; darum hatte er sich still aus dem Saal gestohlen. Keiner, so glaubte er, hatte ihn entwischen gesehen. Er atmete die milde Nachtluft und überlegte, was er tun sollte, wenn er mit ihr sprechen würde.

Lange blieb ihm nicht Zeit dafür. Denn schon hörte er sanfte Schritte rascheln, und als er sich umdrehte, stand sie in der Tür, beleuchtet vom hellen Schein der großen Halle. Wie ein spitzer Pfeil durchzuckte ihn ein heftiger Stich. Er wandte sich ab.

Sie stellte sich neben ihn. Er roch ihren zarten Duft. Wie warm und angenehm! Ihre Nähe entflammte ihn zu glühender Hitze.

»Ach«, seufzte sie, »wie friedlich und kühl es hier ist! Im Saal ist es bei allem Licht und Lachen stickig.« Sie sprach freundlich, aber er rührte sich nicht. Als sie seinen Arm berührte, brannte es in ihm wie Feuer. »Guten Abend, Toli«, sagte sie. »Ich sah dich hinausgehen.«

Endlich wandte er sich ihr zu. »Esme …« Ihm fehlten die Worte. Wie sich das Mondlicht in ihren Augen spiegelte und ihre langen Flechten zum Glänzen brachte, war sie liebreizender denn je. Und sie war zurückgekehrt.

Esme fuhr ihm mit ihren Fingerspitzen über die Lippen. »Sch … Nur still. Du brauchst nichts zu sagen. Auch mir ist die Situation peinlich.«

Toli starrte die Frau an, die er liebte. Warum, wollte er schreien, warum hast du mich verlassen? Was trieb dich fort? Und warum bist du nach so vielen Jahren zurückgekehrt?

Aber er wandte sich wortlos wieder ab. Esme spürte die Kluft zwischen ihnen so deutlich, als wäre sie greifbar: als eine Mauer aus stachligen Gefühlen, die sie nicht zu durchstoßen vermochte. Plötzlich brachen sämtliche Empfindungen, die sie so lange in ihrem Herzen verwahrt hatte, hervor und schnürten ihr die Kehle zu. Ihre Hände zitterten. Sie senkte den Kopf und begann zu weinen.

Neben ihr rührte sich etwas. »Toli …«, hob sie an. Als sie aufschaute, war er weg.

Drinnen im Saal lauschten alle gebannt dem Barden mit dem flachen, breitkrempigen Hut und einer grünen Feder daran. Lerchensang befand sich in Hochform und verbeugte sich unter tosendem Beifall; sein breites, gutmütiges Gesicht strahlte. Er ließ den Jubel verrauschen, gebot mit der Hand Schweigen und fing von neuem zu singen an:

In einer lauen Sommernacht
Wenn Mensandor voll Freude lacht,
Und alles lieblich grünt und blüht,
Da lauscht des frohen Lieds Beginn
Von Quentin und der Königin!

Darauf erhob sich wieder Johlen und Gelächter, denn nun würde der Sänger ihnen zum Vergnügen den König loben. Lerchensang verneigte sich tief und stimmte mit hell tönendem Gesang sein Lied an. Es kündete von einem König, der die Hand der schönsten Frau im Reich gewinnen wollte, die jedoch die Tochter seines Feindes war.

Das Lied war natürlich alt; und alle Zuhörer kannten es. Aber Lerchensang trug es meisterlich vor. Er erdichtete neue Verse, die mit Quentins und Brias Namen und bekannten Ereignissen aus ihrem Leben spielten. Gebannt und entzückt saßen die Zecher vom Anfang bis zum Ende da.

Als Quentin am Ende die Hand der Braut errang und mit seinem Feinde Frieden schloß, herrschte einhelliger Jubel im Saal.

»Herrlich! Wunderbar!« riefen die Gäste. »Sing noch einmal!« Alle ergingen sich in Lobeshymnen und wollten mehr hören, obwohl es schon spät war. Lerchensang jedoch zog seinen Hut und verbeugte sich mit weit ausholender Gebärde.

»Seid bedankt! Dank euch allen!« Er verneigte sich vor dem König. »Für heute abend ist es genug. Vielleicht komme ich wieder.«

»Ja, komm wieder!« riefen alle. »Komm morgen wieder!«

Der Barde blickte den König fragend an. Quentin nickte ihm aufmunternd zu, und die Gäste luden ihn ebenfalls ein. Widerstrebend, denn der Abend war vortrefflich gewesen, rüsteten sich dann alle zum Aufbruch.

Quentin stand auf. »Ach, mir tut alles weh vor Lachen. Welch ein Abend! Welch ein Abend!« Er sah sich um. »Wo steckt Toli nur wieder? Ich möchte mit ihm sprechen.«

»Ich glaube, er ist gerade beschäftigt«, erwiderte Bria. »Komm jetzt. Du kannst morgen mit ihm reden.«

»Geht es um Esme?«

»Was glaubst du wohl? Komm jetzt.« Bria zupfte ihn am

Ärmel und führte ihn weg. Sobald sie den Saal verlassen hatten, begannen die Diener, die Fackeln zu löschen, und überließen die Halle der Dunkelheit.

Kaum hatte das Königspaar seine Gemächer erreicht, klopfte es an der Tür. »Wer mag das sein?« fragte Quentin. Als er öffnete, stand Esmes Begleiterin Chloe händeringend davor.

»Herr ...« Sie starrte an ihm vorbei Bria an. »Herrin, ich weiß nicht, was ich tun soll.«

Bria trat zur Tür. »Was ist los, Chloe? Ist etwas geschehen?«

»Herrin ...« Sie machte einen Knicks. »Darf ich dich bitten, mit mir zu kommen?«

»Was ist los?« wollte Quentin wissen.

»Herr«, bat Bria, »sieh du nach den Kindern. Wünsche ihnen eine gute Nacht. Ich komme später nach. Geh jetzt. Ich kümmere mich um die Sache hier.« Sie schlüpfte an Quentin vorbei und schloß die Tür hinter sich.

»Wo ist sie?«

»In ihren Gemächern. Sie kam vor einer Weile zurück und weint seither ohne Unterlaß. Ich weiß mir nicht zu helfen. Ach, Herrin! So habe ich sie noch nie erlebt. Wenn mein Herr, Fürst Rathnor, böse mit ihr war, betrug sie sich nicht so. Ich fürchte ...«

»Beruhige dich, meine Liebe, alles wird gut. Sorge dich nicht.«

Als sie zu Esmes Gemächern gelangten, hörte Bria es schluchzen. »Bleib hier, Chloe. Ich gehe hinein zu ihr«, sagte sie leise und trat vor die Tür. Sie klopfte sanft. Es kam keine Antwort. Da öffnete sie und ging hinein.

Esme lag mit dem Gesicht nach unten auf dem Bett, ihre Schultern bebten; das Schluchzen drang wohl aus ihrem tiefsten Inneren. Bria ließ sich neben ihr auf dem breiten hohen Bett nieder. Sie legte ihrer Freundin eine Hand auf die Schulter und spürte sogleich, wie elend es dieser ging.

»Esme, ich bin's. Ich bin bei dir. Erzähl mir, was los ist.«

Esme brauchte eine gewisse Zeit, bis sie sprechen konnte. Doch schließlich brachte Bria sie so weit, daß sie sich aufsetzte, sich die Augen trocknete und schilderte, was sich zugetragen hatte.

»Ach, Bria!« fing sie schniebend an und ballte das feuchte Schnupftuch in ihren Händen. »Er haßt mich! Er verabscheut mich! Und ich kann es ihm nicht vorwerfen. Ich hätte nie hoffen dürfen … Ach, ich hätte niemals kommen dürfen!«

»Na, na! Toli haßt dich nicht.« Bria nannte ihn beim Namen. Sie hatte erraten, was geschehen war. »Da bin ich sicher. Und du weißt es auch.«

»Er ist vor mir weggelaufen. Ich bin ihm nach draußen gefolgt, und er ging ohne ein Wort weg!« Ihre Lippen zitterten. Sie schien am Rande eines neuen Schwalls Tränen, holte aber tief Luft und nahm sich zusammen. »O Bria, wie sehr ich ihn gekränkt haben muß! Ich dachte, ich dachte … Ach, ich weiß nicht, was ich dachte. Es war falsch, hierherzukommen. Mir wurde das Glück nicht in die Wiege gelegt.«

»Unsinn! So spricht man nicht!« schalt Bria. »Du bist hier willkommen. Wie kann es falsch sein, dorthin zu kommen, wo man geliebt und geschätzt wird! Vielleicht war es einfach ein Fehler, so offen auf Toli zuzugehen. Wir müssen uns wohl genau überlegen, wie wir ihn am besten wiedergewinnen. Aber wenn ich mich nicht schwer täusche, dann haßt er dich nicht. Dergleichen darfst du nicht sagen! Könnten wir in sein Herz blicken, so sähen wir, daß seine Liebe für dich keine Spur nachgelassen hat.«

Esme schniebte jämmerlich. Bria nahm sie in ihre Arme und zog sie an sich. »Du hast viel erlitten, Esme. Doch bei all dem Schmerz hast du dir nie gestattet, dich auszuweinen.« Auf Esmes fragenden Blick setzte sie hinzu: »Chloe hat mir alles erzählt. Aber warum dies alles, das würde ich gern von dir hören.«

Esme starrte auf ihre über den Knien verschränkten Hände. »Ich habe mein Leben ruiniert, Bria. Wie kannst du mich noch Freundin nennen?« Sie legte ihre Hand auf Brias. »Du warst immer so viel freundlicher als ich.«

»Unsinn!«

»Nein, es ist wahr.«

Bria zog Esme fester an sich, und beide Frauen verstummten. Als die Königin ihrer Freundin wieder ins Gesicht blickte, war diese fest eingeschlafen. Da zog sie eine Decke über sie und ging leise hinaus. An der Tür blieb sie kurz stehen und warf einen Blick zurück. »Du kannst auf Heilung hoffen, Esme. Bleib bei uns und laß sie beginnen.«

Quentin saß an seinem großen Tisch und betrachtete mit kraus gezogener Stirn die Zeichnungen für seinen Tempel. Vor ihm lagen zahllose Skizzen, Dutzende Maurerpläne, eine Menge von Listen und Aufstellungen über Arbeitsmaterialien, mehrere Lehm- und Steinmodelle des Bauwerks, ein großes Senkblei, drei Wasserwaagen, eine lederne Pergamentschatulle und ein Stein von der Baustelle, der als Papierbeschwerer diente.

»Du bist müde, Herr«, sagte Bria, als sie hinter ihn trat. Sie legte ihm die Hände auf die Schultern und massierte seinen Nacken. »Du starrst stumpfsinnig das Gekritzel vor dir an.«

Der König blickte von dem Papier auf und rieb sich mit den Fäusten die Augen. »Du hast recht, meine Liebe, ich bin müde. Es gibt so vieles zu tun.«

»Nichts, was nicht bis morgen warten könnte. Komm zu Bett.«

Quentin legte die Hände flach auf den Tisch, schob die Zeichnungen weg und stand auf. Sanft lächelnd blickte er seiner Frau in die Augen und fragte: »Steht mit unserem Gast alles zum besten?«

»Sie ist müde vom vielen Reisen wie zu erwarten. Aber sie

leidet wohl auch unter der Erinnerung an eine unglückliche Ehe; das ist der wahre Grund für ihr Weh.«

»Er ist seit zwei Jahren tot.«

Bria nickte. »Ja, aber tiefe Wunden heilen nur langsam. Wir wissen nicht, wie grausam er sie behandelte.«

»Will sie dir nichts davon erzählen?«

»Sie spricht mit keinem darüber. Aber es ist sonnenklar, daß sie nicht in Ordnung ist. Es gibt viele Menschen, die unsere Freuden nicht kennen, und Esme gehört zu denjenigen, die einen steinigen Weg gegangen sind.«

»Wir werden wohl mit der Zeit mehr erfahren. Wenn sie soweit ist, wird sie es uns erzählen.« Quentin gähnte und streckte sich. Dann begab sich das Königspaar gemeinsam in sein Schlafgemach.

Quentin lag lange wach und starrte in die Dunkelheit. Er dachte über die Ereignisse des abgelaufenen und die des kommenden Tages nach. Mit einem Bild des fertiggestellten Tempels vor Augen schlief er ein und träumte von dem Tag, an dem er seine Landsleute in den Tempel führen wollte, damit sie bei seiner Einweihung zum allerhöchsten Gott beteten.

6

Trübe und widerwillig brach der Tag der großen königlichen Jagd an. Über der Ebene von Askalon lagen niedrige dunkle Wolken, die Baumwipfel waren von grauen Nebelschwaden eingehüllt. Die Teilnehmer, die im Freien gezeltet und im Dorf und auf der Burg übernachtet hatten, fürchteten schon, Regen werde den Tag zunichte machen. Aber während die Sonne fahlgelb am weiten Firmament emporstieg, wurde sie allmählich immer kräftiger und flammte heller. Ihre glühende Hitze verbrannte den Dunst und erwärmte die Luft. Reisende und Dörfler strömten auf die Straßen und begannen ihren Zug aufs Feld. Diejenigen, die auf Burg Askalon noch zu Bette lagen, erwachten und bereiteten sich nun eilends auf die Festlichkeiten des Tages vor. Herren und Damen, die bis von Endonien und Waldsand sowie sämtlichen Orten dazwischen gekommen waren, legten ihre Prachtgewänder an. Die Ritter warfen sich in ledernes Jagdzeug und kümmerten sich um die Ausstattung ihrer Rösser: in Schwänze und Mähnen wurden goldene und silberne Bänder mit Glöckchen geflochten und auf die breiten Rücken der Tiere bunte Schabracken in Rot und Blau, Grün und Gold, Purpur und Gelb gelegt.

Überall, vom Gemach des Königs bis zu den Zelten auf der Ebene, brodelte es vor Aufregung, die sich in Gelächter, Gesang und Stegreifspielen Bahn brach. Aus den Toren der Burg polterten Wagen und Handkarren, randvoll mit Lebensmitteln und Vorräten für die Behelfsküchen beladen, die man auf dem Feld unter leuchtend gelben Baldachinen eingerichtet hatte.

Überall auf dem Feld standen bunte, rot-silberne Pavillons

mit dem königlichen Wappen, dem sich windenden roten Drachen. In silbernen Fäden stieg der Rauch von den Kochfeuern träge zum wolkenlosen Himmel empor. Wer von den Befestigungsmauern der Burg Askalon hinab auf die Ebene blickte, mußte den Eindruck gewinnen, als liege ein buntes Heer vor den Toren, ein Heer, dessen Truppen immer stärker wurden, da sich immer mehr Menschen hinaus aufs Feld begaben.

»Vater! Vater! Komm schnell! Schau! Ach, schau nur!« riefen die Kinder. Sie rannten zu Quentin, packten ihn bei der Hand und zerrten ihn auf den Söller hinaus. »Sieh nur! Die Jagd ist fast bereit! Sieh nur die vielen Leute! So viele haben wir noch nie gesehen!« riefen sie.

»Dürfen wir bei den Spielen mitmachen?« fragte Prinzessin Brianna.

»Ja, freilich«, erwiderte Quentin. »Für euch gibt es auch welche.« Er streichelte ihr über den Kopf.

»Und beim Zirkus zusehen?« wollte Prinzessin Elena wissen.

»Ja! Ja, natürlich!« rief Quentin lachend.

Der junge Prinz Gerin erbat sich keine Gunst, denn er betrachtete sich als zu groß für solch kindische Vergnügungen. Er blickte auf das Schauspiel hinab und strahlte mit vor Aufregung rotem Gesicht.

»Und was ist mit dir, mein Sohn? Was möchtest du heute tun?«

Prinz Gerin drehte sich um und lächelte geheimnisvoll. »Das wirst du schon sehen, aber nicht gleich. Es ist ein Geheimnis! Eine Überraschung!«

»Ja, dann!« entgegnete Quentin. »Wenn ich warten muß, dann will ich mich gedulden. Aber spanne mich nicht zu lange auf die Folter, das werde ich nämlich nicht aushalten.« Er lachte wieder, zog seinen Jüngsten an sich und rieb ihm liebevoll die Schultern.

»Da seid ihr!« sagte Bria und trat auf den Söller. »Je schneller wir frühstücken, um so früher können wir zu den anderen, damit das Fest beginnen kann!«

Die Mädchen zogen mißmutig eine Schnute. Prinz Gerin stürzte zur Tür. »Ich kann jetzt nichts essen!« rief er. »Ich muß zu Toli!« Und fort war er, ehe seine Mutter etwas einwenden konnte.

»Das Frühstück stört heute nur«, stellte Quentin fest. »Im übrigen werden wir Zeit und Gelegenheit genug haben, um auf dem Feld zu essen. Wer heute hungrig bleibt, ist selber schuld.«

Bria seufzte und schob die Mädchen vor sich her. Sie gingen nach unten und verschlangen hastig ein paar Bissen, ehe die Jagd begann.

In der Burg hatte schon viele Tage lang reges Treiben geherrscht. Speisen und Getränke waren vorzubereiten, die Pavillons aus den Lagerräumen zu holen und das Feld herzurichten. Bänkelsänger und Zirkusleute, manche von ihnen mit dressierten Bären und Hunden, waren ins Dorf gekommen. Die Kaufleute legten ihre Waren zurecht, die sie den vielen Menschen feilbieten wollten; die Essenverkäufer bereiteten ihre Köstlichkeiten vor.

Toli und Prinz Gerin hatten für ihre Überraschung auf ihre Weise mit immer schwierigeren Sprüngen geübt. Nach vielen schmerzlichen Stürzen hatte der Prinz anmutig zu springen gelernt und führte sein Pferd schließlich mit kundiger Hand.

»Sehr gut! Ausgezeichnet!« rief Toli am letzten Tag. »Du bist zur Jagd bereit. Ich habe dich alles gelehrt, was ich kann!«

»Meinst du das wirklich, Toli?«

Der Dscher nickte feierlich. »Einen besseren Reiter kann man in diesem Reich kaum finden. Du bist bereit. Denke nur immer an alles, was wir geübt haben, und du wirst unter den Besten sein.«

»Wahrhaftig?«

»Wahrhaftig.«

»Vater wird staunen!« rief der Prinz. »Du wirst ihm doch nichts verraten?«

»Niemals! Auch ich will ihn überraschen.«

Die letzten Tage waren für den Prinzen schwer gewesen, denn es fiel ihm nicht leicht, sein Geheimnis zu wahren. Es brannte in ihm, allzeit bereit, ihm zu entschlüpfen. Aber er hatte es geschafft und dichtgehalten.

Jetzt rannte er blitzschnell zu den Ställen, um Toli zu suchen und sein Pferd zu begutachten. Er traf den Dscher an, als er gerade das Tier für ihn aufzäumte und jedes Teil genau überprüfte. Gerin verlangsamte auf dem letzten Stück Weg seine Schritte. Tarky wieherte leise, als der Knabe die Hand ausstreckte und ihm den schlanken Kopf tätschelte.

»Du reitest doch neben mir, Toli, nicht wahr?«

»Gewiß. Ich werde die ganze Zeit an deiner Seite bleiben. Wie sollte ich dich andernfalls im Sattel halten?«

»Glaubst du, wir erringen einen Preis?«

»Unsere Möglichkeiten sind nicht geringer als die der übrigen, das wette ich. Und vielleicht sogar besser. Wir könnten durchaus einen Preis erringen.«

Die Jäger durften dem Wild nachstellen, hatten aber als zusätzlichen Lohn Aussicht auf Preise, die im Wald versteckt waren: aus Gold und Silber gemachte Becher und Schalen sowie andere wertvolle Dinge. Dies heizte den Wetteifer an und würzte die Partie mit einem weiteren Vergnügen. Viele der Jäger hatten nicht einmal Waffen bei sich, weil sie es lieber ganz darauf anlegten, wertvolle Kleinode zu finden. Und genau das wollte auch Prinz Gerin. Er wollte einen Preis für seinen Vater finden. Das würde die Überraschung vollmachen.

Als alles bereit war, schwang Gerin sich mit wild klopfendem Herzen in den Sattel. Gemeinsam mit Toli ritt er zu den anderen am Tor.

»Nun gut«, fauchte Nimrod aus dem Schatten heraus. »Ihr wißt, was ihr zu tun habt. Ihr habt ihn euch genau ansehen können. Eine Verwechslung darf nicht vorkommen.«

Die sechs Männer vor ihm nickten stumm. Sie würden sich keine Verwechslung erlauben, weil sie Nimrod zu fürchten gelernt hatten und ihn auf keinen Fall enttäuschen wollten, auch wenn im Grunde keiner von ihnen den Mumm für die vor ihnen liegende Aufgabe hatte.

»Dann schwärmt vorsichtig aus. Ich warte hier auf euch. Gedenkt des Signals und sperrt die Augen auf! Ja, Männer, sperrt die Augen auf! Ich brauche euch wohl nicht daran zu erinnern, daß wir ein sehr gefährliches Spiel treiben«, zischte er und sah die Männer mit blitzenden Augen an. »Fort jetzt. Und seid wachsam!«

Die sechs Männer, die besten unter den Tempelwächtern, schlichen sich lautlos davon; ihre dunklen Gewänder verschmolzen mit dem grünen Laub und den dunklen Schatten des Pelgrin-Waldes.

Nimrod verzerrte seine grausamen Züge zu einem boshaften Grinsen. »Meine Rache«, flüsterte er heiser in sich hinein. »Endlich bekomme ich meine Rache.«

7

Im inneren Burghof herrschte munteres Treiben, denn der König versammelte seine Familie und Freunde. Bria und die Prinzessinnen sollten in einer fröhlich aufgeputzten Kutsche aufs Feld fahren. Quentin und sein Sohn würden den Zug zu Pferde anführen, hinter ihnen Toli und Derwin sowie die edlen Gäste, die noch nicht auf dem Felde waren. Esme jedoch würde nicht unter ihnen sein.

Als alles bereit war, kam der Rüstmeister mit den Knappen angelaufen. Einer von ihnen trug den auf Hochglanz polierten Schild des Königs, der andere auf einem breiten Seidenkissen des Königs Schwert Zallkyr, das Strahlende.

Der Rüstmeister kniete nieder und bot dem König die Waffen dar. Quentin nickte, da halfen die Knappen ihrem Meister dabei, dem König das große Schwert umzugürten und den Schild zu reichen, den Quentin sich um die Schulter schlang.

Die Kunde vom Strahlenden Schwert hatte sich vor langer Zeit im ganzen Lande verbreitet. Kein Bauer, der nicht gehört hatte, wie es in den verloren geglaubten Minen der Ariga aus dem sagenhaften, glühenden Erz namens Lanthanil geschmiedet worden war. Weit jenseits der Grenzen Mensandors erzählte man sich die Mär vom Strahlenden Schwert und vom mächtigen Priesterkönig, der durch seltsam wundersamen Zauber auf den Thron gelangt war. Alle, die ihn nun sahen, glaubten die vielen Geschichten eifriger denn je, denn er wirkte ungeheuer stark und furchtlos.

Quentin stieg auf Feuersturm; der milchweiße Hengst tänzelte nervös, begierig aufs Lospreschen. Der Drachenkönig hob die Hand, da gingen die Torflügel des Innenhofs weit auf, und der Zug setzte sich in Bewegung. Sie ritten in den Außenhof und dann durchs große Torhaus über die mächtige Zugbrücke ins Freie die Rampe hinab zum Dorf. Zwar waren viele Dörfler bereits aufs Feld geströmt, doch blieben noch immer genügend, um die Straßen zu säumen und ihrem König zum Willkommen zuzujubeln. Das glückliche Volk reihte sich hinter der Parade ein, und alle zogen gemeinsam aufs Feld.

Der junge Gerin, dessen Herz flatterte wie ein gefangener Vogel, starrte baff vor Staunen um sich; er fühlte sich stolz und wichtig. Heute sah die Jagd für ihn anders aus; nichts schien mehr so, wie er es von früher in Erinnerung hatte. Alles hatte sich verändert, war bunter geworden, aufregender, spannender. Denn heute würde er mit auf die Jagd reiten.

Er drehte sich im Sattel um und warf Toli, der hinter ihm ritt, einen verschwörerischen Blick zu. Toli unterhielt sich zwar mit Derwin, schnappte den Blick aber auf und zwinkerte zurück.

Gerin sah sich genau um: Gaukler warfen Messer und Reifen hoch in die Luft und fingen sie behende wieder auf; ein Mann ließ einen dressierten Bär an einer Kette einen Kopfstand machen. Akrobaten purzelten übereinander und schleuderten einander durch die Luft; ein paar Knaben hatten sich aus Ästen Stelzen gebastelt und versuchten darauf zu gehen; Trödler übertönten Gelächter und Geschrei, um ihre Waren anzupreisen: lustige Bänder, Geschmeide und kleine Lackdöschen.

Alles war voller Töne und Farben. Hier und da erklang Musik, und die Barden sammelten Grüppchen um sich, die sich ihre neuesten Lieder anhörten; die Pferde tänzelten und warfen wiehernd den Kopf hin und her, daß die Glöckchen klingelten; die Kindern tollten lachend barfuß durchs Gras.

Die Parade langte auf dem Feld an, da richtete Gerin seinen Blick auf die Wettspiele. An den Längsseiten des langen Rechtecks standen Zelte und kleine Pavillons mit Standarten vor den

Eingängen, an denen das Banner des jeweiligen Fürsten oder Ritters flatterte. Einige der Reiter standen vor ihren Zelten und überprüften noch einmal Zaumzeug und Waffen. Im Gras lagen Jagdhunde und warteten auf den Beginn der Partie; manche zerrten an ihren Leinen und japsten einander gierig an, weil sie spürten, daß sie bald losgelassen würden.

Gerin blickte sich bei den Pavillons um und versuchte die Wappen, die er kannte, zu entdecken. Dort sah man die grüne Eiche auf himmelblau und golden gestreiftem Grund: das war Ritter Grenfell. Eber und Speer auf scharlachrotem Grund standen für Baron Boste; und silberne Lanze und Schild auf dem schwarzweißen Schachbrettmuster waren die Abzeichen Ritter Hedrichs von Belvien. Auch fehlten nicht Benjots silberblauer Doppeladler, Rurds roter Ochse auf Sand und Finschers Panzerfaust mit den Blitzen.

Die vielen übrigen kannte er nicht – Hirsche und Hunde, Kettenhemden und Kreuze, Dolche und Dohlen, aber die beiden, die er am meisten zu finden hoffte, gewahrte er nicht: den schwarzen Adler auf karmesinrotem Grund und den grauen Panzerhandschuh mit Morgenstern und Flegel.

»Wo ist Teido, Vater? Und Ronsard? Ich finde sie nicht«, sagte der Prinz und reckte den Hals, um möglichst weit zu sehen.

»Sie werden noch vor Ende der Jagd hier sein. Teido benachrichtigte uns, daß er morgen kommen werde, und Ronsard genauso. Sie werden sich die Jagd nicht entgehen lassen. Keine Sorge, deine Freunde werden nicht fehlen.«

Sie gelangten zum königlichen Pavillon und saßen ab. Die ansteigenden Bankreihen waren bereits zum Bersten voll, und noch immer strömten Leute herbei. In der vordersten Reihe jedoch standen hinter einem Geländer Stühle für die Königsfamilie und ihr Gefolge. Die Königin nahm ihren Platz ein, die Prinzessinnen setzten sich neben sie; sie lächelten und winkten allen, die sie grüßten. Der König, der sofort von Gratulanten umgeben war, bahnte sich mühsam einen Weg zu seinem Stuhl. Dort blieb er stehen und gab dem Herold ein Zeichen.

Da rief ein heller, klarer Trompetenstoß die Reiter zusammen. Diese begannen aufs Feld zu trotten und sich vor dem königlichen Pavillon in Reihen aufzustellen. Als alle bereit waren, nickte der König einem Mann zu, der ein Ledergehänge mit einem Jagdhorn daran trug.

Dieser Mann war der Jagdmarschall. Er führte seinen braunen Hengst vor die Versammelten und begann mit lauter Stimme, die Wettbewerbsregeln zu verkünden. Als er geendet hatte, blickte Quentin auf die Menge hinab und rief: »Gelobt ihr allesamt, den Regeln der königlichen Jagd Folge zu leisten?«

»Wir geloben es!« schallte es wie aus einem Mund zurück.

»Gut denn!« rief Quentin. »Die Jagd beginne!«

Da erhoben die Reiter ein lautes Hurra, und die Zuschauer nahmen um das Feld herum Aufstellung. Der Marschall führte das Horn an seine Lippen, aber noch ehe er einen Ton blasen konnte, schrie jemand laut: »Unser König soll uns anführen!«

»Der König!« rief ein anderer. »Ja! Der König!« fielen die übrigen ein. »Wir wollen König Quentin. Der König muß die Jagd anführen.«

Quentin lächelte und blickte Bria an. »Oh, du mußt es tun, Vater! Du mußt!« riefen die Prinzessinnen Brianna und Elena.

»Ja«, stimmte die Königin zu. »Führe sie an, Herr.«

»Nun gut«, erwiderte Quentin. »Es sei!« Er machte Anstalten, den Pavillon zu verlassen und auf Feuersturm zu steigen. Da brach die Menge wieder in Jubelrufe aus.

»Der König kommt mit!« tönte es. Eigentlich tat er dies jedes Jahr, aber es war Brauch, daß die Wettstreiter ihn darum baten und ihm die Führung antrugen. Für gewöhnlich ritt er ein kurzes Stück mit ihnen und kehrte dann zurück, um den übrigen Wettkämpfen vorzustehen.

»Kommst du auch, Derwin?« fragte er, als er von der Tribüne herabstieg.

»Ich bin zu alt, um mir beim Reiten das Genick zu brechen. Überlasse das Jüngeren. Ich warte hier auf dich.«

»Derwin!« johlte die Menge. »Derwin, reite mit uns! Derwin! Derwin!« Die Leute ließen nicht locker.

»Siehst du, Derwin, sie bestehen darauf. Willst du sie enttäuschen?«

»Na schön, ich komme mit. Geh voraus.« Er folgte Quentin aufs Feld.

Als sie im Sattel saßen und losgaloppieren wollten, warf Quentin einen Blick zur Seite und sah, daß sein Sohn ihn voller Vorfreude anstrahlte. »Was ist das denn?«

»Ich komme auch mit, Vater. Das ist die Überraschung!«

Ehe Quentin etwas einwenden konnte, sagte Toli, der neben dem Prinzen ritt: »Wir haben wochenlang geübt, Herr. Dein Sohn ist ein guter Reiter geworden.«

»Ist das wahr?« Er blickte seinen Sohn an.

Der Knabe prustete laut: »Wenn du die blauen Flecken sehen würdest, die ich abbekam, dann wüßtest du, daß es wahr ist.«

Quentin fehlten die Worte. Er schaute zu Bria hinauf, die das Gespräch von ihrem Platz aus mit Sorge verfolgt hatte. Quentin kratzte sich am Kinn und schien die Sache verbieten zu wollen. Er sah Toli an. »Hältst du das für klug?« Prinz Gerin biß sich auf die Lippe.

»Herr, ich würde es nicht zulassen, wenn ich es für gefährlich hielte. Er kann mit dem Pferd umgehen, keine Sorge. Und ich werde zur Sicherheit bei ihm bleiben. Ich werde ihn keinen Augenblick aus den Augen lassen.«

Quentin nickte, den Knaben betrachtend. Ungeheure Hoffnung brannte wie Feuer in seinen Augen. Wie hätte er ihm den Spaß verwehren können?

»Wie ihr wollt«, sagte Quentin und grinste, als er sah, wieviel die Zustimmung dem Jungen bedeutete. »Du darfst mitreiten. Und hoffentlich findest du den größten Preis.«

»Für dich, Vater. Ich will ihn für dich finden!«

»Toli, paß auf ihn auf. Und du, mein Herr, du tust, was Toli dir sagt.«

Sie bahnten sich einen Weg durch die Reiter bis ans Ende des Feldes, der König an der Spitze, Derwin zur Rechten und Gerin mit Toli zur Linken. Als sie ihren Platz eingenommen hatten, hob der König die Hand, und der Marschall stieß ins Horn. »Auf zur Jagd!« riefen alle, und sogleich sprangen die Pferde davon und donnerten auf den Pelgrin-Wald zu.

Das Dröhnen der Pferdehufe klang wie lautes Trommelschlagen, und die Leute jubelten, als die Reiter davonstoben. Sobald sie den Waldrand erreichten, ließ Quentin sich zurückfallen und die anderen vorausreiten. Diejenigen, die Wild erlegen wollten, kamen zuerst, mit eingelegten Lanzen suchten sie nach den Wildpfaden. Hinter ihnen folgten diejenigen, die auf die versteckten Preise aus waren.

»Worauf wartest du?« rief Quentin seinem Sohn nach, der vor dem Wald zögerte. »Nur zu!« Der Knabe schnalzte mit den Zügeln, und Tarky stob davon, Toli unmittelbar hinterdrein.

»Er wächst rasch, Herr«, stellte Derwin fest.

»Zu rasch, dünkt mich manchmal.« Er lächelte seinem Sohn nach. »Sieh ihn dir nur an.«

»Er erinnert mich an einen anderen jungen Mann, den ich einst kennenlernte – kann es schon so lange her sein? Auch er hatte einen braunen Gaul, wenn ich mich recht erinnere.«

»Aber er konnte nicht so gut reiten, wenn ich mich recht erinnere.«

»So ist es! Aber er besaß einen festen Willen und ein tapferes Herz in seiner jungen Brust.«

»Ein stures Herz, meinst du«, entgegnete Quentin lachend. »Wie sehr wir uns verändert haben, mein alter Freund!«

»Ja, ein wenig. Aber im Grunde sind wir die alten geblieben.« Der Einsiedler schnalzte mit den Zügeln. »Komm nun. Sehen wir, wie es dem jungen Herrn ergeht. Halte mit, wenn du kannst!« Und er schoß davon.

»Spricht man so mit seinem König, du ergrauter alter Einsiedler!« rief Quentin ihm nach. Er gab Feuersturm die Sporen und jagte in den kühlen grünen Wald.

8

»Das Wetter ist so herrlich, Herrin. Willst du nicht zu den anderen aufs Fest gehen?« Leise stellte Chloe sich hinter Esme, die blind auf die Ebene hinausstarrte, wo es von bunten Zelten nur so wimmelte. »Sieh nur, die Jagd hat schon begonnen.«

Die beiden Frauen beobachteten, wie die Reiter einer Woge gleich über die Ebene von Askalon rasten. Nach einer kurzen Weile erwiderte Esme geistesabwesend: »Du darfst gehen, Chloe, wenn du möchtest. Ich werde wohl hierbleiben ...«

»Ach, Herrin, komm doch mit. Es würde dir Freude bereiten. Das weiß ich.«

»Na schön«, seufzte Esme, »ich will dir den Gefallen tun. Ich komme mit.«

Da es ein milder Tag war, beschlossen sie, zu Fuß zu gehen, und spazierten durch die leeren Straßen zum Festplatz. Chloe schwatzte die ganze Zeit über munter drauflos und erzählte von allerlei Kleinigkeiten, die ihr im Haushalt des Drachenkönigs im Vergleich mit anderen Königshöfen aufgefallen waren.

Esme lauschte ihr nur mit halbem Ohr und ließ sie zwitschern wie einen Sperling. Sie war froh, daß sie nicht zu denken brauchte. Ihre düstere Stimmung vom Abend zuvor hatte sich am Morgen wieder eingestellt. Sie versuchte zwar, ihrer Herr zu werden, merkte aber bald, daß sie tiefer darin steckte, als sie geahnt hatte. Sie konnte die trüben Wolken nicht vertreiben. Darum gab sie es schließlich auf und ließ sich einfach treiben.

Was soll ich nur tun? dachte sie. Was soll ich nur tun?

Mit dem Tod ihres Gatten hatte sie ausgedehnte Ländereien

geerbt. Unter ihrem Schutz standen mehrere kleine Weiler, dazu eine Burg und ein Sommersitz, jeweils mit vollständiger Dienerschaft. Ihre Schatzkammer gehörte zu den reichsten in Elsendor. All dies hätte sie jedoch mit Freuden hingegeben, hätte sie nur einen Schimmer Hoffnung erspähen können.

»Mach kein so verdrießliches Gesicht, Herrin«, sagte Chloe.

»Wie?« Esme riß sich von ihren trübsinnigen Gedanken los.

»Versprich mir, daß du das Fest genießen wirst.«

Esme lächelte. »Ich werde es versuchen. Ich weiß, daß es sich für eine Dame nicht ziemt, wie eine böse Hexe zu schauen.« Sie seufzte wieder. »Ach, Chloe, was soll ich nur tun?«

Sobald sie den Festplatz erreicht hatten, zwängten sie sich durch die dichten Menschenmassen zwischen den gelb-weißen Zelten. Auf dem Weg zum königlichen Pavillon blieben sie hin und wieder stehen, um die Akrobaten und Gaukler zu betrachten oder eine der Köstlichkeiten zu probieren, die allenthalben feilgeboten wurden.

»Esme! Esme!« hörte sie es rufen, und schon sah sie die beiden kleinen Prinzessinnen auf sich zulaufen. »Wie sind wir froh, daß du gekommen bist!« sprudelte die atemlose Brianna hervor. »Es gibt so viel zu sehen!«

»So viel zu sehen!« wiederholte Elena. »Komm mit!«

»Willst du uns bei einem Spiel zusehen?« fragte Brianna.

»O ja, bitte«, rief Elena, »das mußt du!«

»Herzlich gerne«, erwiderte Esme.

Schon waren die Mädchen wieder weg, flink wie Grashüpfer rannten sie zu einem Kreis von Leuten, die um ein Kegelspiel standen.

»Schön, daß du es dir anders überlegt hast, Esme.« Bria hatte sich zu ihr gesellt. Esme senkte ihren Blick. »Das war Chloes Idee...«, erwiderte sie langsam. Bria bemerkte ihren verzweifelten Tonfall. »Ich muß gestern abend wie ein Fischweib geplappert haben«, fügte sie hinzu.

»Was heißt hier Plappern? Wir sind doch Freundinnen. Ich freue mich über dein Vertrauen. Wenn du dich aussprechen willst, höre ich dir gerne zu.«

Esme sagte wieder eine Weile nichts. Schweigend gingen die beiden Frauen weiter. »Es ist doch seltsam, nicht wahr?« brachte sie schließlich hervor.

»Was denn?«

»Das Leben.« Esme sah ihre Freundin kurz an und dann rasch wieder weg. »Noch gestern hatten wir so vieles vor uns, so viele strahlende Hoffnungen, so viele Träume, so viel Freude. Das waren schöne Zeiten ...«

»Die kommen wieder.«

»Für andere vielleicht, für mich nicht. Mein Schicksal stand wohl von Anfang an fest. Mir ist es nicht bestimmt ...«

»Uns ist allen bestimmt, glücklich zu werden. Esme, du hast großes Leid und Kummer erlebt. Es wird einige Zeit dauern, bis die Wunden in deinem Inneren verheilen. Du darfst nicht erwarten, daß sie über Nacht verschwinden.«

»Ich dachte, hier würde alles anders werden. Aber ich habe meine Seelennöte mitgebracht.«

»Dann wollen wir alles in unserer Macht Stehende tun, um dich davon zu befreien. Aber du mußt deinen Teil beitragen.«

»Ich will es versuchen, Bria. Dir zuliebe.«

»Nicht mir zuliebe, teuerste Freundin. Dir zuliebe.«

Die Jagd ging über die dicht bewachsenen Pfade des Pelgrin-Waldes, der von den Stimmen der Jäger und vom Hörnerklang widerhallte, sobald ein Stück Wild erlegt oder ein Preis entdeckt worden war. Auf einer Lichtung, durch die ein funkelnder Bach seinen Lauf nahm, machten Quentin und Derwin Rast, um ihre Pferde zu tränken.

»Schon müde?« fragte Derwin. Andere kamen auf die Wiese, hielten ebenfalls kurz an und zogen weiter.

»Ich sollte zum Festplatz zurückkehren. Man braucht mich dort als Schiedsrichter bei den Spielen.« Er lauschte auf das Krachen des Unterholzes, durch das Pferde und Reiter brachen, und ließ sich die warme Sonne ins Gesicht scheinen. »Eine schöne Jagd, was?«

»So ist es! Ich kann mich keiner schöneren entsinnen. Doch reite nur zurück; ich bleibe noch ein Weilchen. Ich möchte den jungen Prinzen reiten sehen. Was für eine Freude, ihn zu beobachten! Ich werde nach ihm suchen.«

Quentin wendete Feuersturm und ritt über die Wiese zurück. Dann winkte er Derwin zu und galoppierte fort.

Derwin hielt auf die entgegengesetzte Seite der Lichtung zu; dort führte ein Pfad in den Wald. Er kannte sich hier gut aus und ahnte bereits, wo er Toli und Gerin finden würde, denn er hatte sie anfangs in Richtung Süden reiten sehen.

Wie lange lebe ich schon nicht mehr im Wald? überlegte er. Ach, zu lange ist's her! Ich hatte ganz vergessen, wie friedlich es hier ist, wie herrlich duftend und schön. Vielleicht sollte ich die Burg verlassen und in meine alte Hütte zurückkehren. Vielleicht. Aber ich bin dort zufrieden, wo der König mich haben will. Ja, ich bin zufrieden.

Derlei Gedanken beschäftigten ihn, als er auf im Laub versteckten Nebenpfaden des Waldes dahinritt. Im grünen Schatten war es kühl; durch die Lücken im Laubbaldachin fiel hellgelb das Sonnenlicht und warf tanzende Flecken auf den Boden. Derwin kostete die Einsamkeit des Waldes aus und spürte, wie sein Herz höher schlug.

Da zerriß ein erschrockener Schrei die Luft, ein plötzliches, helles Aufkreischen. Es hing einen Augenblick in der Luft und brach dann ab. Durch das Laub klang das Geräusch gedämpft, so daß Derwin die Richtung nicht ausmachen konnte. Von sehr weit weg konnte es aber nicht gekommen sein.

Er spornte sein Roß an, ohne auf die tief hängenden Äste zu

achten. Da ertönte noch ein Schrei, diesmal näher. Derwin riß die Zügel herum, und das Pferd sprengte durchs Unterholz. Seine Beine wurden von Dornen zerkratzt, er duckte sich unter Zweigen durch. Da sah er, wie sich hinter den Bäumen unmittelbar vor ihm etwas bewegte. Er erhaschte einen Blick auf ein scheuendes Pferd und dunkle Schatten, die durch den Wald schossen.

Im Nu hatte er die Bäume hinter sich gelassen und preschte auf einen breiten Pfad. Dort drüben befanden sich Toli und Gerin zu Pferd, umringt von drei dunkel gekleideten Männern. Diese hatten Kurzschwerter gezückt und die beiden Reiter umzingelt. Nur Riffs blitzende Hufe hielten die Angreifer auf Abstand.

Ohne zu überlegen, brüllte Derwin laut los und raste auf die Gruppe zu. Die Männer vernahmen den Schrei und wandten den Kopf, um zu sehen, welche Bedrohung auf sie zukam. Als einer der Bösen sich dem Einsiedler stellte, brach der Ring auf.

Noch ehe der Mann sein Schwert recken konnte, hatte Toli Riff gewendet und stieß den Feind zu Boden. Dieser brüllte beim Stürzen so laut, daß seine beiden Gefährten zusammenzuckten und ihr Heil in der Flucht suchten.

Der Mann, der am Boden lag, blickte mit angstverzerrtem, dunkel verschmierten Gesicht auf. Seine Lippe blutete. Er spuckte einmal aus, machte einen Satz zwischen den Pferden hindurch und rappelte sich auf. Dann hechtete er ins Gebüsch und war fort.

»Wer war das?« fragte Derwin, dessen Herz wie wild raste.

»Das weiß ich nicht«, erwiderte Toli. »Wir haben hier angehalten, um zu überlegen, welche Richtung wir einschlagen sollen. Im Nu waren sie über uns hergefallen.«

»Ist alles heil, junger Herr?« erkundigte sich der Einsiedler.

Prinz Gerin nickte langsam; der Schrecken war ihm in die Glieder gefahren.

»Was sie wohl wollten?«

Toli kniff die Augen zusammen und blickte in die Richtung, in der die Angreifer geflohen waren. »Das werde ich sofort herausfinden.« Rasch warf er Gerin und Derwin einen Blick zu. »Bleib bei Derwin, junger Mann. Er kümmert sich um dich. Ich bin gleich wieder hier.«

Der Prinz wollte etwas dagegen sagen, hielt aber den Mund und gehorchte.

»Sei vorsichtig, Toli. Du hast keine Waffen«, warnte Derwin.

»Kehrt sofort zum Festplatz zurück«, befahl Toli. »Ich komme bald nach.« Darauf spornte er Riff an und verschwand im Gestrüpp, den geheimnisvollen Fremden auf der Spur.

9

»Hier ist das Böse unterwegs«, stellte Derwin ruhig fest. »Das spüre ich. In der Nähe lauert Arglist.«

Prinz Gerin musterte den Einsiedler lang, dann reckte er das Kinn und setzte ein grimmiges Gesicht auf. Diese Geste erinnerte Derwin an einen anderen jungen Mann, der sich den Gefahren mit der gleichen stillen Entschlossenheit gestellt hatte. Wie sehr der kleine Prinz seinem Vater ähnelte!

Sie ritten auf dem Pfad zurück, auf dem Gerin und Toli gekommen waren, als Derwin plötzlich die Hand hochhielt. Sie blieben stehen. »Horch!« flüsterte Derwin. Beide lauschten sie angestrengt. Hinter ihnen im Gebüsch raschelte es.

»Vielleicht kommt Toli schon zurück«, vermutete der Prinz.

Derwin merkte, wie die Finsternis um sie herum zunahm. Er konnte sie beinahe sehen, ihre verzweifelte Kraft spüren. Da fiel ihm ein, daß er genau dieser übelwollenden Kraft schon einmal begegnet war, vor sehr langer Zeit.

»Rasch, wir müssen fliehen!« wisperte er rauh. Gerin reagierte schnell und ohne zu fragen. Auf ein kurzes Zügelschnalzen hin sprangen die beiden Pferde los. Sie preschten über die verschlungenen Waldpfade, um hinaus auf die sichere, offene Ebene zu gelangen. Indes, sie waren nicht weit gekommen, als vor ihnen auf dem Weg zwei Männer in den gleichen dunklen Kleidern standen wie diejenigen, die sie zuvor getroffen hatten. Die Männer fuchtelten mit ihren Schwertern und brüllten laut. Da blieben die Pferde stehen. Derwin wendete sein Roß, und Gerin tat es ihm gleich, doch als sie den Rückzug antreten wollten, sprangen zwei weitere Schurken aus dem Gebüsch.

»Dorthin!« rief Derwin, auf einen Strauch deutend. Er wartete kurz, um den Prinzen vorbeizulassen, und setzte ihm dann nach.

Das Pony jedoch verfing sich im Gezweig und ging zu Boden. Prinz Gerin schrie auf, als er über den Kopf des Tieres hinweg abgeworfen wurde und auf dem Boden aufschlug.

»Rasch!« rief Derwin. »Sitz wieder auf! Geschwind!«

Der Knabe sprang auf und griff nach den baumelnden Zügeln. Er saß im Sattel, bevor das Tier sich wieder aufgerappelt hatte.

»Fort!« schrie Derwin. »Fort von hier!«

Der Einsiedler blickte nach unten und sah Hände nach sich greifen. Er peitschte mit den Zügeln auf sie ein und hörte sie fluchen. Dann spornte er sein Pferd an, um dem fliehenden Prinzen nachzusetzen, wurde aber am Arm gepackt und festgehalten. Das Roß sprengte davon, Derwin aber riß man aus dem Sattel, obwohl er sich heftig wehrte.

Er stürzte und blieb am Wegrand liegen. Etwas blitzte auf und sirrte durch die Luft. Er versuchte auszuweichen, setzte sich auf die Knie auf und spürte einen stechenden Schmerz in der Seite. Als er sich halb umdrehte und nach hinten warf, hörte er jemanden scharf ausatmen. Wieder fuhr ein Blitz durch die Luft. Der Hieb traf den Einsiedler am Rücken: Er brach hilflos zusammen.

Als er die Wunde betastete, spürte er das Blut warm und feucht durch die Kleidung sickern. Seine Hand war rot vor Blut. Die Wunde brannte wie mit Feuerflammen. Er versuchte, sich aufzurichten, kippte aber wieder um. Seine Beine waren taub und gefühllos.

Neben ihm bewegte sich jemand, dann ertönte ein Stück weiter ein Schrei, gefolgt vom Geräusch brechender Zweige. Dann hörte er einen zweiten Schrei aus größerer Entfernung. Schließlich war alles still.

Derwin überlegte rasch. Er war von unsichtbarer Hand niedergestreckt worden. Anstatt ihm den Garaus zu machen, hatten die Angreifer dem Prinzen nachgesetzt. Er mußte Toli warnen, aber wie? Er versuchte zu rufen, doch die Stimme versagte ihm. Ein glühender Schmerz durchzuckte ihn, und er mußte husten und spucken. Sein Speichel war mit Blut durchmischt.

Eine schwere Verletzung, dachte er, doch gleichviel. Keuchend blieb er liegen. Man mußte Toli benachrichtigen. Der fromme Einsiedler aus dem Pelgrin-Wald schloß die Augen und begann zu beten.

»Allmächtiger Gott, erhöre deinen Diener in seiner Not. Bringe Toli hierher, auf daß er uns rette. Bringe ihn schnell, ehe es zu spät ist. Schütze den Prinzen, darum flehe ich dich an. Schütze ihn ...«

Dann wogten dunkle Nebelschwaden über ihn, und bald bewegten seine Lippen sich nicht mehr. Er lag auf dem weichen Moos des Waldbodens, und unter ihm breitete sich langsam ein häßlicher roter Fleck aus.

Quentin hatte den Waldrand erreicht und wollte schon die Ebene überqueren, als ihn etwas zögern ließ. Hatte er da einen Schrei gehört? Mucksmäuschenstill blieb er stehen.

Die Luft war warm und mild. Sanfte Brisen raschelten durchs Laub und durchs Gras. In nächster Nähe ließ eine Feldlerche ihr Lied zur Sonne emporsteigen.

Quentin jedoch hatte das Gefühl, als habe sich der Himmel einen Augenblick verdüstert, als sei eine Wolke an der Sonne vorübergezogen, um sie ganz kurz zu verdecken. Dann war alles wie zuvor, nur daß der König plötzlich auf eine unbekannte Gefahr aufmerksam geworden zu sein schien.

Sogleich lenkte er sein Roß in den Wald zurück. Er schlug den Weg nach Süden ein, denn er spürte, daß der Schrei, den er sich eingebildet hatte, aus dieser Richtung erklungen war. Die Streifen aus Licht und Schatten, welche die Baumstämme warfen, verschwammen, so schnell preschte Quentin über den dunklen

Pfad des Pelgrin-Waldes. Das Herz pochte ihm in der Brust, und er trieb Feuersturm zu immer größerer Eile an, der sich seinen Weg bald der eigenen Witterung nach wählte.

Als Quentin eine kleine Lichtung erreichte, hielt er an. Dort auf dem Pfad lag ein Bündel. War dies ein Mensch?

Quentin ließ sich aus dem Sattel gleiten und lief hin. Er kniete nieder und drehte den Körper um.

»Derwin!«

Das Antlitz des Einsiedlers war aschfahl. Seine Lider zuckten, als er versuchte, seine getrübten Augen auf den Freund zu richten. »Ach, Quentin ...«

»Was ist geschehen? Wer hat dir das angetan?«

»Der Prinz ... Dein Sohn ... Sie haben ihn ergriffen.«

»Wer? Laß mich dir helfen ...«

»Nein, nein. Laß mich liegen. Suche deinen Sohn. Sie sind dort drüben lang gelaufen.« Er machte ein schwache Bewegung mit dem Kopf.

»Wie viele waren es?«

»Drei oder vier. Ich habe sie nicht richtig gesehen. Vielleicht waren es auch mehr. Toli, au!« Seine Züge waren schmerzverzerrt; seine Glieder verkrampften sich einen Moment lang.

»Ruhig«, sagte Quentin tröstend. »Wir finden sie schon. Schlafe nun.« Er bemühte sich, die Ruhe zu bewahren.

»Ja, ich werde schlafen.« Die Stimme des Einsiedlers war dünn, aber er blickte Quentin jetzt tief in die Augen. »Wir sind einen weiten Weg gemeinsam gewandert, wie?« Er hustete und schloß die Augen.

»Ja, und wir werden noch auf vielen Wegen reiten.« Quentin hielt ihn fester.

»Die wirst du, glaube ich, alleine reiten. Aber ich bin's zufrieden. Ich habe keine Angst vor dem Sterben.«

»Du stirbst nicht!« rief Quentin verzweifelt. Ihm kamen die Tränen. »Du wirst es schaffen. Es ist Hilfe unterwegs.«

»Ich fürchte, sie kommt zu spät.« Er blickte Quentin wieder an. »Mach Toli keinen Vorwurf. Er trägt keine Schuld.«

»Was willst du damit sagen?« erwiderte Quentin.

»Sei stark, Quentin. Vergiß nicht, daß du der König bist. Du mußt dein Reich führen. Dies wird die härteste Prüfung für dich, der schwärzeste Tag.«

»Nein!« Quentin sah, daß die Lebensgeister seinen Freund verließen. »Du wirst nie sterben!«

»So ist es! Die Seele stirbt nie... niemals. Wie werden uns wiedersehen, lieber Freund. Ich werde auf dich warten. Frei von Leid, frei von Furcht...«

»Verlaß mich nicht!« rief Quentin.

Da lief ein leichter Schauder durch den Körper des Einsiedlers, dann rührte er sich nicht mehr. Sein Atem erstarb als schwacher Seufzer. Derwin war tot.

10

»Ihr Toren! Ihr Dummköpfe!« tobte Nimrod. »Was habt ihr getan?« Er drehte sich im Kreis, um den grimmigen Gesichtern, die ihn umringten, allen zu drohen. »Das büßt ihr mit eurem Leben!«

»Wir haben nur getan, was du uns befahlst«, entgegnete der Anführer der Tempelwächter. »Wie hätten wir ahnen sollen, daß er den Prinzen verlassen würde! Sie waren stets beisammen.«

»Schweig! Laß mich nachdenken!« Er hielt inne, um Prinz Gerin anzustarren, der seinen Blick trotzig erwiderte. »Ich habe euch ausgesandt, um einen Mann niederzustrecken, und ihr bringt mir einen Knaben.«

»Das ist der Prinz, sage ich!« beharrte der Mann.

»Ist das wahr?« fragte Nimrod. Seine Augen bohrten sich in den Jungen. »Wie heißt du?«

»Gerin«, erwiderte dieser fest. »Wer bist du?«

»Frechdachs!« Der alte Mann holte aus und versetzte dem Knaben eine Ohrfeige, die einen roten Abdruck auf seiner Wange hinterließ.

»Mein Vater wird schon mit dir fertig werden«, sagte der Prinz. »Laß mich gehen.«

»Nein«, versetzte Nimrod, dem allmählich ein Einfall kam. »Diese Gelegenheit kann ich in meinen Vorteil ummünzen.« Er lächelte verschlagen. »Ja, wahrhaftig.« Er gluckste in sich hinein und fauchte dann: »Nehmt ihn mit!«

Zwei bullige Männer schoben den Prinzen voran, immer tiefer in den Wald hinein. Wenn er auf Hände und Knie stürzte, zerrten sie ihn am Kragen hoch und schoben ihn weiter. Ein anderer Wächter führte Tarky am Zügel fort.

»Ihr zwei!« Nimrod deutete auf die beiden übrigen. »Ihr bildet die Nachhut. Wenn uns jemand folgt, lenkt ihr ihn von unserer Fährte ab. Verstanden?«

Die beiden Männer sahen sich beunruhigt an, nickten aber und blieben zurück. Bald hatten sich Nimrod, der Prinz und die übrigen im Dickicht verloren. Die beiden Wächter sahen ihren verschwindenden Kameraden nach, wobei einer murrte: »Die Sache ist faul und behagt mir gar nicht, bei Ariel. Wir sind Tempelwächter, und er hat Wegelagerer und Entführer aus uns gemacht.«

»Ich habe nicht gehört, daß du ihm widersprochen hast«, erwiderte der andere boshaft. »Jetzt stecken wir in der Sache drin und müssen sie durchstehen.«

»Ja freilich, aber wo wird sie enden? Das möchte ich gern wissen. Da hat der Tod seine Hände im Spiel, merke dir meine Worte. Der Tod. Dies wird dem Tempel zum Verhängnis werden.«

»Schweig! Wir haben schon genug Sorgen. Wenn wir mit heiler Haut davonkommen wollen, müssen wir wachsam bleiben und dürfen nicht miauen und zagen wie kranke Katzen.«

»Er hat den Prinzen entführt! Bei Ariel…«

»Sei still! Wir stecken genauso tief drin wie er. Das Jammern hat jetzt keinen Sinn. Komm, tun wir unsere Arbeit.«

Die beiden schlugen denselben Weg ein wie die anderen und horchten unruhig nach Geräuschen; wider jede Vernunft hofften sie, niemand werde ihnen folgen.

Toli gelangte auf den Pfad und zur Lichtung. Noch ehe er die zusammengekauerten Gestalten am Boden wahrnahm, wußte er, daß etwas nicht stimmte. Sein Herz pochte heftig und schnell, als seine Ahnung zur Gewißheit wurde.

Er schwang sich eilends vom Pferd und rannte zu der Stelle, an der Quentin Derwin in den Armen hielt.

»Herr! Ach, Herr!« Er blieb unvermittelt stehen und kniete nieder, denn er konnte sich denken, was geschehen war.

Quentin hob langsam den Kopf. Sein Gesicht glänzte vor Tränen. »Derwin ist tot«, sagte er leise. »Tot. Toli, ich…« Seine Stimme versagte, und er drückte den Leichnam wieder an sich, während seine Schultern unter Schluchzern zuckten.

Toli hatte ein Gefühl, als habe man ihm das Herz entzweigespalten. Er ging in die Hocke und blickte zum Himmel hinauf, der über den Baumwipfeln hellblau leuchtete. Und kurz darauf ertönte im grünen Hain ein sanfter Klang, denn Toli stimmte die alte Totenklage der Dscher an:

Winuk brea faro lleani
Fallei sensi nessina wea.

Das waren einfache Worte, die Quentin verstand. »Vater des Lebens«, sang Toli, »nimm unseren Bruder auf. Gewähre ihm einen Platz in deinem großen Haus.«

Für die Dscher, die kein festes Dach über dem Kopf kannten, weil sie ständig durch die Wälder des Nordens zogen, bedeutete Winuks großes Haus ewige Freude, Sicherheit und Behaglichkeit – sowie Frieden, der den Dscher als höchste Erfüllung galt.

Nach einer Weile verklang der Gesang sanft in der Luft. Quentin ließ den Leichnam des Einsiedlers sachte zu Boden sinken und richtete mit Tolis Hilfe die Gliedmaßen aus. Er wischte eine Haarsträhne aus dem breiten Gesicht des Mannes, den er verehrte, und küßte zärtlich die hohe Stirn. Dann stand er langsam auf. »Sie werden den Tag ihrer Geburt verfluchen«, murmelte er. »Ich setze ihnen nach.«

»Nein, laß mich. Ich…«

»Das ist meine Aufgabe. Reite du zur Burg. Laß einen Sarg für ihn bringen und ihn zurücktragen. Ich komme zu euch, wenn ich meinen Sohn gefunden habe.«

»Aber ...«, hob Toli an. Er stand auf und ging zu Quentin.

»Das ist alles«, schnitt dieser ihm kühl das Wort ab. »Du tust, was ich dir sage. Wenn du damit fertig bist, versammelst du eine Schar Ritter, um mir zu folgen, falls ich bis dahin nicht wieder da bin.«

»Was willst du tun, Herr?« Der Blick in Quentins Augen erschreckte ihn.

»Ich hole den Prinzen zurück.« Damit wandte er sich ab und ging zu dem geduldig wartenden Feuersturm. Er ergriff die Zügel, schwang sich in den Sattel und warf noch einmal einen Blick zurück auf den am Boden liegenden Leichnam des Einsiedlers. »Leb wohl, lieber Freund«, sagte er, mehr nicht, und hob die Hand zum Abschiedsgruß. Dann stob er davon.

»Wo sie nur so lang bleiben?« fragte Bria sich laut. »Sie müßten längst wieder hier sein.«

Esme, die neben der Königin im Pavillon saß, reckte den Hals und spähte zum Wald hinüber. »Ich sehe niemanden kommen. Aber du weißt ja, wie es ist, wenn die Männer auf die Jagd gehen. Es würde mich nicht wundern, wenn sie alle vom Jagdfieber ergriffen würden und darüber alles andere vergäßen.«

»Du hast recht. Gewiß ist es das«, erwiderte Bria; im Herzen war sie jedoch weit davon entfernt, daran zu glauben. Sie wandte sich wieder dem Mummenschanz zu, der vor ihr aufgeführt wurde. Die bunten Kostüme funkelten in der Sonne; die kleinen Prinzessinnen kicherten über das Gestenspiel und klatschten vor Entzücken in die Hände. Bria versuchte, Aufmerksamkeit vorzutäuschen, blickte aber immer wieder verstohlen über die Ebene zum Waldrand. Aber dort tauchte niemand auf, so daß sie sich schließlich zwang, ganz auf die Darbietung zu merken.

»Schau!« flüsterte Esme. »Ein Reiter!«

Die Königin blickte auf und folgte Esmes Fingerzeig. Dort eilte ein Reiter über die Ebene.

»Ach, nur einer!« Der Schrecken durchbohrte wie ein Pfeil ihre Brust. »Da ist etwas passiert!«

»Das können wir gar nicht wissen«, erwiderte Esme möglichst unbekümmert. »Warten wir erst einmal ab, was er zu melden hat. Vielleicht ist es nur ein Bote, der uns ausrichten soll, daß der König später kommt. Aber das wissen wir ja bereits.« Sie lachte, aber es klang freudlos.

»Wer ist es? Kannst du es erkennen?« Bria stand auf.

»Nein, noch nicht.«

Sie warteten. Ihre Nerven waren zum Zerreißen gespannt. Königin Bria knüllte ein Stück ihres Kleides in den Händen.

»Es ist Toli!« rief Esme.

»Ja, jetzt erkenne ich ihn auch!« Bria verließ ihren Platz. »Komm. Ich halte es hier keinen Augenblick länger aus. Bleibt hier bei Chloe«, befahl sie ihren Töchtern. »Wir sind gleich wieder da.«

»Ich kümmere mich um sie, Herrin«, sagte Chloe.

Die beiden Frauen eilten aufs Feld; die Schauspieler öffneten ihnen eine Gasse und setzten dann ihre Vorstellung fort.

Toli begegnete ihnen am Rand des Festplatzes. »Was ist geschehen?« fragte die Königin, bereits aufs Schlimmste gefaßt.

Toli sah sie mit ernstem Blick an. Esme beachtete er nicht. Bria versetzte es vor Entsetzen einen Stich. »Der König...«, flüsterte sie. »Nicht der König.«

Toli nahm Brias Hand. »Nein, Herrin, der König ist wohlauf«, erwiderte er sanft und sah sie zaudernd an.

»Ja, fahre fort«, sagte Bria, ohne seinem Blick auszuweichen.

»Derwin ist tot.«

»Wie?«

»Wir wurden im Wald von Entführern angegriffen. Er starb bei der Verteidigung des Prinzen.«

»Und ist der Prinz in Sicherheit?« fragte Esme.

»Er ist verschwunden. Sie haben ihn mitgenommen...«

»Nein!« hauchte Bria. Der fröhliche, laute Lärm um sie herum wurde schwächer, sie hatte ein Gefühl, als würde alles um sie herum verschwimmen, und konnte sich nur mit Mühe auf den Beinen halten.

»Wo ist der König?« fragte Esme, die kämpfen mußte, um nach außen hin Ruhe zu bewahren.

»Er war bei Derwin, als ich ihn fand. Jetzt sucht er den Prinzen.« Er blickte Esme kurz in die Augen, als hätte er sie eben erst bemerkt. »Ich soll einen Sarg holen, Derwin auf die Burg bringen und danach mit einem Geleit Ritter die Verfolgung aufnehmen.«

»Um den Sarg kümmern wir uns. Du mußt sofort die Ritter um dich scharen, wie der König befahl. Verweile nicht.«

Toli zögerte. Die Anweisungen des Königs lauteten anders.

Da kam Bria wieder zu sich. »Ja, natürlich. Du darfst keinen Augenblick verlieren. Geh nur.« Bria legte ihm ihre Hand auf den Arm. »Bitte, eile geschwind.«

Toli zauderte immer noch. »Ich hätte sie nie allein lassen dürfen«, sagte er. »Ich habe gefehlt.«

»Nein, jetzt nicht«, sagte Esme. »Wir haben keine Zeit. Was geschehen ist, ist geschehen.«

»Geh. Er wird dich brauchen«, fügte Bria hinzu.

»Nun gut. Ihr findet Derwin auf einer Lichtung am Südpfad. Ich schicke euch jemanden, der euch führt.« Toli neigte den Kopf, und schon saß er wieder im Sattel und brauste zurück zum Wald, wo er die Ritter zu finden hoffte, die er suchte, denn die meisten beteiligten sich an der Jagd.

Bria versuchte, sich an ihre Freundin zu wenden, brachte aber kein Wort heraus. Esme legte ihr einen Arm um die Schultern. »Komm. Wir haben viel zu tun. Wir müssen uns das Warten vertreiben. Und beten, daß es nicht allzu lang dauert.«

»Ja, wir müssen für Quentin und Gerin beten. Sie werden es gut gebrauchen können.«

11

Als Toli den Pelgrin-Wald erreichte, wählte er den erstbesten Pfad, der ins Herz des Forstes führte. Die Jagd war schon weit fortgeschritten, und die Teilnehmer hatten sich in alle Winde zerstreut. Er würde aufs schärfste nach Spuren spähen und auf Geräusche lauschen müssen. Bald erreichte er eine Stelle, an der zwischen den mächtigen Stämmen uralter Eichen ein kleines Bächlein sprudelte. Am Ufer fand er Hufspuren, die darauf hindeuteten, daß mehrere Reiter hier haltgemacht hatten, um ihre Pferde zu tränken. Ohne weiteres Überlegen setzte er über den Bach und ritt tiefer in den Wald hinein.

Es dauerte nicht lang, und er wurde von einem Hornsignal belohnt. Der gedehnte, hallende Klang kam aus weiter Ferne, war aber so lang zu hören, daß Toli sich in der Richtung nicht täuschen konnte. Auf die kleinste Spur der Reiter merkend, folgte Toli ihnen unbeirrbar durch Dickicht und Unterholz. Riff bahnte sich mit gesenktem Kopf und angelegten Ohren seinen Weg. Wie ein schimmernder Schatten bewegte sich das Pferd, das dem geringsten Wink seines Herrn unverzüglich folgte, zwischen den ausladenden Ästen und Zweigen hindurch.

Und dann hörte Toli aus nächster Nähe Stimmen. Er klopfte Riff noch einmal gegen den Rumpf; sie sprangen über einen liegenden Baumstamm und landeten mitten auf einem ausgetretenen Pfad.

»He da!« rief einer der Männer, als er Toli sah. »Toli! Seht nur!« Die übrigen blickten von ihrer Arbeit auf. Die vier – die Herren Galen, Boste, Hedrich und Dared – weideten einen Eber aus, den sie gerade erlegt hatten. Toli dankte dem Allerhöchsten, daß er gleich diese kundigen und tapferen Recken getroffen hatte.

»Ihr werten Herren…«, begrüßte er sie. Er zügelte Riff, und das Roß schnaubte laut. Die anderen sahen, daß es schweißgebadet war und erkannten daran, daß Tolis Anliegen dringend war.

»Lieber Herr, was ist geschehen?« fragte Baron Boste mit sorgenumwölkter Stirn.

»Der Berater des Königs wurde erschlagen, und der Prinz entführt«, erwiderte Toli ganz außer Atem vom scharfen Ritt.

»Bei den Göttern!« brach es aus Ritter Hedrich heraus, der sofort aufsprang.

»Wie konnte dies geschehen?«

»Und wo?«

Toli holte tief Luft. »Nicht weit von hier im Walde lauerten uns Strauchdiebe auf. Ich setzte ihnen nach, sie aber kamen auf einem Umweg zurück und ergriffen den Prinzen. Derwin fiel bei seiner Verteidigung.«

»Der Einsiedler ist tot? Der Thronerbe entführt?« Entsetzt blickten sie einander an.

»Sitzt sofort auf«, fuhr Toli fort, »und kommt mit mir. Wir reiten dem König nach, der die Verbrecher verfolgt.«

»Bei Zoar, diese Schandtat sollen die Halunken büßen!« gelobte Fürst Galen. »Wir stehen dir zu Diensten, Herr!«

Darauf ließen die Ritter ihre Beute liegen, schwangen sich auf ihre Rösser und reihten sich hinter Toli ein, der sie zur Stelle führte, an der er den Bösewichtern begegnet war. Sie ritten, so rasch sie konnten, und erreichten bald die Lichtung.

Dort war es still und kühl. Durchs grüne Laub flatterten viele gelbe Schmetterlinge; sie schossen in den Lichtstrahlen hin und her, die schräg durch die Bäume fielen. Hoch in den Wipfeln sang eine einsame Drossel rein und süß ihr klares, funkelndes Lied.

Die Lichtung wirkte wie verzaubert, und keiner wagte es, den Bann zu brechen.

Derwin lag noch immer so da, wie man ihn verlassen hatte, so still und friedlich, als würde er nur kurz schlummern. Überwältigt vom merkwürdigen Zauber des Anblicks, sagte anfangs niemand ein Wort.

Der Einsiedler lag tot da und schien doch so vollkommenen Frieden erlangt zu haben, daß, wer ihn sah, vor Staunen erstarrte. Seine Gegenwart war zum Greifen spürbar.

»Jemand sollte bei ihm wachen«, sagte Baron Boste. »Ich erkläre mich dazu bereit.«

»Nicht nötig«, erwiderte Toli. »Hier im Wald ist er sicher. Niemand kann ihm mehr etwas anhaben. Reite du zur Burg zurück und führe die Königin hierher. Sie bringt einen Sarg mit sich. Sorge dafür, daß alles seine Richtigkeit hat.«

»Dein Wort sei mir Befehl, Herr.« Und sogleich machte er sich auf den Weg.

»Der König ist gen Süden geritten«, sagte Toli. Er wendete Riff und nahm die Fährte auf. Die übrigen Ritter folgten ihm ohne ein weiteres Wort.

Quentin durchkämmte in weitem Umkreis den Wald; erst ritt er eine halbe Meile auf dem einen Weg, dann auf dem anderen. Doch trotz aller Umsicht und Wachsamkeit entdeckte er keine Spur von den flüchtigen Mördern.

Dennoch gab er nicht auf, stets gen Süden reitend, da ihm sein Gefühl sagte, daß die Entführer diese Richtung gewählt hatten, obwohl es auch jede andere hätte sein können. Der Wald war sehr groß. Um ihn ganz zu durchforsten, brauchte man Dutzende von Männern, die monatelang suchten. Quentin kämpfte gegen das wachsende Gefühl von Vergeblichkeit und Verzweiflung an, das in ihm aufstieg, so, wie ein Kessel mit giftigem Sud auf dem Feuer hochkocht.

In regelmäßigen Abständen hielt er an, um zu lauschen, vernahm aber nur die gewöhnlichen, verschlafenen Geräusche des Waldes und setzte seine Suche fort.

Dann stolperte Feuersturm plötzlich ohne Warnung einen kurzen steilen Hang hinunter, und Quentin befand sich auf der viel benützten Straße, die nach Hinsenbucht und dann in Richtung Südwesten die Küste entlang führte. Einen kurzen Augenblick blieb er reglos im Sattel sitzen und ließ den Blick die Straße hinauf und hinab schweifen. Als er nichts Ungewöhnliches entdeckte, wandte er sich wieder nach Süden und ritt weiter.

Nach einer kurzen Weile gelangte er zu einer Senke, wo die Straße über einen mit Steinen befestigten Bach führte. Hier entdeckte er den ersten Hinweis, denn im Straßenstaub am Ufer fanden sich eine Reihe von Fußabdrücken und die Hufspuren eines Pferdes.

Von wem diese Abdrücke auch stammten, die Leute mußten hier den Wald verlassen haben, nachdem sie dem Bach gefolgt waren, bis dieser die Straße kreuzte. Auf der anderen Seite des Bachs führten die Spuren vom Weg ab. Feuersturm durchquerte ihn platschend, und Quentin beugte sich aus dem Sattel, um die Spuren zu begutachten. Aus ihnen ließ sich nichts Sicheres herauslesen, denn sie waren mit denen anderer vermischt.

Die Jagd! dachte Quentin. Wie dumm ich bin! Das waren alles Spuren von Leuten, die zu seinem Fest geeilt waren. Sogleich erstarb seine Hoffnung, die so rasch zum Leben erwacht war. Aber nicht ganz. Von den vielen verschiedenen Spuren im Staub führten nur einige wenige nach Süden. Alle anderen wiesen nach Norden zur Burg Askalon.

Quentin klammerte sich an die spärliche Fährte und trieb sein kräftiges Roß voran. Feuersturm raste über die breite Straße, während der König sich überall nach Spuren umsah, die auf seinen Sohn hätten deuten können.

»Horch!« sagte der eine Tempelwächter zum anderen. »Da kommen Leute.«

Beide blieben stehen und lugten hinter sich auf die Straße. Sie hörten das Klingeln winziger Glöckchen, wie Pferde sie für gewöhnlich an ihrem Zaumzeug tragen.

»Verlasse du die Straße. Wenn sie stehenbleiben, ziehe dein Schwert und halte dich bereit«, sagte der erste.

»Wieso denn?« wandte der andere ein. Seine Hand zitterte, als er sie auf die Waffe legte, die er unter seinem Umhang verborgen trug.

»Rasch! Ich bleibe hier und versuche sie in die Irre zu leiten.«

»Warum hat man ausgerechnet uns für diese verfluchte Aufgabe ausgewählt?« brummte der andere.

»Tu, was ich sage! Hurtig! Sie sind gleich hier!«

Der verängstigte Tempelwächter warf seinem Kameraden einen finsteren Blick zu und verschwand im Gestrüpp am Straßenrand. Sofort darauf konnte sein Kamerad einen Reiter eilends nahen sehen.

»Du da!« rief Quentin. Der aufgeregte Spitzbube drehte sich um und blinzelte ihn an. Dabei tat er so, als sei er sich nicht sicher, daß man ihn meinte. Doch dann fiel sein Blick auf die Fibel aus getriebenem Gold, die den Umhang zusammenhielt: ein schrecklicher Drache, das königliche Wappen. Ein Schauder durchfuhr den Mann, als er den König erkannte; er wurde totenbleich.

»Du erkennst also deinen Herrn, wie?«

Der Mann fuhr sich mit der Zunge über die Lippen und antwortete: »Zu Diensten, Majestät.« Seine Augen flackerten unruhig.

»Wie lang bist du schon auf dieser Straße?« wollte Quentin wissen.

»Also, wir … das heißt, ich … äh … nicht lang … ich will sagen …«

»Wohin willst du?«

»Nach Hinsenbucht, Majestät.«

»Bist du allein?« Quentin beobachtete, wie der Mann sich wand.

»Ja, Herr.« Wieder flackerte des Mannes Blick.

»Hast du unterwegs jemanden getroffen?«

Der Mann überlegte kurz und erwiderte dann: »Jawohl, Herr. Erst vor kurzem. Dort hinten, dort hinten am Bach. Eine Schar Reisender. Kaufleute, nehme ich an.«

»Wie viele?«

»Fünf oder sechs. Mehr nicht. Sie waren unterwegs gen Askalon, vermute ich.«

Quentin drehte sich um und blickte zurück. Nein, die Spuren hatten in die andere Richtung gewiesen. Dann sah er die Fährten, die von der Straße wegführten. Als er sich wieder dem Mann zuwandte, sah er, wie dieser zur Seite und dann schnell zu ihm zurück blickte.

»Kaufleute, sagst du?«

»Majestät, das ist meine Vermutung.«

»Und du, bist du auch ein Kaufmann?« fragte der König argwöhnisch.

»Ich...« Der Mann zauderte. »Ich bin ein Pilger, Herr.«

»Nach Askalon zogen sie, sagst du? War ein Knabe bei ihnen? Ein Knabe zu Pferd?«

Der angebliche Pilger öffnete den Mund, aber die Worte blieben ihm im Halse stecken.

»Flink heraus, mein Freund! Dein Betragen dünkt mich recht seltsam.«

Der Wanderer errötete. »Nein, ein Junge war nicht dabei. Zumindest habe ich keinen gesehen.«

»Lügner!« rief Quentin und machte ein wütendes Gesicht. »Ich habe die Hufspuren am Bach gesehen, und sie führen hierher.«

Der Tempelwächter starrte den König trotzig an und sagte nichts.

»Es ist kein leichtes Vergehen, den König zu belügen«, fuhr Quentin mit gepreßter, aber beherrschter Stimme fort. »Ich will es dir noch einmal nachsehen. Wohin sind sie gegangen?«

»Ich weiß es nicht, Majestät. Bitte, ich...«

»Steckst du mit ihnen unter einer Decke?« rief Quentin. »Antworte mir!«

Da raschelte es im Gebüsch am Straßenrand. Rasch drehte Quentin sich um: Ein zweiter Mann, der trotz der Hitze ein dunkles Wams und einen langen Umhang trug, sprang, ein Schwert in Händen, aus dem Hinterhalt. Mit entsetztem Blick lief er unbeholfen auf Quentin zu. »Schlag zu!« rief er. Als Quentin sich umwandte, sah er, daß auch der erste sein Schwert gezückt hatte.

Sirrend glitt Zallkyr aus der Scheide. Die lange Schneide funkelte mit kühlem Glanz. Quentin reckte das mächtige Schwert über seinem Haupt. »Ihr! Ihr habt Derwin getötet!« schrie er.

Als die beiden Männer das furchtgebietende Schwert sahen, wichen sie erschrocken kreischend zurück.

»Mörder!« rief Quentin. »Feiglinge!«

»Gnade!« schrie der erste Tempelwächter. »Gnade... ich flehe dich an!«

Wie geschmolzenes heißes Blei durchschoß die Wut Quentins Kopf und blendete seinen Verstand. »Ich werde euch Gnade erweisen«, brüllte er, »die nämliche Gnade, die ihr Derwin erwiesen habt!«

Ehe der Mann zur Flucht ansetzen konnte, zischte das Strahlende Schwert in tödlich blitzendem Bogen durch die Luft. Der Bösewicht hielt sich rasch sein Schwert über den Kopf, um den Schlag abzufangen, aber es zerspellte und fiel in Scherben zu Boden. Er kreischte und fiel auf die Knie.

»Gnade!« kreischte er. »Vergib mir!« Das helle Schwert erfüllte seine entsetzten Augen mit unnatürlichem Schein, so daß er sich die Hände vors Gesicht warf. Der Hieb traf ihn am Nackenansatz und erstickte seinen letzten Reueschrei. Der Mann kippte nach vorn und fiel tot auf die Straße.

Über Zallkyrs Schneide rann ein dünnes rotes Band. Quentin wirbelte im Sattel herum, um den zweiten Halunken zu stellen, aber der warf seine Waffe weg, stürzte kopfüber ins Gebüsch und lief in den Wald.

Die Wut, die so heiß in Quentins Adern gebrannt hatte, erlosch so rasch, wie sie aufgeflammt war. Der König starrte erst den ungestalten Haufen im Staub an, dann sein Schwert, und das Herz gefror ihm in der Brust. Zallkyrs feurige Schneide sah jetzt aus wie gewöhnliches Metall und glomm dunkel im nachlassenden Nachmittagslicht.

Das helle weiße Feuer des Strahlenden Schwerts war verglüht.

12

Schweigend ritten die Frauen auf die Lichtung, die kaum mehr war als eine Ausbuchtung des Pfads. Esme schwang sich vom Pferd, und Bria tat es ihr gleich. Baron Boste hielt den kleinen zweirädrigen Karren an, auf dem die Bahre lag. Die Holzräder kamen knirschend zum Stehen, sonst war kein Laut zu hören.

»Ach weh!« schluchzte Bria, als sie den geliebten Einsiedler gewahrte. Langsam ging sie zu ihm und kniete neben dem Leichnam nieder. Still liefen ihr die Tränen übers Gesicht.

Esme trat neben sie und legte ihr einen Arm um die Schultern.

»Leb wohl, lieber Freund«, flüsterte die Königin. Mit den Fingern strich sie über Derwins inzwischen erkaltete gefaltete Hände. Dann drehte sie sich zu Baron Boste um, der andächtig in der Nähe stand. »Meine Mutter wartet«, sagte sie. »Bringen wir ihn auf die Burg.«

Boste nickte dem Wagenlenker zu, und die beiden Männer hoben den Leichnam auf die Bahre.

Als Alinea das Unglück erfahren hatte, war sie stumm geblieben. Nur ihre Hände hatten gezittert. Als sie zu sprechen anfing, war ihre Stimme leise, aber fest. Sie hatte ihren Kummer in der Gewalt und für den Moment beiseite geschoben.

»Ja«, hatte sie gesagt, »ihr müßt ihn sofort auf die Burg bringen. Tragt ihn in sein Gemach. Dort wollen wir uns des Leichnams annehmen. Ich werde hier auf euch warten und unterdessen beten – für Prinz Gerin, aber auch für Quentin und uns alle. Geht nun. Der Allerhöchste sei mit euch.«

Esme hatte ob der stillen Kraft der Königinwitwe gestaunt.

Ihre Haltung beruhigte alle in ihrer Umgebung und nahm der bitteren Nachricht viel von ihrem Weh. Da erinnerte Esme sich eines anderen schwarzen Tages, der schon weit in der Vergangenheit lag, des Tages, an dem Eskewar im Kampf gefallen war. Einige Tage nach der Bestattung des Königs hatte Esme die Königin gefragt, wie sie habe so stark bleiben und alle in ihrer Nähe trösten können, während sie selbst anscheinend des Trostes nicht bedurfte.

»Nein, ich bin nicht stark«, hatte Alinea ihr erwidert. Sie saßen im Garten zwischen Primeln. Auch Derwin war dabei. Er war in jenen schweren Tagen der Königin ständiger Begleiter gewesen. »Kummer ist mir zwar nicht fremd, aber an solchen Gram gewöhnt man sich nie. Derwin jedoch hat mir einen Weg voll Hoffnung gewiesen. Diese Hoffnung in mir zu hegen läßt mich meine Last leichter tragen und ermöglicht es mir, anderen zu helfen, die sie nicht haben.«

»Dann erzähle mir darüber, Herrin, ich möchte mehr wissen. Wie kann ich diese deine Hoffnung gewinnen? Wo finde ich sie?« hatte Esme gefragt. Sie entsann sich der Worte Alineas noch genau.

Und auch derer Derwins. »Die Hoffnung, die du suchst, entspringt dem Glauben an den Allerhöchsten, den einzigen wahren Gott«, hatte er ihr gesagt. »Suche ihn, und du wirst ihn finden. Er streckt stets die Hand denen entgegen, die ihn aufrichtig kennenlernen wollen.«

»Was muß ich dazu tun? Wo ist sein Tempel?«

Derwin hatte gelacht. »Er gleicht den anderen Göttern nicht. Er hat keinen Tempel und empfängt keine Geschenke aus Gold und Silber noch die Opfergaben hilfloser Menschen.«

»Nein?« Dies zu hören hatte sie zutiefst verwirrt.

»Nein«, hatte Derwin lachend wiederholt. »Er will dich. Und zwar ganz: dein Herz und deinen Geist. Er will deine Liebe und Verehrung, alles. Mit weniger gibt er sich nicht zufrieden.«

»Da dienst du einem anspruchsvollen Gott, lieber Einsiedler.«

»Ja, das ist er: anspruchsvoll. Aber der Segen, den er all denen gewährt, die sich ihm nähern, ist unermeßlich. Er schenkt das Leben, nichts weniger.«

Esme hatte sich damals über diese Worte gewundert. Sie hatten ihr seltsam in den Ohren geklungen, so anders als alles, was sie früher von Priestern gehört hatte. Sie erinnerte sich, wie ihr Herz gebebt hatte, als der Einsiedler so sprach. Ach, dachte sie, damals war ich noch jung. So jung. Aber ich wollte an das glauben, was Derwin gesagt hatte. Ist glauben zu wollen das gleiche wie glauben? Doch die Zeit verging, und ich dachte nicht mehr daran. Bis heute. Warum nur? Ist es jetzt zu spät?

Esme erwachte aus ihren Träumereien und merkte, daß Brias Blick auf ihr ruhte. »Du bist in Gedanken verloren«, stellte diese fest. Sie erreichten den Waldrand und machten sich auf den Weg über die Ebene. Askalon leuchtete klar im Schein der untergehenden Sonne und warf einen großen Schatten in ihre Richtung.

»Ich sann gerade über einen anderen Trauerfall nach«, erwiderte Esme. »Eskewars Hinscheiden.«

»An diesen schwarzen Tag muß ich oft denken. Wie wünschte ich mir, als Gerin geboren wurde, mein Vater könnte seinen Enkel sehen. Er wäre so stolz auf ihn gewesen, das weiß ich. Und genauso stolz auf seine Enkelinnen.« Ihre Züge verzerrten sich vor Angst. »Ach, Esme! Man hat mir meinen Sohn geraubt! Was soll ich nur tun?«

»Der König sucht bereits nach ihm, und Toli führt ihm Helfer zu. Sie werden ihn finden und unversehrt zurückbringen.«

»Er ist noch so klein. Ich habe Angst, daß sie ihn ...« Sie brachte es nicht übers Herz, den Gedanken ganz auszusprechen.

»Denk nicht daran! Keiner wird es wagen, dem Prinzen ein

Haar zu krümmen. Keiner. Er wird heil bleiben.« Esme zwang sich zu einem Lächeln. »Du wärest keine richtige Mutter, würdest du dir keine großen Sorgen um deinen Sohn machen. Quentin wird ihn schon finden.«

Bria nickte. Nach einer Weile sagte sie: »Ich bin froh, daß du hier bist, Esme. Ich werde eine Freundin gut gebrauchen können.«

»Ich bin immer für dich da.«

Schweigend legten sie den Rest der Strecke zur Burg zurück, jede in ihre eigenen Gedanken versunken.

Verwundert blickte Quentin das Schwert in seiner Hand an. Ein unrechter Hieb, und das Feuer des weißen Lanthanils war erloschen. Die schreckliche Bedeutung seiner Tat traf ihn wie ein Blitz. Und abermals hörte er die Worte, die bei der Salbung des Schwertes gefallen waren:

> »Nie aus Bosheit, nie aus Haß, nie aus schlechter Absicht möge dieses Schwert erhoben werden. Sondern stets strahle es in Rechtschaffenheit und Aufrichtigkeit.«

Das war das Gelübde auf das Strahlende Schwert, und er hatte den Eid in einem einzigen Anfall von Haß und Zorn gebrochen. Und damit hatte auch der Allmächtige seine Hand von ihm genommen.

Die Ungeheuerlichkeit seines Verbrechens überwältigte ihn. »Nein!« schrie er so laut, daß ihm die eigene Stimme hohl in den Ohren tönte und ihn verurteilte.

Alle Kraft wich aus seinem Arm, und er ließ das Schwert los. Die Schneide fiel aus seiner Hand und landete im Straßenstaub, keinen Schritt von der Leiche des Elenden entfernt, der durch sie gefällt worden war.

Mörder! prangerte ihn die Stimme des Toten an. Mörder! Dann hallte der Wald von anklagenden Stimmen wider. Der

König ist ein Mörder! Er hat seinen Schwur gebrochen! Mörder! Wo ist dein Allerhöchster nun? Mörder!

Quentin preßte sich die Hände auf die Ohren, um die Stimmen zum Verstummen zu bringen, aber sie saßen bereits in seinem Kopf. Er konnte sie nicht aussperren. Entsetzt betrachtete er das Strahlende Schwert, das jetzt neben der verrenkten Leiche am Boden lag. Der Magen drehte sich ihm um, er mußte würgen; ein Krampf schüttelte ihn.

»Nein!« brüllte er verzweifelt. »Nein!«

Dann wandte er Feuersturm, stieß ihm die Sporen tief in die Weichen und brauste die Straße entlang.

»Was ist das, dort vorn?« fragte Ritter Galen.

Flugs blickte Toli auf. Sie hatten am Bach haltgemacht, um rasch die Pferde zu tränken. Er kniff die Augen zusammen und schaute zu der Stelle, auf welche der Ritter zeigte.

Tolis Adleraugen erkannten in der ungestalten Masse einen menschlichen Körper. »Es ist eine Leiche«, sagte er und saß auf.

Als die anderen zur Stelle kamen, beugte Toli sich bereits über den Toten. Er drehte ihn um: Der Kopf baumelte widerwärtig herab; er war fast ganz vom Hals getrennt. Das zerbrochene Schwert des Mannes lag neben ihm.

»Dem hat einer den Tod gewünscht«, stellte Ritter Galen fest. »So fest zuzuschlagen.«

»Wer könnte das gewesen sein?« fragte Ritter Dard. »In diesem Wald gibt es sicher keine Strauchdiebe.«

»Wegelagerer sind nicht so unterwegs. Seht nur, wie er gekleidet ist«, meinte Ritter Hedrich. »Vielleicht war es ein Zwist zwischen Räubern.«

»Oder Entführern«, sagte Toli bedächtig. »Ja, ich könnte schwören, dies ist einer von denen, die mir vorhin im Wald auflauerten. Einer aus ihrer Bande.«

»Aber ihn so auf der Straße zu erschlagen! Aus welchem

Grund nur?« Ritter Dard schüttelte den Kopf. »Das gibt keinen Sinn. Sie konnten sich doch denken, daß wir ihn finden würden.«

Toli suchte rasch die unmittelbare Umgebung ab und überprüfte die wirren Spuren im Staub nach einem Hinweis auf das Vorgefallene. Aber seine Bemühungen fruchteten nicht sehr. Es waren einfach zu viele Abdrücke. Daraus ließ sich unmöglich lesen, wie viele von ihnen zu Fuß, wie viele zu Roß gewesen waren. Doch zählte er die Spuren von mindestens zwei Pferden, und einer der Reiter war offenkundig in die Auseinandersetzung verwickelt gewesen, die zum Tode des Spitzbuben geführt hatte.

»Ich glaube«, sagte Toli nach Süden blickend, »daß der König hier vorbeigekommen sein könnte.«

»Du meinst, der Unglückliche hat den König angegriffen?« fragte Ritter Galen vor Staunen baß. »Da war er schlecht beraten und muß einen gewichtigen Grund gehabt haben.«

Toli nickte nachdenklich und warf einen Blick zum Himmel. Die Sonne stand schon tief und warf lange Schatten. »Wir müssen ihn rasch begraben. Bald haben wir kein Licht mehr. Ich möchte der Fährte so lang wie möglich folgen.«

Auf Tolis Befehl hin begannen die Ritter mit ihren Schwertern im Gestrüpp am Straßenrand ein seichtes Grab auszuheben. Toli und Ritter Galen untersuchten die Kleidung des Toten nach einem Hinweis auf seine Herkunft.

Als die vier den Leichnam bestattet hatten, setzten sie ihren Weg fort, obwohl die Sonne schon untergegangen war und die ersten Sterne am Himmel blinkten. Aus dem Wald kam es kühl heraus, doch die Reiter achteten weder auf Hunger noch Müdigkeit, sondern eilten voran.

Ich bin sicher, daß Quentin dort gewesen ist, dachte Toli beim Reiten. Das spüre ich. Aber da war noch etwas. Etwas sehr Mächtiges ist geschehen, das weit über den Tod eines Unglücklichen hinausgeht. Doch was? Was mochte es sein?

13

»Na, Ruffo«, sagte der rundliche kleine Mann, »hier hast du einen schönen Platz, um deine Knochen zu vergraben. Oder sollen wir noch ein Stückchen weiter gehen?«

Der Hund blickte seinen Herrn an und wedelte mit dem Schwanz.

»Ja, ganz recht, ganz recht. Wir sind heute schon weit genug gelaufen. Es hat keinen Zweck, so weit von der Straße wegzugehen. Wie recht du hast!« Mit Geklapper und Geklirr ließ der Kesselflicker Pym sein Gepäck zu Boden gleiten: Bündel, Säcke, Schnüre mit Töpfen, Pfannen und Werkzeug daran – all das hatte er auf dem Rücken getragen.

Einen Packen jedoch setzte er vorsichtig ab und lehnte ihn an einen Stein. Seine hellen Augen strahlten vor Freude, und er rieb sich vor Entzücken die Hände. »Jetzt, Ruffo, brauchen wir Feuerholz!« Er klatschte in die Hände. »Das ist es, wie? Das ist es. Bald wird es dunkel. Ich werd uns mal ein bißchen Holz sammeln und dann ein Feuerchen schüren.«

Im Nu kauerten der kleine Kesselflicker und sein Hund vor einem gemütlichen kleinen Feuer, tranken ihre Brühe und sahen zu, wie die Sterne am Himmel aufgingen, als die Nacht friedlich übers Land zog. Hin und wieder warf der Mann verstohlen einen Blick auf den schmalen, in Lumpen gewickelten Packen, den er an den Stein gelehnt hatte.

»Siehst du das, Ruffo? Damit machen wir unser Glück«, sagte er immer wieder und gluckste vor sich hin.

Als sie die Brühe getrunken und den letzten Rest mit Brocken trockenen Schwarzbrots aufgewischt hatten, langte der Kesselflicker nach dem Bündel und legte es sich auf die Knie. »Schau mal, Ruffo«, sagte er. »Der alte Pym hat unser Glück gefunden, jawohl. Ich habe es dir doch gesagt, nicht wahr? Schau mal, schau!«

Vorsichtig und mit zitternden Fingern zog er die Lumpen auseinander. Und da im flackernden Feuerschein glänzte ein großes Schwert: lang und schmal, mit glatter makelloser Schneide, die in einer tödlichen Spitze endete. Das Heft funkelte im Feuerschein, als wäre es aus Edelsteinen geschnitten.

»Ist es nicht schön?« sagte Pym ehrfürchtig. »Das ist kein gewöhnliches Schwert, o nein! Das sieht Pym, und ob! Ich hab ein kleines bißchen Ahnung von Schwertern, verstehst du, und wenn das kein königliches Schwert ist, bin ich ein Schafskopf, jawohl.« Er fuhr mit den Fingern über die Klinge und wagte sie dabei kaum zu streifen.

Der große schwarze Hund beobachtete seinen Herrn, den Kopf auf den Pfoten, und lauschte ihm aufmerksam.

»O ja«, fuhr dieser fort. »Diese Klinge ist wunderschön. Die war für keine gewöhnliche Hand bestimmt. Irgendwer wird uns viel Gold dafür geben – ein Vermögen, verstehst du? Soviel ich verlangen kann. Ja, Ruffo, dann haben wir genug, um uns einen kleinen Wagen zu kaufen. O ja, und einen Schleifstein obendrein – einen runden mit einem Trittbrett, das wäre fein. Ich könnte Messer, Scheren und Pflugscharen schleifen und alles, was man schleifen muß. Das könnte ich, Ruffo, weißt du? Ja, du weißt es. Ein Vermögen würden wir gewinnen. Unser Glück wäre gemacht.«

Von Herzen froh betrachtete der Kesselflicker das Schwert und konnte sein Glück noch kaum fassen. Dann durchfuhr ihn ein Schauder, als er sich erinnerte, wo er das Schwert gefunden hatte.

»Eine Schande, der arme Leichnam, Ruffo. Eine Schande, ja. Aber ich hatte nichts damit zu tun. Kein bißchen. Hab ihn einfach so gefunden, verstehst du? Mitten auf der Straße. Der war wohl noch nicht lang tot.

Du hast ihn zuerst gesehen, Ruffo, was? Ja. Als du so geknurrt hast, da hab ich gleich gewußt, daß was nicht stimmt. Ja. Du knurrst nicht einfach so, du hast wirklich Grund gehabt. Wahrhaftig. Ein Toter auf der Straße. So was Schreckliches! Der Kopf fast abgeschlagen und dieses ... dieses Schwert im Staub daneben.«

Er nahm das Schwert in die Hand und spürte seine Kraft. Sein Gesicht leuchtete vor Bewunderung. »Der alte Mann erkennt ein Stück gutes Handwerk. Und ob! Irgendwer wird uns viel Gold geben, um es zurückzubekommen, soviel ich verlange. Genug für einen Wagen und einen Schleifstein.«

Da kam ihm etwas in den Sinn: Und wenn das Schwert dem Toten gehört hatte? Wer würde ihm dann Gold geben?

Er runzelte die Stirn und drehte kopfschüttelnd das Schwert im Feuerschein hin und her. »Der hätte nie ein solches Schwert gehabt«, sagte er schließlich. »O nein! So ein Schwert hat keiner je gehabt – außer vielleicht ein König.«

Da kam ihm wieder ein Gedanke, und er machte große Augen vor Angst. Was würde geschehen, wenn man ihn verdächtigte, es gestohlen zu haben? Was, wenn die Leute glaubten, der alte Pym habe den Mann erschlagen und ihm das Schwert gestohlen?

»Nein, ich würde nie einen Menschen erschlagen oder sein Schwert stehlen. Der alte Pym ist ein friedfertiger Kerl. Das weiß ein jeder. Es lag auf der Straße. Ich fand es dort. Wie es dorthin kam, kann ich nicht sagen.

Aber jetzt muß ich mich vorsehen, o ja! Und zwar sehr. Es gibt Leute, die würden einem alten Kesselflicker so ein Ding wohl stehlen. Dann wäre das Glück des alten Pym dahin.« Wehmütig betrachtete er seine Beute. Dann hellte sich sein Gesicht wieder auf.

»Wir müssen es verstecken, Ruffo! Das wollen wir tun: es

verstecken! Es in Lumpen wickeln und so verstecken, daß niemand es finden kann. Wir sperren unsere Augen und Ohren auf, und schauen und lauschen, jawohl, damit wir erfahren, was es über das Schwert zu erfahren gibt. Ja, wir müssen es gut verstekken, Ruffo. Und das werden wir auch!«

Tief im Wald war die Nacht so pechschwarz, daß man nichts mehr sehen konnte, außer hin und wieder einen Stern am Himmel, der durch das Laubdach zwinkerte. Der Mond war noch nicht aufgegangen, darum waren die Trampelpfade schwer zu finden. Prinz Gerin schlurfte mit gesenktem Kopf; er war erschöpft von seiner langen Tortur und sehnte sich danach, sich unter einen Baum zu legen und die Erinnerung an diesen schlimmen Tag vom Schlaf verbannen zu lassen.

»Rasten wir hier ein paar Stunden«, sagte Nimrod zu den anderen. »Inzwischen dürften wir sie abgeschüttelt haben. Sie werden uns nicht finden, aber wir dürfen uns auf keinen Fall blicken lassen.«

Die Männer waren zum Sprechen zu müde. Ermattet standen sie da und sahen sich um, erstaunt, daß der alte Mann, der sie anführte, noch Kraft zum Gehen hatte. »Den hält der Haß aufrecht«, flüsterte ein Wächter dem anderen zu. »Sieh ihn dir nur an, so alt er ist, bleibt er munter wie ein Junger. Der würde die ganze Nacht laufen.«

»Er vielleicht schon, aber ich nicht«, entgegnete der andere.

»Ihr da!« fauchte Nimrod. »Hört zu murren auf und kümmert euch um unseren Gefangenen. Ihr wechselt euch beim Wachen ab. Vergeßt nicht, ihr habt euren Kopf verwirkt, wenn er entwischt.«

Prinz Gerin hörte nur einen Teil des Gesprächs. Dann wurde er zu einem Baum gezerrt und geschoben und für die Nacht mit einem Seil daran gefesselt. Er wehrte sich nicht, dazu war er viel zu schläfrig.

»Na also«, sagte sein Wächter. »Sei brav und bereite uns keine Scherereien, junger Herr. Wir wollen dir nichts zuleide tun, aber du darfst nicht flüchten wollen. Das könnte böse ausgehen.«

Gerin blinzelte den Mann bloß schläfrig an, gähnte und lehnte sich an den Baum. Im Nu war er fest eingeschlafen.

»Sieh ihn dir nur an«, sagte ein Wächter zum anderen. »Keine einzige Sorge auf der Welt.«

»Er ist der Prinz, bei Ariel! Keiner würde es wagen, die Hand gegen ihn zu erheben«, erwiderte sein Gefährte.

»Sprich leise!« knurrte der andere. »Laß dich nicht von dem Langbart hören.«

»Ha, Langbart! Nicht schlecht. Er ist ein Störenfried, das habe ich gleich gesagt. Schau nur, was geschehen ist: ein Toter, der Prinz entführt. Das könnte das Ende des Tempels bedeuten!«

»Pst! Er hat uns im Auge! Vergiß nicht, daß wir den Tempel zu retten versuchen.«

»Auf der Sache ruht kein Segen... nein, gar nicht...«, murmelte der Wächter. Er gähnte und ließ sich dann zum Schlafen nieder.

Der andere setzte sich auf einen Felsen, stützte das Kinn auf die Hand und hielt Wacht. Er betrachtete die übrigen, die bereits schliefen. Ihr Schnarchen dröhnte leise durch die Nacht. Er gähnte und streckte sich; Müdigkeit überkam ihn. Ja, dachte er, Erwis hat recht. Auf der Sache ruht wirklich kein Segen. Das könnte den Tempel über unseren Köpfen zum Einsturz bringen. Aber mich trifft keine Schuld. Ich tue nur, was man mir befohlen hat. Der Oberpriester selbst hat es so angeordnet. Hatte ich eine andere Wahl?

Er gähnte wieder und verschränkte die Arme vor der Brust. Sein Kopf fiel nach vorn, und bald schlief er so fest wie die übrigen.

Quentin brannten die Augen, sein Rücken schmerzte ihn. Er war den ganzen Tag im Sattel gesessen und nicht mehr daran gewöhnt. Er spürte, wie seine überanstrengten Muskeln steif wurden, als ihm die Kühle der Nacht in die Knochen kroch. Doch er achtete nicht auf das Verlangen seines Körpers nach Ruhe, sondern zog seinen kurzen Umhang fester um sich und ritt weiter.

Auf dem Pfad war es schon seit Stunden stockdunkel, aber er setzte seine Suche fort, weil er hoffte, durch ein Wunder über die Entführer zu stolpern. Er wußte ja, daß sein Sohn noch immer irgendwo da draußen war, verängstigt, gefangen. Dieser Gedanke trieb ihn voran.

Im Herzen gepeinigt, vor Elend und Verzweiflung fast am Ende, wollte Quentin sich zu Boden werfen und über sein Unglück weinen. Vor wenigen Stunden noch war er im Licht gewandelt, sein Reich sicher, die Zukunft ein helles Versprechen gewesen. Jetzt umgab ihn nichts als Finsternis. Binnen eines halben Tages hatte er seinen Sohn verloren, dazu einen teuren Freund und, was das Schlimmste war, die Gunst des Allerhöchsten. Seine Gedanken kreisten um seine ungeheuer schreckliche Lage, sein Herz drohte vor Gram zu zerspringen, sein Leib verkrampfte sich vor Leid und Erschöpfung.

Wie war dies alles möglich? Wie konnte dies alles so rasch vonstatten gehen? Warum hatte es keinen Hinweis, keine Warnung gegeben? Stumm vor Staunen konnte er nur den Kopf schütteln.

Einen Moment glaubte er, er brauche nur Feuersturm zurück nach Hause zu lenken, und alles würde wieder gut werden. Wenn er Askalon erreichte, würde Derwin leben und der Prinz heil in seinem Bett liegen. In seinem Gemach an seinem Platz unter dem königlichen Wappen befände sich das Schwert, unversehrt, hell lodernd; der Gott wäre noch mit ihm.

Aber das waren Hirngespinste, die grausame Wirklichkeit

blieb, wie sie war. Wider jede Wahrscheinlichkeit hoffte Quentin, daß er auf wundersame Weise alles wieder ins Lot rücken würde. Er war dazu imstande, schließlich war er der Drachenkönig. Er würde alles wieder ins Lot rücken. Mit diesem Entschluß trieb er Feuersturm voran, und das Roß trottete mit gesenktem Kopf weiter.

14

»Sie sind da; Majestät, sie sind gekommen.« Die Zofe trat leise ein, um die Wacht der Königin nicht unnötig zu stören.

»Wie? Quentin ist zurück? Er ist wieder hier?« Sie sprang auf, in ihren grünen Augen blitzte ein Hoffnungsschimmer. Er verlosch wieder, als sie die traurige Miene der Zofe sah. »Ach.«

»Nein, der König ist nicht zurückgekehrt.« Sie schüttelte den Kopf und fuhr dann fort: »Die Herren Teido und Ronsard sind hier. Ich sollte Bescheid geben, sobald sie einträfen. Sie warten im Saal.«

Königin Bria erhob sich sofort, um ihre alten Freunde zu begrüßen.

»Herrin!« rief Ronsard, als er sie von der anderen Seite des großen Saals kommen sah. Außer ein paar Dienern, welche die Tische zum Frühstück herrichteten, das es eine Stunde später geben sollte, war niemand da. »Wie liebreizend du aussiehst!« sagte der Ritter herzlich lächelnd.

»Ganz wie deine Mutter«, fügte Teido hinzu. »Wie geht es der Königinwitwe?«

»Teido, Ronsard, ich bin so froh, daß ihr endlich hier seid! Vergebt mir, daß ich euch so spät in der Nacht von euren Betten fernhalte. Meine Mutter ist wohlauf. Sie wird euch sicher bald sehen wollen, aber erst muß ich mit euch reden.«

Als Teido die dunklen Schatten sah, die auf ihrem Lächeln lagen, ahnte er, daß sie sie in einer äußerst dringenden Angelegenheit sprechen wollte. »Vielleicht sollten wir uns einen anderen Ort suchen, wenn es Wichtiges zu erörtern gibt«, sagte er.

»Natürlich«, pflichtete Bria ihm bei, »folgt mir.« Sie führte sie aus der Halle und durch einen breiten Flur zu einem kleinen Raum, dem Ratszimmer. Dort stand ein schwerer Tisch mit Bänken auf jeder Seite; in einer Ecke befand sich ein Kreis von Stühlen mit hohen Lehnen. Die drei schlossen die Tür leise hinter sich und setzten sich einander gegenüber.

»Nun denn«, hob Teido freundlich an, »was ist geschehen?«

Bria blickte zwischen den beiden Rittern hin und her: Es waren Männer, die sie ihr ganzes Leben lang gekannt hatte. Als treue Freunde ihrer Eltern hatten sie dem Thron des Drachenkönigs unzählige Male gedient und standen jederzeit zu neuen Taten bereit. Die unerschütterliche Opferbereitschaft der beiden und das Bewußtsein ihrer eigenen Notlage waren zuviel für sie. Sie brach zusammen und weinte. »Ich weiß kaum, womit ich anfangen soll«, sagte sie mit tränenüberströmtem Gesicht.

Die beiden sahen einander hilflos an; sie spürten, wie groß ihr Kummer war.

»Die Worte kommen mir nur schwer über die Lippen, meine teuren Herren.« Sie schluchzte und zwang sich, Haltung anzunehmen. Die Ritter warteten geduldig ab. Schließlich preßte sie hervor: »Derwin ist tot.«

»Bei den Göttern, nein!« rief Ronsard. »Sag dies nicht!«

Teido gebot ihm Schweigen, und Bria fuhr fort: »Und mein Sohn wurde geraubt.«

»Wann geschah das?« fragte Teido. »Und wie trug die Sache sich zu?«

Sein strenger Tonfall half Bria, sich zusammenzureißen. Das Sprechen fiel ihr nun leichter. »Gestern auf der Jagd. Der Prinz sollte mitreiten – er war so stolz darauf; es war das erste Mal. Toli begleitete ihn. Quentin und Derwin waren mit von der Partie, sollten aber bald zum Festplatz zurückkehren.« Sie schluchzte wieder, beherrschte ihre Stimme jedoch. »Der König kam lang nicht zurück; wir dachten schon, ihn habe das Jagdfieber gepackt. Dann... dann kam Toli und... und erzählte uns, was geschehen war... Ach...« Sie hielt inne, faßte sich wieder und sprach weiter: »Sie wurden angegriffen und schlugen die Strolche in die Flucht. Toli verfolgte sie, verlor ihre Spur aber. Als er wieder zu Derwin und Gerin zurückritt, da... Derwin war tot und der Prinz verschwunden. Quentin schickte Toli nach Hilfe aus. Das war gestern. Seither habe ich sie nicht gesehen.«

Teido sagte nichts, aber seine dunklen Augen und seine finstere Miene ließen deutlich erkennen, was ihm durch den Kopf ging.

Ronsard schlug mit der geballten Faust auf seine Stuhllehne. »Wer würde dergleichen wagen? Es ist ungeheuerlich!«

»Wir müssen sofort einen Suchtrupp aussenden. Leider, ich will offen sein, ist schon zuviel Zeit verstrichen. Wenn die Entführer beritten waren, können sie über alle Berge sein.«

»Wenn sie es jedoch auf Lösegeld abgesehen haben«, wandte Ronsard ein, »dann sind sie womöglich in der Nähe geblieben. Vielleicht in nächster Nähe.«

Teido nickte heftig. »Ja, ja. Da ist etwas dran. Doch müssen wir uns auf jeden Fall beeilen. Herrin, wirst du uns in Abwesenheit des Königs die Vollmacht verleihen, eine Schar Ritter zu befehligen?«

»Alles, was ihr wollt.«

»Gut«, sagte Ronsard. »Ich weiß, wer unter mir dienen will. Mit denen können wir anfangen.«

»Geh«, sagte Teido zu ihm. »Wecke sie und sieh zu, daß sie sich richtig ausrüsten. Ich folge dir gleich.«

Ronsard erhob sich und verneigte sich kurz vor der Königin. Steif lächelnd sagte er: »Fasse Mut, Herrin. Wir werden den Knaben finden.« Dann stolzierte er hinaus.

»Kannst du uns noch mehr berichten?« fragte Teido Bria.

»Ich weiß so wenig... Nein, ich habe euch alles gesagt, was ich weiß. Toli könnte sicher mehr erzählen, aber er ist nicht da.

Baron Boste könnte etwas wissen.« Sie ergriff Teidos Hand. »Finde ihn, lieber Freund. Rette mein Kind, wie du einst seinen Vater gerettet hast.«

Teido drückte ihre Hand, und da spürte Bria, wie sie wieder Zuversicht gewann. »Wir werden ihn schon finden, da bin ich sicher. Ich habe keine Ahnung, wie lange wir brauchen werden, aber wir werden ihn unversehrt retten. Das darfst du glauben, du mußt es glauben.«

»Das tue ich. Ich will es glauben. Ich bete darum«, entgegnete sie.

»Ja, bete. Deine Mutter hat mich gelehrt, welche Kraft den Gebeten der Frauen innewohnt. Der Gott hört, glaube ich, aufmerksamer auf das Herz einer Frau.«

»Dann hat er mich die ganze Nacht über gehört.« Sie ließ den Kopf hängen. »Ach, Teido, wenn ihm etwas zustößt…«

»Wir bringen ihn heil und unversehrt zurück«, tröstete er sie. »Du wirst schon sehen.« Damit erhob er sich. »Nun muß ich Baron Boste aufsuchen. Je früher wir aufbrechen, desto besser.«

»Ja, geh. Teido… ich danke dir für dein Kommen. Du weißt nicht, wie sehr es mich erleichtert.«

»Ich wünschte, die Umstände wären glücklicher, Herrin. Aber die finsteren Tage gehen schnell vorbei, und alles wird wieder gut.« Der hagere Ritter machte eine knappe Verbeugung und ging hinaus.

In den letzten Stunden der Nacht, als alles auf Erden reglos lag und den neuen Tag erwartete, hatte Quentin haltgemacht, um ein wenig zu ruhen; mit seinem Mantel als Decke war er unter einer Lärche eingeschlafen. Der Schlaf brachte ihm keinen Trost, denn er blieb unruhig und träumte von vergeblichen Verfolgungsjagden und heftigen Zusammenstößen mit einem unsichtbaren Feind. Ein hilfloser, hoffnungsloser Schrecken bemächtigte sich seiner und durchbohrte sein Herz so grausam wie ein vergifteter Dolch. Trotz des Schlafes stöhnte er vor Weh und Ach.

Ausgelaugter als zuvor erwachte er und stand müde auf, steif von seinem harten Lager zwischen den Baumwurzeln. Im harschen Licht der Morgenröte rieb er sich die brennenden Augen und begann Feuersturm aufzuzäumen.

»Quentin!« Der König drehte sich nach dem Ruf um und starrte auf den dämmrigen Waldpfad. Die Sonne war noch nicht ganz aufgegangen, und die Schatten lagen schwer auf dem Weg. Aber er sah aus einiger Entfernung Reiter näher kommen. Er wartete ab und erkannte schließlich Toli.

»Herr, endlich haben wir dich gefunden.« Dem Gesicht des Dschers war die schlaflose Nacht anzusehen, aber seine Augen waren so scharf und flink wie stets.

»Habt ihr etwas entdeckt?« fragte Quentin.

»Nein, Herr. Nichts – außer der Leiche eines Unglücklichen auf der Straße.« Toli musterte seinen Herrn aufmerksam.

»Ja«, erwiderte Quentin tonlos. Er wandte sich ab, setzte den Fuß in den Steigbügel und saß auf. »Den habe ich auch gesehen.«

Toli drang nicht weiter auf ihn ein, sondern hielt es für besser, die Sache auf sich beruhen zu lassen. Jetzt trafen die übrigen ein, die sich nach einer Gelegenheit zum Absitzen sehnten, weil sie sich strecken wollten. Keiner wagte es, den König anzusprechen. Seine wehevolle Miene brachte sie zum Schweigen.

Nur Toli besaß die Kühnheit, ihn beiseite zu nehmen und offen mit ihm zu reden. »Was sollen wir tun, Kenta?« Er benutzte den Kosenamen aus früheren Zeiten.

»Findet meinen Sohn!« fauchte Quentin schlecht gelaunt.

Klugerweise achtete Toli nicht darauf. »Wir sollten zur Burg zurückreiten und Verstärkung holen. So könnten wir eine größere Fläche abdecken. Außerdem brauchen wir frische Pferde und Nahrung.«

»Tut, was ihr wollt«, erwiderte der König verbissen. »Ich setze meine Suche alleine fort.«

»In welche Richtung willst du reiten?«

»Nach Süden.«

»Warum nach Süden? Sie können den Pfad an jeder beliebigen Stelle verlassen haben. Im Dunkeln konnten wir das nicht sehen.«

»Was soll ich sonst tun?« brüllte Quentin. Die anderen blickten herüber. Er senkte seine Stimme. »Ich habe keine andere Wahl.«

»Kehre mit uns nach Askalon zurück. Wir ruhen uns aus und bereiten eine richtige Suche vor. Wir können Boten in alle Städte und Dörfer schicken und verkünden lassen, daß man nach Räubern Ausschau halten solle. Wir können …«

»Man hat meinen Sohn geraubt, Toli!« Heftig deutete Quentin auf den Wald. »Ich kehre nicht zurück, ehe ich ihn gefunden habe. Ich kann nicht zurück, ehe er in Sicherheit ist.«

Toli musterte das Gesicht des Mannes, den er so gut kannte und in diesem Augenblick doch nicht wiedererkannte. Irgend etwas hat meinen Kenta verändert, dachte er. Das sieht ihm alles nicht ähnlich. Derwins Tod und die Entführung seines Sohnes haben ihn verdreht und entstellt. Doch da war noch etwas. Dann sah er die leere Scheide an Quentins Seite. Und da begriff er.

»Komm mit uns zurück, Kenta«, sagte er leise. »Gestern hätten wir ihn vielleicht schnell finden können. Aber inzwischen hatten sie genügend Zeit, ihre Fährte zu verwischen. Wer weiß, wo sie sich jetzt befinden. Um sie zu finden, brauchen wir Hilfe und einen Anführer. Du bist der König. Wer soll uns führen, wenn du es nicht tust?«

»Irgendeiner!« fauchte Quentin. »Irgendeiner, der besser ist als ich. Leite du die Suche, Toli!« Des Königs Augen glühten wild. Sein Mund war zu einer Haßgrimasse verzerrt. »Derwins Blut liegt auf deinem Haupt, und das meines Sohnes auch, wenn ihm etwas Böses widerfahren sollte. Sie wären in Sicherheit, hättest du sie nicht allein gelassen. Du trägst die Verantwortung. Du bist an allem schuld!«

Sprachlos starrte Toli seinen Meister und Freund an. Nie hatte dieser die Stimme gegen ihn erhoben, nie Zorn gegen ihn walten lassen. Aber, überlegte er, der König hat ja recht. Es ist meine Schuld, ich trage die Verantwortung. Ich hätte sie nie allein lassen und so der Gefahr aussetzen dürfen. Ich trage die Verantwortung.

»Es tut mir leid«, sagte er. »Ich ...«

»Suche meinen Sohn!« brüllte Quentin mit sich überschlagender Stimme. »Finde ihn oder tritt mir nie wieder unter die Augen!«

Darauf klatschte der Drachenkönig mit den Zügeln auf den Nacken des Hengstes und wendete ihn. Feuersturm warf seinen stattlichen weißen Kopf herum. Noch einmal starrte Quentin Toli wütend in die Augen. »Finde ihn«, sagte er leise, aber drohend. »Finde ihn.«

Toli stand auf der Straße und sah dem König nach, bis dieser hinter einer Kurve verschwand. Dann ging er zu seinem Roß, saß auf und ritt nach Askalon zurück. Keiner redete ein Wort. Es gab nichts zu sagen.

15

Grübelnd saß Nimrod auf einem Felsen, zusammengekauert, verbogen und knorrig wie eine alte Wurzel, vom Alter gekrümmt und den dunklen Mächten, die sich in ihm stritten, verzerrt. Er wartete auf den Einbruch der Nacht, um das letzte Stück des Weges zurückzulegen, denn sie hatten den Ostrand des Waldes erreicht, und die übrige Strecke zum Tempel führte über offenes Gelände. Eine Reise bei Tage dünkte ihn zu gefährlich. Daher wartete er ungeduldig.

Prinz Gerin, der alles um sich herum aufmerksam beobachtete, war zuversichtlich, daß man ihm kein Leid zufügen würde. Und da keine unmittelbare Gefahr bestand, konnte er mit der Flucht auf die passende Gelegenheit warten – falls man ihn nicht vorher rettete. Im übrigen erkannte er, daß seine Entführer ganz offenbar keinen Gefallen an ihrem Tun fanden. Nur der Alte, der mit dem zerzausten weißen Haar und dem knittrigen, runzligen Gesicht wie aus Leder, der war mit Vorsicht zu genießen.

Wer war er? Was wollte er? Wo brachte er ihn hin? Diese Fragen beschäftigten den kleinen Gefangenen, als er unter einem Baum saß, stets zwei Wächter neben sich.

Er rutschte unruhig hin und her und versuchte die Fesseln an seinen Armen zu lockern. Einer der Wächter blickte ihn mißtrauisch an, sagte aber nichts.

Wenn mein Vater mich holt, dachte Gerin, dann wirst du dein blaues Wunder erleben. Ich hoffe, er kommt bald. Andernfalls verpasse ich den Rest der Jagd.

Der kleine Prinz hegte keinen Zweifel, daß sein Vater ihn retten würde. Er brauchte nur abzuwarten.

Da drang ein Geräusch aus dem Wald: Jemand kam zu Fuß herbeigeeilt und paßte nicht auf, wohin er trat, so daß Äste und Zweige laut krachend zerbrachen. Nimrod sprang auf und flüsterte heiser: »Man hat uns entdeckt! Zückt eure Waffen!«

Die Männer sprangen auf und zogen ihre Schwerter, aber bevor sie noch in Stellung gehen konnten, stolperte ein Mann ins Lager. »Halt!« rief er erschrocken. »Nein, wartet!« Er ließ sich zu Boden plumpsen.

»Du!« rief Nimrod. Es war einer der beiden Wächter, die er als Nachhut zurückgelassen hatte. Dieser sprang wieder auf und blickte sich mit entsetzten Augen um. »Keiner ist mir gefolgt!« rief er. »Steckt eure Schwerter weg.«

»Ich rate dir, daß keiner dir folgte, andernfalls werfe ich dich den Vögeln zum Fraß vor. Wo ist dein Freund?« fragte Nimrod, die anderen beiseite schiebend.

»Tot ...« Der Mann warf einen verängstigten Blick hinter sich, als erwartete er, der Tote könne jeden Augenblick aus dem Wald stürzen.

»Weshalb?« Die Hände in die Hüften gestemmt, stand Nimrod da und durchbohrte den Elenden mit seinem Blick.

»Er hat uns auf der Straße aufgespürt. Er hat alles erraten!«

»Wer hat euch aufgespürt?«

»Der König! Er hat alles gewußt!«

»Pah!« Nimrod nahm eine drohende Miene an. Der Mann keuchte vor Angst. »Du hast zuviel verraten!«

»Nein, bei allen Göttern, das schwöre ich! Wir haben ihm nichts gesagt. Er wußte Bescheid, woher, das weiß ich nicht, aber er wußte Bescheid. Wir konnten uns nicht wehren.«

»Wie viele waren bei ihm?«

»Seine Majestät ... der König war allein. Ich hatte mich im Gebüsch verborgen, um ihn nötigenfalls angreifen zu können.«

»Und weiter?« Nimrod trat einen Schritt näher. Der Wächter verzog das Gesicht und erzählte rasch weiter.

»Karlin gab sich als Pilger aus, aber der König durchschaute ihn. Wir versuchten, ihn abzuschütteln, aber ...«

»Ihr wart zwei gegen einen. Was ist geschehen?«

Der Mann verdrehte vor Grauen die Augen. »Sein Schwert ... das Strahlende Schwert! Dem kann kein Mann, kein Heer widerstehen! Du hättest es blitzen sehen sollen! Solche Flammen! Es blendete uns, daß ich mir die Hände vors Gesicht schlagen mußte. Als ich wieder aufsah, war Karlin tot. Dieses Schwert ...«

Nimrods Betragen verwandelte sich schlagartig. Er nahm einen schmeichlerischen Tonfall an. »Ah ja, ich verstehe. Du hast recht getan, mir dies gleich zu melden. Ja. Doch erzähle mir nun«, sprach er und legte seine bleiche Hand auf die Schulter des Mannes, »erzähle mir mehr über das Schwert. Wie nennst du des Königs Schwert?«

»Das Strahlende – jedermann hat davon gehört. Es ist verzaubert.«

»Tatsächlich? Wie kann dies sein?« Nimrod lächelte listig wie eine Schlange. »Ich erinnere mich an kein verzaubertes Schwert. Aber ich war ja auch lange weg aus Mensandor. Erzählt mir mehr darüber.«

Eifrig berichteten die Männer Nimrod von Zallkyr, dem wundersamen Schwert des Königs, von seinem hellen Leuchten, von den Zauberminen, in denen es geschmiedet worden war, über seine seltsamen und schrecklichen Kräfte. Sie erzählten, wie Quentin als junger Mann mit dem Schwert aus den Bergen geritten kam und mit seiner Hand allein die schrecklichen Ningaal geschlagen und die sichere Niederlage in einen triumphalen Sieg verwandelt hatte, als das Strahlende Schwert das Licht des Wolfssterns zum Verlöschen brachte.

Die Legenden, die sich um das Zauberschwert rankten, hätten sich überall im Land verbreitet und seien Jahr für Jahr reicher geworden. Es besitze heilige Kräfte, heiße es, und stehe unter dem Bann eines Gottes, den man den Allerhöchsten nenne. Seine

Flamme sei das Sinnbild für das Wirken des Gottes zugunsten des Königs und so fort.

Geduldig hörte Nimrod sich die zahlreichen Geschichten über das Schwert an und ließ die Tempelwächter erzählen, was sie wußten. Die ganze Zeit über dachte der alte Hexer bei sich: Ja, dieses Zauberschwert ist genau das, was mir fehlt. »Was ihr da erzählt, klingt vielversprechend«, sagte er schließlich. »Ja, äußerst vielversprechend.« Dann fragte er den Mann, der gerade erst gekommen war: »Hast du noch mehr zu berichten?«

Der Tempelwächter dachte einen Moment angestrengt nach, da er den bösen Nimrod keinesfalls erzürnen wollte. »Ja!« antwortete er endlich mit freudiger Miene. »Ja. Der König sagte, Derwin, den man den Einsiedler nennt, sei tot.«

»Ach?« Nimrods Herz jauchzte. »Wie trug sich dies zu?«

»Das weiß ich nicht. Er sagte nur: ›Ihr habt Derwin umgebracht!‹«

»Das wollten wir nicht, Herr«, erklärte einer der Tempelwächter, die dabeigewesen waren. »Es war ein Unfall. Er hat sich uns in den Weg gestellt. Wir mußten ihn beiseite räumen, um den Prinzen zu entführen.«

Das trifft sich ja besser, als ich hoffte! dachte Nimrod hocherfreut. Derwin ist tot! Ach, steht mir dieser lästige Einsiedler nicht mehr im Weg! Das wird meine Rache komplett machen. Anerkennend nickte er den Männern zu. »Ja, so ein Unfall kann passieren. Da war nichts zu machen. Aber derlei müßt ihr mir in Zukunft erzählen. Ich muß alles wissen – es zahlt sich nicht aus, mir Dinge zu verschweigen.«

»Wir fürchteten, dich zu erbosen«, murmelte einer.

»Mich erbosen? Warum nur? Bin ich etwa ein Unmensch?« Nimrod lächelte wieder und verzog hämisch seine schmalen Lippen. »Nein, ihr werdet merken, daß man gut mit mir auskommt, wenn man mir immer alles gleich erzählt. Ich kann ganz anständig sein.« Er klatschte in die Hände. »So! Jetzt ruht euch alle aus. Wir haben heute nacht noch ein gutes Stück Weg vor uns. Ich möchte vor Tagesanbruch den Hochtempel erreichen.«

Da legten sich alle hin, um sich für die nächtliche Wanderung auszuruhen. Auch Prinz Gerin rollte sich zusammen, obwohl ihm nicht nach Schlaf zumute war. Er wollte lediglich seine Tränen verbergen, denn seine Häscher sollten nicht sehen, daß er um seinen Freund Derwin weinte.

Am Mittag erreichten Toli und die Ritter Askalon. Als sie in den Innenhof gelangten, trafen sie dort auf eine Schar Berittener und Knappen, die Ausrüstung und Proviant herbeischafften.

»Was geht hier vor?« fragte Toli. Er ließ sich von seinem Pferd gleiten und hastete zu der Gruppe von Leuten, die inmitten all des Treibens standen. Der Kreis öffnete sich für den Dscher. »Teido! Ronsard!« rief er überrascht, als er seiner Freunde ansichtig wurde.

Die beiden Männer fingen zu grinsen an und klopften ihm auf die Schultern. »Wir hofften, du würdest vor unserem Aufbruch zurückkehren. Wo steckt der König?« Teido hielt inne und fragte besorgt: »Habt ihr ihn gefunden?«

»Ja«, erwiderte Toli knapp. »Er wird nicht so schnell wiederkommen.«

»Ich verstehe.« Teido zog die Brauen hoch. »Wir müssen Rat halten und uns einen Plan ausdenken. Es gilt, keine Zeit zu verlieren.«

»Wir hofften, mit Erlaubnis der Königin bald aufzubrechen.«

»Ja, ihr dürft nicht zaudern. Ich folge euch, sobald ich mich erfrischt und gestärkt habe.«

Teido führte Toli ein paar Schritte zur Seite, um ungestörter mit ihm sprechen zu können. Das Treiben um sie herum ging weiter. Teido lehnte sich an die dicke Mauer und verschränkte die Arme vor der Brust. Sein schwarzes Haar war von vielen silbernen Fäden durchzogen wie auch seine Brauen, aber das

Alter hatte seine scharfen Züge nicht gemildert, sondern ließ ihn eher noch gebieterischer wirken.

»Ihr habt euch überworfen, wie?« fragte er ruhig.

Toli blickte über den Hof, ohne etwas vom regen Hin und Her zu sehen. Er nickte.

»Was ist geschehen?«

»Er ... mein Herr gibt mir die Verantwortung an Derwins Tod und der Entführung seines Sohnes«, erwiderte er ohne Umschweife.

»Ich verstehe.« Mit freundlicher Stimme versuchte Teido, Toli zu trösten. »Du weißt doch, daß eine solche Beschuldigung sich nur Angst und Verzweiflung verdankt.«

»Nein, nein«, erwiderte Toli kopfschüttelnd. »Er hat recht. Es ist meine Schuld. Ich habe die beiden allein gelassen. Nach dem ersten Überfall setzte ich den Bösewichten nach. Das hätte ich nicht tun dürfen. Ich hätte den Prinzen nicht einen Augenblick aus den Augen lassen dürfen.«

»Du handeltest nach bestem Wissen und Gewissen. Was kann ein Mann mehr tun? Derwin war alt genug, um selbst auf sich aufzupassen. Auseinandersetzungen waren ihm nicht fremd. Ich bin sicher, du hast das Richtige getan.«

Toli blickte den hochgewachsenen Recken gequält an. »Derwin war ein alter Mann, Gerin ist ein wehrloses Kind. Ich habe versagt.«

»Nein! Überlege nur, was du da sagst! Was geschehen ist, ist geschehen. Es läßt sich nichts daran ändern. An Derwins Tod trägst du keine Schuld. Das konnte keiner ahnen. Wärest du geblieben, hätte man vielleicht dich erschlagen.«

»Besser mein Blut vergossen als seines!«

»Das darfst du nicht denken.« Teido legte Toli die Hand auf die Schulter. »Dergleichen hast du nicht zu bestimmen, mein Freund. Wir befinden uns alle in Gottes Hand. Er leitet unsere Schritte. Derwin wußte das besser als jeder von uns.«

Toli rieb sich übers Gesicht. Er spürte, wie ihn die Müdigkeit übermannte. »Ich bin erschöpft.«

»Ja, erfrische dich ein wenig. Nach der Ratsversammlung kannst du ruhen. Wir werden aufbrechen und mit der Suche beginnen.«

»Nein, ich will euch begleiten. Ich muß.«

»Du wirst deine Ruhe brauchen. Wenn ich mich nicht irre, werden wir alle genügend Gelegenheit zum Suchen haben. Ruhe dich erst einmal aus. Im übrigen möchte ich, daß du die Königin und Esme begleitest.«

Rasch blickte Toli auf. »Die Königin und Esme? Wohin gehen sie?«

»Derwin soll morgen bestattet werden. Im Wald. Ich würde mich der Aufgabe annehmen, aber ich halte es für besser, daß Ronsard und ich die Suche befehligen.«

»Die Bestattung hatte ich vollkommen vergessen«, sagte Toli wehmütig. »Ja, jemand muß sie begleiten. Ich werde tun, was du sagst.« Er wandte sich zum Gehen, zauderte und drehte sich noch einmal um. »Ich habe dir noch etwas zu sagen.« Teido wartete. Der Dscher senkte seine Stimme und flüsterte: »Die Schwertscheide des Königs war leer, als ich ihn traf. Das Strahlende Schwert ist fort.«

16

Den Hund mit der ergrauten Schnauze an seiner Seite stapfte Pym auf der Straße gen Askalon. Dabei dachte er immer nur an eines: das herrliche Schwert, das er an diesem Morgen versteckt hatte. In Lumpen gewickelt hatte er Zallkyr in ein Loch in einem alten Nußbaum gelegt, dessen Mark vor langer Zeit vom Blitz zerfressen worden war. Der alte Baum war zwar hohl, lebte aber noch. Dann kennzeichnete Pym ihn mit einem kleinen Steinhaufen und betrachtete ihn lange von allen Seiten, um ihn sich genau einzuprägen.

Er raffte seine Gerätschaften und Waren zusammen, die er laut klappernd durch den Wald bis zur Straße geschleppt hatte, und machte sich auf den Weg.

Ihm war nicht ganz wohl zumute. Bei jedem Schritt schwankte er. »Vielleicht hätte ich es nicht dalassen sollen«, murmelte er Ruffo zu. »Vielleicht sollte ich es mir wieder holen. Dort kann es jeder finden und dem alten Pym stehlen. Dann gibt es kein Gold, keinen Wagen und keinen Schleifstein. Ach, was soll ich nur tun? Was soll ich nur tun?«

Am Mittag machte er im Schatten der dicht belaubten Äste einer Linde Rast und aß ein paar Bissen. Er hatte ein Stück Hartkäse dabei, von dem er für Ruffo und sich mit dem Messer ein paar Brocken abschnitt. Dazu tranken sie Wasser und verspeisten schließlich einen Apfel.

Sie wollten gerade weiterziehen, als sie Leute kommen hörten. »Hör nur, Ruffo! Da kommt wer die Straße lang. Wer mag das sein? Laß uns lieber ruhig sitzenbleiben und sehen, wer es ist.«

Sie warteten, und bald erkannten sie Stimmen, viele Stimmen, die rauschten wie ein Mühlbach, eine große Schar Menschen, die von Askalon kommend nach Süden zogen.

Die ersten gingen vorüber, warfen einen Blick auf den Kesselflicker und hasteten weiter. Dicht darauf folgten etwas über zwanzig Reisende, ganze Familien – Männer, Frauen und Kinder, in Gesprächen vertieft oder einander laut zurufend.

Pym trat auf die Straße. »Verflixt, Ruffo! Wo gehen die nur alle hin?«

Er grüßte den nächsten Wanderer. »He da! He!« Der Mann blieb stehen und sah ihn an. Pym humpelte zu ihm. »Wohin des Wegs? Wozu das ganze Gewimmel?«

»Hast du es nicht gehört? Wo warst du, Mann? Hast du geschlafen? Die Welt ist in Aufruhr!« Andere blieben bei dem Mann stehen und fügten das Ihre hinzu. »Grauenhaft!« sagte einer. »Die Götter sind erzürnt!« sprach ein anderer.

»Wir sind seit zwei Tagen hier auf der Straße«, sagte Pym. »Wir haben niemanden getroffen, und keiner hat uns etwas erzählt.«

»Der Prinz! Prinz Gerin«, meinte der erste Mann.

»Der junge Prinz ist gefangen und gewaltsam weggeschleppt worden«, rief einer von hinten.

»Nicht zu fassen!« schrie Pym. »Wann geschah dies?«

»Gestern morgen auf der Jagd. Diebe raubten ihn und erschlugen des Königs Ratgeber!«

»O weh, ach, ach!« Entsetzt wackelte Pym mit dem Kopf.

»Fünfzig Mann sollen es gewesen sein!« sagte ein kleiner Mann mit Warze.

»Hundert, habe ich gehört!« brüllte ein anderer. Alle nickten.

»Hast du jemanden gesehen?« fragte der erste argwöhnisch.

Da erbleichte der alte Pym. »Ich? Nie und nimmer. Nein, Herr. Und gehört auch nicht. Hundert Mann, die hätten wir gesehen. Aber bis heute ist uns nicht das geringste aufgefallen. Sie haben den Ratgeber des Königs erschlagen?«

»Mausetot ist er. Ach, die Götter zürnen dem König, weil er es mit seinem neuen Gott hält, dem Allerhöchsten. Sie sind erbost und zeigen ihm ihren Ingrimm! Das wird ihm eine Lehre sein.«

Grämlich murmelte Pym: »Ein schwarzer Tag. Ein schwarzer Tag, fürwahr.«

»Jawohl«, pflichteten ihm alle bei und liefen eilends weiter.

Pym machte sich auf den Weg und hielt einige der nachfolgenden Trupps an, um sich auch bei ihnen zu erkundigen. Alle erzählten ihm die nämliche traurige Geschichte. Sie war in aller Munde und sollte eine Zeitlang der wichtigste Gesprächsstoff bleiben, da doch so das ganze Fest umgeworfen worden war.

»Eine ganz heimtückische Tat, Ruffo«, sagte Pym, unbeirrt gen Askalon ziehend, obwohl alle anderen die umgekehrte Richtung eingeschlagen hatten und in ihre Dörfer und Städte im Süden zurückzogen, um die Kunde zu verbreiten. Binnen einer Woche würde jedermann in Mensandor wissen, was sich zugetragen hatte. »Jawohl, eine ganz heimtückische Tat.«

Rastlos ritt Quentin voran. Am frühen Morgen hatte er die Straße verlassen und begonnen, die Nebenwege abzukämmen – erst den einen und dann den anderen, weil er hoffte, durch Zufall auf einen Hinweis zu stoßen. Er fand nichts und stürzte mit jeder weiteren Meile tiefer in Angst und Qual als jemals zuvor. Manchmal war es so, als würde sein Geist entzweireißen, als würde sein innerstes Wesen zerhauen und zerschlagen.

Warum nur? fragte er sich immer wieder. Warum mußte mir dies widerfahren? Hilf deinem Diener, Allerhöchster! Hilf mir! Warum antwortest du mir nicht? Warum fühle ich mich so verlassen? Er hat mich aufgegeben, der Gott hat mich verworfen.

Allein dieser Gedanke hätte gereicht, ihn niederzuschmettern, aber die Sorge um seinen Sohn und die Trauer um Derwin belasteten ihn zusätzlich so sehr, daß er dachte, sein Herz müsse zerspringen.

Dennoch trieb es ihn voran, er zwang sich zum Weiterreiten und hielt nur gelegentlich an, um Feuersturm saufen zu lassen. Er hielt sich stets in Richtung Süden, und als der Tag sich dem Ende zuneigte, roch er die salzige Meeresluft und wußte, daß es nicht mehr weit bis zur Küste war.

In der Abenddämmerung ließ er den Wald hinter sich und erklomm einen Sandsteinfelsen, von dem aus man aufs Meer blicken konnte. Gerfallen lag dunkelrot im Schein der untergehenden Sonne. Am Himmel trieb eine Schar rötlicher Wolken mit dem Wind landeinwärts. Ihnen folgten dunklere Wolken, die für den nächsten Tag Regen ankündigten.

Quentin saß ab und ließ Feuersturm das saftige grüne Gras fressen, das auf dem Felsen wuchs. Im Westen lag Hinsenbucht, das allerdings von hier aus nicht zu sehen war. Und im Osten floß der Siplet dunkel ins Meer, der das kühle Schmelzwasser aus den hohen Fiskills mit sich führte.

Vor ihm, ein Stück weit übers Wasser, ragte eine dunkle Masse aus dem Meer, die heilige Insel: geheimnisvoll, abweisend; die Quelle vieler Sagen und Vermutungen seit unvordenklichen Zeiten. Die Insel, voll üppigem Grün und dunklen alten Wäldern, war unbewohnt. Zwar hatten in frühen Zeiten Menschen versucht, dort eine Heimstatt zu finden, aber ihre Siedlungen hielten sich nie lang. Höchstens ein paar Jahre, und sie verfielen wieder. Die Insel sei der Sitz einiger Götter, die ihre Heimat nicht mit Sterblichen zu teilen wünschten, hieß es mitunter.

Die Gerüchte in den Küstenorten behaupteten, daß die unheimliche Insel für die Ureinwohner Mensandors ein Ort der Anbetung gewesen sei, für die kriegslüsternen, blutrünstigen Schoz, die in den abgeschirmten Wäldern ihre grausamen Folter- und Opferriten geübt hätten; dabei sollten sie das Blut ihrer menschlichen Opfer getrunken und ihr Fleisch gegessen haben. Und man glaubte allenthalben, es gebe immer noch Anhänger des Glaubens der Schoz, die insgeheim hin und wieder ihre absonderlichen Rituale pflegten. Von den in Nacht gehüllten Küsten der Insel konnte man angeblich Stimmen hören und bisweilen mitternächtliche Feuer blutrot leuchten sehen.

Die heilige Insel sollte auch ein Ort sein, an dem noch die Überreste alter Mächte schwebten, aus Zeiten, in denen die Götter selbst auf Erden gewandelt waren, so daß die Menschen sie sehen konnten, aus Zeiten, in denen das Unerklärliche etwas Gewöhnliches gewesen war: Träume, Erscheinungen und Wunder.

In der zunehmenden Dunkelheit schien die Insel Quentin zu locken. Bucklig erhob sie sich aus dem glatten Spiegel der See, dem Kopf und den Schultern eines fürstlichen Meerwesens gleich, welches das Festland mit unendlicher Geduld betrachtete. Komm, sagte es. Sieh dich hier um. Spürst du meine Macht? Fürchtest du sie? Komm, wenn du dich traust.

Quentin wurde unruhig und ging bis zum Rand des Felsvorsprungs, ohne die Insel aus den Augen zu lassen, die gar nicht weit entfernt lag. Kaum eine Meile. Er fand einen Pfad, der durch Dünen bis zum Ufer führte. Ohne zu überlegen, schlug er ihn müden Schrittes ein. Und mit jedem schleppenden Tritt ließ seine Kraft weiter nach; er hatte den ganzen Tag nichts gegessen und kaum gerastet. Er fühlte sich schwindlig und schwach, einer leeren, leichten und zerbrechlichen Hülse gleich, die der Wind wehen konnte, wohin er wollte.

Trotzdem unterzog er sich der Mühe, den Pfad hinab bis zum Ufer zu gehen. Die Wellen schlugen sanft und zärtlich ans Ufer. Vögel, die einen Rastplatz für die Nacht suchten, flatterten durch die Luft und steuerten Nischen und Nester im pockennarbigen Gesicht der Felswand an; ihre klagenden Nachtrufe durchbohrten schrill die Stille. Der Wind frischte auf und die Wolken am Firmament färbten sich nach und nach violett. Über den höchsten Stellen der Insel hing abendlicher Dunst – ein Schleier, um neugierige Augen abzuweisen. Hoch oben auf dem

Felsen hörte Quentin Feuersturm wiehern, wandte jedoch wie gebannt keinen Blick von der Insel.

Er spazierte ein Stück den Strand entlang, ohne zu merken, was er tat oder wohin er ging. Er dachte jetzt an gar nichts mehr außer ans Laufen: Er wollte gehen, wohin seine Füße ihn trugen.

Da stieß er auf etwas Glattes, Rundes auf dem Strand, das sich in der Dämmerung kaum vom Hintergrund abhob. Er stolperte darauf zu, und in seinen Gedanken tauchte das Bild des Halunken wieder auf, den er auf der Straße erschlagen hatte. Vorsichtig trat er näher; er zitterte bei der Vorstellung, den Leichnam wiederzufinden. Als er ganz nah war, blieb er stehen und streckte die Hand aus. Haare!

Er schreckte zurück. War dies irgendein Tier, das tot an den Strand gespült worden war?

Doch unter dem Pelz hatte das Ding sich hart angefühlt, ganz anders als Fleisch, anders auch als totes Fleisch. Es sah auch anders aus als sämtliche Tiere, die er kannte. Er streckte noch einmal die Hand aus und strich über die harte, stachelige Oberfläche, dann stupste er das Ding an. Es gab nach und machte ein hohles Geräusch, als es gegen Steine stieß. Da wußte er, was es war.

Er bückte sich an den unteren Rand des Dings und drehte es um. Jetzt schaukelte das Boot aus Ochsenhaut, das nach einem Muster gebaut war, wie es schon seit tausend Jahren verwendet wurde, auf seinem Kiel. Das Ruder war mit einer Lederschnur am grob gezimmerten Sitz in der Mitte des Gefährts festgebunden und machte ein dumpfes Geräusch wie eine Trommel.

Er packte das Boot am Bug und schob es über die Steine ins Meer. Dann trat er mit den Stiefeln ins Wasser und kletterte hinein. Er nahm das Ruder und begann, zur Insel zu paddeln. Das Meer war ruhig und nichts zu hören als das Eintauchen des Ruders im Wasser. Aus Quentins Innerem stieg tiefe Traurigkeit empor. Lange hatte sie dort geruht, aber da er nun so müde war, konnte er sie nicht länger zurückhalten, und sie sprudelte hervor wie ein Springquell. Er schaute ins tiefe blaue Wasser um sich herum, das so still, so friedlich war. Wie geruhsam es wäre, sich über den Rand des kleinen Bootes gleiten zu lassen und zu versinken, immer tiefer – fern von allen Gedanken, fern des Leids, fern der Erinnerung.

Trotz allem ruderte der König voran, während die Nacht ihr samtenes Gewand um ihn schlug und der Abstand zum Festland hinter ihm immer größer wurde. Nach einer Weile hörte er es unter dem Boot knirschen, dann folgte ein Ruck, und er wußte, daß er das Ufer der heiligen Insel erreicht hatte.

Quentin schwang sich aus dem Boot und zog es ein Stück den Strand hinan. Dann stapfte er auf einem uralten Pfad zwischen Bäumen und Büschen in den Forst, der bis ans Ufer reichte.

Wie lange er so lief, kümmerte ihn nicht. Seine Beine bewegten sich wie aus eigenem Antrieb, langsam, aber stetig. Er kannte weder Eile noch Ziel. Träge drehten sich die Gedanken in seinem Kopf, taub vor Erschöpfung; immer müder boten sie ihm keine Hoffnung, keine Erkenntnis.

Seine Augen starrten stur geradeaus, sahen jedoch nichts. Es war dunkel, zu dunkel, um mehr zu sehen als die Äste des nächsten Baumes. Sein Gehör nahm nur seinen eigenen Herzschlag und sein Atmen wahr, denn auf der Insel herrschte Grabesstille; sie wirkte wie voll unsichtbarer Wesen.

Da beschlich Quentin das Gefühl, daß auch er nur ein Ding aus unstofflichem Dunst sei: ein körperloses Gespenst, dazu verurteilt, des Nachts durch die Welt zu streifen und bei Tagesanbruch zu verschwinden; ein unfaßliches Wesen, verdammt in eine Schattenwelt, in der nur Schatten lebten, jeder in seiner persönlichen Qual, in alle Ewigkeit einsam und ungetröstet.

Zwischen den Baumwipfeln ging der Mond auf, ein kalt funkelndes Auge, das verdrießlich auf ihn hinabblickte und nur wenig Licht spendete. Auf Quentins Schultern legte sich bleierne Müdigkeit und beschwerte ihn dermaßen, daß ihm jeder Schritt weh zu tun begann.

Ich muß mich ausruhen, dachte er. Ich muß Rast einlegen und ruhen. Ich bin müde. Ach, so müde. Und doch ging er ziellos weiter.

Nach einer gewissen Weile gelangte er an eine Lichtung, an der die Bäume aufhörten und sich im silbernen Mondschein eine Wiese öffnete, die sanft zu einem See hinabführte. Das Ufer bildete einen leicht geschwungenen Bogen, eine glänzende Mondsichel, in der sich das Gestirn am Himmel widergespiegelt fand.

Quentin ging bis ans Seeufer hinab und blieb dort stehen, um über die spiegelglatte Fläche zu blicken. Hier und da blitzte das Wasser vom Funkeln eines Sterns auf. Als Quentin in den Spiegel hineinblickte, starrte ihm ein trostloses, ausgezehrtes Gesicht entgegen.

Gleich am Ufer wuchs eine Weide, deren lange, hängende Äste weich ans Wasser reichten und sanft über die Oberfläche des Sees streiften. Ihr Laub bildete Tränentropfen, die sich in nicht enden wollenden Sturzbächen in den See ergossen, einem Springquell des Kummers gleich.

Zu dieser alten Weide schleppte Quentin sich und ließ sich unter ihre schlaffen Zweige fallen. Hier war es trocken und dunkel. Er lehnte seinen Kopf an den rauhen, knorrigen Stamm und zog seinen Umhang fest um sich.

Jetzt verlangte der Schlaf sein Recht, und Quentin merkte gar nicht, wie ihm die Augen zufielen und er im Reich der Träume versank. Ihm war alles gleich.

17

Zwar hatten alle Geräusche im Schloß längst den gedämpften Ton der Nacht angenommen und am nächsten Morgen sollte der Leichenzug zum Bestattungsplatz im Pelgrin-Wald aufbrechen; Toli aber lag immer noch wach. Die Hände hinter dem Kopf verschränkt, lag er auf seinem Bett und starrte zu den flackernden Schatten empor, die seine Bettpfosten an die Decke warfen. Immer wieder kehrten seine Gedanken zur schmerzlichen Auseinandersetzung mit Quentin zurück, zu der es am Morgen gekommen war. Wieder hörte er die messerscharfen Worte: »Du trägst die Verantwortung. Du bist an allem schuld!« Diese Sätze quälten ihn wie Peitschenhiebe, ihrem strengen Urteilsspruch konnte er nicht entkommen. Mitten in seiner Pein hörte er es draußen leise, aber deutlich klopfen.

Er stand auf, ging geräuschlos zur Tür und öffnete sie. »Ja, herein. Wer – Esme!« Er verbarg seine Überraschung und ließ sie eintreten.

»Toli …«, hob sie mit flehentlichem Blick an, »es geht um Bria.« Und schon tat sie einen Schritt zurück und zog Toli hinaus auf den Korridor.

»Was ist geschehen? Ist ihr etwas zugestoßen?«

»Sie steht auf dem Söller und will nicht hereinkommen. Wie entrückt starrt sie ins Leere. Ich weiß mir nicht zu helfen.«

Leise eilten sie durch den breiten Flur zu den königlichen Gemächern; ihre Schatten huschten über die rauhen Mauern. »Wie lang ist sie schon in diesem Zustand?«

»Als ich ihr das Nachtmahl brachte, stand sie schon draußen

und sagte mir, ich solle es dalassen, und als ich vor einer Weile nachsehen wollte, ob sie schlief, war ihr Bett noch gemacht und das Essen nicht angerührt.«

Toli nickte nur wortlos. Als sie die königlichen Gemächer erreichten, öffnete Esme lautlos die Tür und trat still ein. Toli folgte ihr. Sie durchquerten mehrere Räume und gelangten schließlich zum Altan; dort stand Bria, reglos wie von Stein, und starrte in die mondhelle Nacht hinaus.

Toli blickte sie lange an und sagte dann zu Esme: »Hole Alinea hierher. Vielleicht kann sie helfen.«

Esme nickte kurz und ging. Toli trat auf den Söller hinaus. Die Nacht war kühl und windstill. In den Weinranken, die an der Mauer emporwuchsen, zirpten Grillen.

»Herrin«, hob er leise an, »es ist sehr spät, und wir haben morgen viel zu tun.«

Die Königin rührte sich nicht, noch gab sie zu erkennen, daß sie Tolis Worte gehört oder sein Dasein bemerkt hatte. Sie stand da wie verhext und nahm nichts um sich herum wahr.

Toli streckte die Hand aus und faßte sie am Arm, der sich kalt anfühlte. Sie leistete zwar keinen Widerstand, regte sich aber auch nicht. »Herrin«, sagte Toli, »du mußt ruhen.«

Da kamen sanfte Schritte näher, und Alinea trat mit einem Schultertuch über dem Arm auf den Söller. »Bria, liebes Kind, ich bin es, deine Mutter.« Sie legte ihrer Tochter das Tuch um die Schultern und redete freundlich auf sie ein. »Komm mit, mein Liebling.« Dann warf sie Toli und Esme einen Blick zu.

Toli ging hinein und winkte Esme, ihm zu folgen. Die beiden zogen sich zurück.

Sobald sie fort waren, nahm Alinea ihre Tochter in die Arme und drückte sie fest. »Liebe Bria«, seufzte sie, »ich kann nur ahnen, wie dir zumute ist.«

Da ging ein Schauder durch den Leib der jungen Frau. Alinea redete ihr weiter tröstlich zu. Schließlich stöhnte Bria auf und blickte ihre Mutter mit von der langen Wacht glasigen Augen an. »Er ist da draußen, Mutter«, sagte sie mit schmerzerfüllter Stimme. »Mein Kleiner, mein Sohn, mein schöner Junge. Er ist verschwunden. Ich werde ihn nie wiedersehen. Das weiß ich. Nie ... wieder ... Ach, Mutter!«

Mit einemmal schossen die Tränen aus ihren Augen und rannen ihre Wangen hinab. Sie vergrub ihr Gesicht in den Händen. Alinea zog sie fest an sich und streichelte ihr über die kastanienbraunen Flechten.

Vom Gemach aus hörten Toli und Esme die langen kummervollen Schluchzer und wandten sich verlegen ab. Leise schlichen sie sich auf den Flur hinaus.

Das Schweigen zwischen ihnen wurde allmählich peinlich. Keiner von ihnen brachte den Mut zum Sprechen auf, obwohl beide wußten, daß sie es mußten. Zögernd warf Esme dem Dscher einen Blick zu; er schaute zurück. Da schlug sie die Augen nieder, und er wandte sich ab.

Endlich wurde das Schweigen unerträglich. Toli öffnete den Mund und stammelte: »Esme ... ich ... ich ...«

Da ging die Tür neben ihnen auf, und Alinea trat heraus. In ihren tiefen grünen Augen spiegelte sich ihr Gram, aber ihre Stimme war fest und tröstlich. »Sie schläft jetzt, glaube ich«, sagte sie, nachdem sie getan hatte, was sie als Mutter tun konnte. »Ihr zwei müßt ebenfalls ruhen. Die kommenden Tage werden schwierig für uns alle werden.«

»Danke, Herrin«, erwiderte Esme. »Es tut mir so leid ...«

»Pst. Sprich nicht weiter. Ich sehe in der Nacht noch einmal nach ihr. Sie wird bestimmt fest schlafen.«

»Gute Nacht«, sagte Toli und wandte sich unverzüglich ab. Die beiden Frauen sahen ihm nach.

»Er trägt das ganze Gewicht der Verantwortung auf seinen Schultern«, stellte Alinea fest. »Ich wünschte, Quentin wäre hier. Er wüßte ihm zu helfen. Kein anderer kann ihm raten.«

Esme sagte nichts, sondern blickte die Königinwitwe gramerfüllt an.

»Es gibt so viel Leid auf dieser Welt«, fuhr Alinea fort. »Wie zerbrechlich unser Glück ist! Sobald es vergangen ist, hat es den Anschein, als sei es nie gewesen und werde nie wieder sein. Doch alle Dinge unter dem Himmel geschehen nach des Allerhöchsten Willen. Nichts entgeht seinem Blick.«

»Worin liegt da der Trost?« fragte Esme abweisend. »Ach, dein Allerhöchster! Ihn werde ich nie begreifen.«

Alinea sah die Frau neben sich freundlich an. Sie nahm sie in die Arme wie kurz zuvor Bria und führte sie durch den Korridor bis zu ihrem Gemach. »Ach, Esme, das dachte ich früher auch. Aber Derwin hat mir immer gesagt: ›Das Begreifen kommt mit dem Glauben, und nicht andersherum.‹ Über diesen Satz habe ich mir oft stundenlang den Kopf zerbrochen.«

»Was bedeutet er?«

»Er bedeutet, daß es beim Allerhöchsten viele Dinge gibt, die allein der Glaube zu sehen vermag. Ich habe erfahren, daß alles Begründen und Denken auf der Welt einem den Glauben nicht näher bringen kann, er muß aus dem Herzen kommen.«

Esme schüttelte bedächtig den Kopf. Sie waren vor der Tür zu ihrem Gemach angelangt. Sie blickte Alinea gerade ins Gesicht und faßte sie bei den Händen. »Dieser Gott ist ganz verschieden von all denen, die ich kenne. Die anderen fordern weder Glauben noch Begreifen, sondern sind mit Geschenken und Gaben zufrieden. Das ist soviel einfacher.«

Alinea lächelte. »Ja, die alten Götter sind einfacher. Aber es kümmert sie nicht, was den Menschen widerfährt. Sie handeln nach ihrem Belieben. Der Allerhöchste jedoch sorgt sich sehr, mehr, als du jemals erfassen kannst.«

»Das«, sagte Esme und öffnete die Tür, »ist wenigstens etwas, woran der Glaube lohnt. Gute Nacht, Herrin. Ich danke dir für deinen Trost. Gute Nacht.«

Die Wanderer schlichen im dunklen Schleier der Nacht rasch voran. Auf ihrem Weg nach Osten hielten sie sich so nah wie möglich an der Straße, umgingen die Dörfer aber weiträumig, um nicht entdeckt zu werden.

Prinz Gerin trottete mit gesenktem Kopf dahin, lauerte aber auf jede Möglichkeit zur Flucht. Er hatte die Wachen belauscht und dabei gehört, daß sie am nächsten Morgen ihr Ziel erreichen würden. Wenn er fliehen wollte, überlegte er, dann mußte er es möglichst bald versuchen.

Den ganzen Tag lang hatte er an kaum etwas anderes gedacht und war es müde geworden, darauf zu warten, daß jemand ihn rettete. Warum kommen sie bloß nicht? überlegte er. Was hält sie nur auf? Sie müssen doch nach mir suchen. Bestimmt wissen sie, in welche Richtung ich verschleppt wurde. Aber vielleicht können sie mich nicht finden. Ja, so ist es. Der alte Langbart ist schlau. Er hat unsere Fährte so verwischt, daß keiner mich finden kann. Ja, ich muß fliehen. Heute nacht.

So hatte er es beschlossen. Sobald die Aufmerksamkeit seiner Wächter, je einer links und rechts von ihm und ein dritter, der sein Pony führte, nachließe oder sie ihren Griff lockerten, würde er Reißaus nehmen. Sie konnten ihn nicht fangen, denn er würde ihnen auf und davon reiten. So hatte er es vor. Und jetzt wartete er auf die richtige Gelegenheit.

Diese ergab sich, als sie an eine Kreuzung kamen. Die eine Straße bog gen Norden ab, hin zu dem kleinen Weiler am Arwin. Die andere führte geradeaus nach Osten weiter und stieg allmählich zu den Fiskills an. Dort lag die Stadt Narramur und ein wenig nordöstlich davon der Hochtempel, von dem aus man das Tal und das ganze Reich überblickte.

Sie machten Rast. »Wir umgehen die Stadt im Süden«, sagte Nimrod, »und halten dann auf den Tempel zu.«

»Der Weg im Norden ist aber kürzer«, wandte einer der Wächter ein. Die anderen nickten.

»Kürzer schon«, zischte Nimrod, »aber dort können uns auch mehr neugierige Blicke erspähen.«

»Wir kennen einen Pfad...«, hob einer der Wächter an.

»Still!« fauchte Nimrod. Er machte drohend einen Schritt nach vorn. »Wir tun, was ich sage!« Er deutete mit dem Zeigefinger auf das Gesicht des Mannes. »Ich bin dein Herr!«

Der Mann machte einen Schritt zurück und stolperte über einen Stein auf der Straße. Die anderen beobachteten ihn und waren für einen Augenblick abgelenkt.

Mehr brauchte Gerin nicht. Im Nu sprang der Prinz in den Sattel, riß dem erschrockenen Wächter die Zügel aus der Hand, wendete Tarky und galoppierte davon.

»Haltet ihn!« kreischte Nimrod. »Ihr Narren, haltet ihn!«

Sofort hatten die Tempelwächter sich wieder gefaßt. Zwei hechteten dem Prinzen nach, aber das Pony wich aus, so daß sie auf dem Boden landeten. Ein anderer schoß von der Seite auf Gerin zu. Dieser peitschte mit den Zügeln nach ihm. Der Mann brüllte auf und schlug sich die Hände vors Gesicht.

»Ihr Narren!« tobte Nimrod. »Er entkommt!«

Der junge Prinz legte sich tief in den Sattel und trat dem Pony in die Rippen, um es anzutreiben. Die Wächter rannten ihm links und rechts hinterher wie dunkle Schatten. Als das Pferd sie aus dem Augenwinkel wahrnahm, scheute es und bockte. Gerin konnte sich gerade noch festhalten. Jetzt war er von den Wächtern umringt, die mit den Händen fuchtelten und schrien, um das arme Tier zu erschrecken.

Das verängstigte Pferd warf wild den Kopf hin und her und stellte sich auf die Hinterläufe. Gerin hielt sich an der Mähne fest, preßte die Beine zusammen und bemühte sich, im Sattel zu bleiben. Das Pferd wieherte vor Furcht und stieß mit den Hufen nach den Gestalten, die um es herumhüpften.

Da entdeckte Gerin eine Bresche. Mit aller Macht riß er die Zügel zur Seite und lenkte das Pony auf die Lücke zu. Dieses gewahrte die Gelegenheit ebenfalls und stürzte sich augenblicklich darauf.

Als nächstes tanzten vor Gerins Augen wie verrückt Mond und Sterne. Er spürte, wie er nach hinten vom Pferd rutschte und zu Boden stürzte. Er kam so hart auf, daß ihm die Luft wegblieb.

Wie ein Mehlsack lag er auf dem Boden und rang nach Atem. Da packten ihn rauhe Hände, zerrten ihn hoch und schüttelten ihn. In seine Lungen strömte wieder Luft.

Als er sich benommen umsah, sprang Tarky reiterlos davon, zwei Wächter liefen hinterdrein. War da ein Blitz gewesen? Ein Geräusch? Das Donnerrollen dröhnte ihm noch immer in den Ohren.

Was war da so unvermittelt auf seinem Weg aufgetaucht? Was hatte das Pferd dazu gebracht, zu scheuen und ihn abzuwerfen? Er erinnerte sich, daß er gesehen hatte, wie der alte Mann eine Hand hoch über den Kopf erhob – und dann hatten Himmel und Erde den Platz getauscht. Durch welche Macht dies bewirkt worden war, wußte der Knabe nicht. Vor seinen Augen hüpften noch immer glühend rote Bälle auf und ab; er schüttelte den Kopf, aber sie verblaßten nur langsam.

»In dem jungen Kerl steckt Heldengeist. Aber den müssen wir zu unseren Zwecken lenken. Junger Mann, wenn du am Leben und unversehrt bleiben willst, dann hegst du besser keine Fluchtpläne mehr.« Nimrod beugte sich zu ihm und blies ihm seinen faulen heißen Atem ins Gesicht. »Andernfalls wird man nichts vorfinden, für das sich ein Lösegeld zu zahlen lohnt.«

Keuchend kam ein Wächter angelaufen. »Das verfluchte Biest ist fort; wir konnten es nicht fangen.«

»Ihr Schwachköpfe! Schon wieder versagt!« Die Augen zu grausamen Schlitzen zusammengepreßt, starrte der alte Mann in die bekümmerten Gesichter um ihn herum; sein langer weißer

Bart funkelte im Mondschein wie ein Wasserfall. »Der Oberpriester wird von eurer Unfähigkeit erfahren. Sicherlich wird er eine Strafe für euch finden, die mich zufriedenstellt.«

Abrupt wandte er sich ab und setzte sich wieder in Bewegung. Die Wächter standen wie angewurzelt da und sahen ihm nach. »Bringt ihn«, erklang es tonlos und hart. Die Wächter überschlugen sich, um dem Befehl nachzukommen. Sie rissen Prinz Gerin an den Armen hoch und zerrten ihn gewaltsam mit, so daß seine Füße kaum den Boden berührten.

18

Der bleiche Mond ergoß sein Licht wie geschmolzenes Silber in den See, dessen Oberfläche hart und schwarz wie in Feuer geräuchertes Glas glänzte. Auf den tränenförmigen Weidenblättern perlte der Tau. Am sandfarbenen Himmel standen die Sterne wie Diamanten, ihre Strahlen funkelten kalt und scharf wie Eiszapfen.

Quentin, der geschlafen hatte wie ein Stein, schreckte hoch und sah sich ratlos um. Wo bin ich? dachte er. Wie bin ich hierhergeraten?

Dann fiel ihm ein, daß er zur Insel gerudert war und immerfort gelaufen war, bis er in Schlaf versank. In seinem Kopf herrschte zwar ein Durcheinander aus unausgegorenen Gedanken und Traumfetzen, aber da er hier erwachte, hatte er das sichere Gefühl, an diesen Ort gerufen worden und von ebender Macht, die ihn hierhin gebracht hatte, geweckt worden zu sein.

Seine Sinne waren hellwach. Hier schien es von Göttern nur so zu wimmeln. Aufmerksam lauschte er und konnte das Gemurmel ihrer Geisterstimmen fast hören, wie sie einander zuriefen, während sie an den fernen Gestaden der Nacht wandelten.

Als Quentin die Nähe dieser Wesen spürte, pochte sein Herz schneller. Die Götter hatten sich eng um ihn geschart. Sie beobachteten ihn aus jedem Schattenwinkel, als steckten sie hinter samtenen Vorhängen. Quentin stellte sich vor, wie sie ihre mitleidslosen Augen auf ihm ruhen ließen.

Steif vor Anstrengung stand er auf, schlang die Arme um seine Schultern und blickte auf den See hinaus. Wie Dampf stieg vom reglosen Wasser Nebel auf, verdichtete sich und trieb in Schwaden gleich gierig greifenden Fingern auf das halbmondförmige Ufer zu. Quentin trat ans Ufer und wartete. Der gespenstisch weiße Dunst wallte auf unsichtbaren Luftströmen heran. Mit einem flauen Gefühl im Bauch, von der kühlen Nachtluft fröstelnd, vor Erwartung gespannt, stand Quentin da. Das Blut schoß ihm rasch durch die Adern; er hörte es im Takt in seinen Ohren dröhnen. Alles um ihn herum war totenstill.

Während Quentin aufs Wasser hinausblickte, verwoben sich die Dunstschwaden über der glatten Fläche zu Mauern wie aus Spitze. Plötzlich teilten sie sich, und ein dunkles Ding trieb über den See auf ihn zu. Er erkannte, daß es ein kleines Boot war, das lautlos aus den sich kringelnden Schwaden glitt.

Es wurde von keinem Ruderer angetrieben, von keinem Steuermann gelenkt. Mit breitem Rumpf kam es flach im Wasser schwimmend näher und hielt, sanft gegen das grasbewachsene Ufer stoßend, schließlich zu des Königs Füßen an.

Vorsichtig hob er einen Fuß und setzte ihn in das geheimnisvolle Gefährt, als fürchtete er, es könne wieder im Dunst verschwinden. Es stellte sich jedoch als recht fest heraus, und Quentin ließ sich in seiner Mitte nieder. Dann trieb der gespenstische Nachen so lautlos und rätselhaft, wie er gekommen war, wieder vom Ufer weg und trug ihn über den See.

Quentin saß steif auf der Holzbank und beobachtete, wie der Kahn vom Nebel eingehüllt wurde. Die Welt des Festen entschwand seinen Blicken, und er wurde von einer Anderswelt aus Schwaden und Dunst verschluckt. So sanft, als würde es schweben, trieb das Boot übers Wasser. Nicht die leiseste Welle setzte es in Bewegung. Quentin strengte Augen und Ohren an, um die Leere zu durchdringen, nahm aber nichts wahr.

Nach einer Weile wurde der Nebel lichter, und der kleine Nachen schwamm in eine flache Lagune, um die herum massive Steinquader standen.

Der Ort hatte etwas Verwunschenes. Das spürte Quentin nun

deutlich. Die Luft umspielte ihn prickelnd, leckte ihm mit sanfter Glut über Gesicht und Gliedmaßen.

Dann sah er die Gestalt.

Vor ihm stand ein Mann am Ufer. Er trug ein langes, weißes Gewand, das im hellen Mondschein erstrahlte. Er winkte Quentin, daß er ihm folgen solle, und als das Boot das Ufer berührte, stieg der König aus und eilte der Gestalt nach.

Sie gingen durchs Gras zu den Riesensteinen und traten durch einen Zwischenraum in einen Kreis kleinerer Steine, von denen viele schief standen oder umgefallen waren. Diese Steine waren wie andere, denen Quentin in Mensandor begegnet war, nebeneinander im Kreis gestanden und bezeichneten die Gebetsstätten der Alten. Diese hatten an Stellen voll Kraft, an denen die Götter angeblich auf Erden wandelten, solche Steinringe errichtet.

Als sie den heiligen Kreis betraten, sah Quentin ein helles Feuer brennen und Fleisch an Spießen braten. Die weißgewandete Gestalt setzte sich auf einen der umgestürzten Steine, der dick mit grünem Moos und weißgesprenkelten Flechten bewachsen war. Der Mann lächelte herzlich und bot Quentin einen Platz an. Obwohl die beiden noch kein Wort gewechselt hatten, fühlte Quentin sich willkommen und fürchtete sich nicht. Er sah dem Mann zu, wie dieser die Spieße wendete.

Der Fremde war groß, von ebenmäßigem Wuchs und breiten, aber nicht groben oder plumpen Gesichtszügen. Sein Kinn war kräftig geschnitten. Das lange schwarze Haar trug er nach hinten gekämmt und im Nacken mit einem Lederband zusammengebunden, wie Seher oder Weissager es zu tun pflegten. Der Mann hatte dunkle Augen, quicklebendige Kohlen, die im Schein des Lagerfeuers funkelten, als er mit kräftiger Hand das röstende Fleisch versah.

Das prasselnde und knisternde Feuer warf bizarre Schatten auf die stehenden Steine. Quentin schossen tausend Fragen durch den Kopf, aber er schwieg. An diesem Ort schien jedes Wort unangebracht. Darum setzte er sich stumm in den warmen Lichtschein und wartete ab.

Schließlich griff der Fremde nach einem Krug und goß daraus etwas in einen Holzbecher, den er Quentin reichte. »Hast du Hunger?«

»Ja!« erwiderte Quentin erschrocken, daß der Mann sprach.

»Gut.« Der Fremde lachte tief und dröhnend – ein Geräusch, das nach Erde klang, nach Wald und Berg und Flüssen, die ins Meer strömten.

Auch Quentin lachte, angesteckt von der Freude in jener Stimme.

»Ich dachte mir, daß du Hunger hast, darum habe ich etwas zum Essen vorbereitet«, erklärte der geheimnisvolle Wirt. »Du hast einen langen Weg hinter dir und bist weit geritten.«

»Woher weißt du das?«

»Ich weiß vieles über dich«, erwiderte der Mann lächelnd.

Er hatte etwas Vertrautes, etwas gespenstisch Vertrautes; seine Stimme und Art waren Quentin nicht neu, da war er sicher. Aber woher kannte er ihn? Sein Gedächtnis ließ ihn im Stich. »Dergleichen können viele Menschen behaupten«, erwiderte Quentin. »Mein Name ist wohlbekannt.«

»Gut gesprochen«, entgegnete der Mann. Seine Augen leuchteten freudig. »Du bist der Drachenkönig von Mensandor, und fürwahr: Viele Menschen kennen dich beim Namen. Ich aber weiß noch viel mehr.«

»Fahre bitte fort«, sagte Quentin. Wer war der Fremde?

»Ich weiß, daß du ein ehrenwerter Mann bist, der viele Freunde sein eigen nennt. Und daß du kürzlich einen Freund verlorst, der dir höchst teuer war. Ich weiß auch, daß du Gefahr läufst, einen zu verlieren, der dir noch teurer ist.«

»Ist das alles?«

»Es ist wohl vorläufig genug. Hier, das Fleisch ist gar.« Er reichte Quentin einen Spieß und behielt einen für sich. Dann nahm er seinen Holzbecher und trank.

Auch Quentin trank und glaubte, noch nie im Leben so frisches und gutes Wasser genossen zu haben. Er nahm ein Stück Fleisch vom Spieß und aß, ohne den Fremden auch nur einen Moment aus den Augen zu lassen. »Wie heißt du?« fragte er.

»Nenne mich deinen Freund, denn ich bin dir Freund.«

»Freund? Nichts weiter?«

»Was brauchst du mehr?«

Nachdenklich verzehrte Quentin sein Mahl. Wer war dieser Freund? Und warum kam er ihm so bekannt vor? Er trank wieder und fragte: »Wo bin ich? Was ist dies für ein Ort?«

Der Mann antwortete ihm mit einer Frage: »Siehst du diese Steine?«

Quentin nickte.

»Sie standen viele hundert Jahre lang aufrecht. Aber jetzt liegen sie verlassen darnieder. Die Götter, zu deren Ehre man sie errichtete, kommen nicht mehr hierher. Was meinst du, warum?«

Quentin überlegte einen Moment, dann erwiderte er: »Wäre es möglich, daß die alten Götter aussterben oder daß es sie nie gab? Es gibt Menschen, die behaupten, ein neues Zeitalter dämmere und ein neuer Gott werde bekannt in unserer Welt.«

»Was ist deine Meinung?«

»Ich glaube«, antwortete Quentin bedächtig, seine Worte sorgfältig erwägend, »daß die Zeiten sich ändern und ein neues Zeitalter angebrochen ist. Es gibt nur einen Gott für alle. Ob andere Götter da sind oder es waren, kann ich nicht sagen.«

»Eine merkwürdige Feststellung für einen Priesterschüler«, sagte der Fremde. Er lächelte verstohlen in sich hinein, als hüte er ein großes Geheimnis.

Quentin jedoch war verblüfft: Als Priesterschüler hatte man ihn schon lange nicht mehr bezeichnet. Ja, er hatte fast vergessen, einst im Tempel gedient zu haben. Das schien so lange her. »Damals war ich nur ein Kind«, sagte er.

»Die Zeiten ändern sich, wie du sagst. Aber die alten Sitten sterben nicht so schnell aus, nicht wahr?«

Quentin sagte nichts. Der Mann ließ seinen Blick über die umgestürzten Steine schweifen. »Warum, glaubst du, verehren die Menschen ihre Götter durch Stein?«

»Stein ist von Dauer«, antwortete Quentin.

»Ja, aber wie du siehst, sind die Steine am Ende umgefallen. Was ist von Dauer, nachdem der Stein zu Staub zerfallen ist?«

Quentin fiel ein, daß dies eine Frage war, die ihm sein früherer Lehrer Jeseph, einer der Ältesten von Dekra, vor vielen Jahren gestellt hatte, als er bei ihm Schüler gewesen war. Der alte Jeseph war längst tot und begraben. »Des Menschen Geist ist von Dauer«, erwiderte Quentin. Diese Antwort hatte Jeseph damals hören wollen.

»Und die Liebe ist von Dauer«, setzte der Mann schlicht hinzu. »Wäre es nicht sinnvoller, den Gott durch Liebe zu ehren anstatt durch Tempel aus Stein?«

Da versetzte es dem König vor Schuld einen Stich. Wer war dieser Mann?

»Quentin«, sagte er sanft, »fürchte dich nicht.«

»Ich fürchte mi–«, hob Quentin an, aber der Mann gebot ihm mit einem Wink Schweigen.

»Und gib dich nicht der Verzweiflung anheim. Deine Feinde wollen dich erniedrigen, um den Gott, dem du dienst, zu verhöhnen. Vertraue auf den Allerhöchsten, und er wird dich aufrichten.«

Dann erhob sich der Mann und lächelte aufs neue. »Der Nachen wird dich übers Wasser zurücktragen.«

Quentin sprang auf. »Geh nicht fort! Bitte …«

»Ich muß. Meine Zeit hier ist abgelaufen. Ich wollte dich nur noch einmal sehen und dir Lebewohl sagen.«

»Nein!« schrie Quentin und warf sich auf die Knie. »Bleibe bei mir. Ich möchte mehr hören!«

»Das soll nicht sein. Doch sei nicht bang, wir werden uns wiedersehen. Dessen bin ich mir gewiß.« Der Mann schenkte ihm sein freundliches Lächeln und legte ihm eine Hand auf den Kopf.

Da spürte Quentin, wie ein warmer Strom ihn durchfloß. Die Panik, die ihn ergriffen hatte, verebbte.

»Zuvor hatte ich keine Gelegenheit, mich zu verabschieden, wie ich es wünschte.« Der Mann hob Quentin empor und umarmte ihn. Nach einem Augenblick klopfte er seinem Freund mit beiden Händen auf den Rücken. Dann schob er den König auf Armeslänge von sich und sagte: »Lebe wohl, mein Freund.«

»Lebe wohl«, sagte Quentin. Er stand da und sah dem Mann nach, wie dieser auf den Wald zuging, zwischen zwei Steinen hindurch wie durch eine Tür. Dann wallte der Nebel auf und entzog ihn Quentins Blicken. Er war entschwunden.

19

Der Trauerzug brach im Morgengrauen auf und führte durch die stillen Straßen Askalons. Der Leichnam des geliebten Einsiedlers lag auf einer schwarz ausgeschlagenen Bahre, die zwei von Tolis schönsten Schimmeln zogen. Er führte nach Norden, wo der Pelgrin am weitesten an die Burg heranreichte, etwa bis auf eine Meile.

Das Wetter war schön und warm; rosig golden umspielte die Sonne die Baumwipfel, als sie ihre Bahn am wolkenlos blauen Firmament begann. Die weiche, reglose Luft duftete nach Wiesenblumen, die in zufälligen Gruppen überall auf der Ebene wuchsen: rosafarbene und gelbe Anemonen, Butterblumen und Kornblumen, weiße Gitterpflanzen und winziger purpurner Frauenschuh.

Toli ritt auf Riff der Bahre voraus; ihr folgten Esme und Bria, danach Alinea zwischen den Prinzessinnen Brianna und Elena in einer Kutsche. Etwa sechs Dutzend Trauergäste bildeten den Rest des Zuges: Damen und Herren, Ritter, Knappen, Bedienstete und Städter, alles Freunde des Einsiedlers, denn er war jedem Menschen wohlgesonnen gewesen, ob von hohem oder niederem Stand.

Ihrer aller Anliegen war zwar traurig, aber das Wetter so herrlich und die Lebenslust so unwiderstehlich, daß keiner von ihnen ganz bekümmert bleiben konnte.

»Wie merkwürdig«, stellte Bria fest, als sie darüber nachdachte. »Heute fühle ich mich wie gereinigt. Als ob die vergangenen Tage nur ein böser Traum gewesen wären, der mit dem Morgengrauen verblaßte.«

»Ja«, pflichtete Esme ihr bei. »Mir geht es ebenso. Ich habe mich zwar nicht verändert, aber die ganze Welt wirkt wie neugeboren.« So plauderten sie miteinander, während die beiden Prinzessinnen in der Kutsche hinter ihnen ihrer Großmutter mit Fragen zusetzten. Prinzessin Elena hatte noch nie eine Bestattung erlebt, und Prinzessin Brianna nur eine: die Jesephs. Damals war sie jedoch erst ein einjähriger Säugling gewesen.

»Großmutter, was geschieht jetzt mit Derwin?«

»Nichts Schlimmes, mein Kind. Sein Körper wird in der Erde ruhen«, erwiderte Alinea.

»Wird ihm da nicht kalt werden?« piepste Elena.

»Nein, niemals wieder.«

»Ich weiß, was mit ihm geschieht«, tat Brianna wichtig. »Er wird zu Knochen!«

»Wie gräßlich!« rief die kleine Elena mit vor Neugier funkelnden Augen. »Werde ich auch zu Knochen werden?«

»Noch lange nicht, meine Liebe. Aber eines Tages sicher. Jeder Mensch stirbt, und dann wird der Körper zu Knochen und Staub.«

»Das wird mir, glaube ich, nicht behagen«, sagte Elena und wurde nachdenklich.

»Mir schon!« verkündete Brianna, entschlossen, aus jeder Lage das Beste zu machen.

»Ich glaube nicht, daß ihr bemerken werdet, was geschieht. Ihr werdet an einem anderen Ort ein herrliches neues Leben beginnen.«

»Wo denn? Ach, Großmutter, sag es uns«, riefen sie.

»Nun gut. Es gibt in weiter Ferne ein großes Königreich – das Reich des Allerhöchsten. Wenn man stirbt, geht man dorthin und wohnt bei ihm. Es ist ein wundersamer Ort, schöner als alles, was euer Auge je erblickt hat. Ihr werdet euren Körper zurücklassen – den braucht ihr nicht mehr, denn ihr bekommt einen neuen – und in alle Ewigkeit glücklich leben.«

»Ist Derwin jetzt dort?«

»Ja, dort ist er. Er ist beim Allerhöchsten eingekehrt.«

»Werden wir Derwin wiedersehen, wenn wir dorthin kommen?« fragte Elena.

»Freilich. Er wartet auf uns.«

»Und Großvater Eskewar auch?« wollte Brianna wissen.

»Jawohl, Eskewar auch.« Alinea lächelte. Die Kinder waren so vertrauensselig, so unschuldig und arglos. Sie glaubten, was man ihnen erzählte, ohne Beweise oder Versicherungen zu brauchen. Ihr Glaube war schlicht und einfach, er ließ viel Raum für Fragen, aber kaum welchen für Zweifel.

»Ach«, sagte Brianna nüchtern. »Dann gehe ich gleich dorthin. Ich möchte Großvater gerne kennenlernen.«

»Wir wären sehr traurig, wenn du gleich gehen würdest, mein Liebes«, sagte Alinea und strich dem Mädchen übers Haar. »Denn dann würden wir dich nicht mehr sehen. Bleibe bitte noch ein wenig länger bei uns.«

»Nun gut«, willigte Brianna ein. »Das werde ich. Ich möchte dich ungern verlassen, Großmutter.« Sie schmiegte sich an sie.

Von allen, die den Zug bildeten, spürte nur Toli nicht, wie wunderbar der Tag war. Er ritt still, die Augen geradeaus, blind für seine Umgebung, versunken in den Dingen, die ihm das Herz zerrissen und ihn vor Qual fast hätten aufschreien lassen: Ich habe meinen Herrn im Stich gelassen. Ich habe Schande über mich gebracht und Verderben über den König. Er hat recht, es ist alles meine Schuld. Allein meine Schuld. Ja, Derwins Blut lastet auf meinem Haupt. Ich trage die Verantwortung. Ich hätte die beiden nie allein lassen dürfen. Wäre ich dageblieben, so würde Derwin noch leben, der Prinz wäre in Sicherheit. Nichts von allem wäre jemals geschehen. Ich habe meine Pflicht verletzt und darf mich nicht länger Diener nennen. Ich muß Sühne leisten. Ich muß Sühne leisten, und koste es mein Leben. Ja, mein Leben, was nützt es mir jetzt noch?

Sie erreichten die Grabstätte, die man am Vortag vorbereitet hatte. Sie lag nur ein kleines Stück im Wald, am Ufer eines schattigen Teichs, in dem Derwin oft gewatet war, um seine Heilpflanzen zu sammeln.

Die Stelle hatte Alinea ausgesucht, da sie sich erinnerte, wie gern der Klausner hierhergekommen war, um nach Kräutern zu suchen oder einfach dazusitzen und nachzudenken. Oft hatte sie ihn am Ufer ruhend vorgefunden und sich zu ihm gesetzt, um über diese oder jene Pflanze mit ihm zu reden oder seinen Überlegungen über den Allerhöchsten zu folgen.

»Wäre Quentin nur hier«, sagte Bria, »und Gerin. Wie sehr sie beide Derwin liebten! Ich wünschte, sie wären hier.« Sie hatte den Schock vom Vorabend so ziemlich überwunden, ja, sie erinnerte sich kaum, was mit ihr vorgegangen war. Alles gehörte zu dem bösen Traum, den sie mit dem neuen Tag hinter sich gelassen hatte.

»Sie werden bald hierherkommen, da bin ich sicher.« Esme musterte ihre Freundin genau und suchte nach Anzeichen der Krankheit, die Bria zuvor ergriffen hatte.

Bria ertappte sie dabei und sagte: »Mir geht es schon viel besser.« Sie hielt inne und warf einen Blick aufs Grab. »Es scheint nur nicht recht zu sein, daß Quentin nicht dabei ist.«

»Er wäre hier, wenn er könnte, das weißt du. Quentins oberste Pflicht besteht darin, den Prinzen zu suchen und ihn unversehrt zurückzubringen. Der König darf nicht ruhen, bis sein Sohn und Erbe in Sicherheit ist.«

»Du hast recht«, meinte Bria. Dann fügte sie hinzu: »Sieh dir Toli an. Mir bricht das Herz, wenn ich ihn so erblicke.«

Esme beobachtete den schlanken, stummen Dscher und nickte traurig. Auch sie war tief davon berührt. Sie wünschte sich nichts sehnlicher, als zu Toli gehen und ihn trösten zu können. Hätte sie nicht gefürchtet, abgewiesen zu werden, sie hätte es getan.

Toli hatte niemandem außer Teido von Quentins harten Worten berichtet. Er hatte sie verdient, sie gebührten ihm. Jetzt gab er einigen der Edlen und Ritter einen Wink, und sie traten zur Bahre. Dann ergriffen sie das lange Brett, auf dem der Leichnam ruhte, und hoben es auf ihre Schultern. Auch Bria, Esme und Alinea traten zur Bahre. Sie nahmen Blumengebinde, die man am Morgen auf den Trauerwagen gelegt hatte, und folgten dem Leichnam zum Grab.

Die Männer ließen den Leib des Einsiedlers in das Loch hinab, das man in den fetten schwarzen Boden gegraben hatte. Die Sonne schien voll hinein und auf das fahle Gesicht. Derwin schien zufrieden zu ruhen. Aber er war jetzt nicht mehr der Derwin, den sie gekannt hatten. Im Tode wirkte er dermaßen verändert, daß die Trauernden ihn nicht ansehen und sagen konnten: »Dies ist der Mann, den wir kannten, als er noch lebte.«

Derwin, das wahre Wesen des Menschen, den sie geliebt hatten, war nicht mehr. Er hatte nur eine wertlose Hülle zurückgelassen.

Alinea ging zum Grab und kniete nieder, um ihre Blumen neben den Einsiedler zu legen. Bria und Esme taten es ihr gleich. Toli stand schweigend an der offenen Grube und beobachtete alles mit Augen, so hart wie geglätteter Stein.

Auch andere traten ans Grab und hielten kurz inne, um dem Mann die letzte Ehre zu erweisen. Hier und da funkelte eine Träne in einem Auge, aber keiner schluchzte oder jammerte, keiner legte unerträglichen Gram an den Tag, wie es bei Begräbnissen so oft geschieht. Alle, die gekommen waren, wußten, daß diese Beerdigung anders war: Dies war die Bestattung eines Dieners des Allerhöchsten. Und keiner, der den Leichnam in der Grube betrachtete, hatte das Gefühl, der Mann sei erloschen. Sein Geist war immer noch stark unter ihnen. Es wäre falsch gewesen, zu glauben, der fromme Einsiedler aus dem Pelgrin-

Wald sei der finsteren Vergänglichkeit in der Unterwelt der Götter anheimgefallen. Selbst jene, die nie wirklich vom Allerhöchsten und seinem herrlichen, großen Reich gehört hatten, glaubten, Derwin sei zu einem weit besseren, anderen Ort gelangt.

Im tiefsten Inneren wünschten sich alle, die ihn in seinem Grabe liegen sahen, ihr eigener Tod möge so werden: vertrauensvoll, würdevoll und friedvoll. Und viele glaubten von diesem Tage an, daß Derwin mit dem Allerhöchsten recht gehabt hatte, denn auch sie wollten dorthin gelangen, wo Derwin war.

Als schließlich alle ihm Lebewohl gesagt hatten – Prinzessin Elena und Prinzessin Brianna waren die letzten, die Blumen ins Grab legten –, schaufelten Toli und fünf Ritter Erde in die Grube. Dann hob jeder der Trauernden einen Stein auf und legte ihn aufs Grab.

»Quentin hätte ihn sicher im Königsrund bestatten wollen«, stellte Bria fest, als sie der Zeremonie zusah. »Aber hier ist es besser, passender.«

»Ja«, erwiderte Alinea. »Hier zwischen den Bäumen, die er liebte, wo alles Wilde lebt, da gehört er hin.«

Dann machten sie kehrt und begaben sich zurück auf die Burg. Alle ließen ihre Trauer zurück, alle außer Toli. Er blieb noch, als die übrigen fort waren, und stand lange reglos vor dem Grab. Schließlich bestieg er Riff und ritt davon – doch nicht nach Askalon wie die übrigen.

»Wo ist Toli?« fragte Esme, sich im Sattel umdrehend, um nach ihm zu sehen. Aber er folgte nicht.

»Merkwürdig«, sagte Bria. Auch sie verrenkte sich den Hals. »Ich sehe ihn nirgends. Dabei dachte ich, er sei bei den anderen.«

Esme schaute noch einmal in Richtung der Grabstelle, aber dort war niemand zu sehen. Toli war verschwunden.

20

»Der Prinz hier? Beim Bart der Götter! Das ist ein Fehler, ein schrecklicher Fehler. Du hast den Hochtempel in deine Ränke verwickelt. Davon will ich nichts wissen! Hörst du? Ich will davon nichts wissen!«

Der Oberpriester Pluhel tobte und raufte sich das Haar, während er in seinem Gemach auf und ab ging. Nimrod hatte die Brauen gesenkt und sah zu, wie Pluhel seinem Zorn Luft machte, sagte aber nichts.

Schließlich blieb der Oberpriester vor dem weißbärtigen Greis stehen und stemmte die Hände in die Hüften. »Der Tempel befindet sich nun deinetwegen in Gefahr. So war es nicht abgemacht. Von einer Entführung war nie die Rede. Ich will davon nichts wissen!«

Endlich hatte Nimrod genug. Er stand auf, warf dem Oberpriester einen vernichtenden Blick zu und stolzierte zur Tür.

»Halt! Was hast du vor? Wo gehst du hin?«

»Ich gehe fort. Du hast offenbar die Nerven verloren, um unser kleines Spiel zu betreiben. Ich kann dich nicht gebrauchen. Lebe wohl.«

»Nein!« rief Pluhel. »Das darfst du nicht. Was ist mit dem Prinzen? Was soll ich mit ihm tun?«

»Tu mit ihm, was dir beliebt. Was kümmert's mich? Vielleicht ist er als Priesterschüler zu gebrauchen, auch wenn sein Vater womöglich etwas dagegen hat.«

»Halt! Komm zurück. Du kannst mich nicht so sitzenlassen. Die Sache war schließlich nicht meine Idee!«

Mit der Hand am Türriegel blieb Nimrod stehen. »Nicht

deine Idee! Ha!« Mit flammendem Blick drehte er sich plötzlich um. Pluhel sah die Veränderung und wich mit offenem Mund zurück. Nimrod ging auf ihn zu und schien dabei größer zu werden.

»War es etwa meine Idee?«

»Wessen sonst! Meine etwa?«

»Natürlich. Ich habe dich nur auf die Gefahr für den Tempel hingewiesen, falls du nicht sofort etwas unternehmen würdest. Deine Leute haben den Prinzen ergriffen. Es war ihr Fehler. Du bist der Oberpriester. Du trägst die Verantwortung.«

»Nein! Du hast mich hinters Licht geführt! Ich habe dir gesagt... gesagt...«

»Genau! Du hast mir gesagt, was zu geschehen habe. Wir würden nicht in der Klemme stecken, wenn deine dummen Wächter das Ihre getan hätten. So, wie die Sache jetzt steht, habe ich sie nie gewollt.«

»Du mußt mir helfen!« jammerte Pluhel. Der Schock und die Wut über das, was Nimrod getan hatte, ließen nach, als er mit Entsetzen gewahrte, daß er dem erzürnten König allein würde gegenübertreten müssen. Ja, der Drachenkönig würde ihn in Stücke hauen, weil er seinen Sohn ergriffen hatte! »Es tut mir leid. Ich entschuldige mich. Ich habe nicht genau überlegt. Bleibe und hilf mir.«

Nimrod zupfte an seinem Bart. Er schien zu überlegen. Aha! dachte er. So einfach läßt die Taube sich fangen. Er hat keine Nerven, kein Rückgrat. Er verdient sein Schicksal. Aber ich kann ihn noch gebrauchen. Darum will ich ihn retten. Ach, die Sache läuft besser, als ich erwarten durfte.

»Nun gut, ich werde bleiben. Aber du mußt zu winseln aufhören und tun, was ich dir sage. Ich habe einen Plan. Einen ganz einfachen Plan. Und wenn alles gutgeht, wirst du, meine Taube, den König in deiner plumpen Hand halten.«

Teido, Ronsard und der Suchtrupp aus Rittern durchkämmten, von dem Ort, an dem man den Prinzen zuletzt gesehen hatte, ausgehend, den Wald und drangen immer tiefer ins Herz des Pelgrin vor. Die Ritter ritten über schattige Pfade und kaum erhellte Schneisen. Teido und Ronsard taten ihren Teil und trafen sie an zuvor vereinbarten Stellen wieder, um sich zu beraten und Neuigkeiten auszutauschen.

Doch es gab herzlich wenig Neues. Keiner hatte eine Spur von den Entführern entdeckt.

»Sie scheinen wie vom Erdboden verschluckt«, sagte Ronsard, als sie sich zu ihrer letzten Unterredung für diesen Tag trafen.

»Auch ich habe nichts zu vermelden«, stellte Teido fest. Er blickte zum Himmel hinauf. Die Wolken schimmerten noch rötlich, während die Sonne sich dem Ende ihrer Bahn zuneigte. »Bald bricht die Dämmerung an, dann wird es zu dunkel zum Weitersuchen.«

Ronsard spähte zum Himmelsstreifen zwischen dem Laubdach über ihnen. »Verflucht seien ihre Knochen! Beim Gotte, ich hatte gehofft, heute ihre Fährte aufzunehmen.« Er betrachtete Teido, dessen Augen weit ins Leere blickten. »Was denkst du?«

»Nichts, ich denke nichts.«

Ronsard schüttelte den Kopf. »Das nehme ich dir nicht ab, mein Herr. Dafür kenne ich dich zu gut. Heraus damit.«

Da nickte Teido bedächtig. »Ich dachte über das nach, was Toli über Quentins Schwert sagte.«

»Ja, da haben wir ein echtes Rätsel. Ich frage mich, was dahintersteckt.«

»Nichts Gutes, dessen darfst du gewiß sein. Gerade dachte ich, daß es Schlimmeres verheißt als das Verschwinden des Prinzen, und das ist schon schlimm genug.«

Ronsard warf seinem Freund einen wissenden Blick zu. »Ja, das Strahlende Schwert gibt man nicht so einfach hin. Ich hätte geglaubt, Quentin würde lieber sterben, als sich davon zu trennen.«

»Du nimmst mir das Wort von der Zunge. Und doch erwähnte er es nicht, als Toli ihm auf der Straße begegnete. Warum nur?« Teido blickte abermals gen Himmel und sagte: »Eins nach dem anderen, was? Morgen bei Tagesanbruch fangen wir wieder von vorn an.«

»Ja, morgen. Und das ist der letzte Tag, an dem es Sinn hat. Die Spuren, wenn es welche gibt, verblassen bereits.«

Teido wendete sein Pferd und sagte: »Lebe wohl, lieber Freund. Morgen um die gleiche Zeit treffen wir uns wieder. Wenn wir die Fährte bis dahin nicht entdeckt haben, dann ja, dann beten wir, daß wir sie finden.«

Ronsard hob die Hand zum Gruß und sah den hochgewachsenen schlanken Ritter auf dem Weg zurückreiten, auf dem er gekommen war. Teido hat recht, dachte er. Hier ist etwas im Gange, das uns allen Unheil verheißt. Was, das werden wir noch früh genug herausfinden, da möchte ich wetten.

Er seufzte und ritt durch die dunkler werdenden Schatten zu seinen Leuten zurück, wo er sich in seinen Umhang wickelte, um zu schlafen. Der Wald lag rundherum still und reglos, als würde er das Kommen der Nacht betrachten. Ronsard spürte, wie es kalt aus den Schatten kroch, und mit der Kälte kam eine finstere Ahnung, wie er sie seit Jahren nicht mehr empfunden hatte. Er schauderte innerlich.

»Wenn du es für unklug hältst, Mutter, oder etwas Besseres vorschlagen möchtest, dann sag es mir bitte.« Bria sah ihre Mutter genau an. Sie war fast außer Atem. Plötzlich war ihr ein Einfall gekommen, den mitzuteilen sie unverzüglich in die Gemächer ihrer Mutter geeilt war.

»Ich halte es nicht für unklug«, erwiderte Alinea bedächtig und gesammelt. »Aber ich habe böse Ahnungen.«

Bei diesem Wort zog Bria die Brauen hoch. Ihre Mutter fuhr fort: »Ich entsinne mich jedoch eines Augenblicks vor vielen Jahren, als Derwin zum gleichen Vorgehen riet. Auch damals schien das Unternehmen gefahrvoll. Aber wie sich herausstellte, war es der richtige Weg – auch wenn Derwin das Ergebnis unmöglich hatte vermuten können.« Sie lächelte ihre Tochter an, und Bria sah das Leuchten in ihren grünen Augen. »Anscheinend ist das Schicksal von Askalon und Dekra miteinander verknüpft. Ja, meine Liebe, geh nach Dekra. Ich will mich auch dorthin begeben.«

»Mutter, ist das dein Ernst? Du würdest mitkommen?«

»Warum nicht? Ich bin rüstig genug für die Reise. Und da die Straße des Königs jetzt bis nach Malmarn vollendet ist, wird die Reise größtenteils bequem sein. Doch müssen wir unverzüglich aufbrechen.« Sie warf ihrer Tochter rasch einen Blick zu. »Was hast du?«

»Du sprachst von Vorahnungen. Welchen?«

»Nur daß vielleicht Nachricht vom Prinzen in Askalon eintrifft. Daß du nicht hier sein könntest, um sie zu empfangen...« Sie verstummte.

»Ich verstehe. Was soll ich tun?«

»Das kann ich dir nicht sagen. Du mußt tun, was jede Mutter tun würde; du mußt der Stimme deines Herzens folgen.«

»Dann werde ich nach Dekra ziehen und mit den Ältesten dort sprechen. Wir hatten schon oft Anlaß, uns ihrer Weisheit zu bedienen; auch ihre Gebete können von höchster Wirkung sein.« Sie sah ihrer Mutter fest in die Augen. »Trotzdem wünschte ich, Quentin wäre hier.«

»Er wird bald zurückkehren. Wir werden ihm einen Brief hierlassen und erklären, was wir vorhaben. Er würde in jedem Fall hierbleiben wollen, um sich an der Suche zu beteiligen.«

»Was ist mit Brianna und Elena? Ich habe Angst, sie zurückzulassen.«

»Sie kommen mit. Warum auch nicht? Sie haben oft genug gebettelt, Dekra sehen zu dürfen, und werden sich über die Reise freuen. Wie die Dinge stehen, wäre es unklug, sie hierzulassen. Wir nehmen eine Kutsche und ein Schutzgeleit aus Rittern, dann reisen wir sicher.«

Bria lächelte. Nach dem Gespräch mit ihrer Mutter ging es ihr besser. »Ja, du hast vollkommen recht.«

»Es wird uns guttun, daß wir beschäftigt sind. Das Warten würde nur auf uns lasten, fürchte ich. Wenn wir lang keine Nachricht bekommen sollten… nun gut, laß uns reisen. Wir dürfen nur an Gerins Wohlbefinden denken. Die Ältesten werden uns helfen können.«

Bria blickte ihre Mutter voll Bewunderung an und schlang ihr dann die Arme um den Hals. »Ich danke dir sehr. Ich wußte, du würdest die richtigen Worte finden.«

Alinea tätschelte ihrer Tochter den Rücken. »Der arme Quentin! Ich bete darum, daß ihn das Warten nicht zu sehr betrübt. Mir wäre wohler zumute, wenn Toli hier wäre. Hoffentlich kehrt er bald zurück.«

»Wann sollen wir aufbrechen?«

»Sobald Pferde und Proviant bereitstehen.«

»Dann also morgen in aller Frühe. Schlafen wir lieber noch eine Nacht in unseren Betten und ziehen bei Tagesanbruch los.«

Alinea nickte zustimmend. Bria gab ihrer Mutter einen Kuß und eilte davon. Sie dachte bereits an dutzenderlei Dinge, um die sie sich vor der Abreise kümmern mußte. Alinea sah ihr nach und dachte an jene Zeit zurück, als sie die gleiche Reise vor sich gehabt hatte. Sie lächelte, nickte und versenkte sich wieder ins Gebet.

21

Quentin ließ Feuersturm freien Lauf und sich den Weg nach Hause selbst suchen. Die Straße war nicht schwer zu finden, das Roß kannte die Strecke zurück nach Askalon. Quentin ritt, ohne sich zu kümmern, wohin, und Feuersturm brachte ihn unbeirrbar heim.

Während auf dem Weg durch den Pelgrin-Wald das Grün des Laubs sich mit den kühlen blauen Schatten verwob, wanderten Quentins Gedanken zurück zur merkwürdigen Begegnung auf der Insel. Daran, daß er eigens auf die heilige Insel gerufen worden war, zweifelte er nicht. Ein feiner Zauber hatte ihn zum See gezogen, wo er wartete, bis der Kahn ihn holte und zum Steinkreis brachte. Zauberei, gewiß. Doch zu welchem Zweck?

Darauf wußte Quentin keine Antwort. Und der geheimnisvolle Fremde, der mit ihm gesprochen hatte, der ihn kannte und beim Namen nannte, wer war der? Quentin hatte das unerklärliche Gefühl, ihn zu kennen, und das seit sehr langer Zeit, auch wenn er ihm nie zuvor begegnet war.

Oder vielleicht doch?

Die Sache kam ihm vor, als sei ein Freund zu einer langen Reise in ein fernes Land aufgebrochen und nach vielen Jahren gänzlich verändert zurückgekehrt, auch wenn es sich dem Wesen nach im Grunde um den gleichen Menschen handelte; die äußere Veränderung verbarg, wer dieser Mann eigentlich war.

»Nenne mich deinen Freund«, hatte er gesagt, »denn ich bin dir Freund.« Einen Freund kann ich gebrauchen, dachte Quentin, und zwar dringend.

Er fühlte sich so einsam wie seit vielen Jahren nicht mehr – seit seiner Zeit als junger Priesterschüler im Hochtempel war er sich nicht mehr so ausgesprochen verloren vorgekommen. Er dachte an jene Jahre zurück und war abermals der schlaksige Knabe, der sich verängstigt an die Mähne des mächtigen Streitrosses Balder klammerte, unterwegs zu einem Abenteuer, das kaum Aussicht auf Erfolg hatte, das er aber dennoch unentwegt auf sich nahm.

So voller Hoffnung, voller Blindheit.

Ach, wenn ich abermals dieser vertrauensselige Knabe sein könnte, dachte Quentin. Er spürte das Gewicht der Jahre auf sich lasten und fühlte die bittersüße Sehnsucht nach einfacheren, besseren Zeiten. So ließ er sich auf den Wogen von Sehnsucht und Einsamkeit treiben.

Als er wieder aus seiner Grübelei auftauchte, stand die Sonne tief über der Straße, und er näherte sich bereits dem Ende des Waldes. Bei seiner Rückkehr von der Insel hatte Feuersturm am Strand auf ihn gewartet. Da hatte Quentin das Fellboot auf den Strand gezogen und war den ganzen Tag lang geritten, ohne ein einziges Mal zu rasten. Jetzt spürte er, wie die Anstrengung ihm zusetzte. Sein Herz klopfte.

Er ritt aus dem Wald und einen sanften Hügel hinab in ein weites Tal. Hier in diesem Tal standen die Höfe kleiner Bauern und Pächter, die ihre Erzeugnisse auf dem Markt von Askalon verhökerten. Geradewegs vor sich sah Quentin die Lehmhütte eines Bauern, der sein Ochsengespann vom Acker nach Hause führte, dazu seine Frau, die Wasser aus dem Brunnen schöpfte. Da beschloß er, kurz Rast zu halten, und sich den Straßenstaub hinunterzuspülen und sein Pferd ruhen zu lassen. Aber nur einen Augenblick, denn bei Einbruch der Nacht wollte er wieder in Askalon sein.

»He da!« rief er, als er in den Hof ritt, der von gackernden

Hühnern aufgekratzt war. »Gott zum Gruße!« Er blieb auf Feuersturm sitzen und wartete auf das Erscheinen des Bauern.

Da tauchte flüchtig ein Gesicht am Fenster auf und war sofort wieder verschwunden. Gleich darauf kam der Bauer um die Ecke seiner Hütte, eine zweizackige Heugabel aus Holz in der Hand.

Er starrte Quentin mißtrauisch, aber mit gewisser Ehrerbietung an. »Sei gegrüßt, Herr!« sagte der Bauer und musterte den Besucher mit offener Neugier. Wenn sein wettergegerbtes Gesicht eine Spur Mißtrauen verriet, so war dies der übliche Argwohn, den schlichte Menschen all denen gegenüber pflegten, die sie als höherstehend einschätzten. Quentin lächelte dem Bauern zu und sagte: »Das Wetter ist zu heiß zum Reisen, aber gut für die Ernte.«

Der Bauer blinzelte zum Himmel hinauf und schien sich in den Wolken verlieren zu wollen, die geschwind dem Horizont zustrebten. Schließlich schaute er wieder Quentin an und sagte: »Beim Reisen wird man leicht durstig.«

»Da du es sagst«, erwiderte Quentin, »einen Schluck Wasser könnte ich vertragen.«

»Nur zu«, entgegnete der Bauer und wies mit einem Nicken auf den Brunnen.

Quentin stieg bedächtig vom Pferd und ging steif vom langen Ritt zum Brunnen. Dort setzte er sich auf den steinernen Rand und griff nach dem Schöpfeimer. Er ließ ihn am geflochtenen Seil hinab, füllte ihn und brachte das randvolle Gefäß seinem Pferd.

Feuersturm, dessen strahlend weißes Fell jetzt braungrau vor Staub war, steckte sein breites Maul ins Wasser und soff gierig. Während Quentin so dastand, bemerkte er jemanden aus der Haustür kommen. Die Bauersfrau hatte sich zu ihrem Gatten gesellt und musterte Quentin scharf. Die beiden Eheleute hinter ihm flüsterten miteinander. Er fragte sich, was die Frau ihrem Mann wohl sagte, aber als er sich umdrehte, wußte er Bescheid: Ihre roten Gesichter waren ganz ehrfürchtig geworden wie so oft, wenn er sich unter dem Volk sehen ließ. Da fiel ihm wieder ein, daß er der Drachenkönig war.

Er sah sie an, und sie verbeugten sich tief, unbeholfen und verlegen. »Erhebt euch, meine Freunde«, sagte er freundlich.

»Ich wußte nicht, daß Ihr es seid, Majestät«, stammelte der Bauer. »Ich bin Euer demütiger Diener.«

Quentin klopfte sich den Staub von den Kleidern. »Wie hättest du das auch ahnen sollen, lieber Mann.« Kleine Staubwölkchen stiegen von ihm auf. »Ich ähnele eher einem Strauchdieb als einem König.«

Die grobknochige Bauersfrau stieß ihren Mann an, so daß dieser sogleich einen Satz machte und den Eimer nahm. »Gestattet, Majestät.«

Quentin wollte ihn erst hindern, besann sich jedoch eines Besseren und ließ dem Mann die Freude, da er wußte, daß der Bauer noch jahrelang seinen Freunden und Verwandten von dem Tag erzählen würde, an dem er des Königs Roß getränkt hatte.

So setzte er sich wieder auf den Brunnenrand und betrachtete die Hütte. Sie war zwar grob und einfach gebaut, aus ganz billigem Material – Lehm, den man auf ein Holzgestell geschmiert hatte, und darüber ein Dach aus Riet –, aber sauber, und der Hof war tadellos in Ordnung. Solche Hütten gab es in ganz Mensandor viele, von Ödenbucht bis Waldsand.

Aus dem Augenwinkel gewahrte er einen flinken Schatten um die Hütte huschen. Er blickte genauer hin und sah große dunkle Augen und eine blasse Stirn um die Ecke lugen.

Quentin lächelte und winkte einladend. Sofort kam ein ungewaschener Knabe leicht zögernd um die Ecke; er blieb erst dicht an der Hütte und näherte sich dem Fremden dann so scheu wie ein wildes Tier aus dem Wald. Er trug ein langes, abgetragenes Hemd, das man für ihn aus einem alten Stück des Vaters umgenäht hatte. Die Säume waren zerfranst und zerschlissen, und die losen Fäden flatterten im Wind. Er starrte den Ankömmling neugierig und bewundernd an. Sowohl das große Streitroß, das aus dem Eimer soff, den sein Vater ihm hinhielt, als auch der Reiter beeindruckten ihn.

»Komm her, Junge.«

Die Mutter des Knaben lief zu ihm und wischte ihm mit ihrer schmutzigen Schürze und ein wenig Speichel Wangen und Kinn sauber. Als der Bursche sich sehen lassen konnte, schob sie ihn vor. Er sträubte sich aber verlegen.

Quentin nickte und lächelte. Der Knabe war ein wenig älter als Prinz Gerin und etwas schlanker gebaut, hatte aber das gleiche widerborstige braune Haar.

»Es ist der König!« flüsterte ihm die Mutter scharf ins Ohr. »Benimm dich anständig.«

Ob der Junge begriff, wer da vor ihm saß, spielte keine große Rolle. Für ihn kam jeder, der auf einem solchen Roß reiten durfte, einem König gleich.

Seine Mutter schob ihn bis vor Quentin. Dort blieb er stehen, starrte auf seine bloßen Füße und bohrte mit seiner Zehe im Dreck. Quentin legte ihm eine Hand auf die schmale Schulter und fragte: »Wie heißt du, Junge?«

Die Antwort ließ ein wenig auf sich warten. »Rennu, Majestät.« Die Stimme war kaum zu hören.

»Rennu, ich habe einen Sohn, genau wie du einer bist«, sagte Quentin. Dabei versetzte es ihm einen Stich, denn jetzt fiel ihm wieder ein, daß sein Sohn verschwunden war. »Er heißt Gerin«, fuhr er fort und zwang sich zu einem Lächeln, »und ist etwa in deinem Alter.«

»Hat er ein Pferd?« fragte Rennu.

»Nein«, erwiderte Quentin. Das war wahr, denn Gerin durfte sich zwar jedes Pferd in des Königs Stall zum Reiten aussuchen, besaß aber kein eigenes. »Aber er reitet gern. Und du, reitest du gern?«

Der Junge machte ein betrübtes Gesicht. »Ich … ich saß noch nie auf einem Pferd, Majestät.« Da war die schreckliche Wahrheit heraus, und dem Knaben ging es bereits besser, denn seine Miene hellte sich auf und er verkündete: »Aber wenn ich groß bin, bekomme ich ein Pferd und werde Ritter!«

Über die Gewißheit, die aus dem Burschen sprach, mußte Quentin lachen. »So wird es sein!« rief er. »Würdest du gern auf des Königs Pferd reiten?«

Rennu sperrte die Augen weit auf und sah seine Eltern um Zustimmung heischend an. »Er will nichts anderes«, sagte der Bauer. »Er redet den ganzen Tag von nichts anderem.«

»Dann soll dein Wunsch heute in Erfüllung gehen, tapferer Ritter!« sprach Quentin. Er faßte den Jungen bei der Hand und führte ihn zu Feuersturm, der ruhig dastand. Das Pferd schien immer größer zu werden, je näher sie kamen, und Quentin spürte, wie der Griff des Knaben fester wurde. »Das ist ein gut geschultes Roß. Es tut seinem Reiter nichts.«

Nach dieser Versicherung hob Quentin den Jungen auf und setzte ihn in den Sattel. Der Knabe machte ein benommenes Gesicht, denn er konnte sein plötzliches Glück nicht fassen und wußte gar nicht, welche Gefühle ihn in diesem wunderbaren Augenblick überströmten.

Der König reichte ihm die Zügel und legte sie ihm in die Hand. Als Rennu richtig saß, faßte Quentin Feuersturm am Zaumzeug und führte ihn im Hof herum. Der Bauer und seine Frau standen Arm in Arm da und strahlten glücklich, als sie sahen, wie ihr Sohn auf des Königs Roß ritt.

Rennu selbst beging die Gelegenheit mit aller Feierlichkeit, die er in seinen jungen Jahren aufzubringen vermochte. Steif saß er im Sattel, der Rücken kerzengerade, die Augen geradeaus blickend, die Schultern durchgedrückt: das Abbild eines Ritters, der in die Schlacht ritt, beherzt, siegesgewiß, kurz vor der Vernichtung des Feindes.

Dann zeigte Quentin dem Jungen, wie man die Zügel auf die eine und die andere Seite zog, um das Pferd zu lenken, es zum Stehen oder Gehen zu bewegen. Diese Unterweisung nahm Rennu ernsthaft und eifrig auf.

»Meinst du, du kannst dir das alles merken?«

»Jawohl«, erwiderte der Junge nickend.

»Dann darfst du jetzt die Zügel führen. Nur zu, junger Mann.« Quentin trat zurück, und Rennu warf seinen Eltern einen halb besorgten, halb frohlockenden Blick zu, bohrte seine Fersen sanft in Feuersturms Flanken, hob die Zügel und begann über den Hof zu reiten.

Feuersturm, das Schlachtroß, kühn und flink wie der Wind in der Ebene, verhielt sich so sanftmütig wie ein Ackergaul. Leichtfüßig lief er durch den Hof, im Kreis um die drei Zuschauer, warf den Kopf hin und her und schnaubte gelegentlich zum Entzükken aller.

Als der Ritt schließlich zu Ende war, blieb Feuersturm vor seinem Herrn stehen. Ehe Quentin die Hand ausstrecken konnte, schwang Rennu ein Bein über den Sattelknauf und ließ sich so behende wie ein Ritter vom Pferd gleiten. Seine Miene zeigte verblüfften Triumph und schien zu sagen: Ich bin auf des Königs Roß geritten! Ich werde zum Ritter!

»Gut gemacht, kühner Recke!« rief Quentin und klopfte dem Knaben auf die Schultern. »Gut gemacht!«

Rennus Eltern kamen herbeigelaufen und umarmten ihn. Sie freuten sich genauso über sein Glück, als ob ihre eigenen Träume sich erfüllt hätten. Die Art, wie diese einfache Familie ihre Liebe und Zuneigung zur Schau stellte, rührte Quentin zutiefst. Er war ihnen sofort gewogen.

»Wir danken Euch, Majestät«, sagte die Bauersfrau. Sie ergriff seine Hand und küßte sie.

»Das ist ein stolzer Tag für uns, Majestät«, verkündete der Bauer. In seinen Augenwinkeln funkelten Tränen. »Mein Sohn auf des Königs Streitroß ...« Ihm fehlten die Worte, um seinem Stolz Ausdruck zu verleihen.

»Gemach, gemach, das war doch eine Kleinigkeit«, erwiderte Quentin. »Es war mir ein Vergnügen.«

»Ihr müßt zum Essen bleiben, Herr«, sagte die Frau. Dann blinzelte sie erschrocken, weil ihr aufging, was sie gerade gesagt hatte: Sie hatte den König zum Essen eingeladen! In ihre Küche! Oje!

Quentin begann Ausflüchte zu machen, hielt dann aber ein und blickte zur Straße. Die Abendschatten fielen übers Land. Die Sonne war zu einem glühend roten Feuerball geworden und berührte bereits den fernen Horizont. Er war müde, und der Gedanke, sich wieder in den Sattel zu schwingen und nach Askalon zu reiten, stieß ihn ab.

»Herrin«, sagte Quentin, als würde er die Gattin eines Adeligen ansprechen, »es wäre mir eine Ehre, hier zum Nachtmahl zu verweilen.«

Da sperrte sie die Augen auf, und die Kinnlade fiel ihr herunter; sie blickte ihren Gatten an, der einfach genauso verdutzt zurückstarrte. Dann raffte sie ihre Röcke zusammen und rannte ins Haus, um das Mahl zuzubereiten. Quentin lächelte ihr nach.

»Herr«, sagte der Bauer, als sie fort war, »gestattet mir, daß ich mich um Euer Roß kümmere. Es muß nach einem so langen Ritt Hunger haben.«

»Danke, das wäre sehr freundlich.«

Der Bauer führte Feuersturm zu einem kleinen Schuppen hinter dem Haus. Das Pferd, das Fressen witterte, folgte ihm freudig. Der kleine Rennu, dessen Augen noch immer wie Sterne funkelten, sah ihnen nach. In seinen Gedanken hatte er den kurzen Ritt schon hundertfach wiederholt.

Quentin lehnte sich an den Brunnenrand und verschränkte die Arme über der Brust. Vielleicht hätte er die Einladung nicht annehmen dürfen; vielleicht sollte er sich unterwegs nicht aufhalten. Aber jetzt durfte er seine Zusage nicht mehr zurücknehmen. Außerdem konnte er noch vor Tagesanbruch weiterreiten und am frühen Morgen in Askalon eintreffen. Die Ruhe konnte er auf jeden Fall gebrauchen. Hier würde er seine Mühsal vielleicht für eine Stunde vergessen: essen, schlafen und vergessen.

»Warum seid Ihr so traurig?« zwitscherte eine junge Stimme neben ihm.

Quentin regte sich und blickte auf: Der kleine Rennu musterte ihn aufmerksam. »Ich habe nur nachgedacht, Junge.«

»Über Euren kleinen Sohn? Er ist der Prinz!« teilte Rennu ihm mit.

»Da hast du wohl recht. Ja, er ist der Prinz …«

»Und Ihr sucht ihn«, sagte Rennu, seinen Gedanken abschließend. »Böse Männer haben ihn geraubt, und wir müssen alle unsere Augen und Ohren offenhalten, falls wir etwas von ihm sehen oder hören.«

Quentin lächelte traurig. Schlechte Neuigkeiten verbreiteten sich wie auf Adlers Fittichen. Ja, alle wußten, was sich zugetragen hatte. Inzwischen mußte es ganz Mensandor wissen. Sein Kummer war öffentlicher, als er gedacht hatte. Alles, was ihn betraf, gelangte jetzt an die Öffentlichkeit. Das Leben des Drachenkönigs war für die Leute Klatsch, Legende und Lied.

Was würden sie denken, wenn sie erführen, daß er Zallkyr, das Strahlende Schwert, verloren hatte, das Inbild seiner Macht und göttlichen Ernennung? Was würden sie dann über ihn sagen?

»Seid unbesorgt, Majestät«, sagte der Junge. »Ihr werdet den Prinzen finden! Ihr seid der Drachenkönig! Ihr vermögt alles!«

»Ja«, erwiderte Quentin und zauste dem Jungen geistesabwesend das Haar, »wir finden ihn!« Wenn wir ihn nur finden!

Der Bauer kam zurück und blieb vor Quentin stehen, ohne daß er gewagt hätte, dessen Gedanken zu unterbrechen und ihn anzusprechen. Er stand einfach stumm da und wartete. Dann ertönte ein Ruf aus dem Haus, und als Quentin sich nicht rührte, verkündete der Bauer: »Herr, das Nachtmahl steht bereit.«

Der Abendhimmel flammte vom Sonnenuntergang; die weichen weißen Wolken waren rosig und rotgelb getönt. Am Straßenrand zirpten Grillen im Gras, und durch die blaue Luft segelten Schwalben.

Die Welt schien an einem dünnen seidenen Faden zu hängen, zwischen Tag und Nacht vollkommen ausgeglichen. Quentin seufzte und erhob sich. Der Faden riß, und die Welt versank in der Nacht.

Still gingen sie zum Haus, tauchten ihre Hände in ein Becken, das auf einem Hocker neben der Tür stand, und traten ein.

22

Tief im grünen Herzen des Pelgrin-Waldes hielt Toli an einer Quelle, die aus einem weißen Felsblock in einen glasklaren Teich plätscherte. Er saß ab und führte Riff zum Saufen, dann kniete er selbst nieder und schöpfte Wasser für sich. Die Sonne stand weit im Westen und färbte den Himmel mit abendlichem Gold und Purpur, der Wald erstrahlte grün und die hohen Kastanien und die Weißdornbüsche schimmerten wie mit Bronze überzogen.

Bald würde die Nacht den Wald unter ihre dunklen Fittiche nehmen, und er mußte sich eine geschützte Mulde oder ein trockenes Dickicht suchen. Doch etwas zog ihn weiter, sanft, aber unnachgiebig.

Halte noch nicht, flüsterte es in den Zweigen um ihn herum, als der Abendwind durchs grüngoldene Laub raschelte. Reite weiter.

So schwang sich Toli nach einem letzten Schluck Wasser aus dem Teich wieder in den Sattel und ritt voran. Seine Sinne waren immer ein Stück voraus und suchten nach einem Hinweis: einem Geräusch, einem Farbtupfer, einem Duft in der Luft – irgend etwas, das ihm hätte verraten können, woher dieses unbestimmte Gefühl kam, das ihn antrieb.

Ich war schon zu lange nicht mehr in der Wildnis, dachte er. Meine Fähigkeiten sind abgestumpft – jetzt, da ich sie am dringendsten benötige. Wie soll ich so den Prinzen finden?

Er ritt weiter, schlängelte sich hier und da durch den Wald, strengte die Augen im abnehmenden Dämmerlicht an. Plötzlich blieb er stehen und hielt den Atem an: Was war das?

Nichts. Er ließ Riff abermals die Zügel, zögerte aber gleich aufs neue.

Da war es wieder: ein leises Zirpen, so schwach wie das Flirren von Insektenflügeln im Wind. Toli horchte danach, und als es abermals ertönte, wußte er zweifelsfrei, was es war.

Wie lange war es her, daß er dieses Geräusch zum letzten Mal gehört hatte? Er legte die Hand an den Mund und erwiderte den Ruf – nicht so geschickt und leise, wie er ihn empfangen hatte, aber doch ähnlich genug. Er wiederholte den Ruf einmal, zweimal und kletterte von seinem Roß, um zu warten. Das Herz pochte ihm laut in der Brust.

Aus den tief hängenden Zweigen einer Gruppe junger Buchen kamen sie lautlos hervor: drei Dscher, in Felle gekleidet, mit Beuteln aus Hirschleder am Gürtel. Sie zauderten, als sie Toli sahen, aber da er nicht auf sie zuging, näherten sie sich ihm.

»Kalita teo healla rinoach«, sagte Toli, als sie fast bei ihm waren. Das bedeutete in ihrer Sprache: »Ihr seid diesen Herbst weit nach Süden gezogen.«

»Das liegt an den Rehen«, erwiderte der vorderste Dscher im Singsang seines Volkes. »Im nördlichen Wald herrscht Trockenheit.« Er hielt inne und sah Toli listig an. »Ich heiße Juna.«

»Und ich Toli.«

Die drei Dscher sahen sich untereinander an, ohne das Erstaunen in ihren tiefen braunen Augen zu verbergen. »Ja«, sagte ihr Anführer. »Das wissen wir. Wir haben dich beobachtet und erkannt. Jedermann kennt Toli.«

»Wie viele seid ihr?« fragte dieser.

»Vierzig Männer mit ihren Frauen und Kinder«, erwiderte Juna. »Im Norden ist es sehr trocken.«

»Hier im Süden«, warf einer der anderen ein, »ist das Wild fett und langsam. Wir sind drei Stämme und gemeinsam unterwegs.«

»Habt ihr noch für einen Platz heute nacht?«

Die drei sahen einander an, lächelten breit und jubelten vor

Erstaunen über ihr Glück. Sie wären beinahe übereinander gestolpert, weil jeder von ihnen Toli persönlich ins Lager führen wollte.

Die Feuer waren bereits entzündet; an Spießen röstete Wild über den Flammen und verströmte einen scharfen Geruch zwischen den Bäumen und den Behausungen aus Rehfellen, Rinde und Zweigen. Toli hatte seit vielen Jahren keinen Angehörigen seines Volkes mehr getroffen und betrat das Dscherlager wie einer, der in die eigene Vergangenheit reist. Nichts hatte sich verändert. Das Leben des umherziehenden Waldvolkes war sich in sämtlichen Einzelheiten gleich geblieben: die Kleidung aus Hirschfellen, die über offenen Feuern zubereiteten Speisen, die funkelnden braunen Augen, die überall waren, die schüchternen Kinder, die sich an die Beine ihrer Mütter schmiegten, die Greise, die vor den Feuern hockten und die Knaben in den Kenntnissen des Waldes unterwiesen – alles war so, wie er es in seiner Erinnerung bewahrt hatte, wie es stets gewesen war.

Seine Führer geleiteten ihn bis in die Lagermitte. Dort hatte sich bereits eine erkleckliche Anzahl von Dscher eingefunden, um den Fremden zu begaffen. Der Anblick des Dscher-Fürsten in den Gewändern der Hellhäutigen rief Gemurmel und Gejohle hervor, und die Leute zeigten mit dem Finger auf Toli. Hier war nämlich einer der Ihren – einige wußten um ihn und erzählten den anderen davon –, der sich fast bis zur Unkenntlichkeit verwandelt hatte. Eine solche Veränderung hatte man noch nie erlebt.

Nach einer kleinen Weile entstand am äußeren Rand des Zuschauerkreises Unruhe; eine Gasse tat sich auf. Durch sie schritt ein eingesunkener Greis. Er trug einen langen Stock, den man aus einem Eschensprößling geschnitten hatte und an dem das Geweih eines Rehbocks befestigt war. Dieser alte Mann schlurfte, auf seinen Stock gelehnt, bis zu dem Besucher. Bei seinem Auftauchen waren die übrigen Dscher verstummt, denn sie waren gespannt, was ihr Führer tun würde.

Toli selbst erwartete, daß der verehrte Anführer ihn empfing; er ließ die Arme locker baumeln und hielt den Blick zum Zeichen der Hochachtung gesenkt.

Der alte Mann blieb vor Toli stehen, richtete sich zu seiner vollen Größe auf und blickte ihn mit scharfen, flinken Augen an. »Toli, mein Sohn«, sagte er schließlich, die übliche Höflichkeitsfloskel des Älteren gegenüber dem Jüngeren gebrauchend, »ich wußte, du würdest wieder zu uns kommen.«

Als Toli klarwurde, wen er vor sich hatte, sperrte er die Augen auf »Huth?« sagte er zaudernd. Er faßte sich und fuhr fort: »Es freut mich, dich zu sehen, mein Vater.«

Daraufhin ließ der Greis seinen Stock fallen, schlang die Arme um Toli und drückte ihn an seine Brust. In diesem Augenblick drängten alle übrigen Dscher, die schweigend zugesehen hatten, näher und begannen, Toli zu umarmen, ihn an Händen und Armen zu fassen, ihm den Kopf und den Rücken zu tätscheln und ihre Zuneigung zu zeigen. Toli, der Held vieler ihrer am häufigsten erzählten und am meisten geachteten Legenden und Sagen, war heimgekehrt. Das mußte gefeiert werden.

In der Mitte des Dorfes wurde ein großes Feuer aufgeschichtet, um das man Hirschfelle und geflochtene Grasmatten legte. Auf jede von ihnen wurde eine große Holzschale mit Obst gestellt. Toli und Huth nahmen die Ehrenplätze ein und hockten sich auf ihre Matten; dann reichte man ihnen die saftigsten Fleischstücke. Auch die übrigen Dscher fanden einen Platz am Feuer. Die kleinen Kinder tollten johlend durchs Dorf und ahmten Vogellaute nach, um den Gast zu beeindrucken.

Huth, der neben seinem alten Gefährten saß, betrachtete Toli nachdenklich und strich ihm gelegentlich über Arm oder Knie, als wollte er sich vergewissern, daß Toli tatsächlich zurückgekehrt war.

Als der Hunger gestillt war und aller Augen sich auf Toli und Huth richteten, setzte ein Gesang ein, erst langsam und still, dann aber immer schneller und lauter. »Tia sekia!« riefen die Leute. »Wir wollen eine Geschichte! Erzähle uns eine Geschichte!«

Als ehrenvoll empfangener Gast, den man mit besonderer Aufmerksamkeit gespeist und verwöhnt hatte, war es Tolis Pflicht, die bezeigte Gunst mit dem Erzählen einer Geschichte zu vergelten. Er erhob sich, gebot mit erhobener Hand Schweigen, so wie es die besten Geschichtenerzähler von alters her zu tun pflegen.

Doch ehe er beginnen konnte, stand auch Huth auf und legte Toli eine Hand auf die Schulter. »Ich fordere die erste Geschichte für mich«, sagte er, »zu Ehren unseres Bruders.«

Die Dscher scharten sich dichter ums helle Feuer, nickten und johlten zustimmend. Toli setzte sich, während Huth die Hände hob und zu erzählen begann: »Eines Tages, vor langer, langer Zeit, in den Schneemonaten, als der ganze Wald in weißen Decken schlief und die Kälte die Felle der Rehe zottig und warm machte, kamen weiße Männer zu Pferde in den Wald. Lärmend und ungeordnet liefen sie durch den Wald, so daß die Rehe vor ihren Schritten flohen und wir sie schon von weitem hörten, denn sie hatten nicht die Füße für den Forst.

Auch wenn sie es nicht gewahrten, gelangten sie in die Nähe unseres Winterlagers. Wir beobachteten sie aus der Ferne und umzingelten sie eines Nachts, als sie an ihrem unbeholfenen Feuer saßen.« An dieser Stelle johlten alle Zuhörer fröhlich ob der Sorglosigkeit der weißen Wanderer. »Als Winuks Feuer die Erde abermals mit Licht erfüllte, gingen wir zu diesen weißen Menschen, und einer von ihnen versuchte, in unserer Sprache zu reden.« Huth lachte, und alle übrigen stimmten ein. Zwar hatten alle diese Geschichte zahllose Male gehört; doch trotzdem gierten sie nach jedem Wort, als würde es zum ersten Mal gesprochen.

»Dieser eine, Buschgesicht, berichtete uns von einer großen

Gefahr im Wald. Die bösen Schoz verfolgten sie mit ihren blutrünstigen Messern und mit ihren Jagdvögeln samt den vergifteten Krallen. Er bat uns um Hilfe. Dadurch erwies sich Buschgesicht als sehr klug, denn die Weißen wären mit Sicherheit noch vor der nächsten Nacht im Todesschlaf versunken.«

Darauf schnalzten alle Dscher mit der Zunge; einige schlugen mit der Hand auf die Erde, als der Name ihrer verhaßten Feinde fiel. »Sollten wir ihnen helfen? fragte ich mich. Die Antwort fiel mir nicht leicht; sie war scheu wie ein junges Reh. Denn es waren Weiße, also Angehörige des Volkes, das die Bäume fällte und das Wild in großer Zahl erlegte und Steinbehausungen errichtete. Aber die Schoz sind unsere Feinde, wie sie die Feinde aller zivilisierten Völker sind. Also beschloß ich, ihnen zu helfen, denn Buschgesicht war ein Mann, in dem große Kraft steckte, und bei ihm befand sich eine Frau, eine Kelniki« – das Wort bedeutete in seiner Sprache »Frau des Anführers« –, »deren Haar wie flackerndes Feuer leuchtete. Ich wollte nicht, daß die bösen Schoz sich solches Haar an ihre Speere hefteten. Und außerdem war ein Knabe bei ihnen, in dessen Augen ich den Blick eines Menschen erkannte, dem Großes vorherbestimmt war. Ich wußte, daß ich ihnen helfen mußte. Aber wie?«

Toli lauschte der Schilderung der Ereignisse, die sein Leben für immer grundlegend verändert hatten, und hatte das Gefühl, wieder der junge Dscher zu sein, der wie so oft am Feuer saß und zuhörte, wie die Ältesten die Heldentaten seines Volkes besangen. Sein Gedächtnis wanderte zurück zu jenem Tag, an dem die Weißen ins Winterlager gekommen waren. In seinen jungen Augen wirkten sie verfroren, verängstigt und höchst unbeholfen.

Aber die Fremden besaßen Pferde. Ach, wie sehr hatte er sich immer gewünscht, auf einem Pferd zu reiten! Er wußte noch, wie aufgeregt er gewesen war, als er ein solches Tier zum ersten Mal aus der Nähe sah: So schön, so anmutig und so stark war es. In seinem Knabenherzen gelobte er, alles dafür zu geben, um auf diesen Pferden reiten zu dürfen. Als dann Huths Blick auf ihn fiel, sprang er rasch wie ein junges Kitz hervor, um sich für die Aufgabe zu melden, die Weißen durch den Wald bis zum Steinwall zu führen.

Daraufhin hatte Huth ihn mitgeschickt, und alles Übrige war beim Waldvolk zur Legende geworden: Buschgesicht war für ihn zu Derwin geworden, Falkennase zu seinem Freund Teido, Feuerhaar war die schöne Alinea, und Kenta, der Knabe, der Ruhm versprach und den er sich als Meister erwählt hatte, war Quentin und inzwischen der Drachenkönig.

In den Augen seines Volkes war Toli zu höchsten Ehren gelangt: Er diente einem Mann von Ruf. Quentin gehörte zwar zu den Weißen, war aber zugleich der Führer seines Landes, und das trug Toli bei den Dscher höchstes Ansehen ein; eine höhere Stellung, als einem großen Mann zu dienen, konnte ein Dscher nicht anstreben.

»Und heute abend ist er zu uns heimgekehrt«, sagte Huth gerade, »heim zu seinem Volk. Der Ruhm seiner Taten läßt uns alle an Winuks Gunst teilhaben; er hält uns für wert.« Der alte Häuptling wandte sich stolz seinem Gast zu.

Wenn sie nur wüßten, daß ich versagt habe, dachte Toli. Würden sie mich dann immer noch mit Feiern und Ehren empfangen? Nein, sie würden sich entehrt fühlen und vor mir zurückschrecken; mein Name würde unter ihnen nicht mehr fallen. Man würde mich vergessen.

Als Toli wieder die Menschen um sich ansah, waren sämtliche Blicke auf ihn gerichtet. Das Feuer prasselte; die Funken stoben hoch zum Nachthimmel empor und spiegelten sich in den erwartungsvollen schwarzen Augen. Jetzt sollte er zu ihnen sprechen. Huth hatte ihm die Ehre erwiesen, ihn als letzten zu Wort kommen zu lassen; seine Geschichte würden die Dscher mit in den Schlaf nehmen, eine Ehre, die für gewöhnlich dem Ältesten und Weisesten unter ihnen zuteil wurde: Huth selbst.

Langsam stand er auf, außerstande, in Worte zu fassen, was er in diesem Augenblick empfand. Was kann ich ihnen erzählen? überlegte er. Was könnte ich ihnen Begreifliches mitteilen?

Die dunklen Augen beobachteten ihn. Es erhob sich ein Gemurmel, das sich durch den ganzen Kreis fortsetzte. Wird er sprechen? Was wird er sagen? Warum wartet er? Sprich, großer Mann!

Das Gemurmel wurde zu einer Stimme, die ihm in den Ohren hallte: Sag es ihnen! rief sie. Erzähle ihnen, daß du versagt hast.

Jetzt legte sich verlegenes Schweigen über die Menge. Toli spürte die Blicke auf sich. »Ich…«, setzte er an und stockte. »Ich… kann nicht.« Er trat aus dem Kreis der Freunde. Als er sich in die Dunkelheit zurückzog, war nur mehr das Knistern des Feuers zu hören.

23

»Du hast doch wohl nicht geglaubt, daß du mich zurücklassen kannst?« Esmes Augen funkelten im Kerzenschein. Draußen wurde der Himmel allmählich trüb grau und am Horizont, wo die Sonne aufgehen würde, leicht rosig.

Bria lächelte. Das Licht ließ ihre Züge weicher erscheinen. »Fürwahr, Esme, ich hätte nicht geglaubt, daß du mitkommen möchtest. Die Reise nach Dekra ist lang und der Grund dafür ungewiß. Es ist einfach eine Sache, die zu tun es mich treibt, die ich tun muß.«

»Und du mußt sie allein tun?«

»Nein, meine Mutter begleitet mich.«

»Und ich komme auch mit. Chloe hat bereits ein paar Dinge für mich zusammengepackt, und wie du siehst, befinde ich mich bereits im Reisekleid«, erwiderte Esme, auf ihr Reitgewand deutend.

Bria lachte und umarmte ihre Freundin. »Dann sollst du auf jeden Fall mitkommen. Vergib mir. Ich hätte dich einladen sollen. Ich dachte einfach ... Nun gut, wir reisen gemeinsam. Mir ist deine Gesellschaft willkommen.«

Auch Esme lächelte. »Das wird mir das Gefühl geben, dir zu nutzen. Außerdem muß ich zugeben, daß ich schon immer neugierig auf diese geheimnisvolle Stadt Dekra war. Es ranken sich viele merkwürdige Legenden um sie. Ist sie wirklich verwunschen?«

»Ja, aber anders, als du denkst. Ihre Verzauberung rührt von der Liebe ihrer Bewohner. Es ist ein äußerst bemerkenswerter Ort, wie du sehen wirst.«

»Warst du schon oft dort?« Esme machte sich daran, Bria bei den Vorbereitungen zu helfen.

»Nein, oft nicht, nur ein paarmal. Quentin und ich reisten gelegentlich hin, ehe die Kinder geboren waren. Das letzte Mal war zu Jesephs Bestattung vor ein paar Jahren. Quentin sprach einst davon, für immer hinzuziehen, aber seit Jesephs Tod hat er die Sache nicht mehr erwähnt. Er ist König, und der König muß auf dem Thron in Askalon bleiben.« Sie zuckte die Achseln, und Esme band ihr die Enden ihrer Manschetten zu. »Fertig. Wecken wir nun die Mädchen.«

Die kleinen Prinzessinnen waren bereits wach und schwatzten wie Eichhörnchen, als die beiden Frauen ins Zimmer traten. Chloe und die Kinderfrau waren da und packten die Sachen für die Reise in geschnitzte Truhen. Als die beiden Kleinen ihre Mutter sahen, sprangen sie auf und flitzten zu ihr.

»Mutter, ach, Mutter! Ist es wahr? Dürfen wir wirklich mitkommen?« fragten sie aufgeregt. »Wir sind auch ganz artig und still. Wir versprechen es. Ach, bitte.«

Bria lächelte und küßte die beiden, dann kniete sie nieder und erklärte ihnen: »Ja, meine Schätze. Ihr dürft mitkommen. Aber ihr dürft nicht vergessen, daß die Reise lang ist und euch sehr ermüden wird. Ihr müßt mir gehorchen, denn wir werden rasch reisen.«

»Sollen wir auch auf Pferden reiten?« fragte Brianna.

»Ja, genau, auf Pferden?« wiederholte Elena.

»Ihr fahrt mit Großmutter in einer Kutsche. Sie wird jemanden brauchen, der ihr unterwegs Gesellschaft leistet.«

»Kommt Vater auch mit?«

»Nein.« Bria seufzte. »Der König sucht nach Gerin und wird uns nicht begleiten. Beeilt euch jetzt und zieht euch fertig an. Der Steinboden ist zu kalt für eure Füße! Wir warten im Hof auf euch. Chloe bringt euch, sobald ihr bereit seid. Lauft jetzt.«

Beide Mädchen sprangen davon, um sich anzukleiden. Die

zwei Frauen begaben sich wieder in die stillen Korridore der Burg und hinab in den Saal, wo man ihnen ein schlichtes Frühstück bereitet hatte. Dort wartete Alinea; ihre geschmeidige Gestalt steckte in grünen Sommerkleidern, einem gestickten Hemd über einer Hose und hohen Reitstiefeln. Da hatte Bria ein Bild vor ihrem inneren Auge, wie ihre Mutter genauso dastand und sich von ihr verabschiedete. Einen Augenblick lang glaubte sie, alles sei auf genau diese Weise schon einmal geschehen.

»Guten Morgen, Mutter.« Bria hielt kurz inne und fragte dann: »Habe ich dich in diesen Kleidern schon einmal gesehen?« Sie musterte sie eingehend.

»Ja«, erwiderte Alinea lachend, »das glaube ich wohl. Aber ich bin überrascht, daß du dich erinnerst.«

Da dämmerte es ihr. »Wie konnte ich das nur vergessen! Du bist ausgezogen, um Vater zu retten – genauso gekleidet. Du mußtest dich aus deiner eigenen Burg stehlen.«

»Ich dachte einfach, ich probiere sie an und dann ... Nun ja, sie passen, und hier bin ich. Bist du einverstanden?«

»Wie könnte ich nicht?« Bria umarmte ihre Mutter, und dann setzten sie sich alle zum Frühstücken. Sie redeten kaum, denn eine jede war mit ihren eigenen Gedanken über die bevorstehende Reise beschäftigt. Als sie mit dem Essen fertig waren, eilten sie in den inneren Hof, wo Pferde und Kutsche bereits auf sie warteten. Der Kutscher band gerade das letzte Bündel Proviant hinten an den Wagen.

»Wilkins!« rief Bria, als sie den Mann erkannte.

»Herrin«, erwiderte er mit einer Verbeugung, »als Frau Esme mir von deinem Wunsch, nach Dekra zu reisen, erzählte, hielt ich es fürs Beste mitzureisen.«

»Wenn du lieber jemand anders möchtest ...«, warf Esme ein.

»Nein, ein schöner Einfall. Ich bin ganz dafür und danke euch beiden.«

»Ich stehe zu Diensten.« Wilkins verbeugte sich abermals und legte die Hand an den Schwertknauf. Da entsann Bria sich, daß sie keine Vergnügungsreise unternahmen.

Von der anderen Seite des Hofes kam der Kastellan gelaufen, ein Mann mit kurzem grauem Haar und grauen Augen, dessen Sehnen Tauen glichen. »Herrin, ich bin gegen diese Unternehmung.« Er kam geradewegs zur Sache, ohne Worte zu verlieren.

Bria lächelte. »Ich weiß, Hagin, aber es besteht kein Grund zur Sorge.«

»Kein Grund zur Sorge? Dein eigener Sohn wurde entführt, und du sagst, es bestehe kein Grund zur Sorge?« Der Mann warf ihr ganz offen einen mißbilligenden Blick zu. »Der König wird mich lebendig häuten und an die Zugbrücke nageln lassen, wenn ich euch ziehen lasse.«

»Uns wird nichts Böses widerfahren«, beharrte Bria. »Wir reiten mit einem Geleit Rittern, und auf des Königs Straßen ist es sicher.«

»Dann komme ich auch mit«, verkündete er.

»Nein, ich möchte, daß du hierbleibst und die Rückkehr des Königs erwartest.«

Der Kastellan grummelte zwar, hielt jedoch seine Zunge im Zaum und schwieg.

Man half Bria und Esme in den Sattel und Alinea in die Kutsche. Dann wurden die Pferde durch den Hof zum Torhaus geführt, wo zwei Ritter zu Roß warteten. Dort hielten sie an. Chloe und die Prinzessinnen kamen herbeigerannt und kletterten in die Kutsche. Ein paar von der Dienerschaft hatten sich eingefunden, um den Aufbrechenden eine rasche und sichere Reise zu wünschen; die kleinen Mädchen winkten und warfen allen Kußhände zu, bis sie im dunklen Tunnel des Torhauses verschwanden.

Hagin, der Kastellan, ein Neffe Trenns, stand wie angewurzelt auf der Stelle, bis sie nicht mehr zu sehen waren, dann schüttelte er den Kopf und stapfte fort.

Askalon war nur mehr zwei Meilen entfernt. Wenn der Kesselflicker seinen Schritt ein wenig beschleunigte, würde er am Mittag ankommen, sich eine Mahlzeit besorgen und seine Runden drehen. Es gab einige Kunden, die er jedesmal, wenn er in die Stadt kam, aufsuchte. Milscher im Gasthof zur Grauen Gans etwa; der brauchte immer einen neuen Topf, oder es mußte eine seiner Pfannen ausgebessert werden, und er legte immer ein Essen drauf. Ja, er war einer seiner besten Kunden, aber es gab noch mehr: die Fleischersfrau, die Schwester des Kerzenziehers, den Bäcker und den Weber. In der Tat bedurften alle Handwerker hin und wieder seiner Dienste. Sogar das Küchenpersonal des Königs kaufte ihm gelegentlich etwas ab.

»Noch ein kleines bißchen weiter, alter Ruffo«, sagte Pym zu seinem Hund, »und dann halten wir uns ein wenig in Askalon auf. Was sagst du dazu? He? Einen schönen fettigen Knochen für dich. Eine warme Pastete für mich, ach, die Wirtsfrau kocht die besten Fleischpasteten in ganz Mensandor. Das steht fest, Ruffo. Die besten. Mir läuft das Wasser im Munde zusammen, wenn ich daran denke.«

Ruffo nahm dies alles mit einer gutmütigen, nachdenklichen Miene auf und wedelte voll angemessener Begeisterung mit dem Schwanz. Dann schlurften beide klirrend und klappernd die Straße entlang. Als die Burg Askalon in Sichtweite kam, hörten sie hinter sich Hufegetrappel. Pym drehte sich um und trat an den Straßenrand, um den Reiter vorbeizulassen. Im Nu raste der weiße Renner mit seinem königlichen Herrn vorüber.

Pym hob die Hand zum Gruß, und der aufmerksame Reiter nickte zur Erwiderung mit dem Kopf. Der Kesselflicker folgte dem Reiter mit dem Blick und setzte dann seinen Weg fort.

»Einmal kommt der Tag, Ruffo, da reitet unsereiner auch. Ein Wagen und ein Wetzstein und ein Trittbrett – das wär das Richtige für uns!« Er nickte dem Hund listig zu. »Wir haben unser Glück gefunden!«

Er sah den Reiter in der Ferne verschwinden. »Weißt du, ich glaube, der da war der König, der jetzt so schnell vorbeigeritten ist. Ich kann's nicht mit Gewißheit sagen, aber er hätte es sein können. Sah mir ganz wie ein König aus. Meinst du nicht auch, Ruffo? He? Ganz recht, ganz recht. Sah mir ganz wie ein König aus. Vielleicht war's der König.«

Traurig betrachtete Pym seinen Hund. »Die Götter seien mit ihm, der arme König. So etwas Furchtbares! Furchtbar! So seinen Sohn zu rauben. Etwas Furchtbares – eine ganz gemeine Tat. Hab ich's nicht gesagt, Ruffo? Eine ganz gemeine Tat.« Der Kesselflicker erhob seine Stimme und rief dem Reiter nach, der jetzt nur noch ein Fleck in der Ferne war: »Die Götter seien mit Euch, Majestät.«

Er blinzelte mit einem Auge zur Sonne hinauf, um die Tageszeit abzuschätzen. Der Morgen war hell und klar, der Himmel hoch, weit und blau. Auf den grünen Feldern bestellten die Bauern ihr Land und rangen dem Boden Korn ab. Gelegentlich winkte der Kesselflicker einem von ihnen zu, der seinen Gruß dann erwiderte.

Während die Sonne höher stieg, kam die Stadt allmählich näher. »Ruffo, jetzt setzen wir besser unsere Knochen in Bewegung, andernfalls kommen wir zu spät zum Essen. Hurtig jetzt.«

Er senkte den Kopf, zog die Gurte seiner Bündel fester und beschleunigte seinen Schritt.

»Das kann nicht dein Ernst sein«, sagte der Oberpriester. Er starrte den alten Mann an, als würde er das eben Gesagte nicht verstehen.

»Und ob das mein Ernst ist!« Die kalten Augen glitzerten. Die Zunge stieß schlangengleich zwischen den dünnen Lippen hervor.

»Aber warum? Warum sollen wir uns jetzt einer Entdeckung aussetzen? Das ist nicht klug.«

»Nicht klug? Du wagst es, dich klüger zu dünken als Nimrod?« Seine Stimme klang giftig und ließ fernes Donnerrollen erahnen.

Der Oberpriester Pluhel erblaßte und streckte die Hände in die Luft. »O nein, das nicht. Niemals.« Schnell erklärte er: »Es ist nur … ich dachte … hier sind wir sicher. Wir haben jetzt Zeit, alles zu überlegen, unser Vorgehen zu durchdenken. Wir müssen sehr vorsichtig zu Werke gehen. Da gibst du mir doch recht?«

»Ich habe die Sache entschieden«, erwiderte Nimrod tonlos. »Da ist nichts dran zu rütteln. Ich werde dir sagen, was zu tun ist. Ich werde von jetzt an sämtliche Entscheidungen treffen. Du hast nichts zu befürchten, wenn du deinen Teil tust und dafür sorgst, daß deine dummen Priester das Ihre erledigen. Alles übrige überlasse getrost mir.«

Der alte Hexer starrte den Priester mit boshafter Freude an. »Du willst den Emporkömmling auf dem Königsthron demütigen, nicht wahr? O ja! Ich sehe es dir an. Du willst ihn und seinen Gott vor ganz Mensandor erniedrigen. Dann wird man dir gebührende Ehrerbietung zollen, und die Macht des Hochtempels wird wachsen.«

Bei dieser Aussicht konnte Pluhel ein Lächeln nicht unterdrücken.

»Nun denn, tu nichts, hörst du? Warte auf mich. Ich bin in Kürze wieder hier, dann können wir beginnen.«

Der Oberpriester beobachtete den alten Mann: Er fürchtete und verabscheute ihn, aber sein Verlangen, die eigene Macht größer als die des Königs werden zu lassen, ließ jeden Widerstand verstummen, den er Nimrod hätte entgegensetzen können. Ja, den stolzen König zu demütigen, die Ansprüche des Tempels auf die Lenkung des Reiches neu zu behaupten, das war den Preis wert, sich mit dem mühseligen alten Langbart Nimrod abzugeben. Es war die Gefahr wert.

»Nun gut«, sagte der Oberpriester. »Es soll geschehen, wie du sagst.«

Nimrod nickte, zwinkerte und lächelte mit gräßlicher Grimasse. »Das ist gut, mein Hündchen. Tu, was ich sage, und alles wird gut werden. Ich gehe jetzt.«

Pluhel saß auf seinem prächtigen Stuhl und lauschte dem Klang von Nimrods Schritten, die allmählich in den Tempelgängen verhallten. Wenn die Sache vorüber ist, werde ich den alten Geier hinauswerfen, dachte er. Ich muß mich nur noch ein wenig länger mit ihm plagen.

24

Feuersturms Hufe klangen auf den Holzplanken der Zugbrücke wie Donnerhall. Seine eisernen Hufe schlugen Funken aus dem Pflaster im Torhaus. »Der König kommt! Der König ist da.« So eilten ihm Rufe voraus, und die erschrockenen Torhüter setzten sich in Bewegung.

Im Innenhof blieben Pferd und Reiter abrupt stehen. Knappen schossen herbei, um das schäumende Roß des Königs in Empfang zu nehmen. Ohne ein Wort begab Quentin sich geradewegs in die Burg: durch den Festsaal, in dem noch viele Menschen beim Mittagsmahl saßen, bis in den Thronsaal.

Er eilte die Stufen zum Drachenthron hinauf, warf seinen schmutzigen Umhang ab und ließ sich auf den Sessel fallen. Zornig rief er nach seinem Seneschall, daß seine Stimme durch den leeren Saal hallte. Da ertönten eilige Schritte, aber Toli tauchte nicht auf.

Quentin brodelte innerlich. Er war später aufgestanden, als er wollte, und erst nach Askalon aufgebrochen, als die Sonne bereits richtig aufgegangen war. Das bereitete ihm üble Laune. Jetzt dauerte ihm jeder Schritt zu lange, und als er in Askalon anlangte, kochte er vor Wut und Ungeduld.

Zwar hatte er in seinen Umhang gehüllt im Bett des Bauern gut geschlafen – dessen Frau hatte darauf bestanden, daß der König ihr Bett benützte – und sich beim Aufwachen so wohl gefühlt wie seit Tagen nicht mehr. Aber sein verspäteter Aufbruch und die düsteren Gedanken daran, was ihn in Askalon erwartete, machte den zerbrechlichen inneren Frieden bald wieder zunichte.

Darum tobte er jetzt, daß man ihm nicht genügend Hochachtung entgegenbringe.

»Wo ist der Seneschall?« brüllte er, und die Wände des leeren Saales warfen seine Stimme mehrfach zurück.

Niemand antwortete.

Da versank Quentin noch tiefer in seiner Trübsal. Er rief wieder. Diesmal näherten sich Schritte.

»Nun?« sagte er aufblickend. Vor ihm stand Hagin, der Kastellan, der jetzt entschlossen zwei Schritte nach vorn machte. Als er das Podest erreichte, verneigte er sich und stellte nüchtern fest: »Herr, du bist zurückgekehrt.«

»Ja, ich bin zurückgekehrt«, fauchte Quentin. »Wo sind alle? Rasch heraus mit der Antwort, wenn dir deine Zunge etwas wert ist.«

Hagin ließ sich nicht aus der Ruhe bringen. Mit seinen klaren grauen Augen blickte er Quentin ins Gesicht, ohne mit der Wimper zu zucken. Er konnte die Launen jedes Herrschers ertragen. »Sie sind fort, Majestät«, antwortete er. »Alle sind fort.«

»Alle? Was heißt hier alle?«

»Alle.«

Quentin starrte den Mann verdrossen an. »Was plapperst du da? Laß sie sofort holen.«

»Das ist nicht möglich, Herr.«

»Wo ist die Königin?«

»Ihre Hoheit hat mit der Königinwitwe und den Kindern Askalon verlassen; Frau Esme ist auch dabei. Sie reisen nach Dekra.«

»Was?« Darauf war er nicht gefaßt gewesen. Nach Dekra? Warum nur? »Wann sind sie aufgebrochen?«

»Diesen Morgen vor Sonnenaufgang.«

Quentin schlug mit der Faust auf die geschnitzte Armlehne des Thrones. Während er unterwegs trödelte, hatte seine Gemahlin die Burg verlassen. Hätte er nicht gerastet, wäre er nur nach Askalon durchgeritten, er wäre rechtzeitig eingetroffen, um sie zurückzuhalten. Sie wären nicht abgereist, wenn er hier gewesen wäre.

»Wo ist der Seneschall?« fragte Quentin mürrisch.

»Er ist verschwunden, Majestät.«

Auch diese Antwort kam unerwartet. »Wie?«

»Man sah ihn zuletzt bei der Bestattung des Einsiedlers, Herr. Nach der Zeremonie verschwand er. Er kehrte nicht auf die Burg zurück. Man glaubt, daß er sich auf dem Rückweg nach Askalon vom Trauerzug fortstahl. Seitdem hat niemand mehr etwas von ihm gehört oder gesehen.«

Der Dscher war verschwunden? Sollte er nur. Wenn man den Prinzen nicht fände, wäre es besser, Toli kehrte nie zurück.

Wen gab es noch? »Sind Teido und Ronsard angelangt?«

»Ja, Herr, sofort nach ihrer Ankunft übernahmen sie die Leitung des Suchtrupps. Sie sind unterwegs.«

Das war also alles. Alle waren fort – die Menschen, deren er am meisten bedurfte. Er war allein.

Die Einsamkeit, die ihn jetzt überfiel, war tiefer als diejenige im Tempel. Damals hatte er kein anderes Leben gekannt, aber jetzt... So verlassen war er seit Jahren nicht gewesen. Tag für Tag hatte er sich im Kreise seiner liebsten Freunde und Angehörigen befunden und hatte geglaubt, diese Nähe, diese Liebe werde ewig dauern. Doch leider hatte er sich geirrt. Binnen drei kurzen Tagen, die ihm schon wie ein ganzes Leben vorkamen, war seine Welt in Scherben zerbrochen, die das grausame Schicksal in sämtliche Winde zerstreut hatte. Von seinem einstigen Glück war nun nichts mehr übrig.

»Majestät?«

Quentin blickte auf. Der Kastellan musterte ihn auf merkwürdige Weise.

»Ich fragte nur, ob dies alles sei, Majestät.«

»Ja, das ist alles. Geh jetzt. Laß mich allein.« Er hörte, wie Hagin den Saal verließ. Dann schloß sich die Tür mit einem Dröhnen, das in der Stille wie das Donnern des Verhängnisses wirkte.

Im trüben Licht seines Thronsaales überließ der Drachenkönig sich der Verzweiflung, die ihn gepackt hatte, und versank immer tiefer unter ihrer Last.

Mit einer runden Holzschüssel zwischen den Knien saß Toli auf einer geflochtenen Grasmatte vor Huths Sommerhütte. Die Dscher um ihn herum gingen ihrem Tagwerk nach, aber er merkte an ihren häufigen Seitenblicken, daß sie sich immer noch mit ihm beschäftigten. Keiner würde ihn fragen, was in ihn gefahren war, als er am Feuer sprachlos vor ihnen stand – das wäre unhöflich gewesen. Doch die sanftmütigen Dscher wunderten sich sicher und würden ihn beobachten, wenn sie glaubten, er merke es nicht. Darum tat Toli so, als würden ihm ihre Blicke nicht auffallen und langte mit der Hand in die Schüssel voll süßer Waldbeeren, die man ihm zum Frühstück gebracht hatte.

Während er so im Sonnenschein saß, dem Tschilpen und Zwitschern der Waldvögel und dem sanften Rauschen der Baumwipfel im Wind lauschte, den kräftigen Duft nach Erde und Rinde aufsog, fiel ein Schatten auf ihn. Toli blickte auf und sah, daß Huth sich vor ihn gestellt hatte.

»Du brichst bald wieder auf«, stellte der Greis fest.

Toli nickte. »Das muß ich.«

»Ich wußte, daß du nicht bei uns bleiben würdest. Du wirst gebraucht, denn es gibt Sorgen im Land.«

Toli blinzelte den alten Häuptling an. »Du weißt von den Sorgen der Weißen?«

»Es sind nicht nur die Sorgen der Weißen. Wenn die Finsternis kommt, dann hüllt sie alles ein. Ja, wir wissen, daß nicht alles in

Ordnung ist im Land. Der Wind ist ein flinker Bote, und der Wald birgt für die Dscher keine Geheimnisse.«

»Dann wißt ihr, daß der König, dem ich diene, eurer Hilfe bedarf. Man hat seinen Sohn geraubt.«

Huth nickte und stützte sich auf seinen Stock. Schließlich erwiderte er: »Und du trägst die Schuld an dieser Tat?«

Toli wandte sich ab. »Woher weißt du das?«

»Aus welchem anderen Grund solltest du in dieser Notlage nicht an der Seite deines Herrn sein? Er gibt dir die Schuld, oder du gibst dir selbst die Schuld, und darum bist du allein unterwegs.«

»Ja«, entgegnete Toli leise. »Dein Verstand ist so scharf wie deine Augen, o weiser Mann.«

»Als du gestern abend am Feuer nichts sagtest, wußte ich es; ja, ich ahnte es bereits, als du ins Lager geritten kamst.«

»Dann weißt du also, warum ich nicht sprechen konnte.«

»Komm mit«, sagte Huth und setzte sich in Bewegung.

Toli stellte seine Schüssel beiseite, stand auf und folgte dem betagten Führer der Dscher durchs Dorf in den Wald. Die Blicke seines Volkes begleiteten sie, bis sie zu der Stelle kamen, an der Tolis Roß angepflockt war und den saftigen Klee zu seinen Füßen fraß.

»Du gehörst nicht hierher, Toli. Geh.«

Toli spürte, wie er errötete; er schämte sich sehr. »Du hast recht, daß du mich wegschickst. Ich habe Schande über mein Volk gebracht.«

»Ich schicke dich nicht weg, weil du Schande über uns gebracht hättest, mein Sohn«, entgegnete Huth freundlich. Toli blickte den alten Mann erstaunt an. »Warum überrascht dich das? Du hast dich von deinem Herrn nicht abgewandt: Das wäre eine Schande. Nein, ich schicke dich um deinetwillen fort. Geh hin, mein Sohn, und suche den Sohn des weißen Führers. Du wirst keine Ruhe haben, ehe du ihn nicht gefunden hast.«

Toli lächelte und umfaßte den Arm des alten Mannes. »Ich danke dir, mein Vater. Das Messer in meinem Herzen schmerzt nun schon weniger.«

»Ja, geh. Aber kehre eines Tages wieder, damit wir beisammensitzen und das Fleisch miteinander teilen können.«

Toli zog den Pflock heraus, faßte die Zügel und schwang sich behende in den Sattel. Riff schnaubte, er hatte es eilig, fortzukommen. »Mit deinem Segen werde ich schneller vorankommen.«

»Ich kann dir keinen Segen geben, den Winuk dir nicht schon geschenkt hätte.« Huth hielt inne und betrachtete den schlanken Mann vor sich. »Es heißt, der König errichte dem einen Allerhöchsten einen Tempel.«

»Jawohl«, erwiderte Toli. »Den Lebensvater kennt man unter den Weißen noch nicht gut. Mein Herr ist bemüht, den Namen des Allerhöchsten jedem Lebenden unter dem Firmament nahezubringen, damit alle den einen wahren Gott verehren mögen.«

»Dies ist höchst ehrenwert«, entgegnete Huth. »Aber mir altem Mann will scheinen, wo ein Tempel steht, da kann kein zweiter dauern. Ist das nicht wahr?«

Toli starrte seinen alten Freund einen Moment an, ehe ihm aufging, was Huth gerade angedeutet hatte. »Ja, deine Worte entsprechen der Wahrheit, o weiser Mann; gerne würde ich mehr von dir erfahren.«

Huth zuckte die Achseln und reckte seinen Stock mit dem Rehgeweih: »Man hat mir berichtet, daß Männer aus dem Osten des Nachts durch den Wald gezogen kamen und auf dem gleichen Weg zurückkehrten. Ich sah sie nicht, darum kann ich nichts Genaueres sagen, aber der große Ariel-Tempel der Weißen liegt doch im Osten, nicht wahr?«

»Du weißt genau, daß dem so ist«, erwiderte Toli grinsend. »Ich danke dir, mein Vater. Du hast deinem Sohn einen starken

Segen geschenkt.« Er lenkte Riff zum Waldrand und hielt kurz davor an, um zum Abschied zu winken.

Huth hob seinen Stock und rief: »Ziehe hin in Frieden.« Er schaute Toli noch lange nach, dann machte er kehrt und schlurfte ins Dscherdorf.

25

Nimrod gluckste vor boshafter Freude über sein Glück, als er wie eine zu groß geratene Fledermaus durch die finsteren Flure des Hochtempels eilte und sein schwarzer Umhang wie Flügel hinter ihm herflatterte. So ein Glücksfall! Die Götter sandten den beschwerlichen Dscher geradewegs zu den Stufen des Tempels.

Dieser lächerliche Oberpriester wollte ihn abweisen, dachte der Hexer. Er hätte ihn abgewiesen, wäre ich nicht dagewesen, um ihn daran zu hindern. Und ehe der Hund davonlaufen konnte, habe ich ihn fesseln, schlagen und zu dem jammernden Prinzlein ins Verlies werfen lassen! Haha! Haha!

Anfangs hatte der Zauberer sich beherrschen müssen, um nicht die Tat zu vollenden, die er am Tag der Jagd im Pelgrin-Wald begonnen hatte: den Dscher sogleich zu erschlagen. Noch jetzt brannte ihm der Haß im Blut, aber ein größerer Lohn lockte ihn und brachte ihn dazu, von seinem lange gehegten Zorn auf denjenigen abzulassen, der seine Macht, seine kostbare Zauberkunst zerstört und ihm beinahe das Leben geraubt hatte.

Die Erinnerung an jenen Tag hatte sich Nimrods schwarzem Hirn unauslöschlich eingeprägt: Derwin, ein wesentlich minderwertigerer Zauberer, stand vor ihm und wollte sich nicht einmal wehren, wollte keinen Finger rühren, um die Mächte anzurufen, die ihm zu Gebote standen, auch wenn ihn das nicht gerettet hätte. Nein, dachte Nimrod, nichts hätte ihn gerettet.

Und als Nimrod seinen Stab reckte, um den tödlichen Schlag zu führen, durch den die Knochen des verfluchten Einsiedlers zu Staub zerfallen wären … da kam dieser Pfeil geflogen! Aus dem

Nichts kam er und bohrte sich tief in ihn hinein, so daß er den Stab fallen ließ. Dann legte der Dscher noch einen Pfeil ein. Der Hexer hatte um sein Leben gebettelt; seine erbärmlichen Rufe hallten ihm noch immer durch den Kopf: »Töte mich nicht!« hatte er gekreischt, und seit jenem Tag hatte er sich von diesen Worten dauernd verhöhnt gefühlt. Er hatte sich vor dem Bogen des Dscher gedemütigt, aber der junge Krieger hatte kein Erbarmen walten lassen und einen zweiten Pfeil auf das Herz seines Feindes abgeschossen.

Es erschöpfte Nimrods letzten Funken Zauberkraft, daß er sich in einen Raben verwandelte und fliegend in Sicherheit brachte. Und es dauerte lange, bis er wieder menschliche Gestalt annehmen konnte, denn nicht einmal die Kraft, sich zurückzuverwandeln, war ihm geblieben. Er mußte warten, bis der Zauber von selbst verging.

Es war ein bitteres Los, gefangen in dem gefiederten Körper, den Elementen ausgeliefert, als Nahrung nichts als verwesende Aasbrocken. Jetzt verfügte er zwar nur noch über die Reste seiner einstigen Macht – Kindereien wie die Fähigkeit, Donner und Licht zu erzeugen –, dennoch war er zurückgekehrt, um mittels einer älteren und gefährlicheren Kunst Rache zu üben: des Verrats.

Mochte der Name Nimrods des Geisterbeschwörers dem Gedächtnis der Menschen entschwunden sein, es galt gleichviel. Seine Lügen würden bewirken, was Zauberei nicht erreichen konnte, dessen war er sich sicher. Ja, schlußendlich würde er seine Rache bekommen.

Ach, die Götter waren launisch und voller Bosheit! Man mußte seine ganze List aufwenden, um sie zu übertölpeln. Nimrod hatte sein Leben lang nichts anderes getan. Und jetzt hatten sie ihm schließlich den Sieg überantwortet. Ja, o ja! Bald würde der Emporkömmling auf dem Königsthron leiden, wie er, Nimrod, all die Jahre gelitten hatte.

Der Zauberer gestattete sich einen irren Freudenruf, als er dachte, daß seine Träume bald in Erfüllung gehen würden. Ja, der Drachenkönig würde stürzen; und sein barbarischer Gott, dieser elende Allerhöchste, mit ihm.

Der ergraute alte Hexer ballte die Fäuste und lachte laut auf, seinen Kopf zurückwerfend und den bösen Mund weit aufreißend. Der Klang, der sich seiner Kehle entrang, hätte jedem, der ihn gehört hätte, das Mark gefrieren lassen. Doch keiner vernahm ihn, er war allein und kostete den Augenblick voll aus. Sein schwarzes Herz jubelte vor Entzücken.

Pym stand unter dem Schild der Grauen Gans, neben sich ein Haufen Metall und Werkzeug, Bündel und Packen – Waren, so viele, daß sie für zwei Kesselflicker gereicht hätten. Das handgemalte Schild mit der langbeinigen, langhalsigen plumpen grauen Gans schaukelte an einer Kette, die Fenster des Gasthofs waren dunkel, die Tür stand offen, aber drinnen war es still.

»Der Kesselflicker!« rief er. »Der Kesselflicker ist da!«

Er wartete und zwinkerte Ruffo zu. Der Hund zwinkerte mit beiden Augen zurück.

Gleich darauf hörte er Schritte auf dem Dielenboden. Dann erschienen das runde, gerötete Gesicht der drallen Emm, der Wirtsfrau. Als sie ihn sah, schüttelte sie ihre Schürze und rief: »Pym! Schön, dich zu sehen! Bist du wieder einmal da? Komm, laß dich umarmen!«

Sie warf ihm die Arme um den Hals, und er umschlang sie, denn beide waren gute alte Freunde. »Wie ich mich freue, dich zu sehen, Emm! Du kennst mich, ich lechze seit jeher nach deinen Fleischpasteten. Unsereiner kommt geradewegs aus dem Süden zurück.«

»Hast wohl Emms Kochkünste vermißt, wie? Ja, dann komm herein, nur herein mit dir. Gleich liegen Teller und Messer auf dem Tisch, und dich setzen wir davor.«

Pym folgte der kräftigen Frau nach drinnen und klapperte bei jedem Schritt wie ein Kalb im Küchenschrank. »Milscher!« schrie sie. »Oto! Wir haben Besuch. Rasch herbei!«

Milscher blickte mit seinem runden Glatzkopf hinter einem Bottich hervor, den er gerade durch den Saal rollte. »Aha! Pym ist da! Hoho! Pym, wie schön, dich zu sehen! Besuchst du uns wieder einmal, wie? Das freut mich. Das freut mich sehr!« Über seine Schulter rief er nach hinten: »Oto! Hurtig herbei! Wir haben Besuch!«

Da kam, zwei kleine Fäßchen unter den Armen, ein großgewachsener Mann mit einem Knabengesicht herein. Er grinste den Kesselflicker an, stellte die Fäßchen ab und ging zu dem Bottich, an dem sein Vater sich abmühte. Mühelos stellte der kräftige Oto ihn auf seinen richtigen Platz. »Pym und Ruffo, was?« Er grinste wie ein Schuljunge.

Milscher wischte sich mit dem Ärmel das verschwitzte Gesicht ab. »Puh! Ich bin seit heute morgen am Schaffen.« Er schüttelte seinem Freund die Hand. »Komm, setz dich zu mir. Trinken und essen wir etwas.«

»Macht euch keine Umstände wegen meiner«, sagte Pym. Ruffo wedelte freundlich mit dem Schwanz, denn er wußte, daß er hier die saftigsten Brocken und fettigsten Rinderknochen bekam. Vor Vorfreude bellte er einmal kurz.

»Ja, ja, Ruffo«, sagte Oto lachend und tätschelte den Hund. »Dich vergessen wir auch nicht. Guter alter Knabe.«

Pym nahm seine Gerätschaften und Waren ab und schob sie in eine Ecke. Er setzte sich mit dem Wirt an einen Tisch, und Emm brachte ihnen ein wenig Eintopf und Brot. Oto holte schäumendes Bier in Steingutkrügen und gesellte sich zu ihnen.

Sie redeten über alles, was sich seit Pyms letztem Besuch ereignet hatte, dazu über die Kunden, die Pyms Hilfe bedurften. Bald schon wandte sich das Gespräch jedoch dem Gegenstand zu, der allen Menschen in Askalon auf der Zunge brannte.

»Entsetzlich!« sagte Emm, mit der Zunge schnalzend. »Einfach entsetzlich. Ich kann mir nicht vorstellen, wer dem schönen Knaben etwas antun möchte, der arme Prinz Gerin!«

»Tja, und wer könnte so töricht sein, gegen den Drachenkönig zu handeln? Das ist das Rätselhafte«, stellte Milscher fest und nickte wissend. »Gegen ihn und sein Schwert, das ja verzaubert ist.«

Alle schüttelten staunend den Kopf. »Du warst unterwegs«, sagte Milscher. »Ist dir etwas aufgefallen?«

Pym zuckte die Achseln. »Bin anscheinend zu spät gekommen.« Er war schon fast soweit, ihnen von dem Toten auf der Straße zu berichten und auch von dem Schwert. Aber obwohl es sich um Freunde handelte, überlegte er es sich anders und behielt einen Teil für sich. »Die Sache war vorbei, bevor wir in den Pelgrin kamen, aber natürlich haben wir viele Leute getroffen, die davon erzählten.«

»Ach ja, es wird viel geredet«, meinte Milscher. »Das meiste davon ist keinen Pfifferling wert. Die Schoz sollen den Knaben geraubt haben. Andere sagen, es war einer von den Aasgeiern des Fettsacks Nin, die sich in all den Jahren in den Bergen versteckt gehalten haben sollen. Pah! Die wurden alle mit der Lanzenspitze ins Meer getrieben – allesamt.«

»Trotzdem ist es seltsam, daß keiner das geringste von denen gesehen hat, die ihn raubten. Als wären sie vom Erdboden verschluckt worden. Keiner hat etwas gesehen«, sagte Oto.

»Ich habe den König gesehen«, meldete Pym sich zu Wort. »Heute morgen auf der Straße. Zumindest denke ich, daß es der König war. Sah mir wie ein König aus.«

»Das war er wohl. Das war er wohl«, erwiderte Milscher und schlug mit der Hand auf den Tisch. »Der Fleischer Blunz hat erzählt, daß der König heute morgen schweißnaß herbeigeprescht kam. Er soll tagelang wie ein Verrückter geritten sein.«

»Hatte er sein Schwert bei sich, als du ihn sahst?« fragte Oto Pym.

»Was für eine Frage!« rief Milscher. »Freilich hatte er es. Der Drachenkönig geht nirgendwohin ohne dieses Schwert. Das macht ihn unbesiegbar.«

Oto steckte jedoch nicht zurück. »Da habe ich anderes gehört.« Er senkte die Stimme und beugte sich über den Tisch, damit niemand ihn zufällig belauschen konnte, obwohl außer ihnen keiner da war. »Mir hat Glenna, die Zofe der Königin ...«

»Glenna ist sein Liebchen«, warf seine Mutter mit wissendem Lächeln ein. »Sie arbeitet in der königlichen Küche.«

Oto warf ihr einen warnenden Blick zu, fuhr aber rasch fort: »... erzählt, in der Burg gehe das Gerücht, der König habe sein Schwert verloren!«

»Sein Schwert verloren!« Milscher stand vor Staunen der Mund offen. Mit großen Augen starrte er seinen Sohn an. »Pah!«

»Das würde er nie zulassen!« sagte Otos Mutter leise. »Das Strahlende verlieren? Niemals!«

Oto nickte nur und kniff die Augen zusammen. »Er hatte es bei sich, als er am Tag der Jagd ausritt. Jedermann in Mensandor sah es: Das große goldene Heft ragte glänzend aus der Scheide. Wir alle sahen es.« Nachdrücklich reckte er den Zeigefinger in die Luft. »Aber keiner sah es, als er wiederkam.«

»Was ist aus ihm geworden?« fragte Pym mit klopfendem Herzen.

Oto fuhr sich mit der Zunge über die Lippen. »Das weiß keiner.« Seine Stimme sank zu einem Flüstern herab. »Aber es heißt, wenn Zallkyr fort ist, dann ist das Reich am Ende.«

»Pah!« rief sein Vater, dem mulmig zumute war. »Wer glaubt schon dergleichen?«

»Es wäre gut möglich«, erwiderte Oto. »Gut möglich.«

»Der König ist immer noch der König, nicht wahr?« Emm warf ihrem Sohn einen besorgten Blick zu.

»Jawohl, solange er das Schwert besitzt. Das Schwert steht für seine Macht. Ohne es ist sein Schicksal besiegelt.«

»Besiegelt?« wiederholte Pym fragend.

»Ja, gewiß. Es gibt Leute, die behaupten, Quentin sei nicht der rechtmäßige König, da er nicht von Geblüt ist und so fort.«

»Er wurde gewählt, bei den Göttern!« schrie Milscher.

»Gewählt wohl. Aber nur weil er das Schwert hatte.« Oto senkte verschwörerisch den Kopf. »Es ist ein Wink der Götter. Sie sind ob seines neuen Tempels erzürnt. Es mißfällt ihnen, daß er diesem neuen Gott anhängt – diesem Allerhöchsten. Die alten Götter werden ihn demütigen, um dem ganzen Reich ein Beispiel zu geben, daß es zur richtigen Götterverehrung mit Gaben und Bittgebeten zurückkehren soll.«

Oto verschränkte seine langen Arme über der Brust und lehnte sich zurück, selbstzufrieden ob der Richtigkeit seiner Ansicht. Die anderen sahen sich hilflos an. Wer mochte dem zu widersprechen, was sie gerade vernommen hatten?

Einst war ein entschlossener junger Mann mit einem flammenden Schwert aufgetreten, auf dem die Hand des Gottes ruhte. Er war stark und unbesiegbar. Aber auch er hatte sich jetzt als Mensch erwiesen, der den Verletzungen und Verirrungen allen Fleisches unterworfen war.

Wie launisch die Götter waren! Sie hatten ihm gegönnt, eine Zeitlang zu gedeihen; jetzt forderten sie ihren Tribut, und sogar der Drachenkönig mußte sich vor ihnen neigen. Loderndes Schwert hin oder her, sie wollten haben, was ihnen gebührte, und der König konnte es ihnen nicht verweigern.

Die funkelnden Träume vom Priesterkönig und seiner Stadt aus Licht waren letztlich nur Schall und Rauch. Die Menschen waren Spielzeug in den Händen der Götter.

So war es stets gewesen, und so würde es stets sein.

26

Wäre ihr Anliegen nicht so dringend gewesen, Bria hätte die Reise nach Dekra genossen. Das Wetter trug das goldene und grüne Gewand des Sommers, Friede lag über dem Land und schien an jedem Zweig zu knospen. Die düsteren Geschehnisse, die nur ein paar Tage zurücklagen, verblaßten in der Vergangenheit und waren von Meile zu Meile ferner.

Nur die pochenden Schmerzen in ihrem Herzen gemahnten sie daran, daß nicht alles zum Besten stand, daß man ihren Sohn geraubt hatte, daß ihre Welt aus den Fugen war, bis er zurückkehrte.

Bei Tage ritt sie mit den übrigen und zeigte gute Laune: Sie plauderte, sang und erfreute sich am schönen Wetter. Des Nachts aber betete sie, und zwar nicht für sich selbst, sondern für ihren Sohn und ihren Gatten, die der Allerhöchste beschützen sollte, wo immer sie sein mochten. Und manchmal, wenn niemand sie sehen konnte, weinte sie auch.

Die Königin und ihre Begleiterinnen waren zwar nicht an die Beschwernisse des Reisens gewöhnt, aber Wilkins und die beiden Ritter kümmerten sich bestens um sie und gestalteten alles so bequem wie möglich. Und da des Königs Straße in gutem Zustand war, näherten sie sich rasch ihrem Ziel.

»Heute werden wir Zelbakors Wall hinter uns lassen«, erklärte Alinea. Ein paar Meilen hinter ihrem Nachtlager hatten sie bei den ersten Strahlen der Sonne angehalten, um etwas zu frühstücken und die Prinzessinnen Wiesenblumen pflücken zu lassen.

»Sind wir schon soweit?« fragte Esme erstaunt. »Ich hielt die Reise für viel länger.«

»Ehe der König die Straße bauen ließ, war sie das auch. Quentins Ausbau der Straße hat das Reisen in diesem Teil des Reiches erheblich erleichtert. Wenn wir uns beeilen«, sagte Alinea, »sind wir vielleicht schon morgen abend in Dekra.« Sie zeigte nach Südosten, wo die Berge hoch in die Wolken ragten. »Zelbakors Wall verläuft vom Meer in dieses felsige Gebirge hinein. Sobald wir ihn hinter uns haben, ist es bis Dekra nur noch eine Strecke von zwei Tagen.«

»Dann wollen wir auf jeden Fall eilen«, rief Esme. »Ich kann es kaum erwarten, Dekra zu sehen. Ihr habt mir soviel davon erzählt.«

»Es ist wahrhaftig ein bemerkenswerter Ort«, sagte Bria. Sie warf einen Blick in die Ferne, als könnte sie dort die zierlichen Türme der Stadt am Horizont sehen. »Die Ariga waren ein edles und schönes Volk. Ihre Stadt ist unvergleichlich.«

»Und sie hat sich sehr verändert, seit ich sie zum ersten Mal sah«, fügte Alinea hinzu und begann von ihrem ersten Besuch zu erzählen: von der Flucht nach Dekra mitten im Winter zusammen mit Teido, Derwin, Quentin und Trenn; vom wilden mitternächtlichen Ritt zum Wald, um den Blutleckern zu entkommen; von Quentins beinahe tödlicher Begegnung mit den vergifteten Fängen eines der Falken der Schoz und von ihrer besorgten Wacht bei ihm, als er in todesähnlichem Schlaf lag und sie die alte Ruinenstadt erreichten; von der außergewöhnlichen Liebenswürdigkeit und Liebe der Kuratak, die ihn heilten.

Als sie geendet hatte, starrte Esme wie gebannt vor sich hin. »Die ganze Geschichte habe ich noch nie zuvor gehört. Hin und wieder ein Stück davon, das wohl ...« Voll Bewunderung blickte sie Alinea an. »Du warst sehr mutig, Herrin. Du und die anderen auch. Eine äußerst bemerkenswerte Geschichte. Jetzt möchte ich Dekra erst recht kennenlernen.«

Sie folgten der Straße durch waldige Hügel und liebliche Auen, die grün und duftend in der Sonne lagen. Mitunter begegneten ihnen Bauern, die ihre Ochsenkarren zogen, oder andere Reisende: Kaufleute zu Fuß oder auf Wagen, Reiter mit eilenden Aufträgen für ferne Gegenden des Reiches. Aber meistenteils hatten sie die Straße über weite Strecken für sich.

Zelbakors Wall, dieses einzigartige Sinnbild für Stärke und List, wurde immer größer, je näher sie kamen: Erst ein dünner Strich, der quer über die fernen Hügel verlief, grau und nicht fester als eine niedrige Wolkenbank, ragte er aus der Nähe hoch und mächtig auf; mit unerschütterlicher Kraft erhob er sich aus den Hügeln, und die Sonne schien ihm voll auf das kahle, strenge Gesicht.

Die Straße bog an der Mauer entlang zum Malmar ab, und die Reisenden fuhren jetzt einen langen, bewaldeten Hügel zur steinigen Küste hinunter. Dort hielten sie an, tränkten ihre Pferde und warteten.

»Woher soll der Fährmann wissen, daß wir hier sind?« fragte Esme.

»Schau nur«, erwiderte Bria. Einer der Ritter hatte sich zu einem großen Pfahl aus Kiefernholz begeben, der in einem Steinhaufen stak. Dort befestigte er einen roten Wimpel an einem Seil, das an dem Pfahl hing, und zog den Wimpel auf, so daß dieser munter im Wind flatterte. »Siehst du? Wir brauchen nur kurz zu warten. Der Fährmann wird das Zeichen sehen und uns sofort abholen.«

»Wie klug!«

»Das war Quentins Einfall. Als er häufig zwischen Askalon und Dekra reiste, war auf dieser Seite der Bucht oft kein Boot zu finden. Darum richtete er den Fährdienst ein, weil er wohl hoffte, daß die Reisen nach Dekra eines Tages zunehmen würden.«

Sie setzten sich auf die warmen Felsen und lauschten dem

Gekreisch der Seevögel, die über ihnen ihre Kreise zogen, und dem Klatschen des Wassers, das zu ihren Füßen ans Ufer schlug. Binnen kurzem sahen sie einen breiten, flachen Kahn übers Wasser nahen.

»Seid gegrüßt, meine Damen!« rief der Fährmann, als er den Kahn in die schmale Fahrrinne lenkte, die man in die Felsen gehauen hatte. »Schönes Reisewetter heute. Soll's nach Dekra gehen?« Er beäugte sie mit gutmütiger Neugier.

»Jawohl«, erwiderte Alinea.

»Gestattet, daß ich euch zuerst hinüberbringe, wenn's beliebt. Danach hole ich Kutsche und Pferde.«

»Danke, Rol«, sagte Bria.

Der Mann drehte sich um und musterte sie genau. »Herrin? Oje, Verzeihung, Hoheit! Ich habe die Königin nicht erkannt.« Er machte rasch einen Diener, vor Verlegenheit errötend. Die Prinzessinnen kicherten fröhlich.

»Es ist schon eine Zeitlang her«, sagte Bria lachend. »Und ich bin nicht gerade wie eine Königin gekleidet.«

»Nein, Herrin.« Rol neigte den Kopf und sprach nichts mehr, machte sich aber rasch ans Werk. Im Nu saßen die Fahrgäste auf den breiten Bänken im Bug. Wilkins blieb bei den Tieren und der Kutsche zurück.

Rol bediente das lange Ruder mit seinen breiten starken Händen, und die Fähre trieb langsam auf die breitere Furt hinaus bis zur Strömung, die sie übers Wasser bringen sollte.

In Malmarn wurden sie bei ihrer Ankunft von fast zwei Dutzend barfüßigen Kindern begrüßt, die am Pier zusammengelaufen waren, um die Fremden zu begaffen. Reisende waren kein so häufiger Anblick; sie brachten die neugierigen Kleinen zum Lachen und entlockten den Erwachsenen freundliche Blicke.

»Die Nachricht von Prinz Gerins Entführung hat mich tief betrübt«, sagte Rol, als er sie die lange Bretterrampe hinaufgeleitete.

»Dann hast du also davon gehört. Jetzt weißt du, warum wir nach Dekra reiten«, erwiderte Bria.

»Alle haben davon gehört, Herrin. Einige von uns hatten sich zur Jagd begeben. Ich war da, als... Wir wissen, wie Euch zumute ist. Aber der Drachenkönig wird die böse Schlange finden, die hinter der Sache steckt. Das weiß ich.«

»Wir beten ununterbrochen für den Prinzen«, sagte Alinea.

»Ja, Herrin«, entgegnete Rol. »Vielleicht weiß man in Dekra Rat. Dort wohnt eine große Kraft.«

»Danke, Rol«, sagte Bria.

»Wenn Ihr mich entschuldigen wollt, Herrin.« Er verneigte sich wieder und schob den Kahn hinaus auf die Bucht. Im Handumdrehen war er mit der Kutsche und den Pferden zurück.

Die Königin und ihr Gefolge saßen auf und fuhren weiter. »Ich werde hier sein, wenn ihr wiederkommt!« rief Rol. Er hob seine Arme und klatschte in die Hände, um die Kinder vor sich herzutreiben.

Die Reisenden durchquerten Malmarn und gelangten in die sumpfige Ebene dahinter. Die Landschaft in Obrain war wilder, karger und offener. Auf dieser Seite der Bucht bekam der Reisende leicht das Gefühl, die heimelige Welt hinter sich gelassen zu haben und in ein unwirtliches und ungezähmtes Land geraten zu sein, in dem alles geschehen konnte.

»Mit der Kutsche kommen wir nicht weiter«, verkündete Wilkins. Eine gute Meile hinter Malmarn war der Weg fast nicht mehr zu sehen. Wilkins war ein Stück vorausgeritten, um das Gelände zu erkunden. »Sogar zu Pferd wird es nicht einfach sein.«

»Ich hatte ganz vergessen, wie wild diese Gegend ist«, sagte Bria. »Was rätst du?«

»Lassen wir den Wagen hier«, erwiderte der Kutscher. »Einer unserer Leibwächter kann eines der Kutschpferde nehmen und ich das andere. Alinea steigt auf das Roß des Ritters, und die Prinzessinnen können bei mir mitreiten.«

»Laß mich wenigstens eine von ihnen nehmen«, erbot sich Esme.

»Und mich die andere«, sagte einer der Ritter.

Sein Kamerad saß ab und übergab sein Pferd Alinea, die es gern annahm. »Ich danke dir. Ich bin seit langem nicht mehr ohne Sattel geritten und glaube nicht, daß ich jetzt dazu imstande wäre.«

Wilkins und der erste Ritter machten sich daran, die Pferde auszuspannen und das Gepäck umzuladen; sie verteilten alles Notwendige auf die Pferde und ließen den Rest bei der Kutsche zurück, die sie in einem Gehölz junger Ahornbäume voller Efeugestrüpp versteckten. Als sie fertig waren, saßen alle auf und setzten etwas langsamer, aber fröhlich ihren Weg fort.

»Majestät«, sagte der Kammerdiener leise, als er an die Tür klopfte, »Herr Teido und Herr Ronsard sind da. Sie bitten, sofort empfangen zu werden.«

Zusammengesunken saß Quentin in seinem riesigen Sessel und starrte in die kalte Asche des Herdes. Seine Augen waren mangels Schlaf ganz rot. Sein Haar war zerzaust, seine Züge wirkten hager und kantig.

»Schicke sie fort«, krächzte er heiser. »Ich will niemanden sehen.«

»Aber, Majestät, sie lassen sich nicht abweisen.«

»Wie oft noch muß ich es dir sagen?« rief der König, griff nach einem silbernen Becher auf dem Tisch und schleuderte ihn nach dem Kopf des Kammerdieners, der gerade durch die Tür verschwand. Der Becher traf auf die Tür, und roter Wein ergoß sich über das geschnitzte Holz und den Boden.

Dann hörte Quentin im Vorzimmer Stimmen und rasche Schritte. Die Tür flog auf, und herein trat Teido, Ronsard dicht auf den Fersen.

»Herr, wir möchten dich sprechen«, sagte Teido stramm.

»Wir halten es nicht für richtig, daß du dich so einschließt und niemanden siehst«, fügte Ronsard hinzu.

»Ihr laßt mir offenbar keine Wahl«, erwiderte Quentin. Er schaute sie nicht einmal an, sondern starrte weiter in die Asche, als sähe er die Überreste seines Lebens.

»Das sieht dir alles gar nicht ähnlich, Quentin«, sagte Teido, ihn absichtlich beim Namen nennend.

Das entlockte dem König nichts als ein freudloses Lächeln. »Seht ihr? Die Wahrheit ist: Ich bin kein König und war nie einer. Ich habe nur König gespielt, und meine Freunde ließen sich darauf ein wie bei einem Kind.« Er lachte schmerzlich und hohl. Dann wandte er sich ihnen zu und fragte: »Wo ist mein Sohn?«

Ein Blick auf sein verzerrtes Antlitz genügte, und den beiden stockte der Atem, so sehr hatte ihr Freund sich seit ihrem letzten Treffen verändert. Nichts war mehr da von dem jugendlichen Mann voller Kraft und Behendigkeit, dem Mann mit dem scharfen, wachsamen Blick, der frohgemut wie ein Adler durchs Leben schweifte und sich aus purer Lust über die Wolken erhob.

Der Mann vor ihnen glich einem, der jahrelang im Finstern gelebt hatte, aller Hoffnung beraubt, vor Verzweiflung schwach. Ein falsches Wort, und er würde womöglich in Tränen ausbrechen oder vor Wut schäumen.

»Die Männer kämmen die Hügel und Dörfer hinter dem Pelgrin ab. Wir werden ihn finden, Majestät.« Teido fand als erster wieder Worte. Er versuchte ganz sachlich zu klingen, obwohl der Anblick seines betrübten Königs ihn aufs äußerste verstörte.

»Wir wären schon früher gekommen …«, hob Ronsard an. Seine Stimme versagte, er mußte sich abwenden.

»Geht«, sagte der König.

»Herr, wir möchten als Freunde mit dir sprechen.« Teido tat

einen Schritt auf ihn zu. »Bitte, ich flehe als Freund: Höre uns an.«

»Freunde«, murmelte Quentin. Das Wort war auf seinen Lippen ein Fluch. Er fuhr sich mit der Hand über die Augen und fragte abermals: »Wo ist mein Sohn?«

»Man wird ihn finden. Vertraue darauf. Man wird ihn finden.«

Der Drachenkönig warf den beiden Rittern einen erbosten Blick zu. »Vertraue darauf! Er sagt, ich solle darauf vertrauen, daß man meinen Sohn finden werde!« Mit zunehmendem Zorn wurde er immer lauter. »Vertrauen, wie? Vertrauen? Euch vertrauen? Dem Allerhöchsten vertrauen? Ha! Es gibt nichts, auf das man vertrauen könnte. Am Ende wird man von allem im Stich gelassen. Die Jugend schwindet. Die Liebe erkaltet. Die Werke von eigener Hand zerfallen oder werden von Feinden zerrissen!«

Der König raffte sich von seinem Sessel auf und ergriff den langen Schürhaken. Dann ging er auf und ab. »Die Götter, meine Freunde, die Götter! Besser, man vertraut aufs Wetter! Das ist weniger launisch als sie. Die Götter verhöhnen den Menschen, sie erheben ihn, damit sie ihn verlachen können, wenn sie ihn unter dem Rad des Unglücks zerschmettern! Ein herrlicher Zeitvertreib! Seht nur, wie er sich windet und es ihn zerreißt! Seht, wie sein Herz sich gegen ihn selbst wendet; seht, wie seine Pein ihn verzehrt!«

Teido und Ronsard starrten den wie wahnsinnig Tobenden fassungslos an.

»Der Allerhöchste!« fuhr der König fort. »Sprecht mir nicht vom Allerhöchsten! Er ist der hinterlistigste und bösartigste von allen! Er foltert seine Opfer mit Träumen von Ruhm und Ehre. Er weissagt und verspricht. Er liefert ihnen die Feinde aus und erhebt sie hoch über ihren angestammten Platz. Und dann nimmt er alles fort! Reißt ihnen das Herz aus dem Leib, raubt ihnen alles, was ihnen lieb und teuer im Leben ist, und wirft sie blutend in die Finsternis! Das ist der Allerhöchste aller Götter! Ein Tor, wer ihm vertraut!«

Daraufhin schleuderte er den Schürhaken fort. Dieser flog auf den Tisch und warf ein Tablett mit Essen herunter, das erkaltet und unberührt dastand. Die Silberteile rollten klappernd über den Boden.

Quentin taumelte, hielt sich den Kopf und sank erschöpft auf seinen Sessel.

Über dem Raum lag fassungslose Grabesstille. Ronsard stupste Teido am Arm und deutete mit dem Kinn zur Tür; die beiden gingen leise hinaus und schlossen die Tür hinter sich.

27

»So habe ich ihn noch nie erlebt.« Ronsard deutete auf den Saal, den sie beide gerade verlassen hatten. Vor Verblüffung flüsterte er. »Er ist nicht bei sich.«

»Seine Träume sind mit all ihrem Gewicht über ihm zusammengebrochen, und er wird unter ihnen zermahlen.« Traurig schüttelte Teido den Kopf.

»Träume sind eine Sache, aber zu toben wie ein Wahnsinniger ist etwas anderes.«

»Wenn er seinen Kummer tiefer empfindet als andere, dann liegt das daran, daß er mehr auf den Allerhöchsten vertraut hat als die meisten.«

»Wenn er tiefer fällt, dann deshalb, weil er höher geflogen ist, wie? Wäre doch Derwin nur hier! Er wüßte, was zu tun ist.« Ronsard seufzte schwer. »Der alte Einsiedler fehlt mir.«

»Ja, mir auch. Aber wir müssen tun, was wir können. Das Königreich hängt davon ab.«

»Was sollen wir beginnen?« Hilflos zuckte Ronsard die Schultern. »Ehe der Prinz nicht wieder hier ist, kann man nichts tun.«

»Nein«, entgegnete Teido bedächtig, »hinter seiner Pein steckt mehr als nur das Verschwinden des Prinzen.«

»Oder Derwins Tod?«

»Oder Derwins Tod. Beides lastet schwer auf ihm, aber er würde sich wohl fassen, hätte er nicht den Glauben an den Allerhöchsten verloren.«

»Was können wir dagegen tun?«

»Das Schwert suchen.« Teido blickte seinem Freund fest ins

Gesicht. »Das Schwert suchen und es ihm zurückbringen, bevor ein anderer es für sich behält.«

»Ich bin ganz deiner Meinung. Sage mir nur, wie wir es anstellen sollen, und es wird geschehen.«

»Das würde ich, wenn ich es könnte, ganz gewiß. Aber ich weiß nur, daß wir es finden müssen, und zwar bald.« Teido faßte sich mit der Hand ans Kinn und dachte eine Weile nach. Ronsard beobachtete ihn wartend.

Schließlich sagte Teido: »Ronsard, du mußt dich erst einmal allein auf die Suche begeben.«

»Und du?«

»Ich bleibe hier beim König. Vielleicht braucht er einen unerschütterlichen Gefährten in seiner Nähe.«

»Wie du meinst, Teido. Aber wo soll ich anfangen?«

»Da liegt der Hund begraben. Doch mich dünkt, ich habe einen nützlichen Plan. Hast du Lust, dich darauf einzulassen?«

»Ich bin zu allem bereit.«

»Gut, dann komm mit. Wir haben keine Zeit zu verlieren.«

Das erste, was er spürte, als er allmählich wieder zu Bewußtsein kam, war etwas Kühles, das an seinem Hals entlang lief. Blut? Er streckte die Hand aus und betastete die Stelle an seinem Kopf, wo es anfing. Die Bewegung versetzte ihm einen heftigen Stich im Kopf, der ohnehin heftig schmerzte. Er stöhnte.

»Toli? Lebst du noch?«

Die Stimme klang gedämpft, kam aber aus nächster Nähe. Er schlug vorsichtig die Augen auf, schloß sie aber rasch wieder, denn das Licht bereitete ihm brennende Schmerzen.

»Au!«

»Bleib einfach liegen. Rühr dich nicht«, flehte die Stimme. Toli versuchte, sie zu orten.

Nach einer Weile ließ das Pochen in seinem Kopf ein wenig nach, so daß er die Augen abschirmte und sie wieder öffnete. Der kahle Raum war nur trüb beleuchtet. Das Licht fiel durch ein schmales Fenster hoch oben in der Wand. Er lag auf einer Strohschütte am Boden gegenüber dem Fenster.

Er drehte den Kopf zur Seite. Obwohl er nicht deutlich sehen konnte, gewahrte er neben sich eine Gestalt.

»Prinz Gerin! Au! Was haben sie mit meinem Kopf gemacht?«

»Sie haben dich hier hereingeworfen. Ich fürchtete, du seist tot.«

»Wann war das?« Langsam richtete er sich auf den Ellbogen auf. Jede noch so kleine Bewegung verursachte ihm wieder Schmerzen.

»Weißt du das nicht mehr?« fragte der Prinz. Er bot Toli wieder ein Stück Stoff an, das er in Wasser getaucht hatte.

Toli nahm es und legte es sich auf die Stirn. »Ich weiß gar nichts mehr«, sagte er. »Doch, ich erinnere mich, daß ich zum Tempel kam und den Oberpriester zu sprechen begehrte. Er empfing mich, glaube ich, und ich sprach mit ihm. Dann wachte ich hier auf.«

»Der Oberpriester?«

»Ja.«

»Hier sind wir also? Im Tempel?«

»So muß es sein«, erwiderte Toli. Er betrachtete die Zelle und die Tür, die anders aussah als die Tür zu einem Burgverlies, obwohl sie aus schwerer Eiche war und einen Gefangenen wohl an der Flucht hindern konnte. »Wußtest du nicht, wohin man dich brachte?«

»Nein, es war dunkel. Und sie banden mir die Augen zu. Mir schien, als gingen wir tagelang. Dann wurde ich hier hereingeschoben. Vor Tagen. Du hast die Augenbinde jetzt auf der Stirn.« Gerin deutete auf den feuchten Lumpen.

»Ich verstehe. Wie lange bist du schon hier?« Er musterte den Prinzen genau, ob man ihn mißhandelt hatte.

»Drei Tage, glaube ich, oder vier. Ja, vier. Zwei Tage länger als du.«

»Ich bin schon seit zwei Tagen hier?« Das schien unmöglich zu sein.

»Heute ist der zweite. Wie geht es dir?«

»Ich werde es überleben.« Toli streckte die Hand aus und klopfte dem jungen Prinzen auf die Schulter. »Das hast du gut gemacht. Ich freue mich, dich lebendig vorzufinden. Wie haben sie dich behandelt?«

»Recht gut. Ich bekomme das gleiche Essen wie sie und sauberes Wasser.« Gerin betrachtete seinen Freund froh, weil er jetzt jemanden bei sich hatte, dem er vertraute, auch wenn sie beide gefangen waren. »Toli, was ist nur geschehen?«

»Ich weiß nicht viel.« Der Dscher schüttelte den Kopf. Wie sollte er es dem Knaben beibringen?

»Ich weiß über Derwin Bescheid. Ich habe mir Sorgen um Vater gemacht.«

»Er ist wohlauf. Er sucht nach dir – nach uns. Teido und Ronsard ebenfalls.«

»Der arme Derwin«, sagte Gerin. Ihm traten die Tränen in die Augen. »Ach, der arme Derwin.«

»Dein Vater war bei ihm, als er verschied. Er starb in Frieden.«

Gerin schluchzte und versuchte seinen Kummer niederzuringen. Aber er war so lange tapfer gewesen, daß er nun, da ein Freund bei ihm war, nicht mehr an sich halten konnte. Die Tränen strömten ihm übers Gesicht.

Toli legte einen Arm um den kleinen Knaben. »Weinen tut gut. Er war dein Freund. Mit Tränen zu trauern ist keine Schande.«

Als der Prinz sich ausgeweint hatte, zog Toli ihn zu sich und sagte leise: »Ich weiß nicht, warum dies alles geschehen ist, aber da ist ein böse Macht am Werk, dessen darfst du gewiß sein. Die Priester laufen nicht aus dem Tempel, um Unschuldige zu ermorden und zu entführen. Dergleichen haben sie nie zuvor getan. Warum sie jetzt damit angefangen haben, kann ich nicht sagen.« Er musterte Gerin genau. »Wir müssen herausfinden, was sie vorhaben. Denke nach. Was hast du beobachtet?«

Der Prinz schwieg eine Weile, dann schaute er zu Toli auf und sagte: »Es waren sechs, fünf von ihnen mit Schwertern und noch einer, ihr Anführer. Ich hörte sie über ihn reden.«

»Was haben sie gesagt?«

»Sie mögen ihn nicht besonders. Das ist alles.« Dann überlegte er kurz und fügte hinzu: »Derjenige, der das mit Derwin gesagt hat, der hat auch erzählt, daß der König einen von ihnen auf der Straße erschlagen habe.« Er blickte Toli fragend an.

»Es ist wahr. In seiner Trauer und seinem Zorn erschlug dein Vater einen der Entführer auf der Straße. Auch das liegt ihm auf dem Herzen.« Toli schwieg eine Weile und fuhr dann fort: »Was geschehen ist, ist geschehen. Vielleicht hat alles seinen guten Zweck. Hoffen wir es.«

Die beiden unterhielten sich und trösteten einander. Der Tag, der sich an dem Lichtstreifen bemessen ließ, der langsam über den Boden und zur gegenüberliegenden Wand wanderte, zog sich hin. Gegen Abend kam ein Priester mit zwei Schüsseln voll Wasser und einem großen Tablett mit Essen. Er öffnete die Tür, schob alles in die Zelle und verriegelte die Tür wieder. Alles geschah im Handumdrehen.

»So bringen sie das Essen?« fragte Toli.

»Ja, jeden Tag. Ich glaube, sie haben Angst, ich könnte entkommen.«

»Hast du zu fliehen versucht?«

Der Prinz nickte. »Einmal, unterwegs. Tarky hat gescheut und mich abgeworfen. Oder sie rissen mich zu Boden. Dann ist er weggelaufen. Es war nicht weit von hier.«

»Ein Pferd mit Tarkys Gespür findet den Weg nach Hause, oder jemand fängt ihn ein und bringt ihn dem König. So oder so werden sie bald hier nach uns suchen. Der König wird uns finden, du wirst sehen.«

Gerin nickte, sagte aber nichts.

Toli klopfte ihm auf die Schulter und meinte: »Keine Bange, junger Mann. Ich werde aufpassen, daß dir nichts zustößt.« Die Worte blieben ihm fast im Hals stecken. Und wenn es mich das Leben kostet, dachte er. Ich werde dich nicht noch einmal im Stich lassen.

28

»Was darf es sein, guter Mann?« fragte Milscher. Er wischte sich die plumpen Hände an seiner feuchten Schürze ab und lächelte dem Fremden gutmütig zu. »Bist du neu in Askalon?«

Der hellhaarige Mann, der gekleidet war wie ein einfacher Taglöhner und unter dem Lederwams ein braunes Hemd und dazu eine weite braune Hose trug, lehnte sich an den Tresen. »Einen Krug vom Dunklen, wenn's beliebt, Herr«, erwiderte er. »Bist du der Wirt?«

»Jawohl«, sagte Milscher. »Ich bin der Wirt. Aber das Regiment führt meine Frau.« Er zwinkerte dem Mann zu. »Ein dunkles Bier, das manche für das beste von ganz Mensandor halten. Ich trinke es selbst am liebsten.«

Der Wirt wandte sich einen Augenblick ab, um den Krug zu füllen, was der Mann dazu nutzte, um sich im Gasthof umzusehen. In der Grauen Gans herrschte an diesem Abend Hochbetrieb. Und die Leute redeten nicht nur laut durcheinander wie üblich, nein, über allem lag eine gewisse Aufgeregtheit. Die Atmosphäre wurde immer gespannter, während der Rauch aus den Pfeifen der Gäste in immer dichteren Schwaden zur Decke emporstieg. Die Männer stießen mit ihren Bierkrügen an und unterhielten sich immer heftiger.

Diese gereizte Stimmung hatte Ronsard schon beim Hereinkommen gespürt. Man hatte das Gefühl, alle warteten auf ein bestimmtes Ereignis, mit dessen Eintreten sie fest rechneten.

Ronsard fühlte sich in seiner Verkleidung als Bauer ziemlich sicher; er war selten zu Gast in Wirtshäusern und hatte sich lang nicht mehr in Askalon aufgehalten; darum war es unwahrscheinlich, daß er einen Bekannten treffen würde. An Milscher gewandt, der ihm gerade den Messingkrug hinstellte, sagte er: »Merkwürdige Stimmung heute abend, wie?«

»Ganz recht, so ist es schon seit zwei Abenden.« Milscher nickte verschmitzt.

»Wie dies?«

»Warst du außer Landes, Mann? Die Entführung! Der Verlust von des Königs Schwert!« Milscher verdrehte die Augen und beugte sich vor. »Das geht nicht mit rechten Dingen zu, mein Freund. Da sollte sich ein jeder vorsehen, wenn du weißt, was ich meine.«

»Von der Entführung hörte ich«, entgegnete Ronsard und schlürfte von seinem Bier, »aber was ist mit des Königs Schwert? Davon weiß ich nichts.«

»Ach!« rief Milscher. Er beugte sich wieder vor und machte ein Gesicht, als müßte er ein Geheimnis loswerden, das ihm in der Seele brannte. »Des Königs Schwert ist verschwunden. Keiner weiß, wohin. Es geht das Gerücht, der König werde stürzen. Ohne das Schwert könne er sich nicht halten.«

»Du kannst unmöglich das Strahlende Schwert meinen...«

»Dies und kein anderes! Jawohl. Um welch anderes Schwert sollte es gehen?« Er rief den anderen, der hinter dem Tresen arbeitete. »Oto! Komm her!«

Oto schlurfte herbei und blickte Ronsard freundlich abschätzend an. »Ja?«

»Oto, erzähle diesem Mann von des Königs Zauberschwert!«

Oto wurde nicht müde, seine Geschichte zu erzählen, obwohl er kaum etwas anderes getan hatte, seitdem er sie kannte. Voll Begeisterung schmückte er sie bis in alle Einzelheiten aus, um sie so farbig wie möglich darzubieten.

»Aha, ich verstehe, was du meinst.« Ronsard nickte feierlich, als Oto ans Ende gekommen war. »Das könnte schlimm ausgehen. Sehr schlimm. In der Haut des Königs möchte ich nicht stecken.«

»Seine Tage sind gezählt, wie man so schön sagt. Er wird wohl nicht mehr lange König sein. Die Leute sprechen jetzt oft zu seinem Nachteil.«

»Davon habe ich noch nichts gehört.«

»Oh, es fängt gerade erst an. Gestern abend war ein Mann hier, ein Weißbart aus dem Norden, aus Obrain. Er berichtete, die Leute dort fürchteten sich vor des Drachenkönigs neuem Gott – seinem Allerhöchsten. Sie wappnen sich, um ihre Tempel zu verteidigen.«

»Um ihre Tempel zu verteidigen? Vor was nur?«

»Vor dem Drachenkönig! Der König hat Männer ausgeschickt, um ihre Tempel einzureißen.« Oto nickte wissend, und sein rundes Gesicht strahlte vor Vergnügen, daß er einen so dummen, unwissenden Zuhörer hatte.

»Ja, dergleichen habe ich auch gehört«, warf Milscher ein. »Wer ist der Mann, der Mann, meine ich, der so etwas behauptet?«

»Er war gestern abend hier und hat uns alles haarklein erzählt. Wenn du ein wenig wartest, kommt er vielleicht noch. Das hatte er versprochen, falls er noch in Askalon wäre.« Milscher ließ den Blick über die Menge schweifen, die auf den Bänken seines Gasthofs hockte. »Ich sehe ihn im Augenblick nicht, vielleicht kommt er später.«

Ronsard ergriff seinen Krug und sagte: »In diesem Falle warte ich. Ich möchte hören, was er zu sagen hat. Zeige ihn mir, sobald er da ist.«

Sie hatten die Ruinenstadt bei Sonnenuntergang erreicht. Der rote Stein Dekras glühte im Abendlicht wie Rubin, die zarten Türme und Erker ragten in betörender Schönheit zum tiefblauen Firmament empor. Die Stadt war aufgetaucht wie herbeigezaubert, als sei sie vom Himmel mitten in die Wildnis gefallen, ein verwunschener Ort.

»Das also ist Dekra«, sagte Esme. »Dergleichen habe ich nie im Leben gesehen. Die Stadt ist so ganz … anders.«

»Ja, sie ist von eigenartiger Schönheit«, erwiderte Bria. »Ganz anders gebaut als unsere Städte. Die Ariga verwendeten Bauweisen, die uns unbekannt sind.«

»Seit meinem letzten Aufenthalt hier wurde viel erreicht«, stellte Alinea fest. »Das ist lange her. Quentin hatte mir schon erzählt, daß die Arbeiten gut vonstatten gehen. Ja, man hat viel getan.«

Sie ritten bis vors Stadttor, das bereits zur Nacht verschlossen war. Doch als sie vor den riesigen gekachelten Torflügeln anlangten, steckte ein Knabe den Kopf durch eine kleine Tür, die in einen der Flügel geschnitten war. Im Nu verschwand er wieder, und man hörte ihn rufen: »Besucher! Öffnet das Tor! Es sind Besucher da!«

Nach einer kurzen Weile hörten sie das Tor quietschen. Ein breitschultriger Mann trat heraus und bat sie mit den Worten hinein: »Verzeiht mir, daß ich euch ausgeschlossen habe. Wir haben heute keine Gäste mehr erwartet, andernfalls hätte ich das Tor noch offengelassen. Tretet ein, tretet ein! Willkommen in Dekra!«

Froh, aus dem Sattel zu kommen, saßen die Reisenden ab. Der Mann schloß das Tor hinter ihnen und gesellte sich dann zu ihnen. »Seit ihr weit gereist, liebe Leute?«

»Wir kommen aus Askalon«, antwortete Alinea.

»Dort steht hoffentlich alles zum Besten. Ja, der Ritt ist weit. Ihr müßt müde sein.« Er sah sie alle mit freundlichen Augen an und freute sich auf die Neuigkeiten, die sie wohl mitbrachten. »Ich habe den Knaben ausgesandt, daß er einen der Ältesten hole. Man wird euch gewiß gebührend empfangen wollen.«

Da ertönten Stimmen. Als sie sich umdrehten, sahen sie den

Knaben, gefolgt von einem Mann mit langem Gewand, herbeieilen. Hinter ihnen drein kamen noch ein paar Leute, die alles liegen- und stehengelassen hatten, um die Gäste geziemend zu begrüßen.

»Oh, Alinea! Bria! Wie schön, euch wiederzusehen! Welch freudige Überraschung! Seht nur«, rief er den anderen zu, »die Königin ist da! Und ihre Mutter!«

Alinea musterte den Mann und versuchte sich an ihn zu erinnern. Da sprang Bria in die Bresche und sagte: »Mutter, du kennst doch den Ältesten Jollen noch.«

»Ja, gewiß, ich erinnere mich gut an ihn. Es ist alles schon so lange her. Jollen, ich bin überrascht, daß du mich wiedererkannt hast.«

»So lange kann es nicht her sein, denn du hast dich keine Spur verändert. Du bist so berückend wie ehedem.« Er verbeugte sich anmutig vor den Damen. »Und du, Bria, ähnelst deiner Mutter so sehr, daß ich dich für sie hielte, stünde sie nicht neben dir. Blüten vom selben Rosenbusch. Und da wir gerade davon sprechen...« Er zwinkerte den Prinzessinnen zu, die kicherten.

»Du schmeichelst uns, Herr.«

»Keineswegs, Majestät. Es ist alles wahr.« Jetzt wandte er sich Esme zu. »Und du mußt die liebreizende Esme sein, von der wir schon soviel Gutes gehört haben.«

»Es ist mir eine Ehre, Herr. Dein Scharfsinn beeindruckt mich, denn wir haben uns ja sicher nie zuvor gesehen.«

»Nein, aber es ist keine Kunst, zu erraten, wer du bist. Ich erinnere mich genau daran, wie Bria mir von ihrer Freundin erzählte. Darum erkannte ich dich sofort. Willkommen.« Darauf erblickte er Wilkins und die Ritter. »Willkommen auch ihr, liebe Freunde. Möget ihr in Dekra finden, was ihr sucht.«

Einen Moment herrschte Schweigen, dann klatschte der Älteste Jollen in die Hände und sagte: »Nun denn. Der Palast steht für euch bereit. Meine Gattin läßt ausrichten, daß ihr alle zum

Nachtmahl bei uns eingeladen seid. Laßt euch aber Zeit; erfrischt euch nach der langen Reise. Einige der Jungen werden euch mit eurem Gepäck helfen.«

»Wir danken dir, Jollen«, sagte Bria. »Ich fühle mich schon allein dadurch gestärkt, daß ich auf Dekras Boden stehe. Wir werden euch bald Gesellschaft leisten.«

»Wunderbar! Geht nun. Ich werde die übrigen Ältesten einladen, daß sie nach dem Mahl zu uns kommen und mit uns plaudern, wenn du gestattest.«

»Ja, bitte, tu dies. Darum wollte ich dich ohnehin bitten.«

»Wie gut es tut, wieder einmal hier zu sein«, stellte Alinea fest. »Ich hatte vergessen, wie einem hier das Herz aufgeht, und mich danach gesehnt, ohne es zu merken.«

»Dann freue ich mich, daß ihr gekommen seid. Vielleicht könnt ihr lange bleiben, Herrin.« Jollen strahlte seine erschöpften Gäste frohgemut an. »Ja, ich freue mich wirklich, daß ihr da seid.«

Gleich darauf kümmerten die fröhlichen Bewohner Dekras sich um die Ankömmlinge und führten sie durch die gepflasterten schmalen Gassen zum alten Herrscherpalast im Herzen des wiedererbauten Teils der Stadt. Überall blieben Kuratak stehen, um sie freudig zu begrüßen und ihnen freundlich nachzublikken.

Verzaubert blickte Esme sich um. Alles wirkte so fremdartig und sonderbar. Die bunt gefliesten Gebäudewände, auf denen Szenen aus dem Leben der Ariga dargestellt waren, leuchteten im Licht der untergehenden Sonne. Die großen Bögen und langen Säulengänge, die alle aus demselben roten Stein gehauen waren, kündeten von einem erhabenen, hochgebildeten Volk. Die schwungvollen, schlichten Linien der Bauwerke zeugten von seinen hehren Zielen und ihren edlen Absichten.

Der Eindruck war einzigartig. So schlicht und doch so richtig. Ja, das war das zutreffende Wort. Alles hier hatte seine

Richtigkeit, dachte sie. Erst wenn man Dekra erlebte, fiel einem auf, wie schmerzlich mangelhaft der Rest der Welt war.

Um sie herum plauderten die Kuratak glücklich wie Kinder, froh, sie zu sehen und Gäste zu empfangen. Esme spürte, wie die Begeisterung auf sie niederprasselte wie warmer, belebender Frühlingsregen. Und sie merkte, wie der dicke Eisklumpen, den sie so lange im Herzen getragen hatte, taute und schmolz.

Ach, dachte sie bei sich, wie herrlich und wunderbar es hier ist! Gut, daß ich hierherkam. Und als sie schließlich den Herrscherpalast erreichten, war sie der Ansicht, dies sei wahrhaft die Stadt der Götter. Niemals wieder, dachte sie, werde ich von hier weggehen.

29

Für Pym war das Innere der Burg Askalon etwas sagenhaft Unerreichbares, gleich einer Götterburg hoch droben im Gebirge. Schon oft hatte er die hohen, abweisenden Mauern auf dem Felsgipfel gesehen, der das Fundament der Burg bildete, und schon oft hatte er sich gefragt, wie es wohl dahinter aussah. Natürlich war er schon einige Male durch das große Tor gegangen, um in der Küche mit des Königs Bediensteten Geschäfte zu machen. Aber in die Wohnräume der Burg hatte man ihn noch nie gebeten. Daß er in ihre Nähe gekommen war, hatte seine Neugier jedoch gesteigert.

Jetzt hatte es allerdings den Anschein, als wollte man ihn durch das innere Tor und die Gemächer dahinter einlassen, ja vielleicht sogar in die große Halle des Drachenkönigs. Widerwillig verabschiedete er sich von Ruffo, denn den Hund mußte er im Innenhof lassen. Er war bei Einbruch des Abends gekommen, als sein Tagwerk beendet war, weil er glaubte, der König arbeite von Sonnenaufgang bis Sonnenuntergang wie alle übrigen Menschen auch und werde ihn eher empfangen, wenn er seiner Pflichten ledig sei.

Unter gewöhnlichen Umständen hätte Oswald, der Sohn Oswalds des Älteren, der vor einigen Jahren, kurz nach Eskewars Tod, verschieden war, nicht im Traum daran gedacht, den kleinen Kesselflicker ins Schloß zu lassen, sondern ihn geradewegs in die Küche geschickt. Aber jetzt war er außer sich vor Sorge um den König, denn Quentin war in immer größere Trübsal gefallen und rührte sich nicht mehr aus seinem stickigen Gemach, das er versiegelt und dunkel hielt wie ein Grab.

Oswald hatte Angst um den König. Selbst Teido hatte Quentin nicht zu einer Änderung seines Verhaltens bewegen können. Darum war jeder Versuch die Sache wert – sogar, wenn ein Kesselflicker kam und den König mit der Behauptung zu sprechen wünschte, er habe eine wichtige Nachricht für ihn, eine Nachricht, die nur der Drachenkönig persönlich erfahren dürfe.

»Ich bin Oswald, des Königs Kammerherr«, hatte er gesagt. »Was ist dein Begehr?«

Pym, der auf einer Steinbank unter dem Torbogen des Haupteingangs zur Burg saß, war rasch aufgestanden und vorgetreten. »Sei gegrüßt, Herr, und sei so freundlich, wenn du magst, mich zum König zu bringen. Ich habe Seiner Hoheit eine eilige Nachricht zu überbringen.«

»Der König«, hatte Oswald dem Mann kühl entgegnet und gehofft, ihm etwas zu entlocken, »der König empfängt niemanden, der mir sein Anliegen nicht zuvor mitteilt.«

Pym hatte sich am Kinn gekratzt. »Ich darf es nicht nennen, Herr. Es ist für den König allein bestimmt.« Vertraulich beugte er sich näher: »Aber eines kann ich dir verraten ...«

»Ja?« Oswald starrte den Mann böse an, aber der schien das gar nicht zu bemerken.

»Die Sache ist sehr, seeehr wichtig. Jawohl, das ist sie.«

»Und worum geht es bei dieser wichtigen Sache?«

»Das ist für den König allein bestimmt, Herr. Für niemanden sonst.«

Da wurde Oswald klar, daß der Mann hartnäckig auf einem Gespräch mit dem König beharrte. Recht harmlos sah er ja aus, und wer mochte wissen, ob der Kesselflicker nicht doch etwas wußte, was seinem Herrn half, auch wenn dies höchst unwahrscheinlich war. Ausschließen durfte man es jedenfalls nicht, und in dieser finsteren Zeit mußte man nach dem kleinsten Strohhalm greifen.

»Wie heißt du, Herr?« fragte Oswald.

»Pym, Herr. Pym heiße ich und Pym werde ich immer heißen.«

»Nun gut, Pym. Es ziemt sich zwar nicht, daß ich dich so einfach vorlasse, aber ich will eine Ausnahme machen. Doch wenn du des Königs und meine Zeit mit albernem Geschwätz und wertlosen Gerüchten verschwendest, wie sie auf dem Dorfmarkt oder im Wirtshaus verbreitet werden, dann lasse ich dich umgehend hinausbefördern. Hast du mich verstanden? Dann werden dir die Tore von Askalon für immer verwehrt bleiben!« Er blickte den Kesselflicker streng an. »Also, willst du Seine Majestät noch immer sehen?«

»Das will ich, Herr.« Pym mußte schlucken.

»Behauptest du noch immer, daß deine Nachricht allein für des Königs Ohren bestimmt ist?«

»Das tue ich, Herr.«

»Dann folge mir.«

Oswald der Jüngere machte kehrt und ging fort. Pym zauderte. »Und?« fragte Oswald. »Kommst du?«

Pym nickte und hastete dem Kammerherrn hinterdrein. Sie gingen durch einen breiten, glatten Korridor, in dem ihnen viele Bedienstete begegneten, die ihren Pflichten nachkamen. Auf Pym wirkten die ebenmäßigen Wände und Decken mit Eichenbalken wie von Zauberhand geschaffen. Er staunte über die einfachsten Möbel, die er im Vorübergehen erspähte, denn es waren königliche Möbel. Dies war die Heimstatt des Drachenkönigs, dies war sein Hab und Gut.

Zahllos waren die Türen, an denen sie vorbeiliefen, und jede aus schwerem Holz geschnitzt; an den Wänden hingen riesige, herrlich gemusterte Teppiche. Treppauf und treppab ging es, immer tiefer hinein ins Herz des Schlosses, und bei jedem Schritt klopfte Pyms Herz schneller.

Schließlich hielten sie in einem kurzen, mit Eiche getäfelten Gang: Hier lagen die königlichen Gemächer. Oswald führte ihn vor eine Tür, in die der sich windende Drache geschnitzt und dann rot lackiert worden war. Der Kammerherr legte die Hand auf den Riegel und sprach: »Warte hier. Ich melde dich an.«

Pym wischte sich die schweißnassen Hände an der Hose ab und trat von einem Fuß auf den anderen. Vielleicht war es doch ein Fehler, vielleicht wäre es besser gewesen, alles dem Kammerherrn zu sagen und diesen entscheiden zu lassen, ob er den König selbst mit seiner Geschichte behelligen sollte. Ja, ganz recht, der Kammerherr sollte entscheiden.

Doch bevor Pym es sich anders überlegen konnte, tauchte Oswald wieder auf und zog ihn hinein. Er geleitete ihn durch einen Vorraum; dort standen viele Stühle und ein großer langer Tisch voller Schriftrollen mit Bauplänen, dazu eine glänzende Rüstung auf einem Gestell. Am anderen Ende des Raums führte eine Tür zum Privatgemach des Königs.

Oswald klopfte leise, öffnete die Tür und schob Pym hinein. »Majestät, der Kesselflicker Pym ist da.« Rasch und leise schloß er die Tür wieder und ließ ihm keinen Ausweg.

Mit zitternden Knien tat Pym ein paar Schritte nach vorn; ganz benommen war er von dem Gedanken, jetzt vor dem Drachenkönig zu stehen. Es war fast nicht zum Aushalten.

Als der Abend dunkelte, wurde es im Gasthof voller und die Gespräche lauter. Beim Geklapper der Messingkrüge stand Ronsard wieder als gewöhnlicher Tagelöhner verkleidet mitten im Raum und achtete auf alles, was zu hören und zu sehen war.

Irgend etwas ging hier vor. Das witterte und spürte er. Und auch alle übrigen, die sich in der Grauen Gans eingefunden hatten, merkten es. Es herrschte erhöhte Erwartung, leise brodelnde Ungeduld. Die Spannung hatte sich gesteigert, in jeder Stimme, in jedem Blick war die Erregung wahrzunehmen: An diesem Abend würde es Ärger geben.

Ronsard hatte unter Menschenmengen schon häufiger solche

Stimmungen erlebt. Auf dem Schlachtfeld konnten sie dazu führen, daß die Truppen von schäumender Wut gepackt wurden und den Feind in die Flucht schlugen. Doch konnten sie ebenso leicht auf sich zurückfallen und in Furcht umschlagen, so daß kampferprobte Veteranen vor tödlichem Schrecken die Waffen fallen ließen. Wie die Sache ausging, hing ganz von der Führung ab.

Doch wer war hier der Führer? Etwa der Weißbart aus dem Norden, den der Wirt erwähnt hatte?

Unauffällig stahl Ronsard sich von Tisch zu Tisch, belauschte da und dort die Gespräche und versuchte nicht nur herauszufinden, was in dieser angeheizten Stimmung den entscheidenden Funken schlagen könnte, sondern auch, welche Wendung sie nehmen würde, sobald die Sache richtig losginge.

»Ich sage euch«, ereiferte sich ein Mann, »die Götter sind erzürnt.«

»Daran ist der König schuld. Das sieht sogar ein Blinder«, meinte ein anderer.

»Es führt zu nichts, daß man sich gegen sie stellt. Zu ganz und gar nichts.«

»Ganz recht! Es ist gefährlich! Äußerst gefährlich!«

»Irgend etwas muß geschehen.«

»Das Schwert ist verschwunden, habt ihr das gehört? Zallkyr ist fort.«

»Ja, ja, da ist Ärger im Anzug. Nichts als Ärger haben uns die Neuerungen gebracht. Was ist denn an den alten Bräuchen so falsch?«

»Die alten Bräuche sind die besten! Bei den Göttern!«

»Das Strahlende Schwert ist fort? Was mag das bedeuten?«

»Das Reich hat keinen König mehr! Das bedeutet es!«

So redeten die Leute. Was ihn an all dem Klatsch am meisten beunruhigte, war, daß die Leute über das Verschwinden des Schwertes Bescheid wußten. So würden auch die Feinde des

Königs rasch Wind davon bekommen und dann Zwistigkeiten vom Zaum brechen.

Wäre Quentin dem gewachsen? Unter gewöhnlichen Umständen ja, aber nicht in seiner gegenwärtigen Verfassung.

Ronsard ließ sich auf einer Bank ganz hinten nieder und beobachtete den Saal, wie man einen Kessel beobachtet, in dem es zu kochen beginnt. Würde dieser Fremde, dieser Langbart, auftauchen? Und wenn er nicht käme, was dann? Und wenn er erschiene? Das war mehr zu befürchten.

Ronsard stand auf und wollte gerade seinen längst geleerten Krug zurückbringen, als der Langbart eintrat. Ronsard hörte und sah ihn nicht. Er merkte aber an der plötzlichen Anspannung in dem feuchten, verrauchten Raum, daß er gekommen war. Der Lärm im Gasthof war mit einemmal gedämpft.

»Da ist er!« sagte jemand in Ronsards Nähe.

»Ja, da ist er. Das ist der, von dem ich dir erzählte.«

»Jetzt werden wir gleich erfahren, was wir tun sollen.«

»Der Langbart wird es uns sagen!«

Das Geflüster schwirrte um den knorrigen Greis, wie trockenes Laub um einen gebeugten alten Baum weht. Wenn er die Aufregung wahrnahm, die sein plötzliches Erscheinen ausgelöst hatte, so ließ er sich nichts davon anmerken.

Ronsard beobachtete, wie er bis in die Mitte des Saals ging und sich an den Tresen stellte. Im Wirtshaus war es jetzt vollkommen still. Aller Augen waren auf den Greis mit dem wallenden weißen Haar und Bart gerichtet. Man schaute und wartete.

Dann ertönte ein Ruf: »Langbart! Hast du ihn gesehen?«

Wen denn gesehen? fragte sich Ronsard.

Der Langbart drehte sich nach dem Rufer um und erwiderte mit normaler Stimme, aber so, daß jeder ihn hören konnte: »Ja, ich komme geradewegs aus seinem Gemach.«

Ein Mann in seiner Nähe fragte ihn: »Wird er seine Meinung ändern?«

»Nein.« Der Langbart schüttelte langsam und unendlich traurig den Kopf. »Nein, er wird seine Meinung nicht ändern.«

»Dann müssen wir die Sache selbst in die Hand nehmen«, rief jemand von der anderen Seite des Saales.

»Sag uns, was wir tun sollen«, rief ein anderer.

Der Langbart hielt die Hände hoch. »Es steht mir nicht an, euch zu sagen, was ihr tun sollt, ich bin ein einfacher Mann wie ihr. Die Art und Weise von Göttern und Königen ist mir unbekannt.«

Da traf die Erkenntnis Ronsard wie der Blitz. Der König! Der Mann redete vom König! Quentin war derjenige, den der Langbart meinte.

Wie mochte dies jedoch zugehen? Es war unwahrscheinlich, daß man diesen weißbärtigen fremden Greis zum König vorgelassen hatte. Der Drachenkönig hatte sich in seinen Gemächern eingeschlossen und wünschte niemanden zu sehen – nicht einmal seine engsten Freunde. Das wußte Ronsard genau. Doch was der Alte meinte, war sonnenklar: Ich war beim König, und der will seine Meinung nicht ändern. Inwiefern nur? Was für ein Spiel trieb der verschlagene alte Knorren? Was bezweckte er?

Ich muß unter vier Augen mit ihm sprechen. Ich muß ihn weglocken und ungestört mit ihm reden. Hier sind zu viele Leute. Die Lage könnte außer Kontrolle geraten.

Aber noch ehe Ronsard sich einen Plan zurechtlegen konnte, rief einer: »Reißt des Königs Tempel nieder!«

»Bei allen Göttern, ja! Reißt ihn nieder!« erwiderte ein zweiter.

Andere schlossen sich dem Ruf an und pflichteten ihm bei. Männer sprangen auf, Bänke stürzten um. Im Nu war jedermann im Saal auf den Beinen, reckte die Fäuste in die Luft und verlangte nach der Zerstörung des Tempels.

Das also ist der entscheidende Funke, dachte Ronsard. Aber irgendwie muß sich das Feuer noch ersticken lassen. Er sah sich nach einer günstigen Stelle um, entdeckte einen Tisch in der Nähe und sprang hinauf.

»Freunde!« rief er möglichst streng und gebieterisch. »Freunde, hört mich an!« Er gebot mit erhobener Hand Schweigen und blickte in die emporgewandten Gesichter. Jetzt merkten die Leute auf ihn.

»Freunde, was ihr vorhabt, ist falsch. Und es ist sehr gefährlich. Einige von euch könnten dabei zu Schaden kommen, zu großem Schaden. Vielleicht verliert der eine oder andere sogar sein Leben. Sich gegen den König zu stellen ist keine geringe Sache. Glaubt ihr, er wird seinen Tempel nicht verteidigen? Wie viele von euch möchten ihre Gattinnen heute nacht zu Witwen machen?«

Ronsard entging nicht, daß einige der Blicke ihm peinlich berührt auswichen. Gut, dachte er, die Sache klappt. Aber jetzt muß ich ihnen etwas anbieten.

»Schicken wir dem König statt dessen eine Bittschrift«, schlug er vor. »Verlangen wir, daß er uns über die Errichtung seines Tempels Rechenschaft ablegt. Diese Bittschrift soll für uns sprechen.«

In der ganzen Runde erhob sich beifälliges Gemurmel. Die Hitzköpfe kühlten angesichts von Ronsards ernüchternden Einwänden ab. Der Ritter wischte sich mit dem Ärmel den Schweiß von der Stirn.

»Bitte«, fuhr er in vernünftigem Ton fort, »um eurer selbst willen und euren Familien zuliebe setzen wir uns zusammen und verfassen die Bittschrift.«

»Wann?« rief jemand in nächster Nähe.

»Sofort, auf der Stelle!«

»Und dann?« ertönte dieselbe Stimme.

»Und dann werde ich sie dem König persönlich überbringen.« Ja, dachte Ronsard, die Sache klappt. Heute nacht wurde Unheil abgewendet.

Aber noch während er so überlegte, erschallte von der anderen Seite des Raums ein Ruf. Als er aufstand, sah er den Langbart auf einem Tisch stehen und auf ihn deuten.

»Lügen!« kreischte der Langbart. »Lügen!« Ehe Ronsard etwas entgegnen konnte, rief der Greis: »Kennt einer von euch diesen Mann?«

Zur Antwort grummelten die Leute: Keiner kannte ihn.

»Aha, seht ihr!« rief der Langbart. »Er gehört zu des Königs Leuten. Ich sah ihn, als ich den König aufsuchte. Er war dort. Der König hat ihn ausgesandt, um unter uns zu spionieren.«

»Nein! Das ist nicht wahr! Ich will euch helfen!«

»Königsmann!« rief ein vierschrötiger Bauer hinter ihm.

»Fürwahr, ich bin ein Freund des Königs. Aber ich bin auch euer Freund. Ich warne euch: Unternehmt in dieser Angelegenheit nichts gegen ihn. Geht nich ...«

Ehe der Ritter seinen Satz beenden konnte, spürte er, wie der Tisch, auf dem er stand, unter ihm wegkippte.

»Lügen!« riefen die Leute. »Lügner! Wir werden dir helfen!«

Der Tisch kippte ganz, und Ronsard stürzte zu Boden. Er landete so schwer auf der Seite, daß ihm der Atem wegblieb. Sich auf die Knie rollend, schnappte er nach Luft.

Da schoß ein Stiefel heran und traf ihn in den Rippen. Eine Faust erwischte ihn hinter dem Ohr. Er versuchte sich aufzurappeln. Der Raum drehte sich wie wild. Die Luft war schwer, und Ronsard bekam kaum mehr Luft. In seinen Ohren dröhnten laute Stimmen, ohne daß er hätte verstehen können, was sie sagten. Fäuste und Füße droschen auf ihn ein.

Er rollte sich zum Schutz zu einer Kugel zusammen und warf die Arme über den Kopf. In der Nähe fiel ein Tisch um, Krüge polterten laut über den Boden. Einen Augenblick später zuckte ein heller Blitzstrahl hinter seinen geschlossenen Lidern vorüber. Sein Gliedmaßen zappelten und verkrampften sich, dann rührte er sich nicht mehr.

30

Es war ein schlichtes Mahl gewesen, gesunde Kost: Schwarzbrot mit Quark, geröstetes Fleisch, Frühgemüse und Obst. Esme, die von Dekra völlig betört war, hielt jedes Gericht für eine Köstlichkeit und genoß jeden Bissen.

Sie redete beim Essen nur wenig, hörte aber allem aufmerksam zu. Die Stimmen der Menschen hier hatten eine besondere Eigenschaft – Liedern gleich schwebten sie durch die Luft; sie waren Musik, die ihre Seele bezauberte. Nachdem die Reisenden in ihrem Quartier im Herrscherpalast angelangt waren, hatten sie in klarem, von der Sonne gewärmtem Wasser gebadet und sich umgezogen. Die Ariga hatten ihnen frische weißer Gewänder und dazu leichte blaue Sommerumhänge gegeben, die an der Hüfte mit langen blauen Schärpen zusammengebunden wurden. Dann hatten alle auf reinen Federbetten geruht und waren erfrischt erwacht, als ihre jungen Führer sie abholten.

Als sie das Haus des Ältesten Jollen erreichten, begannen die ersten Sterne am dämmrigen Himmel zu funkeln. Aus dem Hof drangen Gelächter und Musik. Viele der Einwohner Dekras waren eingeladen, die hohen Gäste zu begrüßen. Überall hingen Laternen mit Kerzen, entlang der Mauern und in den Zweigen. Man hatte einen langen Tisch ins Freie gestellt, an dem viele Platz fanden. Andere machten es sich auf Kissen oder Bänken entlang der Mauern bequem. Nach dem Essen wurde gesungen, und die Ältesten erzählten zum großen Vergnügen aller Geschichten.

Der Abend verging wie ein Traum, ein Traum voller Glück und Licht, voller Freude und Frieden. Ein strömender Friede, dachte Esme, gleich einem Fluß. Man hatte nicht nur keine

Sorgen mehr, sondern empfand ein allumfassendes Vertrauen darin, daß die ganze Welt richtig war. Wie ein Fluß, der seinem Bett folgt, ob steinig oder glatt, beides gleichermaßen mühelos, ohne sich je von Felsen aufhalten zu lassen, die tiefen und seichten Stellen gleichermaßen füllend, alles bedeckend und immerfort strömend.

All dies spürte Esme, weil sie zuschaute und zuhörte: den Menschen um sie herum zuschaute und ihrem Herzen zuhörte.

Als sie schließlich mit den Ältesten allein waren – die Prinzessinnen wurden fest schlafend ins Bett gebracht –, hob Bria zu erzählen an, warum sie die Reise unternommen hatten. Esme war gespannt, wie die Ältesten die Neuigkeiten aufnehmen und was sie damit anfangen würden.

Diese Ältesten sind ungewöhnliche Männer, dachte sie, während sie beobachtete, wie diese ernst nickten. Durch ihre bloße Anwesenheit riefen sie ein Aura von Weisheit und Vertrauen hervor. Gerade eben noch hatten sie lustigste Geschichten erzählt und am lautesten von allen gelacht. Sie bewegten sich unter ihrem Volk, ohne ihrer gehobenen Stellung zu achten – in der Tat, sie verhielten sich mehr wie Diener denn Führer. Doch jetzt hielten sie feierlich Rat und vertieften sich in die schlimmen Ereignisse, die Bria ihnen seelenvoll und leidenschaftlich schilderte. Nicht als Richter, sondern als mitfühlende Freunde lauschten sie aufmerksam der Königin, manchmal nickend, manchmal traurig den Kopf schüttelnd, aber stets wachsam, bis Bria geendet hatte.

»... Und darum sind wir zu euch gekommen«, sagte Bria. »Wir wußten uns nicht anders zu helfen.«

Der Älteste Orfriel, den man für Jeseph nachgewählt hatte, erwiderte ihr sanft: »Ihr habt recht daran getan, hierherzukommen. Wir werden euch helfen, so gut wir können.«

»Das Böse hat viele Gestalten«, sagte der Älteste Patur. »Die Finsternis ist bei ihrem Kampf gegen das Licht erfinderisch.«

»Aber am Ende machtlos«, fügte der Älteste Klemor hinzu.

»Ja, solange die Menschen sich ihr nicht überliefern«, meinte der Älteste Jollen.

»Die Schlacht tobt überall«, stellte Patur fest, »und die Menschen werden ins Getümmel gezogen, ob sie es wollen oder nicht. Ich sehe, daß der Kampf abermals Askalon und den König erreicht hat. Doch so ist es stets: Die Finsternis fürchtet die Orte, wo das Licht am hellsten strahlt; diese möchte sie zuvorderst zerstören.«

»Was können wir tun?« fragte Bria.

»Das liegt in der Hand des Allerhöchsten«, entgegnete Klemor. »Wir wollen seinen Rat suchen.«

»Durch Gebete?«

»Ja, durch Gebete«, antwortete Patur. »Wir wollen eine Gebetswacht für Quentin, den jungen Gerin, Toli und alle anderen halten. Was Derwin angeht, so bedauern wir sein Hinscheiden, werden uns aber freuen, daß er ins Reich des Allerhöchsten eingegangen ist, und beten, daß seine Belohnung groß sei. Laßt uns sogleich anfangen.«

Darauf faßten die Männer und Frauen sich an den Händen und begannen zu beten. Esme, die so noch nie gebetet hatte, war anfangs verlegen, entspannte sich aber und richtete ihre Aufmerksamkeit auf die Worte der Ältesten. Beim Zuhören merkte sie, wie etwas in ihr sich rührte; ihr Herz schlug höher, aber das war nicht alles: Da war noch etwas Unsichtbares, aber deutlich Spürbares. Sie hatte das Gefühl, der Allerhöchste sei gekommen und sitze unter ihnen.

Bei dieser Vorstellung wurde Esme ganz heiß: ein Gott, der sich zwischen seinen Gläubigen bewegte! Wie merkwürdig! Die Götter waren fern und teilnahmslos, sie lebten in den Bergen oder in ihren Tempeln, wurden von den Menschen bedient, dienten selbst aber nie, halfen oder schadeten ganz nach ihrem Belieben.

In diesem Augenblick versprach sie sich dem Allerhöchsten und sagte bei sich: »Ich kenne deine Bräuche nicht so gut wie die anderen hier. Aber, Allerhöchster, wenn du mich aufnehmen willst, so werde ich dir folgen. Denn auch ich möchte von dir lernen und dir dienen.«

Darauf fühlte Esme sich erhoben, als würde ihre Seele emporgezogen. Da wußte sie, daß ihr Gebet erhört und angenommen worden war. Sie drückte die Hände der anderen fester, und ihr Herz, das so lange verdorrt gewesen war, begann wieder zu erblühen.

Pym stand im dunklen Gemach des Königs. Er konnte ihn langsam und gleichmäßig atmen hören wie ein Tier in seinem Bau.

Der Augenblick zog sich peinlich in die Länge. Sollte er etwas sagen? überlegte Pym. Oder sollte er warten, bis man ihn ansprach?

Pym räusperte sich zaudernd und – wartete wieder.

»Nun?« ertönte es aus der Dunkelheit. Die Stimme knarzte wie die eines Greises. »Was ist dein Begehr?«

»Ich bin hier …«, hob Pym an.

Doch ehe er fortfahren konnte, brüllte der König ihn an: »Mir ist gleich, warum du hier bist! Geh fort und lasse mich allein!«

Der Kesselflicker sah die gebeugte Gestalt vor sich plötzlich aufspringen und auf sich zutaumeln. Erschrocken machte er einen Schritt zurück. »Majestät, ich wollte nichts Böses. Ich wollte nur …«

»Hinaus mit dir! Siehst du nicht, daß ich allein sein will?«

Pym wandte sich zur Tür.

»Nein! Warte! Hast du Nachricht von meinem Sohne?« fragte der Drachenkönig. Er ging zu dem Kesselflicker, packte ihn bei den Schultern und blies ihm seinen Atem ins Gesicht.

Pym wich vor dem Griff und des Königs schlechtem Atem

zurück. »Nein! Derlei Nachricht habe ich nicht«, brachte er stammelnd hervor.

»O weh!« rief der König und stieß ihn weg.

Pym donnerte gegen die Tür und blieb dort wie versteinert stehen. Der König würde ihn doch sicher nicht töten, oder?

»Was hast du?« fauchte der König wie ein Rasender. »Nun? Sag es mir! Hast du die Sprache verloren?«

Ehe Pym etwas erwidern konnte, klopfte es dringlich an der Tür, sie flog auf und der Kesselflicker fiel nach vorn.

»Majestät! Rasch! Schreckliches geschieht! Auseinandersetzungen, Majestät. Rasch!«

Im Licht, das durch die offene Tür fiel, sah Pym den König nun deutlich: Sein Gesicht war aschfahl, er hatte dunkle Ringe unter den Augen, seine Wangen waren eingefallen und hohl. Er sah aus wie ein Gespenst, das aus dem Grab geflohen war, und nicht wie ein Mann aus Fleisch und Blut. Dies sollte der große Drachenkönig sein?

Ohne einen Blick rauschte der König an ihm vorbei zur Tür hinaus. Pym rappelte sich hoch und lugte durch die Tür. Jetzt erschollen überall im Korridor Stimmen. Pym hörte nicht hin. Er wollte nur schleunigst fort, und zwar so weit wie möglich, ehe der Drachenkönig zurückkäme und ihn vorfände.

Er schlich sich aus dem Gemach und durch die jetzt verlassenen Flure der Burg, bis er schließlich den Ausgang erreichte. Dort trat er hinaus in die kühle, sternklare Nacht. Den Kopf auf den Pfoten, lag Ruffo da und wartete auf ihn.

»Mit uns geht's jetzt heimwärts, Ruffo«, sagte Pym, noch völlig erschüttert von dem, was ihm widerfahren war. Ruffo wedelte mit dem Schwanz. »Zurück zur Grauen Gans.«

Er warf einen Blick zurück, durchquerte den inneren Hof und begab sich durch das Tor in den äußeren Hof und zum Torhaus der Burg. Das große Tor war zwar verschlossen, doch eine kleine Tür darin stand offen und ein Wächter daneben.

Pym sagte nichts, sondern eilte von dannen – durchs mit Fackeln trüb erleuchtete Torhaus hinaus auf die riesige Zugbrücke. Als er die Rampe erreicht hatte, verlangsamte er seine Schritte. Er fühlte sich wie ein Übeltäter, der dem Burgverlies entkommen war. Schließlich erreichte er die Gassen und schlug den Weg zum Wirtshaus ein. Da hörte er es in der Ferne laut lärmen. Er blieb stehen und horchte.

Um die Ecke kam eine Schar Männer gerannt, ein Dutzend oder mehr, die grölten und ölige, qualmende Fackeln schwenkten. Auf der schmalen Gasse stürmten sie dicht an ihm vorbei. Ein Blick auf ihre wilden, verzerrten Gesichter genügte, und Pym wußte, daß sie nichts Gutes im Schilde führten.

Er erschauerte, als er sie in einer Seitengasse verschwinden sah. In den leeren Straßen hallten Rufe wider. Entsetzt schüttelte Pym den Kopf. »Ach, es gibt Ärger, in der Tat, Ruffo. Herr Oswald hatte recht. Komm, alter Kamerad. Wir haben heute nacht nichts hier draußen verloren.«

Er hastete in die Graue Gans. Gelegentlich war aus der Ferne noch Lärm zu hören. Es klang wie Schlachttrommeln, die das bevorstehende Aufeinanderprallen ankündigen.

31

Bis Teido mit seinem kleinen Trupp Ritter die Baustelle erreicht hatte, war die Zerstörung schon beinahe komplett. Drei Mauern hatte man bereits eingerissen, und die vierte schwankte unter der Anspannung der Seile und Stangen in den Händen knapp zweier Dutzend rasender Dörfler.

»Herr, wir sind zu spät gekommen«, stellte der Ritter an Teidos Seite fest. Über sein Gesicht flackerte der Schein der Fackeln. »Sollen wir sie auseinandertreiben?«

Teido beobachtete die wild schreienden Männer, die völlig in ihrer zerstörerischen Wut aufgingen. In diesem Augenblick gab die oberste Reihe der letzten noch stehenden Wand nach und fiel zu Boden – und zwar mit solcher Wucht, daß es dröhnte wie Trommelschlag.

»Nein, noch nicht«, antwortete Teido. »Das könnte Verletzte geben. Ich will nicht, daß jemand ums Leben kommt. Es ist schon genug Schaden entstanden.«

»Wir sollten eingreifen«, beharrte der Ritter. »Des Königs Tempel...« Seine Stimme versagte, während er hilflos auf die Ruinen deutete.

»Was sollen wir denn tun?« fauchte Teido wütend. »Das Unglück ist geschehen! Eingeschlagene Köpfe machen die Sache nicht besser! Sieh sie dir nur an, das ganze Dorf hat den Verstand verloren!« Teido starrte den Pöbel an. Da flogen Taue durch die Luft, Pfähle schlugen gegen die Mauer, die Rufe wurden zu einem wütenden Kriegsgesang, als wieder ein ganzes Stück nachgab. Da stieg Freudengeheul empor. Es war ein tierisches Geschrei.

Müde sagte Teido: »Schicke die Männer aus, sie zu umzingeln.

Dann lasse sie auseinandertreiben. Wir wollen nicht, daß dieser Wahnsinn um sich greift. Gebraucht ruhig die flache Seite eurer Schwerter. Aber ich will keine unnötigen Verletzungen. Ist das klar?« Der Ritter nickte. »Dann sorge dafür. Ich kehre sofort auf die Burg zurück.«

Von den hohen Wehrmauern seiner Burg aus beobachtete Quentin voll stummer Pein den Angriff auf seinen neuen Tempel. Der Hügel, auf dem der Tempel stehen sollte, leuchtete hell im Fackelschein, und er konnte die Schreie der Dörfler klar durch die Nacht hallen hören, obwohl der Platz in einiger Entfernung von der Burg lag. Er sah die tobende Masse vor den Mauern, er sah die Steine seines großen Tempels fallen.

Die Menschen, die den König umringten, hüteten ihre Zunge. Sie hatten Angst, etwas zu sagen, fürchteten, was er tun könnte. Das kalte, unnatürliche Licht auf seinem ausgezehrten Gesicht verlieh ihm etwas Verwildertes, fast Tierhaftes. Gespannt und steif stand er da, die Adern an seinem Hals und auf seiner Stirn zeichneten sich deutlich ab, die Augen quollen ihm vor Entsetzen aus den Höhlen: Er schien bereit, jeden Moment über den Wall zu springen oder jeden in Stücke zu reißen, der sich ihm näherte.

Wie versteinert verharrte Quentin auf der Stelle und betrachtete die Vernichtung seines Traumes, die vor seinen Augen stattfand. Mit jedem Stein, der zu Boden fiel, wurde ein Teil von ihm verwüstet, und er konnte nichts tun, außer zusehen und spüren, wie die Wunde in seiner Seele mit jedem eingestürzten Stück Mauer tiefer wurde.

Als die letzte Wand zerbröckelte, wandte er sich wortlos ab und ging zurück in sein Gemach. Dort fand ihn Teido im Dunkeln sitzen.

Der kühne Recke nahm eine Kerze aus einem Halter im Vorzimmer und ging auf den König zu. Er entzündete die Kerzen auf dem Tisch und einige weitere, die über den Raum verteilt waren. Das tat er lautlos, als wollte er die Gedanken des Herrschers nicht stören. Als er fertig war, stellte er sich vor seinen Herrn. Quentin sah ihn nicht an. Seine Augen waren auf ein Bild in weiter Ferne gerichtet.

»Es war nichts zu machen«, sagte er sanft. »Man wird sie auseinandertreiben und nach Hause schicken.«

Der Drachenkönig sagte lange nichts. Teido wartete und war sich nicht sicher, ob der König ihn gehört hatte. Das Schweigen zwischen ihnen wuchs.

»Warum nur?« fragte Quentin schließlich. Seine Stimme klang heiser. Dieser kurze Satz sprach Bände.

Teido beobachtete seinen Freund im Wissen, daß dieser innerlich verzehrt wurde. Als der Anblick den Ritter zu sehr schmerzte, blickte er weg. Ihm fiel nichts ein, um das Weh des Königs zu lindern.

»Früher gab es immer ein Zeichen«, sagte Quentin mehr in sich hinein als an Teido gewandt. »Früher wurde mir der Weg immer klar gewiesen – wenn ich der Weisung bedurfte. Immer.« Im Kerzenschein schienen die Jahre von ihm abzufallen. Er wirkte wieder wie der junge Priesterschüler, den Teido vor so langer Zeit in der Hütte des Einsiedlers kennengelernt hatte. Sogar seine Stimme bekam etwas vom bittenden Ton des Jungen, der sich verirrt hatte. »Wo ist er nun? Wo ist das Zeichen? Warum hat er mich verlassen?« Die Worte blieben unbeantwortet im Raum stehen.

»Ich sah alles vor mir, weißt du, Teido.« Der König blickte seinem Freund ins Gesicht, als nähme er ihn erst jetzt wahr. Dann sagte er rasch: »Ich sah alles vor mir. In dem Augenblick, als Zallkyr den Stern traf, als das Licht des neuen Zeitalters die Erde erstrahlen ließ und die Finsternis vertrieb, da sah ich alles.«

»Was sahst du, Herr?« fragte Teido, als würde er mit einem Kind sprechen.

»Den Tempel und die Stadt des Lichts, die ich bauen wollte. Der Allerhöchste zeigte mir seine Heilige Stadt. Ich spürte, daß seine Hand auf mir ruhte...« Er hielt inne und blickte Teido verloren an. »Jetzt nicht mehr. Er hat mich verlassen. Ich bin verdammt.«

»Verdammt? Wer könnte dich verdammen, Herr? Du hast stets getan, was der Gott verlangte. Vor allen anderen lebtest du nach seinem Brauch. Derwin bezeichnete dich als auserwählt.«

»Als gezeichnet, willst du sagen! Derwin ist tot. Der Gott hat mich verlassen. Von eigener Hand verdammt stehe ich da. Ich tötete ihn, Teido. Ich, ich, der Drachenkönig, erschlug ihn wie einen räudigen Hund. Ich tötete ihn, und der Allerhöchste straft mich mit meinem Scheitern.«

Teido dachte, Quentin meine Derwin. »Herr, du hast ihn nicht getötet. Wie kannst du derlei glauben?«

»Nein, es ist wahr! Ich sage die Wahrheit!« brüllte Quentin und ließ sich vom Stuhl gleiten. »Ich tötete ihn, und die Flamme erlosch! Die Flamme erstarb in meiner Hand! Das Licht ist aus, Teido. Aus.«

Verwundert über diesen Ausbruch, starrte Teido den König an. Er konnte sich keinen Reim darauf machen. Das war das zusammenhanglose Toben eines Wahnsinnigen.

Quentin schlug sich die Hände vors Gesicht. Seine Schultern begannen zu beben, aber zu hören war anfangs nichts. Dann vernahm Teido die Schluchzer. »Finsternis«, rief der König, »alles ist Finsternis!«

»Oh!« stöhnte Ronsard. Er versuchte, die Augen aufzuschlagen. Doch nur eines ließ sich öffnen. Das andere war von einem Tritt zugeschwollen. Alles tat ihm weh, und bei jedem Atemzug schmerzten ihn die Rippen durch und durch.

»Ganz ruhig jetzt. Stehe nicht zu schnell auf, Herr«, sagte jemand an seinem Ohr.

Ronsard blickte sich mit dem unversehrten Auge um und erkannte das Gesicht Milschers des Wirts, der sich über ihn beugte und ihn an den Schultern hielt. »Meine Frau bringt einen kalten Lappen für deinen Kopf. Ganz ruhig nun. Lehne dich zurück.«

Ronsard sah sich um. Die Bänke waren umgestoßen, die Tische standen quer, aber vom Pöbel war keiner mehr da. »Wo sind sie? Wo sind sie hin?«

»Ich weiß es nicht und will es nicht wissen.« Milscher griff nach einem Krug und hielt ihn Ronsard an die Lippen. »Trinke ein wenig, davon wird dein Kopf klarer.«

Ronsard nahm den Krug und schlürfte das kalte Bier, das ihm auf der Zunge kitzelte. Der Trunk belebte ihn ein wenig, sein Kopf wurde tatsächlich klarer. »Wer war das?«

»Herr?« Milscher blinzelte ihn an.

»Du weißt, wen ich meine: der Langbart. Wer ist er? Woher kommt er?« Ronsard wollte sich erheben, aber die Anstrengung bereitete ihm ungeheure Schmerzen. »Au!«

»Obacht, Herr.« Milscher packte ihn unter den Armen und half ihm auf.

Dann kam Milschers rundliche Frau zurück, hieß den Ritter auf einem Stuhl sitzen und drückte den feuchten Lappen auf seinen zerschundenen Kopf. Ronsard schlürfte noch ein wenig Bier. »Sieh sich einer dieses Drunter und Drüber an!« Angewidert schnalzte sie mit der Zunge.

»Was ist denn hier passiert?« fragte eine unbekannte Stimme. Ronsard schaute auf und sah den Kesselflicker hereinkommen.

»Es hat einen Aufruhr gegeben«, erklärte Milscher. »Sie haben sich in Rage gesteigert – und wie! Dergleichen habe ich nie erlebt.«

Emm zog die Stirn kraus. »Wenn ich einmal nicht da bin«, sagte sie, als trage ihr Mann die Schuld an dem, was während ihrer Abwesenheit vorgefallen war. »Dieser Herr«, fuhr sie auf

Ronsard deutend fort, »versuchte, die Leute zur Vernunft zu bringen. Jetzt sieh dir an, wie sie ihn zugerichtet haben! Sein Kopf ist grün und blau geschlagen.«

Pym nickte traurig. Ruffo legte den Kopf schräg und winselte mitfühlend.

»Nun«, erwiderte Ronsard, »es ist nicht das erste Mal, daß ich mir im Dienst des Königs Blessuren geholt habe. Vermutlich auch nicht das letzte, fürwahr.«

»Wie dies, Herr?« fragte Milscher.

Da fiel Ronsard die Verkleidung ein. Er zuckte die Achseln und sagte: »Ich bin ein Mann des Königs und heiße Ronsard.«

»Der Herr Obermarschall!« rief Milscher fassungslos. »Jetzt erinnere ich mich.«

»Das war ich einmal. Jetzt bin ich im Auftrag des Königs unterwegs. Ich hatte mit meiner Verkleidung nichts Böses im Sinn. Ich wollte nur hören, was im Dorf geredet wird, und dachte, die Leute sind unbefangener, wenn kein Adeliger unter ihnen ist.« Er sah Milscher streng an. »Nun? Was hat es mit diesem Langbart auf sich? Ich möchte alles erfahren, was du weißt.«

»Es gibt nichts, was du nicht bereits gehört hast, lieber Herr. Er kam hierher, wie es jedem Fremden gestattet ist. Er trank ein wenig, redete mit ein paar Leuten, ging wieder und sagte, er werde vielleicht wiederkommen. Er habe Geschäfte zu erledigen, für die er sich eine Weile lang in Askalon aufhalten müsse, sagte er, wie ich dir bereits erzählte.«

»Was sollte dann das Gerede der Leute von wegen ›Hast du ihn gesehen? Hat er seine Ansicht geändert?‹. Damit war doch der König gemeint.«

»Das weiß ich nicht, Herr. Ich weiß nur, was ich dir sagte. Einen Wirt kann man nicht dafür verantwortlich machen, was seine Gäste reden. Ich führe ein anständiges Haus.«

»Daran zweifle ich nicht«, erwiderte Ronsard. Milscher

wirkte gereizt, und der Ritter sah keinen Grund, ihm weiter zuzusetzen. Die Anspannung der Ereignisse dieser Nacht wurde allen zuviel. »Ich werde mich andernorts nach diesem Langbart erkundigen. Aber du mußt mich benachrichtigen, sobald dir etwas Neues zu Ohren kommt.«

»Das wird er«, versetzte Emm finster und half Ronsard beim Aufstehen. »Keine Sorge, das wird er. Dafür sorge ich.«

»Es tut mir leid, daß ...«, hob Ronsard an.

»Es ist nichts geschehen, zumindest nichts, was sich nicht flicken ließe. Geh nach Hause, Herr, und gönne deinem Kopf ein wenig Schlaf«, sagte Milscher, ihn zur Tür geleitend.

Der Ritter trat in die kühle Nachtluft hinaus. Die Straße lag verlassen und still – unnatürlich still, schien es Ronsard. Er wußte, daß es zu Gewalttaten gekommen war. Er spürte es genauso deutlich wie seine blauen Flecken. Als er gerade die Gasse hinuntergehen wollte, fiel ihm ein, daß er sein Pferd im Stall hinter Milschers Wirtshaus gelassen hatte.

32

Lange bevor die Sonne über den grünen Hügeln um Dekra aufging, war Bria wach. Sie kleidete sich an und ging leise hinaus auf den Söller, um die klare Morgendämmerung zu betrachten, die jetzt blaßgolden im Osten aufzog.

Ein neuer Tag, dachte sie. Was für ein Wunder! Irgendwo wird mein Sohn erwachen. Allerhöchster, sei mit ihm. Tröste ihn und gib ihm Kraft und Ausdauer. Schenke auch meinem Gatten Kraft. Ich danke dir. Ja, ich danke dir.

Bria hatte das unbedingte Gefühl, ihr Gebet werde erhört, noch während sie es sprach. Hier in Dekra, grübelte sie, war es ein leichtes zu glauben, daß die Gebete stets erhört wurden. Nichts Böses kam je an diese Stadt heran. Sie blieb stets sicher vor den Schwierigkeiten der Welt.

Lange hatten sie mit den Ältesten gebetet. Den ganzen Tag über sollten weitere Bittgebete gesprochen werden, und auch die folgenden Tage – so lange wie nötig. Dafür war sie dankbar wie auch für die erhebende Liebe, die sie bei den sanften Kuratak spürte.

Trotzdem kam es ihr seltsam vor, hier in Quentins Stadt zu sein, ohne daß er selbst da war. Sie waren immer gemeinsam hierhergereist. Sie lächelte, als ihr einfiel, wie er bei ihrem ersten Besuch in Dekra überall umhergelaufen war, um ihr zu zeigen, was er tat, und sie auf alles hinzuweisen, was er sah und vorhatte. Damals waren sie jung und verliebt gewesen und sollten bald heiraten. Quentin war frisch gekrönt, und seine Träume für das Reich waren so lebendig, daß er keinen Augenblick still sitzen konnte.

Am Anfang ihrer Ehe waren sie häufig hierhergekommen, und

als das erste Kind zur Welt kam, ließen sie es sein. Erst das eine Kind, dann noch eines und ein drittes ... Es war lange her, daß sie an eine Reise in die alte Ruinenstadt gedacht hatten. Dabei war diese nun mühelos zu bewältigen, weil die Kinder schon so groß waren.

Doch Quentin hatte jetzt seinen Tempel. Er war so darauf versessen, ihn zu errichten, er legte sein ganzes Wesen darein, daß er Dekra ganz vergaß und es völlig verdrängt hätte, wäre nicht Jesephs Tod gewesen. Was für eine traurige Zeit das gewesen war! Bria wußte nicht, was Quentin damals ohne Derwin getan hätte. Der Älteste der Kuratak war in aller Schlichtheit bestattet worden. Und es hatte keine Trauer im üblichen Sinn geherrscht: Ganz wie bei Derwins Begräbnis hatte ein Gefühl der Erleichterung, ja der Freude überwogen. Ein Diener des Allerhöchsten war endlich von seinem Erdendasein befreit und durfte sich in der Nähe des Einzigen aufhalten, an der Seite seines Schöpfers wandeln. Was hätte daran traurig sein sollen?

Quentin jedoch war damals in tiefe Verwirrung gestürzt, vor allem weil Jesephs Tod so unerwartet gekommen war. Man fand ihn an seinem Tisch in der großen Bibliothek, die er so geliebt hatte, den Kopf auf einer Handschrift, als würde er nur kurz von der Arbeit ausruhen. Am Tag zuvor hatte er noch einmal mit all seinen engsten Freunden gesprochen, als ahnte er seinen nahen Tod und wollte allen Lebewohl sagen.

Quentin aber war nicht da gewesen. Jeseph starb, ohne ihn noch einmal gesehen zu haben, und das war vielleicht die Ursache seines großen Schmerzes. »Ich hätte bei ihm sein müssen«, hatte Quentin immer wieder gesagt. Und sooft Bria ihn auch daran gemahnte, daß er seinen Pflichten als König und Staatsoberhaupt in Askalon nachzukommen habe und nichts vom Verscheiden seines Freundes habe ahnen können, begann Quentin zu schmollen. Er erwiderte dann, daß ihm der Sinn niemals nach Askalon gestanden habe.

Deshalb atmete Bria erleichtert auf, als Quentin sich in die Arbeit am neuen Tempel stürzte: Über Nacht loderte die alte Begeisterung wieder in ihm. Dafür erwähnte er nun Dekra nicht mehr so häufig wie früher.

»Ist die Stadt wirklich so anders?« ertönte eine Stimme hinter Brias Rücken und riß sie aus ihren Gedanken. Esme setzte sich neben sie auf den Altan.

»Ich habe dich gar nicht gehört! Ich träumte in den Tag hinein«, erwiderte Bria geistesabwesend. Sie seufzte und lächelte ihrer Freundin zu.

»Doch hoffentlich nichts Trauriges«, sagte Esme.

»Warum etwas Trauriges?«

Esme zuckte die Achseln. »Dein Gesicht kam mir traurig vor, aber vermutlich ist man hier nie wirklich traurig.« Sie blickte die Königin fest an, und Bria sah in den Augen ihrer Freundin ein neues Licht leuchten.

»Ja, die Stadt ist ganz anders«, nahm Bria die Frage auf. »Es heißt, sie sei eine der letzten Stätten voll Kraft auf Erden, aber daran liegt es wohl gar nicht so sehr.«

»Ach?« Esme stützte ihr Kinn mit der Hand und starrte verträumt zu den funkelnden Berghängen hinüber, wo die ersten Sonnenstrahlen den Tau zum Schillern brachten. »Woher kommt es dann, daß ich mich hier so anders fühle? Denn hier herrscht ein Glanz, der die Seele bezaubert.«

»Das«, erwiderte Bria, »läßt sich mit einem Wort sagen.«

»Dann sprich dieses Wort, ich bitte dich.«

»Liebe.«

»Liebe?«

»Ja, hier herrscht eine Liebe, wie man sie auf Erden nur noch selten findet. In Familien vielleicht, mitunter gewiß zwischen Ehegatten, aber nie in der Welt an sich. Die Liebe herrscht hier über alles. Alles. Die Liebe und die ständig geübte Gegenwart des Allerhöchsten.«

Esme sah ihre Freundin fragend an.

»Jeseph erklärte es mir einmal so: Der Allerhöchste sei stets bei seiner Schöpfung, bei uns. Aber oft verlören wir ihn aus den Augen, wir fielen von ihm ab, wenn wir seine Gegenwart nicht übten. Damit meinte er, wir müßten ihn stets in unseren Gedanken und Taten gegenwärtig halten. Andernfalls würden wir ihn vergessen.

Denn nicht der Allerhöchste vergesse uns, sondern wir ihn. So seien wir Menschen beschaffen, mit einem Makel behaftet, der den Glauben erfordere. Der Glauben sei das größte Geschenk des Allerhöchsten. So habe er uns durch ihn errettet.«

»Vor uns selbst errettet, ich verstehe.« Esme beobachtete, wie die Morgenröte sich am Himmel ausbreitete und die Schatten der Nacht sich aus der dicht bewaldeten Ebene zurückzogen, als würde ein dünner Schleier weggenommen. »Ist es denn die Liebe, die sogar den gewöhnlichsten Dingen, etwa der Morgenröte dort, solche Schönheit verleiht? Ist es die Liebe, die mir das Gefühl gibt, ich hätte mein bisheriges Leben im Schatten verbracht?«

»O ja! Die Liebe und das Wissen um den Allerhöchsten!«

»Vom Allerhöchsten weiß ich doch nur sehr wenig. Wie kann ich da zu solchen Gefühlen fähig sein?«

»Du kennst ihn im tiefsten Innern deines Herzens. Derwin pflegte zu sagen, alle Menschen kämen mit dem Wissen um den Allerhöchsten zur Welt. Man müsse sich nur lange genug an ihn erinnern und dürfe nicht vergessen, was man bereits wisse.«

»Von Stund an«, verkündete Esme entschlossen, »will ich meine ganze Zeit mit dem Erinnern verbringen.«

Als der schräg einfallende Sonnenstrahl seine Bahn über den Boden des Verlieses antrat, stand Toli auf und ging auf und ab. Prinz Gerin schlummerte noch friedlich, als läge er sicher im eigenen Bett auf seines Vaters Burg. Toli betrachtete den Knaben und lächelte bei dem Gedanken, wie wunderbar es war, ein Kind zu sein und Sorgen nur bis zu einem gewissen Maße auf sich eindringen zu lassen. Waren Erwachsene empfänglicher für Sorgen oder ertrugen sie sie einfach in höherem Maße? überlegte er. Wie dem auch sein mochte, Kinder ließen sich von Sorgen nur eine gewisse Zeit lang vereinnahmen. Sie schüttelten sie ab wie ein Kleidungsstück, das ihnen im Sommer zu heiß wird. Wann lernte man, dieses stickige Kleidungsstück anzubehalten?

Beim Aufwachen war Toli eine Idee gekommen. Jetzt drehte und wendete er sie, um sie aus jedem Blickwinkel zu erwägen und sich seiner Sache ganz sicher zu werden. Als er ans Ende seiner Überlegungen gelangt war, ging er zur schweren Eichentür der Zelle und klopfte mit der flachen Hand dagegen. Er horchte und klopfte dann wieder.

Gleich darauf vernahm er hastige Schritte näher kommen. »Was gibt's? Ruhe da!« tönte es von der anderen Seite.

»Ich verlange, den Oberpriester zu sprechen! Das ist mein Recht als Gefangener in seinen Mauern!« Wieder klopfte Toli gegen die Tür.

»Gib Ruhe, hörst du? Du bringst uns beide in Schwierigkeiten. Sei still!« Der Mann klang verängstigt.

»Ich verlange den ...«, hob Toli abermals an und trat zurück, als er den Riegel knarren hörte.

Quietschend ging die Tür einen Spalt auf, und ein Tempelwächter steckte den Kopf herein. »Sei still! Willst du den ganzen Tempel aufwecken und mich in Schwierigkeiten bringen?«

Flink wie eine Katze machte Toli einen Satz nach vorn und drückte die Tür zu, so daß der Kopf des Wächters eingeklemmt wurde. »Au!« rief der Wächter.

»Jetzt sei du still und hör mir zu!« befahl Toli streng. »Wenn dir dein wertloser Kopf lieb ist, tust du, was ich sage. Ich will sofort den Oberpriester sprechen. Sorge dafür. Hast du gehört?«

»Ah ... was geschieht, wenn ich mich weigere?« fragte der Mann atemlos.

Toli drückte die Tür ein wenig fester zu; er hörte, wie der Mann auf der anderen Seite mit den Händen nach einem Halt suchte. »Dann warte ich auf dich, wenn du das nächste Mal mit dem Essen kommst. Und dann zerquetsche ich dir mit dieser Tür die Gurgel.«

»Urgh!« krächzte der Mann. »Laß mich ledig – ich werde tun, was du sagst.«

»Gut. Das will ich dir geraten haben, andernfalls ...« Er sprach die Drohung nicht aus.

Der Wächter zog eine Grimasse, und Toli gab etwas nach. Ohne Zeit zu verlieren, zog der Mann den Kopf zurück, knallte die Tür zu und schob krachend den Riegel vor.

Toli hörte die bloßen Füße des Mannes über die Steine platschen und glaubte, sein Ziel erreicht zu haben. Ja, der Mann war ein Feigling und würde tun wie ihm geheißen. Aber der Oberpriester? Der würde sich nicht so leicht überreden lassen. Der Mann war so schmierig wie der heilige Stein, den die Priester so sorgsam salbten. Mit ihm mußte man ganz anders umgehen; bei ihm hieß es, nicht drohen, sondern versprechen. Und Toli wußte schon, was er ihm versprechen wollte.

33

»Es ist, wie wir fürchteten«, stellte Teido fest. »Sie sind mit einer stattlichen Zahl gekommen.«

»Wie viele sind es?« wollte Ronsard wissen. Er hatte einen blauen, fast schwarzen Fleck unter dem linken Auge und fühlte sich steif vor Schmerzen.

»Sechs. Und sie sind die ganze Nacht geritten, ihrem Aussehen nach zu urteilen.« Der große Ritter redete leise, obwohl die Tür zum Ratssaal geschlossen war und die Gäste ihn nicht hören konnten.

»Sie haben keine Zeit verloren«, fauchte Ronsard. »Es sind Aasvögel, Teido, Geier, die sich am Fleisch der Leidenden gütlich tun wollen.« Er warf einen wütenden Blick in Richtung der Gemächer der Neuankömmlinge. »Was sollen wir tun? Der König kann sie nicht empfangen, soviel steht bei seinem derzeitigen Zustand fest.«

»Vielleicht doch«, entgegnete Teido nachdenklich.

»Das kann nicht dein Ernst sein! Willst du dem König erlauben, ihnen gegenüberzutreten?«

»Es könnte ihm guttun. Eine Auseinandersetzung mit diesen Schakalen entreißt ihn womöglich seiner Verzweiflung.«

»Oder macht seine letzten Lebensgeister vollends zunichte.«

Teido nickte ernst. »Da könntest du recht haben. Aber mir fällt nichts anderes ein. Wir können sie nicht ewig vertrösten. Früher oder später werden sie den König sehen. Das können wir nicht verhindern. Quentin bleibt, fürchte ich, keine andere Wahl, als sich ihnen zu stellen.«

»Er könnte ihnen unterliegen ...«

»Ihnen nicht.« Teido machte eine Kopfbewegung in Richtung der Tür. »Aber sie haben die Macht, den Kronrat einzuberufen. Wenn sie noch fünf Fürsten auf ihre Seite ziehen, dann haben sie es geschafft.«

Ronsard machte ein besorgtes Gesicht und fragte: »Ist dergleichen schon einmal vorgekommen?«

»In jüngster Zeit nicht, aber früher ein- oder zweimal. Da wurde der König für unzurechnungsfähig erklärt...«

»Das wäre im Augenblick ein leichtes.«

»Und dann müßte einer von ihnen die Mehrzahl hinter sich bringen. Das könnte sich als schwieriger herausstellen: daß alle sich auf einen als neuen König einigen. Es gibt viele stolze Fürsten, die sich selbst für die einzig vernünftige Wahl halten.«

»Da ist die Eitelkeit also unser Verbündeter – dem Allerhöchsten sei Dank!«

Teido nickte und fuhr sich mit der Hand durchs Haar – wie ein Mann, der nicht gern den nächsten, vielleicht verhängnisvollen Schritt über eine brüchige Brücke macht.

»Nur zu«, trieb Ronsard ihn an. »Es muß sein. Ich warte hier und behalte sie im Auge, bis du wieder da bist.«

»Und bete, Ronsard. Bete, daß der König genug Verstand besitzt, diesen Angriff abzuwehren.«

Ohne seine üblichen Siebensachen ging Pym zwar schneller, vermißte aber das Klappern und Klirren seiner Töpfe und seines Werkzeugs, das ihn mit seinem Klang stets auf Schritt und Tritt begleitete. Er wischte sich die Nässe vom Gesicht. Wenigstens hatte der Regen aufgehört, und das Wetter schien bald aufklaren zu wollen; im Osten schimmerte der Himmel bereits blau.

»Ach, Ruffo, siehst du?« sagte der Kesselflicker. »Bald haben wir wieder Sonne, jawohl. Da brauchen wir nicht mehr im Regen zu gehen, was?«

Der schwarze Hund hob den Kopf zu seinem Herrn und

bellte einmal, um seine Freude darüber kundzutun, daß sie wieder unterwegs waren.

»Ja, es war fürchterlich, Ruffo. Fürchterlich, das sage ich dir. Du hättest den König sehen sollen, jawohl. Derart habe ich noch keinen Menschen erlebt. Ganz finster und gebrochen war er, fast mehr ein Ungeheuer als ein Mensch. Nein, so habe ich noch keinen Menschen erlebt. Niemals, Ruffo! Daß er fast wie ein Gefangener in seinem Gemach eingesperrt sitzt. Ja, ganz recht, wie ein Gefangener.«

Pym machte große Augen, während er sich an seinen Empfang beim Drachenkönig erinnerte. »Was konnte ihn nur so weit bringen, Ruffo? Das frage ich dich, was konnte ihn so weit bringen? Ich will es dir sagen: das Schwert! Ja, der Verlust treibt ihn zum Wahnsinn. Das wissen wir, jawohl. Stimmt's nicht, Ruffo? Und ob! Erst hat er seinen Sohn verloren und jetzt das Schwert, und das treibt ihn zum Wahnsinn wie einen vom Wiesel gebissenen Hund, jawohl. Wir müssen dem König das Schwert bringen, Ruffo. Wir müssen das Schwert finden. Er muß es bekommen, und wenn ihm nicht, dann hilft es vielleicht einem anderen. Wir müssen es ihm bringen, Ruffo.«

Nach einem köstlichen Frühstück bei Emm hatten der Kesselflicker und sein Hund die Graue Gans verlassen und sich gen Süden in den Pelgrin aufgemacht, zu der Stelle, wo er das unterwegs gefundene Schwert versteckt hatte.

»Der König braucht sein Schwert, Ruffo. Wir geben ihm sein Schwert, nicht wahr? Jawohl, das tun wir.« So redete Pym, während er dahinwanderte. Er hatte das Geschwätz der Leute im Wirtshaus und im Dorf gehört und war zu dem Schluß gelangt, daß das Schwert, das er gefunden hatte, dem Drachenkönig gehörte. Pym hatte gleich gewußt, daß es viel wert war, als er es im Straßenstaub funkeln sah. Jetzt wollte er es aus seinem Versteck holen und zum König tragen. Diese Botschaft hatte er Seiner Hoheit überbringen wollen.

»Aber der König war in einem Zustand, Ruffo! Und in was für einem! Es war nicht mit ihm zu reden. Er hat getobt wie ein Wahnsinniger. Dann kam Herr Oswald und meldete ihm, es gebe Ärger. Da schlich ich mich davon. Auf und davon, Ruffo. Das ist kein Ort für einen Kesselflicker. Nein, mein Lieber. Ich war froh, wieder fortzukommen.

Und ob es Ärger gab! Ho! Sie haben letzte Nacht des Königs Tempel niedergerissen. Die Mauern zum Einstürzen gebracht, jawohl. Deswegen müssen wir das Schwert zurückbringen, Ruffo. Der König braucht es jetzt. Er braucht es dringend.«

Auf seine schlichte Weise schob Pym alle Schuld an den Gebresten des Reiches auf den Verlust Zallkyrs. Wenn er es zurückbrächte, so überlegte er, würde alles wieder ins Lot kommen. Mit diesem Glauben unterschied er sich nicht vom übrigen gemeinen Volk in Mensandor, das der Ansicht war, des Königs Macht liege in seinem flammenden Schwert begründet und es verleihe ihm das Recht auf die Herrschaft.

Die Tatsache, daß Eskewar persönlich Quentin zum Erben und Nachfolger erkoren hatte, war für das Volk längst nicht mehr von Bedeutung. Zallkyr war es, das Zauberschwert, das Quentin zum König machte. Ohne das Schwert, nun, da mochte allerlei geschehen.

Toli hatte sich mit dem Rücken an die Tür gelehnt und beobachtete, wie der ovale Lichtfleck über den Boden wanderte. Er kletterte bereits an der gegenüberliegenden Wand empor, als er den Tempelwächter zurückkommen hörte. Prinz Gerin saß trübsinnig in der Ecke, in der sie schliefen, und hatte das Kinn in die Hände vergraben.

»Ich bin gleich wieder da«, sagte Toli. »Vielleicht bringe ich die Freiheit mit.«

Der Riegel knarzte und die Angeln quietschten, dann schob der Wärter seinen Fuß in den Türspalt. »Bleib zurück«, warnte er.

Toli trat ein Stück zurück. »Das ist schon besser. Er wird dich jetzt empfangen. Folge mir. Wenn du irgendwelche Kniffe versuchst, soll ich dich sofort zurückbringen. Hast du mich verstanden?« Der Tempelwächter rieb sich über den wunden Hals, der vom Quetschen noch gerötet war.

»Ich habe dich verstanden«, antwortete Toli. »Führe mich jetzt vor den Oberpriester.«

Der Wächter machte Toli ein Zeichen, daß er vorausgehen solle, und verriegelte die Tür wieder, sobald der Dscher die Zelle verlassen hatte. Dann geleitete er ihn zu Pluhels Gemach. Man hatte einen zweiten Wächter mitgeschickt, um etwaige Fluchtversuche Tolis zu vereiteln.

Durch Korridore, die, da seit tausend Jahren kein Sonnenstrahl in den Tempel gefallen war, so kalt und muffig waren wie ein Verlies, schoben die Wächter Toli, bis sie schließlich vor einem breiten Türbogen zu stehen kamen. Der erste Wächter klopfte mit einem Eisenring einmal an die Tür. »Herein«, erwiderte jemand.

Der Wächter öffnete die Tür und schob Toli hinein. Pluhel erwartete sie auf seinem hohen Stuhl sitzend, in ein Priestergewand aus feinem Samt gekleidet, die Hände brav im Schoß gefaltet. »Du wünschst mich zu sehen?« fragte er, als ob er mit einem seiner Priester spräche, der ihn um einen Rat gebeten hatte.

»Glaube nicht, du kannst dich aus diesem Verrat heraushalten, Priester«, sagte Toli fest und kraftvoll. Daran, daß sich die Miene des Oberpriesters anspannte, sah er, daß seine Worte ihre Wirkung nicht verfehlten.

»Laß uns allein«, fauchte Pluhel die Wächter an. »Wartet draußen vor der Tür.« Als sie weg waren, musterte er Toli lange. »Du darfst nicht glauben, daß ich etwas mit der Sache zu schaffen habe.«

»Schlange!« rief Toli. »Du solltest deine Verstellung lieber aufgeben. Ich durchschaue sie ohnehin. Du bist kein unschuldiges Werkzeug deines Gottes. An deinen Händen klebt ebenso das Blut des Einsiedlers wie an den Händen derer, die ihn erschlugen!«

Pluhel starrte ihn verdrießlich an und erhob sich dann aus seinem Sessel, als sei es ihm dort nicht mehr geheuer. »Du hast keine Ahnung...«, schrie er. »Du hast keine Ahnung... Wenn er wüßte, daß ich mit dir rede, dann würde er...« Der Oberpriester verstummte jäh und sah sich erschrocken um, ob ihn nicht jemand belauschte.

»Wer steckt mit dir unter einer Decke?« wollte Toli wissen und trat auf den Priester zu.

Pluhel hob abwehrend die Hände. »Nie... niemand.«

»Dann bekennst du dich also allein zur Tat.«

»Nein!« Er warf dem Gefangenen vor sich einen hinterlistigen Blick zu, ehe ihm wieder einfiel, wer er war. »Du vergißt, in welcher Lage du dich befindest«, sagte er etwas ruhiger. »Ich bin der Oberpriester, und du stehst hier unter meinem Schutz.«

»Schutz!« versetzte Toli. »Du wagst es, den Prinzen zu entführen und den Seneschall gegen seinen Willen festzuhalten und nennst dies Schutz?«

»Das geschah alles ohne meinen Willen«, erwiderte der Oberpriester. »Bist du verletzt? Ist der Knabe verletzt? Nein. Siehst du: Ich habe euch beschützt.«

»Laß uns frei!« Tolis Augen loderten.

Pluhel wandte sich ab und schritt langsam zu einem seiner Wandteppiche, als wolle er ihn betrachten.

»Du mußt wissen«, fuhr Toli fort, »daß des Königs Zorn auf diejenigen, die ihm Unrecht zugefügt haben, mit jedem Augenblick größer wird. Mit diesem Feuer wird er alles verzehren, was ihm in den Weg kommt.«

Pluhel starrte noch immer auf seinen Wandschmuck und sagte nichts.

»Denk einmal nach! Du kannst den Grimm des Königs besänftigen und die Strenge seines Urteils mildern.«

»Wie?« fragte Pluhel leise und schwach.

»Laß uns frei!« erwiderte Toli. »Laß uns sofort frei.«

»Damit ihr dem König sagen könnt, wo ihr gewesen seid und wer euch festgehalten hat? Nein! Ich bin kein Narr. Die Sache ist zu weit gegangen.«

»Noch nicht. Laß uns sogleich gehen. Glaubst du, der König wird nicht bald erfahren, wo sein Sohn steckt? Seine Leute durchkämmen bereits die Hügel und Dörfer diesseits des Waldes. Sie werden genauso wie ich bis zum Tempel kommen.« Er ließ seine Worte wirken. »Laß uns frei.«

Der Oberpriester schien drauf und dran, eine Entscheidung zu fällen, überlegte es sich dann aber anders. »Nein«, erwiderte er, »ich wage es nicht, euch freizulassen.«

»Dann laß wenigstens den Prinzen frei. Ich bleibe hier. Das wird der König zu deinen Gunsten anrechnen. Es wird ihn sehr besänftigen.«

Pluhel erwog den Vorschlag, zauderte aber.

Doch Toli erkannte seinen Vorteil. »Laß den Knaben gehen. Laß ihn frei, ehe der König erfährt, wo er sich aufhält, und mit seinen Rittern hierherkommt. Laß den Prinzen ledig. Ich bleibe. Was mir geschieht, kümmert mich nicht, solange der Knabe in Sicherheit ist.«

Der Oberpriester drehte sich wieder zu Toli um. Er hatte sich entschieden. Gerade wollte er den Mund öffnen, um Tolis Vorschlag zuzustimmen, als von der Tür her jemand schnarrte: »Eine gute Rede für einen hündischen Dscher!«

Toli und der Priester drehten sich um; sie hatten niemanden hereinkommen hören. Da stand ein krummer alter Mann, dessen Gesicht runzlig war wie die Rinde einer Eiche. Das schlohweiße Haar stand ihm vom Kopf ab, er trug einen zottigen, langen weißen Bart.

»Du Wurm!« brüllte der Greis Pluhel an und ging drohend auf ihn zu. »Du wolltest das Prinzlein ziehen lassen, wie?«

»Nein! Das heißt ...«

Toli sah zu, wie der geheimnisvolle Alte auf den Priester eindrang und dieser zurückwich. Wer war dieser Greis, der solche Macht besaß?

Als könne dieser Tolis Gedanken lesen, blieb er stehen, drehte sich um und warf ihm einen Blick zu, bei dem einem das Mark in den Knochen gefror. »Aha! Du erkennst deinen alten Gegner also nicht. Du hast aber auch nicht erwartet, mich jemals wiederzusehen, nicht wahr? Sieh mich genau an!«

Da fiel es Toli wie Schuppen von den Augen. Er hätte beinahe den Verstand verloren. »Nimrod!«

»Ja, Nimrod! Haha! Nimrod ist zurückgekehrt, um seine Rechnungen zu begleichen. Du wirst die Qualen büßen, die ich von deiner Hand erlitt, Dscher. O ja! Du hättest mich töten sollen, als du vor langer Zeit die Gelegenheit dazu hattest, denn jetzt werde ich dich töten – aber erst, wenn ganz Mensandor Nimrod zu fürchten gelernt hat!«

»Der König wird dir Einhalt gebieten! Du wirst scheitern!«

»Ach, mit dem König habe ich einiges vor. Großes. Seine Untertanen werden erleben, wie er auf den Knien zu mir rutscht. Die ganze Welt wird sehen, wie er sich demütigt. Ja, dein kühner König wird mir den Staub von den Füßen lecken. Er wird mich im Angesicht seines ganzen Reiches anerkennen.« Nimrod warf den Kopf zurück und lachte gellend. Dann rief er: »Wächter!«

Die beiden Tempelwachen polterten herein und wären beinahe über ihre eigenen Füße gestolpert, um dem Befehl möglichst rasch Folge zu leisten. »Führt den Gefangenen fort«, wies Nimrod sie an. »Ich bin fertig mit ihm!«

Sie packten Toli an den Armen und zerrten ihn grob aus dem Gemach und durch die Tempelkorridore. Toli hörte das wahnsinnige Lachen des bösen alten Hexers noch lange durch die Gänge hallen. Nimrod! dachte er noch völlig fassungslos. Nimrod ist wieder da.

34

Trotz des nagenden Schmerzes in seinem Herzen und seiner ausgesprochenen Gleichgültigkeit gegenüber offiziellen Pflichten besaß Quentin noch so viel Weitsicht, daß er die Edlen zu sich in den Thronsaal bat und nicht in den Ratssaal, in dem sie sich bereits eingefunden hatten. So gemahnte er sie unauffällig daran, daß er noch immer König war; sie sollten zu ihm kommen und tiefer stehen als er, während er auf dem Thron saß, dem Inbild seiner königlichen Macht. Sie würden aus einer niedrigeren Stellung heraus vorsprechen müssen.

»Sie sind also da«, stellte Quentin fest, als Teido ihn benachrichtigte. »Ja, ich werde sie empfangen, aber nicht gleich. Sollen sie ein wenig warten.«

»Majestät, sie haben bereits gewartet«, entgegnete Teido.

»Dann warten sie eben noch länger!« brüllte der König und fügte etwas sanfter hinzu: »Weißt du, warum sie gekommen sind, Teido?« Quentin musterte den Ritter. »Ja, natürlich weißt du es, aber sogar du fürchtest dich, es offen auszusprechen. Sie wollen an meine Krone. Sei's drum!«

»Herr, du wirst sie ihnen doch nicht schenken!«

»Ich werde ihnen gar nichts schenken!« schimpfte Quentin finster. »Wenn sie meine Krone haben wollen, dann müssen sie sie sich mit Gewalt nehmen.«

Das sieht dem Quentin, den ich kenne, schon ähnlicher, dachte Teido. »Was steht zu Diensten, Herr?«

Quentin starrte seinen Freund verdrießlich an. »Ich werde sie empfangen, aber nicht im Ratssaal. Führe sie statt dessen in den Thronsaal. Wenn sie Rückgrat genug zum Kämpfen haben, dann sollen sie auch stehen. Ich werde mich nicht mit ihnen zusammensetzen und mir Beschuldigungen ins Gesicht werfen lassen.«

Teido verneigte sich und verließ des Königs Gemach. Wie gut es tut, dachte er, ihn wieder etwas feuriger zu erleben. Vielleicht läuft die Sache ja besser als gedacht.

Als man die Adligen ein wenig später in den Thronsaal führte, wartete der Drachenkönig bereits auf sie. Er wirkte zwar hager, ausgezehrt und müde, machte aber eine höchst grimmige Miene, und seine Augen funkelten vor Wut. Während sie hereinkamen, nannte er sie jeden einzeln beim Namen. »Fürst Kelkin … Fürst Denell … Fürst Edfried … Fürst Lupoll, ach ja! … Fürst Gorloch … Fürst Ameron, ich hätte wissen sollen, daß du dabeisein würdest!«

Die Fürsten blickten einander an. Was sie über den Zustand des Königs gehört hatten, konnte wohl nicht falsch sein. Aber sein Betragen überraschte und verunsicherte sie. Was hatte er vor? Wußte er wirklich, zu welchem Behuf sie gekommen waren?

Die Adligen beugten vor des Königs Thron das Knie. Das gestattete Quentin ihnen und sagte dann: »Tut nur nicht so, als würdet ihr eurem König Ehre zollen … Ach so, ihr wollt gar nicht den König ehren, sondern seine Krone!« Mit diesen Worten nahm er die Krone ab und hielt das schmale goldene Band vor sich hin. »Wer möchte sie mir als erster entreißen? Nun? Wer von euch begehrt sie am meisten? Ich bin gespannt.«

Die versammelten Fürsten blickten einander schuldbewußt an. Ameron faßte sich als erster, erhob sich und erwiderte: »Herr, du mißverstehst offenbar den Grund unseres Hierseins. Wir hörten die Neuigkeiten und sind hier, um …«

»Um euch selbst davon zu überzeugen, wie ihr euren König am besten beseitigen könnt, nicht wahr?«

»Nein, Herr«, erwiderte Ameron aalglatt. »Wir sind hier, um dir in dieser Stunde der Not jede mögliche Hilfe anzubieten.«

»Lügner!« brüllte Quentin, die Armlehnen seines Thrones umklammernd, bereit, auf sie loszugehen. »Ich weiß, warum ihr hier seid! Zu Eskewars Zeiten habt ihr schon euer Spiel getrieben und verloren. Jetzt wollt ihr es mit mir versuchen.«

Dieser Ausbruch löste bei den Adligen ein Murren aus; verstohlen blickten sie zu ihrem heimlichen Führer hinüber. Ameron jedoch ließ sich nichts anmerken. Seine Stimme bekam den Tonfall eines Arztes, der einen widerspenstigen Patienten beruhigen will. »Du täuschst dich völlig über unsere Beweggründe, Herr. Wir sorgen uns um deine Gesundheit.« Hilfesuchend sah er sich nach seinen Freunden um, die ernst nickten. »Uns kamen Gerüchte zu Ohren, Majestät...«

»Gerüchte! Gerüchte gibt es immer.«

»Das Volk behauptet, du seist krank, du seist einem Zauberbann verfallen. Das bereitet uns natürlich Sorgen.«

»Natürlich«, erwiderte Quentin höhnisch.

»Wir gedachten nur, so rasch wie möglich nach Askalon zu reiten, um den Gerüchten persönlich auf den Grund zu gehen.«

»Schluß damit!« rief Quentin, sprang auf und ging die Stufen hinab. Auf halbem Wege besann er sich, blieb stehen und streckte Ameron drohend den Zeigefinger entgegen. »Schluß damit, sage ich. Ich weiß, weshalb ihr hier seid! Haltet ihr euren König für blind und schwachsinnig? Ich weiß, warum ihr gekommen seid: Ihr wollt einen tobenden Wahnsinnigen erleben, um ihm die Krone zu entwinden!« Er zeigte der Reihe nach auf jeden von ihnen. Dann ballte er die Hand zur Faust und schüttelte sie trotzig. Als er weitersprach, war seine Stimme zu einem Flüstern herabgesunken. »Ihr sollt diese Krone nicht bekommen, meine edlen Freunde. Nicht einer von euch.« Darauf machte er kehrt und stieg wieder zu seinem Thron empor.

Die Fürsten wichen einen Schritt zurück, als wollten sie sich zurückziehen, nur Ameron nicht, der ehrgeiziger und entschlossener war als alle übrigen. »Halt!« rief er ihnen zu. »Wir sind noch nicht beim Kern der Sache angelangt.« Dann sagte er zu Quentin: »Es geht das Gerücht, du habest dein Schwert verloren. Ich sehe es dich nicht tragen.«

»Ja«, fauchte der Drachenkönig verbittert. »Jetzt kommen wir zum Kern der Sache.«

»Antworte mir. Wo ist es?«

»Ich bin dir keine Antwort schuldig, Fürst Ameron, und werde dir keine geben.«

»Leugnest du, daß es fort ist?«

»Ich leugne gar nichts.« Der König blickte den geltungssüchtigen Adligen durchdringend an.

»Dann ist es also wahr; du besitzt das Strahlende Schwert nicht mehr.« Seine Worte klangen wie ein Urteil. »Oder beweise mir das Gegenteil und zeige es uns.«

Der Drachenkönig hatte die Lippen zu einem schmalen, harten Strich zusammengepreßt und erwiderte nichts.

»Nun gut«, sagte Ameron zu seinen Kumpanen, »ihr seid alle Zeugen. Er weigert sich, etwas über das Schwert zu sagen und es uns zu zeigen. Ich behaupte, die Gerüchte treffen zu: Er hat es nicht! Ich behaupte, wer das Schwert findet und besitzt, ist der rechtmäßige Drachenkönig von Mensandor!«

Ohne auf eine Antwort zu warten, neigte Ameron knapp den Kopf und machte auf dem Absatz kehrt. Die anderen, die die ganze Zeit über geschwiegen hatten, verbeugten sich ebenfalls. Fürst Edfried fand die Sprache wieder und sagte: »Mit deiner Erlaubnis, Herr.« Da kam Leben in die übrigen und alle brachen hastig auf. Der König war wieder allein.

»Ja, laßt mich allein, ihr Hunde! Geht! Folgt eurem Führer und findet das Schwert!« rief Quentin ihnen nach. Die große Tür fiel krachend hinter ihnen zu, und der Knall erfüllte den leeren Thronsaal mit dem Dröhnen des Verhängnisses, als würde eine Axt das Haupt eines entthronten Königs abtrennen.

Ein Kuratak-Mädchen räumte das Geschirr vom Mittagsmahl der Frauen ab, während Esme, Bria und Alinea sich mit Morwena unterhielten, des Ältesten Jollen Gattin. Beim Essen war das Gespräch auf die fortdauernden Arbeiten der Kuratak in Dekra gekommen, auf die Fortschritte, die man bei der Wiederherstellung der Stadt im alten Glanz machte.

Esme redete nur wenig, fand das Gespräch aber hinreißend. Sie hörte aufmerksam zu und blickte vom Söller aus, auf dem sie saßen, über die ganze Stadt. Ja, sie konnte sich fast vorstellen, wie sie einst gewesen war, denn aus dem Gewirr von Steinen und Säulen erstanden unter den Händen geschickter Maurer und Zimmerleute wunderbare Bauwerke; die Leute arbeiteten nach alten Zeichnungen, die man in der Bibliothek der Ariga entdeckt hatte.

»Ihr müßt die Bibliothek besichtigen«, sagte Morwena gerade zu ihr. »Ihr werdet sie bestimmt aufregend finden.«

»Ich würde sie sehr gern sehen«, erwiderte Esme sofort. »Alles, was ich bisher von dieser prächtigen Stadt sah, hat mich in Bann geschlagen.«

»Wenn ihr jetzt Lust dazu hättet, würde ich sie euch gern zeigen.«

Ehe Bria etwas sagen konnte, erwiderte Esme: »Ach, wirklich? Mir wäre nichts lieber.«

»Ja«, pflichtete Bria ihr bei, »auch ich würde sie gern wiedersehen.« Sie wollte aufstehen, denn Esme war bereits aufgesprungen. »Wir beide müssen uns wohl beeilen, Morwena«, sagte Bria lachend. »Andernfalls wird Esme uns führen!«

Gemeinsam gingen sie los und spazierten durch die gepflasterten Straßen Dekras. Zwischen den Steinen wuchs dicht das Gras, und aus Ritzen im Pflaster ragten rosige und gelbe Moosrosen. Blaugefiederte Vögel hüpften über die Dächer aus bunten Kacheln oder flitzten von der Straße zu den Gauben hinauf, sobald die Damen vorüberkamen.

»Ist die Bibliothek so groß, wie die Leute behaupten?« fragte Esme. Sie waren um eine Ecke gegangen und durchschritten jetzt einen Bogen zu einem schmalen Innenhof, von dem aus viele Türen abgingen und der sich auf der gegenüberliegenden Seite auf einen Platz öffnete, der ordentlich von Bäumen und kleinen Steinbänken gesäumt war.

»Das mußt du selber entscheiden«, erwiderte Morwena. »Was die Leute über die Ariga-Bibliothek sagen, weiß ich nicht, aber die Ariga waren Bücherfreunde und große Gelehrte.« Sie machte eine ausholende Handbewegung, die den gesamten Hof einschloß. »Hier gibt es Tausende von Büchern.«

Blinzelnd sah Esme sich um. »Hier? Wo denn? Ich sehe kein Gebäude, das auch nur für hundert Bücher ausreichen würde, geschweige denn für Tausende.«

Morwena lächelte, und Bria erklärte ihrer Freundin: »Du stehst auf der Bibliothek, Esme. Sie liegt unter der Erde.«

»Dort ist der Eingang.« Morwena deutete über den Hof auf einen breiten Torbogen zwischen zwei schmalen Pappeln, die vor ihm Wacht hielten. Sie überquerten den Hof und betraten einen großen kreisrunden Raum aus glänzendem Marmor. An den Wänden befanden sich Gemälde beeindruckender Gestalten in langen Gewändern, die die Besucher aus großen, dunklen und ernsten Augen ansahen. »Das sind, so glauben wir, einige der berühmteren Führer der Ariga oder vielleicht die Leiter der Bibliothek.«

»Und wo ist nun der Eingang?«

»Unter dem Torbogen«, antwortete Morwena. »Komm.« Sie geleitete sie zu der Stelle, an der die Marmorstufen hinab in den Untergrund führten, und zeigte in die Dunkelheit. »Hier, Esme. Würdest du bitte vorausgehen?«

Zweifelnd starrte Esme die finstere Stiege hinab, setzte aber keck den Fuß auf die erste Stufe. Augenblicklich wurde die Treppe von beiden Seiten beleuchtet. »Oh!« rief sie verdutzt.

»Ich habe genauso reagiert, als Quentin mich hierherführte«, sagte Bria lachend. »Alles wie von Zauberhand.«

»Fürwahr!« rief Esme und sprang bereits die Stufen hinab.

Als die Königin und Morwena sie einholten, stand sie am Fuß der Stufen und starrte mit offenem Mund die zahllosen Reihen turmhoher Regale an, in denen jeweils Dutzende von Rollen lagen. Zwischen den Regalen gingen junge Männer mit Armen voller Bücher umher, nahmen Rollen aus den Regalen oder legten welche zurück.

»Das sind unsere Gelehrten«, erklärte Morwena. »Wir übersetzen die Bücher. Alles, was wir über den Allerhöchsten wissen, verdanken wir unseren Gelehrten. Die Lehren der Ariga sind in den Büchern enthalten.«

»Sind eure Gelehrten also Priester?«

»Ja, aber auf andere Weise, als du es meinst, Esme. Die Ariga glaubten wie wir auch, daß der Allerhöchste unter seinem Volk weile und alles Leben mit seiner Gegenwart durchtränke. Darum brauchte man keinen eigenen Priesterstand. Jeder konnte sein eigener Priester sein.«

Verwirrt legte Esme den Kopf schräg. »Das gibt ja ein schönes Durcheinander.«

»Nicht im geringsten! Allerdings muß ich zugeben, daß es von den Menschen verlangt, Verantwortung dafür zu übernehmen, daß sie die Sitten des Gottes kennenlernen und ihnen gemäß leben. Darum haben wir Älteste. Sie helfen uns und leiten uns; sie unterweisen uns bei der Verehrung des Allerhöchsten, Wist Orrens.«

Die drei gingen durch die Regalreihen der riesengroßen unterirdischen Kammer. Esme hatte ein dunkles, stickiges und verliesartiges Gewölbe erwartet und war überrascht, wie trocken und angenehm es in der Bibliothek war. Während die beiden anderen Frauen sich unterhielten, wandelte sie allein zwischen den Büchern, blieb hin und wieder stehen, um sich eine Rolle anzusehen oder die Worte zu lesen, die auf den Bändchen, die an jeder hingen, geschrieben standen. Das gelang ihr allerdings nicht, da sie die Schrift nicht verstand. Trotzdem war sie von ihrer Anmut bezaubert.

Da erreichte sie eine Nische mit wabenartigen Regalen, in der sich besonders große, in schönes rotes Leder gebundene Rollen befanden. Daneben stand eine niedrige Holzbank. Esme fühlte sich eingeladen, nahm eine der gebundenen Rollen zur Hand und setzte sich auf die Bank.

In der Nähe plauderten leise Bria und Morwena, darum dachte sie, ein rascher Blick aus Neugier könne nicht schaden. Das Buch wurde von einem ledernen Band zusammengehalten, das sie aufknüpfte; dann zog sie vorsichtig den Einband beiseite. Darunter tauchte herrliches weißes, vom Alter leicht vergilbtes, aber ansonsten unversehrtes Pergament auf. Mit zitternden Fingern ergriff Esme den geschnitzten Holzknauf am Ende des Stabs und begann, die Rolle abzuwickeln. Jetzt hielt sie den Atem an, denn vor ihren Augen erschienen die allerschönsten Zeichnungen, die sie je erblickt hatte.

Es waren, so vermutete sie, Bebilderungen des nebenstehenden Textes, denn zu jeder gehörte eine Doppelreihe in der wunderbaren Ariga-Schrift. Jedes Bild war ganz zart in farbiger Tinte ausgeführt; allerdings waren die Farben leicht verblaßt, weil der Künstler sie vor so langer Zeit gemalt hatte. Es handelte sich um erlesene Darstellungen von Vögeln und Waldtieren, Schilderungen des täglichen Lebens auf den Straßen von Dekra, ein langes Bild von einem Fluß voll der unterschiedlichsten Fische und hübscher kleiner Boote mit Fischern darin, welche die Tiere in ihren Netzen zu fangen suchten, sowie viele weitere entzückende Dinge.

Völlig hingerissen betrachtete Esme die Rolle und fühlte sich wieder wie ein Kind, dem man ein seltenes und kostbares Geschenk aus einem fernen Land gemacht hat.

35

Als Quentin in seine Gemächer zurückkehrte, wartete Oswald der Jüngere bereits auf ihn im Vorzimmer. Ein Blick auf das leichenblasse Gesicht seines Dieners verriet ihm, daß etwas Gräßliches vorgefallen sein mußte.

»Nun, was ist geschehen?« fragte der König. In diesem Augenblick kam hinter ihm Teido herein, und Oswald atmete erleichtert auf, weil er sich nun nicht mehr allein der üblen Laune des Herrschers stellen mußte. Er warf dem hageren Recken einen besorgten Blick zu. Doch der nickte nur aufmunternd zurück.

»Ich warte«, sagte Quentin. »Heraus damit!« Erst dann sah er das flache, zusammengefaltete Bündel, das der Kammerdiener in der Hand trug, und entriß es ihm.

»Es kam gerade eben«, sagte Oswald mit vor Angst hohler Stimme. »Durch einen Boten, Majestät.«

»Was für einen Boten?« Quentin hob das Paket in die Höhe und betrachtete das Siegel. »Vom Oberpriester?«

»Das sagte er nicht, Majestät. Ich glaubte, es komme von einem Adeligen, aber als er bereits fort war, erkannte ich das Siegel.«

In grünes Wachs geprägt entdeckte Quentin das Zeichen, das er so gut kannte: eine Schale mit Feuerzungen, das Kennzeichen des Hochtempels, das der Oberpriester benutzte.

Der König erbrach das Siegel und riß die Verpackung auf. Darin fanden sich eine Haarlocke, ein Stück blaues Tuch und ein Brief. Teido trat näher. Quentin, der die Gegenstände in seinen Händen anstarrte, warf ihm den Brief zu. »Hier, lies vor!«

Teido nahm den Brief und öffnete ihn. Nur mit Mühe vermochte er seine Stimme zu beherrschen und las vor:

Dein Sohn ist gegenwärtig wohlauf. Was weiter mit ihm geschieht, hängt allein von Dir ab. Wir halten ihn im Hochtempel gefangen und sind bereit, sowohl den Prinzen als auch den Seneschall freizulassen, wenn Du uns Dein Schwert Zallkyr, auch das Strahlende genannt, übergibst. Du sollst das Schwert persönlich am Mittag des letzten Monatstages zum Hochtempel bringen. Andernfalls finden der Prinz und der Seneschall den Tod.

»Ist das alles?« fragte Quentin hart und tonlos.

»Das Schreiben trägt keine Unterschrift.«

»Der Bote ist fort, hast du gesagt.«

»Ja, Majestät, er brach auf, ehe ich ihn halten konnte.« Oswald blickte Teido hilflos an, der den König genau beobachtete, weil er seine Reaktion fürchtete. »Ich sandte ihm einen Torwärter hinterher …«

»Man muß ihn aufgreifen, setze mehr Leute auf seine Fährte.« Quentin wandte sich um und blickte ins Leere. »Laßt mich nun allein. Alle beide.«

»Ich möchte bleiben, Majestät«, erwiderte Teido. »Gestatte mir …«

»Nein! Geh und spüre diesen Boten auf, wenn du mir helfen willst. Laß mich allein!«

Ohne ein weiteres Wort verließen Teido und Oswald das Vorzimmer und schlossen leise die Tür. »Was sollen wir tun?« flüsterte Oswald ängstlich.

»Tu, was er sagt«, entgegnete Teido abwesend. Er war bereits tief in Gedanken über das Auftauchen des Erpresserschreibens versunken. »Suche den Boten. Er kann nicht weit sein. Ich schicke dir gleich ein paar Leute.«

»Was willst du tun, Herr?«

Rasch blickte Teido auf. »Mach dir keine Sorgen um mich! Beweg dich! Hurtig!«

Oswald wollte erst etwas erwidern, besann sich jedoch eines Besseren und machte den Mund wieder zu. Als er fortrannte, rief Teido ihm nach: »Oswald, erzähle niemandem, was in dem Schreiben stand, hörst du? Sage keinem, was du in des Königs Beisein vernahmst.« Oswald nickte und flitzte fort, so schnell seine Füße ihn trugen.

»Jetzt ans Werk«, sagte Teido sich und zog das Schreiben, das er weggesteckt hatte, wieder hervor. »Das muß Ronsard sehen.«

»Die Vipernbrut!« rief Ronsard aus, als er rasch das Erpresserschreiben überflog. »Dieser kaltblütige Hochmut! Wir sollten das Schlangennest über ihren bösen Köpfen zum Einsturz bringen!«

»Und Toli und Gerin mit begraben?« erwiderte Teido. »Nein. Daran haben sie sicher gedacht, mein Freund. Sie wissen genau, daß der König nichts gegen sie unternehmen kann, solange sein Sohn hinter ihren Mauern gefangensitzt.«

»Was also können wir tun?« fragte Ronsard und blickte hilflos von der zerkrumpelten Nachricht in seiner Hand auf.

»Wir müssen das Schwert finden«, antwortete Teido.

»Ja, ganz recht, das Schwert finden. Das ganze Königreich soll nach dem Strahlenden suchen, wenn dies nicht schon der Fall ist!«

»Wir müssen beten, lieber Herr, daß wir es als erste finden, und zwar bald. Hast du die Frist gesehen? Es sind nur noch fünf Tage.«

»Nicht viel Zeit, um das gesamte Reich zu durchkämmen. Leichter fänden wir eine Nadel im Heuhaufen.«

»Versammle sofort eine Schar Männer! Jeder Haushalt in Askalon und alle anderen Dörfer müssen durchsucht werden.«

»Wenn wir das tun, wird das ganze Reich erfahren, daß der König sein Schwert verloren hat.«

»Er wird seinen Sohn und Diener verlieren, wenn wir es nicht tun. Die Welt wird es ohnehin bald erfahren, mein Freund. Dafür wird Fürst Ameron sorgen!«

Ronsard nickte traurig. »Wir müssen beten, daß es noch immer Menschen gibt, die treu zum Drachenkönig stehen. Auf das einfache Volk können wir uns, glaube ich, verlassen.«

Teido wandte sich zum Gehen und erwiderte: »Das einfache Volk hat vor zwei Tagen des Königs Tempel zerstört. Vergiß das nicht. Es könnte uns schwerfallen, die Leute davon zu überzeugen, daß sie ihm jetzt helfen sollen. Aber wir werden tun, was wir können.«

Esme saß noch immer mit der Rolle auf ihrem Schoß da und sog mit den Augen die farbigen Zeichnungen der Ariga ein. Während sie die zarten Einzelheiten jedes Bildes untersuchte, begann sie schläfrig zu werden. Bria und Morwena plauderten zwar noch irgendwo in der Nähe, aber von ihrer Nische aus konnte Esme sie nicht sehen, ihre Stimmen begannen zu surren wie mit Blütenstaub beladene Bienen an einem trägen Sommertag.

Sie gähnte von jähem Schlaf ergriffen, als hätte man eine dicke Wolldecke über sie gelegt. Sie gähnte noch einmal und legte die Rolle neben sich auf den Boden. Dann streckte sie sich auf der Bank aus und legte ihren Kopf auf den Arm. Sobald sie die Augen geschlossen hatte, schlief sie ein.

Im Schlaf hatte Esme das Gefühl, in eine andere Welt gekommen zu sein, denn sie stand auf einer Hochebene in einem dunklen, gesichtslosen Land. Als sie sich umdrehte, sah sie in der Nähe Männer arbeiten; sie trugen schwere Lasten auf dem Rükken und gingen an ihr vorüber bis an den Rand der Ebene. Sie folgte ihnen in einigem Abstand und gelangte bald zu einem großen Scheiterhaufen. Die Männer trugen Bündel mit Feuerholz, die sie auf den Haufen warfen, und stellten sich dann im Kreis darum herum auf.

Unmittelbar neben dem Scheiterhaufen stand ein Mann mit einer Fackel in der Hand. Als alle ihr Holz auf den Stapel geworfen hatten, schleuderte der Mann die Fackel hinein; aber obwohl die Flammen der Fackel hochzüngelten und auf das Holz übergreifen wollten, brannte der Zunder nicht. Da holte der Fackelträger diese enttäuscht zurück und rief: »Holt mehr Holz!« Die Knechte verschwanden auf der Suche nach Feuerholz und ließen Esme mit dem Mann allein.

»Was tust du da, Herr?« erkundigte sich Esme.

»Ich errichte ein Leuchtfeuer«, antwortete der Fackelträger, »damit die Leute im Tal sehen können, denn sie wandern in der Finsternis, ohne daß ein Lichtstrahl sie leitet.«

»Warum hast du das Zeichen dann nicht entzündet?«

»Ich habe es versucht, aber der Zunder ist alt und feucht und will nicht brennen«, erwiderte der Fackelträger traurig. »Ich habe nach mehr Holz verlangt, aber das ist sicher auch zu naß.«

Esme erkannte die ausgesprochene Vergeblichkeit des Unternehmens und wandte sich ab. Sogleich veränderte die Landschaft sich. Das dunkle Land verschwand, und sie befand sich auf einer Klippe am Meer, an deren Felsen sich endlos die Wellen brachen und seufzend ans Ufer spülten. Als sie genauer hinsah, erblickte sie einen hohen Turm und Arbeiter auf einem Gerüst, die ihn noch aufstockten.

Sie trat näher und beobachtete die Maurer, wie sie Schicht um Schicht auftrugen, während die Steinmetze unten am Boden frisches Material nachlieferten. Dann brach ohne Vorwarnung plötzlich ein Stück Mauer heraus und fiel herunter. Die Männer auf dem Gerüst schrien vor Entsetzen, als die Steine auf sie hinabregneten.

Der ganze Turm erbebte, und einzelne Teile begannen abzubrechen. Die Arbeiter sprangen vom Gerüst und rannten weg, um den fallenden Brocken zu entkommen. Dann brachen die Wände laut krachend zusammen, und der Schutt flog ins Meer.

Als das Unglück geschehen war, trat Esme zu den Ruinen und sprach einen der Arbeiter an: »Warum ist der Turm eingestürzt?«

Er schüttelte den Kopf und zeigte mit dem Finger auf die Überreste. »Siehst du, das Fundament ist alt und brüchig. Es bröckelt, wenn wir darauf weiterbauen.«

»Warum baut ihr denn kein neues Fundament, wenn das alte nicht mehr hält?« Das schien Esme sonnenklar, auch wenn sie von derlei Dingen nicht viel verstand.

Aber der Arbeiter warf die Hände hoch und jammerte: »Wir haben keinen Meister, der uns zeigt, wie man ein neues Fundament legt!«

»Wo ist euer Maurermeister?« Esme schaute sich um und sah niemanden, der bereit gewesen wäre, die Leitung der Leute zu übernehmen. Der Mann antwortete nicht, sondern zuckte die Achseln und schüttelte den Kopf. Darum sprach Esme zu ihm: »Ich werde einen Maurermeister suchen, der euch zeigt, wie man richtig baut, und ich werde ihn zu euch bringen, damit...« Da verstummte Esme, denn die Arbeiter und der Turm waren verschwunden wie Rauch im Wind. Sie stand jetzt nicht mehr auf einer Klippe am Meer, sondern auf einem geschäftigen Marktplatz, auf dem die Bauern ihre Erzeugnisse verkauften und Händler ihre Waren.

Der Markt wimmelte von Käufern und Verkäufern, die um Preise und die Güte von Waren feilschten. Sie kam am Stand eines Metzgers vorüber und sah ihn einen Kadaver zerlegen. Der Metzger, der ein langes, dunkles Gewand trug und Fleisch von einem großen Knochen abschnitt, zwinkerte ihr zu, nahm den Knochen und warf ihn vom Stand weg. Augenblicklich kamen aus allen Winkeln des Platzes hungrige Hunde gerannt und stürzten sich auf ihn.

Sie balgten sich um ihn, erst schnappte der eine nach ihm, dann der nächste. So ging es der Reihe nach: Stets wurde der Knochen dem einen vom nächst größeren abgejagt. Da versammelte sich eine Menschenmenge, um den Kampf zu beobachten, der von wildem Gekläff und bösem Knurren begleitet wurde.

»Haltet ein!« rief Esme. »So gebiete jemand Einhalt!«

Aber die Zuschauer achteten ihrer nicht, und die Hunde kämpften immer verbissener. Da vergrub sie ihr Gesicht in den Händen und wandte sich ab. Aber das schreckliche Fauchen der Hunde wurde immer lauter, und als sie wieder hinsah, hatten diese keinen Knochen, sondern ein viereckiges Stück Stoff in den Fängen. Jeder von ihnen hielt einen Zipfel gepackt und zerrte daran, um es den anderen zu entreißen. Und auf dem Tuch sah Esme ein Wappen: einen sich windenden roten Drachen.

»Haltet ein!« schrie sie. »Haltet ein!«

36

»Oh, meine armen Knochen, Ruffo, der Weg ist weiter, als wir ihn in Erinnerung hatten, wie? Ja, ganz recht. Es kommt einem immer weiter vor, wenn man's eilig hat. Ganz recht.« Pym blinzelte himmelwärts und schätzte die Tageszeit nach dem Stand der Sonne ab. »Bald ist Mittag, Ruffo. Ganz recht, und ich hab Hunger. Wir hätten dran denken sollen, was zum Schmausen mitzunehmen. Ein Stück von Emms frischgebackenem Brot und ein Schluck von dem Dunklen, das wär jetzt genau das Richtige, was? Und ein Suppenknochen für dich, Ruffo, ja.«

Der schwarze Hund wedelte freudig mit dem Schwanz, während sein Herr mit ihm sprach, und spitzte hin und wieder die Ohren, wenn ein Kaninchen oder Eichhörnchen im Laub eines Hollerbuschs am Straßenrand raschelte. Er machte sich jedoch nicht auf die Jagd, sondern war es zufrieden, friedlich neben seinem Meister herzutrotten, sich gelegentlich von ihm die Schnauze drücken, den Kopf tätscheln oder sich zwischen den Ohren kraulen zu lassen.

Jetzt gelangten sie zu einer Stelle am Straßenrand, die den Kesselflicker irgendwie bekannt anmutete. »He da, Ruffo. Das muß die Stelle sein, da wette ich. Was sagst du dazu? Sieht uns ganz danach aus, wie? Jawohl.« Rasch blickte er in beide Richtungen die Straße entlang, um festzustellen, ob man ihnen gefolgt war oder irgendein Wanderer sie sehen konnte.

Doch sie waren allein. Er trat rasch in den Wald; durch ein Eibendickicht schob er sich bis zu der Stelle, wo die Bäume weniger dicht standen und sich ein Pfad zwischen den Stämmen wand.

»Ist das die Stelle, Ruffo? Ich sage dir, ich weiß es nicht mehr. Ich dachte, das wär sie. Jetzt bin ich mir nicht mehr sicher.« Nachdem sie eine Zeitlang zwischen den Bäumen umhergestolpert waren, kam Pym zu dem Schluß, daß es nicht die richtige Stelle war und begab sich zurück auf die Straße.

»Ah!« rief er ein Stück weiter. »Hier muß es sein. Ja, wie konnten wir uns nur erst täuschen?« Wieder drang er in den Wald vor und verlor bald schon abermals die Orientierung. »Nein, nein.« Die Hände in die Hüften gestemmt, verrenkte er sich den Hals. »Hier war es nicht. Das ist die Stelle nicht, Ruffo. Zurück.«

Die Mittagssonne schien durch die ineinander verwobenen Zweige und warf ein Netz aus kühlem Schatten auf sie, als sie wieder auf der Lehmstraße marschierten. Je weiter sie kamen, desto unsicherer wurde der Kesselflicker. »Ich weiß nicht, wie ich es jemals finden soll, Ruffo. Anscheinend erinnere ich mich nicht an die Stelle. Alles hier sieht so fremd aus.« Er blieb stehen und schaute sich um. »Ich weiß nicht, was ich tun soll, Ruffo. Wir bräuchten ein Zeichen, das ist es, jawohl! Ein Zeichen!«

Pym war von diesem Einfall so hingerissen, daß er auf der Stelle in die Hände klatschte und sie dann zum Himmel hob. »Hört mich, ihr Götter!« Auf einen plötzlichen Gedanken hin fügte er hinzu: »Vor allem du, Gott, dem der Drachenkönig dient. Du machst dir um den König bestimmt größere Sorgen, also höre mich an, wie immer du auch heißt.«

Jetzt hielt er inne, um zu überlegen, wie er fortfahren sollte, nickte in sich hinein und sprach: »Weißt du, der König hat seinen Sohn verloren – geraubt hat man ihn, jawohl. Und er braucht sein Schwert, um den Knaben wiederzubekommen. Nun, ich weiß zwar nicht mit Sicherheit, ob das Schwert, das wir gefunden haben, dem König gehört, aber es könnte genügen, denn es ist ein stattliches Schwert. Also«, erklärte Pym umständlich, »ich habe das Schwert an einen sicheren Ort gebracht, verstehst du. Und jetzt plagt mich das Problem, daß ich nicht mehr weiß, wo. Ich finde die Stelle nicht mehr, verstehst du, obwohl ich doch seit Jahren auf dieser Straße umherziehe. Darum rufe ich dich um Hilfe an. Ich brauche ein Zeichen, das mir den Weg zu dem Schwert weist. Das heißt zu der Stelle, wo ich es ließ.«

Der Kesselflicker ließ die Hände sinken, besann sich einen Augenblick und hob sie dann wieder. »Ich bitte nicht um meinetwillen, sondern wegen des Königs, verstehst du. Er steckt in großen Schwierigkeiten, jawohl, und braucht vermutlich sein Schwert. Da du sein Gott bist, könntest du mir vielleicht ein Zeichen senden. Das heißt, wenn dich die Sorgen der Sterblichen rühren.«

Pym hielt inne und ließ die Hände sinken. »Nun, Ruffo«, hob er an, aber ehe er ausreden konnte, begann der große schwarze Hund zu bellen. »Pst! Was hast du, mein Freund? Wie, Ruffo? Was ist los?«

Aus einem riesengroßen Ginsterbusch trat ein schwarzer Hirsch hervor. Ruffo bellte wütend, aber der Hirsch blieb ganz ruhig: erhobenen Hauptes, königlich, mit in der Sonne funkelndem Geweih. Gemächlich überquerte das anmutige Tier die Straße, kein Dutzend Schritt von ihnen entfernt, und blieb dann stehen, um den Mann mit dem Hund zu betrachten.

Ruffo bellte, seine Zunge hing ihm aus dem Maul, er stemmte die Beine in den Boden und spitzte die Ohren. Pym legte ihm eine Hand aufs Halsband. Der Hirsch stolzierte mit fürstlichem Gepränge wieder in den Wald hinein, beäugte die beiden ein letztes Mal, als wollte er sagen: »Folgt mir, wenn ihr euch traut«, hob die Vorderläufe und sprang über einen Lorbeerstrauch auf und davon, daß nur noch der wackelnde weiße Schwanz zu sehen war.

Ruffo hielt es nicht länger aus. Er bellte wie wild und warf den Kopf hin und her, um sich loszureißen. Und los ging die Hatz.

»Ruffo! Komm hierher zurück!« rief Pym dem davonstiebenden Hund nach. Ruffo erreichte den Lorbeerstrauch, blieb kurz stehen, um seinem Herrn noch einmal zuzujapsen, und wand sich dann durch den Busch.

»Beim Bart der Götter!« schimpfte Pym. »Ich weiß nicht, was in den Hund gefahren ist.« Er hörte Ruffo aufgeregt bellen und dem Wild durchs Unterholz nachjagen. Pym seufzte und trottete in den Wald, um seinen Liebling zurückzuholen. Er wußte, daß der Hund den Hirsch nicht einholen konnte, aber auch nicht so rasch aufgeben würde.

Er mühte sich durchs Gebüsch und stolperte auf dem Pfad, immer hastig den Lauten der plötzlichen Jagd hinterher. Der Pfad wurde immer breiter, und bald erreichte Pym eine Stelle, an der mächtige alte Bäume wuchsen, die durch ihre weit ausladenden Zweige alle anderen Pflanzen unter sich verdrängt hatten: breite Kastanien, Eichen und Buchen. Der Kesselflicker blieb nicht einmal stehen, um die Bäume zu bewundern, sondern stürzte weiter, unablässig nach Ruffo rufend. Dann hörte das Kläffen des Hundes mit einem Schlag auf. Pym purzelte eine niedrige Böschung durch kriechendes Efeu hinab in eine geschützte Mulde.

Vor ihm hockte Ruffo, wedelte mit dem Schwanz und keuchte. Ein Stück weiter stand hoch erhobenen Hauptes der Hirsch und sah sie mit seinen großen dunklen Augen ganz ruhig an. Während der Kesselflicker den Hirsch anstarrte, hob dieser einen Huf und stieß einen Stein an – einen weißen Stein, der von einem ordentlich aufgeschichteten Haufen gekollert war.

»Ruffo, schau nur!« flüsterte Pym fast atemlos. »Der Hirsch hat uns zu der Stelle geführt!«

Der Hirsch wandte sich ab, blickte noch einmal gleichgültig zurück, senkte den Kopf und trottete davon; bald verschmolz seine Gestalt mit dem umgebenden Wald, und er war nicht mehr zu sehen.

Pym kroch zu der Stelle, an welcher der Hirsch gestanden war. »Jawohl. Das ist die Stelle, Ruffo. Schau nur, die Steine, mit denen wir sie gekennzeichnet haben, und dort ist der Nußbaum.« Er neigte den Kopf zur Seite, um den luftigen Baum zu betrachten, und ging dann zu dem Loch in seinem hohlen Stamm. Einmal tief Luft geholt, und Pym steckte die Hand tastend in das Loch.

Sie traf nur auf Luft. Vor Schreck pochte ihm das Herz bis zum Hals. Es ist fort, dachte er. Jemand hat es gestohlen! Er schob seine Hand tiefer in die Höhlung; seine ausgestreckten Finger fühlten das weiche, feuchte Innere des Baums, aber kein Schwert. Verzweifelt schob er seinen Arm hinein, so weit er konnte, ertastete aber überall nur schwammiges, fauliges Holz. »Es ist fort, Ruffo!« schrie er verdattert. »Das Schwert ist fort!«

Gerade als er seinen Arm herausziehen wollte, streiften seine Finger etwas Hartes. »Was ist das?« sagte er und steckte den Arm wieder bis zur Schulter hinein; auf Zehenspitzen stehend, mühte er sich dermaßen ab, daß ihm der Schweiß ins Gesicht trat und den Hals hinabrann.

Seine Hand schloß sich um einen kalten harten Gegenstand. Er schluckte. War 's möglich? Ja! Es war das Schwert! Vorsichtig zog der Kesselflicker seine Hand zurück: Der hohle Stamm gab die Trophäe preis, ein langes, schmales, in Lumpen gewickeltes Bündel.

»Da ist es, Ruffo! Wir haben das Schwert gefunden! Ja, ja! Schau nur, Ruffo, hier ist es endlich!« Er drückte das Bündel an sich und lugte, um ganz sicherzugehen, zwischen die Lumpen. Dort erblickte er trüb glänzendes Metall und den Teil einer Inschrift. »Es ist genau das Schwert, Ruffo. Es ist das Schwert, das wir hier versteckt haben, jawohl.« Schuldbewußt wie ein Dieb, der seine Entdeckung fürchtet, blickte er sich um. »Aber hier dürfen wir nicht bleiben, nein, nein. Zurück nach Askalon, heißt es, und dem König das Schwert ausgehändigt, was? Ja, ganz recht. Dem König persönlich.«

Damit holte der Kesselflicker ein Stück Schnur aus seiner Hosentasche und wickelte sie um den verdeckten Knauf des Schwertes. Dann knüpfte er eine Schlaufe, durch die er seinen Arm steckte. Mit der mächtigen Waffe über der Schulter machte er sich auf den Weg zur Burg Askalon, um dem Drachenkönig das Geschenk zu überreichen.

Ein Stück weiter auf der Straße gen Askalon, dort, wo der Pelgrin lichter wurde und in hügelige Äcker überging, wanderte ein braunes Pony herrenlos durch ein Kornfeld; hin und wieder blieb es stehen, um von den zarten Spitzen der hüfthohen Halme zu knabbern. Das blieb nicht unbemerkt, denn zwei flinke, scharfe Augen hatten das Tier schon von weitem erspäht, und der Knabe, dem sie gehörten, schlich sich langsam und mit äußerster Vorsicht durchs Korn, um das Pony zu fangen.

Rennu zwang sich, ganz bedächtig Halm für Halm, Reihe für Reihe vorzugehen, während sein Herz doch danach schrie, daß er losrennen und das wunderbare Tier einfangen solle. Ein Pferd! Wer hätte das geglaubt! Ein Pferd, das allein über den Acker seines Vaters trabte. Wenn er es finge, nein, er würde es fangen, dann besäße er ein eigenes Pferd!

Jetzt war er nahe herangekommen, ganz nah. Das Pony fraß ungestört und bemerkte den Jungen nicht. Rennu schlich näher und wartete. Das braune Pferd stapfte ein paar Schritte auf ihn zu und tat sich an ein paar unreifen Ähren gütlich. »Schsch ...«, sagte der Junge leise. »Ganz ruhig. Schsch ...«

Er streckte die Hand aus, um den Zügel des Tieres zu ergreifen. Tarky nahm die Bewegung wahr, warf rasch den Kopf hoch und wich laut wiehernd zurück. »Nur ruhig«, flüsterte Rennu. »Ruhig ... Ich tu dir nichts. Du brauchst keine Angst zu haben. Dir geschieht nichts.« Er näherte sich dem Pony langsam, doch dieses wich Schritt um Schritt zurück und schüttelte stur den Kopf.

Freundliche Koseworte flüsternd rückte Rennu weiter vor.

Aber Tarky war von den Tagen, die er frei durch den Wald gelaufen war, störrisch geworden und hielt sich von ihm fern. Schließlich wurde er das Spiel müde und wollte wegtraben. Da erkannte der Junge, daß es galt, jetzt oder nie, und machte einen Satz. Tarky wieherte erschrocken und wich aus. Aber Rennu griff rasch und behende nach den Zügeln und packte sie. Jetzt wieherte das Tier vor Furcht laut auf und bockte. Der junge Mann jedoch hielt es fest im Griff und wollte auf keinen Fall locker lassen. Mit vor Aufregung pochendem Herzen rappelte er sich auf und faßte die Zügel noch fester. Und dann führte Rennu seine Beute den Hügel hinab zum Haus, als hätte er sein Leben lang mit Pferden zu tun gehabt. Tarky beruhigte sich und ließ sich friedlich mitnehmen.

Als sie die einfache Bauernkate erreichten, stieß der Junge einen lauten Jubelschrei aus, auf den hin beide Eltern in den Hof stürzten. »Schaut, was ich hier habe«, rief Rennu stolz.

»Wo hast du das her?« fragte sein Vater, als er sich von dem Anblick erholt hatte: Da stand sein Sohn mit einem gesattelten und aufgezäumten Pferd im Hof.

»Woher um des Himmels willen?« rief seine Mutter.

»Ich habe es gefunden«, erwiderte der Junge. »Als es auf unserem Acker Korn fraß.«

Der Bauer starrte seine Frau sprachlos an, und diese erwiderte den Blick ebenso fassungslos. Wäre das Pony plötzlich vor ihnen vom Himmel gefallen, sie hätten nicht verblüffter sein können. Und dann ließ es sich auch noch von ihrem eigenen Sohn führen: Das übertraf alles.

Damit kein Mißverständnis ob seiner Absichten aufkam, verkündete Rennu: »Es gehört mir. Ich hab's gefunden, und es gehört mir. Ich behalte es.«

Jetzt kam sein Vater herbei und streichelte dem Pony über die Flanke. »Es ist wirklich ein schönes Tier, das steht fest. Aber es gehört nicht hierher.«

»Es gehört jetzt mir.« Rennu umklammerte die Zügel fester und reckte entschlossen das Kinn. »Ich behalte es«, wiederholte er stur.

»Das Pferd muß einem Adeligen gehören«, sagte der Bauer, während er das schöne Leder von Sattel und Zaumzeug untersuchte. »Es gehört nicht hierher.«

Rennu warf seiner Mutter hilfesuchend einen Blick zu; seine Unterlippe bebte. Die freundliche Frau kam näher und legte ihrem Sohn die Hand auf die Schulter. »Dein Vater will doch nur sagen, daß man das Tier seinem rechtmäßigen Besitzer zurückgeben muß.«

»Sein Besitzer bin jetzt ich«, behauptete Rennu, während seine dunklen Augen sich mit Tränen füllten. »Es gehört mir.«

»Nein, mein Sohn«, erwiderte die Mutter sanft. Sie tätschelte ihm die schlanken Schultern und strich ihm eine Haarsträhne aus der Stirn. »Bald wird jemand nach ihm suchen. Und wenn du es behältst, wird man es dir wegnehmen.«

»Und zwar mit Gewalt. Es darf nicht bleiben.«

»Aber … aber ich habe es doch gefunden!« jammerte Rennu. Diese Ungerechtigkeit schmerzte ihn bitterlich. Daß ihm sein Pferd im Augenblick seines Triumphes wieder weggenommen werden sollte, das war zuviel.

Der Bauer zog die Brauen hoch und wandte sich steif ab. Rennu schluchzte, und seine Mutter versuchte ihn zu trösten. »Ich weiß, was wir tun können«, sagte sie, und ihre Miene hellte sich auf. »Bring das Pferd nach Askalon. Die Leute dort werden wissen, wem es gehört. Wenn du es eilends zurückbringst, dünkt mich, wirst du eine Belohnung erhalten.«

Beim Wort Belohnung hörte Rennu zu schluchzen auf und rieb sich mit den Handgelenken die Augen. »Eine Belohnung?«

»Vielleicht.«

Sein Vater drehte sich wieder zu ihnen herum und meinte: »Genau, das ist die Lösung! Bring ihn nach Askalon und fordere deinen Lohn. So ein schönes Tier mag ein paar Münzen einbringen. Und jemand, der froh ist, es wiederzubekommen, kann eine gute Belohnung zahlen.«

»Ich könnte ja mit ihm hinreiten«, sagte Rennu vorsichtig. »Nach Askalon reiten.«

Der Bauer schaute seine Frau an und kratzte sich am Kinn. »Nun ja, Rennu, ich glaube nicht..«

»Ich kann reiten!« unterbrach Rennu ihn rasch. »Der Drachenkönig hat es mich selbst gelehrt.«

»Wahrhaftig, das hat er«, gab sein Vater ihm recht. »Aber der Ritt ist weit, und du mußt ganz allein zurücklaufen.«

»Das kümmert mich nicht«, rief Rennu. »Darf ich es hinbringen? Bitte.«

»Wenn deine Mutter es erlaubt, dann erlaube ich es auch«, wich sein Vater aus.

Die Frau betrachtete das Leuchten in den Augen ihres Sohnes und brachte es nicht übers Herz, es erlöschen zu lassen. Sie nickte bedächtig. »Ich packe dir einen Knappsack zusammen, damit du unterwegs nicht hungern mußt.« Sie ging in die Kate hinein.

»Ich reite die ganze Strecke nach Askalon!« rief Rennu. »Und ich fordere einen Belohnung!«

37

»Esme! Esme, wach auf!« rief Bria und schüttelte die schlafende Frau am Arm.

»Was? Oh!« sagte Esme und fuhr hoch. »Oje, es war ein Traum!« Sie blickte zu Bria und Morwena empor, die sich über sie beugten, und faßte sich zitternd an die Schläfe. »Ich muß eingeschlafen sein... Aber alles war so echt: So einen Traum hatte ich noch nie.«

»Du hast geschrien.« Bria sah zu Morwena, die nickte und Esme an der Hand faßte.

»Wir wußten nicht, wo du warst, meine Liebe«, sagte Morwena. »Als wir uns umdrehten, warst du nicht mehr da. Wir suchten nach dir, da hörten wir dich schreien. Wie geht es dir jetzt?«

Esme schüttelte verwundert den Kopf, aber die Traumbilder blieben so lebhaft vor ihren inneren Augen wie zuvor. »Ich glaube, gut«, erwiderte sie. »Ich betrachtete die Bilder und wurde müde. Da legte ich mich einen Augenblick hin und hatte einen höchst sonderbaren, beunruhigenden Traum.«

»Erzähle ihn uns, wenn du möchtest«, bot Bria ihr an. »Kannst du dich an ihn erinnern?«

Esme nickte heftig. »So schnell werde ich ihn sicher nicht vergessen. Ich sehe noch alles vor mir, als wäre es gerade eben hier geschehen.« Sie hielt inne und blickte über die wirkliche Welt hinaus in ihren Traum zurück. »Ich stand auf einer Hochebene«, hob sie an.

Doch Morwena gebot ihr mit erhobener Hand Einhalt. »Warte, Herrin«, sagte sie. »Unter uns ist einer, der Träume und ihre Bedeutung sehr klug entschlüsseln kann. Suchen wir ihn sofort auf. Er soll sich deinen Traum anhören.«

Esme stand auf. »Ist das wichtig? Es war doch bloß ein Traum.«

Da blieb Morwena stehen und faßte Esme bei beiden Armen. »Es gibt viele Wege, auf denen Wist Orren zu seinen Kindern spricht. Träume sind eines der wichtigsten Mittel, durch die er sich offenbart. Man tut sie in Dekra nicht leichthin ab.« Sie lächelte rasch und fuhr fort: »Komm nur, wir wollen hören, was unser Traumdeuter zu sagen hat.«

Zwischen hohen Reihen wabenförmiger Regale und Tischen voller Schriftrollen hindurch gingen sie aus der Bibliothek, die Treppe hinauf und dann durch den schmalen Hof auf die Straße. Morwena führte sie ein kleines Stück bis zu einem blau gekachelten Türbogen in einer weißen Ziegelsteinmauer. Sie stieß die Tür auf und geleitete sie in einen grünen Garten voll mannigfaltiger blühender Sträucher.

»Was für ein herrlicher Garten«, sagte Bria. »Wer wohnt hier?« Sie deutete auf das kleine Haus, das sich am anderen Ende des Gartenwegs an die Mauer duckte.

»Das wirst du gleich sehen«, erwiderte Morwena. Sie wies auf eine mächtige Linde in der Mitte des Gartens. Darunter saß jemand auf einem hohen, breiten Bett. Und neben dem Bett saß eine weitere Gestalt und beugte sich zur ersten. Diese zweite Person erkannte Bria als ihre Mutter.

»Mutter, was tust du hier?« fragte die Königin überrascht. Dann warf sie einen Blick auf die Gestalt, die unter kühlem weißem Leinen im Bett lag. »Bjorkis! Verzeih mir!« Sie errötete verlegen. »Ich wollte dich schon längst besucht haben. Vergib mir, daß ich einen alten Freund so vernachlässigt habe.«

Bjorkis, dessen Kopf jetzt völlig kahl und dessen Bart länger und weißer denn je war, zwinkerte ihr fröhlich zu und entgegnete: »Dafür besteht kein Grund. Du hattest seit deiner Ankunft viel zu tun, das weiß ich. Eine Königin kann nicht frei über ihre Zeit verfügen. Alinea hat mir Grüße von dir ausgerichtet, und ich habe deine Töchter kennengelernt. Bezaubernd die Kleinen, das muß ich sagen. Ganz wie ihre Mutter.«

»Ich habe sie gerade mit den anderen Kindern zum Spielen geschickt«, sagte Alinea. »Bjorkis und ich sprachen eben über ...«, sie zauderte, »... über die Neuigkeiten aus dem Königreich.«

Bjorkis ergriff das Wort. »Ärger ist mir nicht fremd. Dagegen ist man nie gefeit. In meinem langen Leben habe ich gelernt, daß es einem nicht bekommt, sich darüber zu grämen.« Er hielt inne und blickte sie alle lange prüfend an. »Hier seid ihr also. Und obwohl ihr Ärger mitgebracht habt, freue ich mich, euch zu sehen. Es ist lange her, seitdem wir uns das letzte Mal begegneten.«

»Zu lange«, erwiderte Bria. »Und auch das tut mir leid. Manchmal vergißt man, wieviel alte Freunde uns bedeuten, und merkt es erst, wenn man sie wieder trifft.«

»Mach dir keine Sorgen um mich alten Kauz!« rief der betagte Priester. »Ich tue mir selbst nicht leid und sollte auch anderen nicht leid tun, denn man liebt und umsorgt mich hier aufs beste. Sieh, ich bin alt und kann nicht mehr gehen. Und man trägt mir mein Bett ins Freie! Und dafür erzähle ich ihnen Geschichten und lese ihnen aus den alten Büchern vor. Das erfreut sie angeblich. Darum darf ich bleiben.«

Morwena lächelte und ließ sich auf der Bettkante nieder. »Der Mann hier ist ein sehr angesehener Diener des Allerhöchsten. Eher würden wir einen der Ältesten vertreiben denn Bjorkis. Wir hätten ihn schon längst zum Ältesten gewählt, aber er wollte nichts davon hören.«

»Das wäre ein Anmaßung«, erwiderte Bjorkis fröhlich. »Der einstige Oberpriester des Hochtempels als Ältester? Nein, unmöglich! Ich bin's zufrieden, wie es ist. Bitte, meine Damen, nehmt Platz. Ich lasse weitere Stühle bringen.«

»Wir finden auch so Platz«, entgegnete Bria und ließ sich auf der Armlehne des Stuhls ihrer Mutter nieder. Esme setzte sich neben Morwena aufs Bett. »Der König, Quentin, würde dich gern sehen. Er wäre bestimmt mitgereist, aber …«

Bjorkis hob abwehrend die Hände. »Deine Mutter hat mir bereits alles berichtet; meine Gebete begleiten euch alle. Auch mich schmerzt Derwins Verlust. Um wie vieles mehr muß Quentin ihn beklagen! Ganz zu schweigen von der Entführung eures Sohnes, Herrin. Doch da ich mich bald zu dem Einsiedler gesellen werde, empfinde ich den Schmerz weniger stark als ein Junger. Ich habe das Gefühl, der alte Halunke Derwin hat schon große Pläne für uns, wenn ich hinkomme. Und darum will ich noch ein wenig hier verweilen und mich dafür ausruhen.«

Der alte Priester sprach mit solcher Gewißheit, daß Esme nur staunen konnte. »Bei dir klingt das, als habe er sich lediglich auf eine kurze Reise zu sich nach Hause in den Pelgrin begeben.«

»Jawohl, so ist es!« rief Bjorkis. »Aber die Reise führte an einen Ort, der längst nicht so schlicht ist wie der Pelgrin-Wald. Derwin befindet sich am Hof des Allerhöchsten, des Herrn der Schöpfung. Meine Trauer gilt allein der Tatsache, daß er so grausam gemeuchelt wurde. Bei seiner großen Güte hätte Derwin seine Tage beschließen sollen wie ich, hier, umgeben von liebenden Freunden.«

Morwena lächelte und streichelte die auf dem Laken ruhende fahle Hand. »Es freut mich, daß du noch ein bißchen länger bei uns bleiben willst.«

Bjorkis nickte glücklich; seine klaren Augen strahlten freudig ob der Anwesenheit der Damen. »Wenn ich könnte, würde ich für immer bei soviel Schönheit verweilen.« Nach kurzem Schweigen fügte er etwas ernsthafter hinzu: »Doch euer Besuch, so erfreulich er ist, hat sicher einen dringenderen Grund, als nur mit einem Tattergreis zu plaudern. Was führt euch zu mir?«

»Ein Traum«, antwortete Morwena. »Wir möchten gern, daß du ihn dir anhörst und deutest.«

»Aha, ein Traum.« Er nickte wissend und sagte zu Esme: »Warum erzählst du mir deinen Traum nicht einfach, Herrin? Dann werden wir sehen, was er uns bedeuten will.«

Esme riß erstaunt die Augen auf. »Woher wußtest du, daß ich ihn hatte?«

Bjorkis kniff die Augen zusammen. »Das erkannte ich, sobald ich deiner ansichtig wurde. Ich sagte mir: ›Diese Frau birgt die Gabe der Vorsehung in sich.‹«

»Das vermagst du zu sehen?«

»Meine alten Augen haben nichts von ihrer Schärfe eingebüßt; ja, sie haben sogar dazugewonnen. Die Schleier zwischen dieser und jener Welt werden für mich immer durchsichtiger. In der Tat, ich kann mich in jüngster Zeit kaum mehr damit begnügen, nur diese Welt zu betrachten. – Ja, ich sah die Aura deines Traumes noch um dich schweben, als du in den Garten kamst. Es muß ein mächtiger Traum gewesen sein. Ein wahres Traumgesicht!«

»Glaubst du?« fragte Esme nachdenklich. »Es trifft zu, daß ich fast noch nie einen Traum von so ungewöhnlicher Kraft hatte. Vielleicht war es ein Traumgesicht.« Diese Vorstellung schien ihr zu gefallen.

»Warum erzählst du mir nicht einfach davon? Dann sehen wir weiter«, ermunterte Bjorkis sie sanft. Die anderen beobachteten still, wie Esme sich sammelte, die Augen schloß und sich in den Traum zurückdachte, der sie so erschreckt hatte.

Als sie zu sprechen anhob, durchlebte sie abermals die Ereignisse des Traumes, nur daß sie diesmal nicht schlief. Dennoch spielten sich die Geschehnisse vor ihrem inneren Auge so ab wie zuvor. Ja, der Garten und die Menschen bei ihr gerieten ihr aus dem Sinn, als sie die einsame Hochebene schilderte, wo die Männer sich vergebens am feuchten Holzstoß abmühten, am Turm, der auf brüchigen Fundamenten ruhte, die ihn nicht tragen wollten, am Knochen, der, auf den Marktplatz geworfen, zum Banner des Königs wurde...

»Ich verstehe«, sagte Bjorkis, als Esme die Augen aufschlug. Im Garten war außer dem Summen der Insekten in den Blumen nichts zu hören. Wie lange sie wohl unter dem Bann des Traumes gestanden war? dachte sie.

Sie sah die besorgten Mienen ihrer Freunde und erkannte, daß der Traum diese ebensosehr erschreckt hatte wie sie selbst. »Glaubst du, der Traum hat eine wichtige Bedeutung?«

»O ja! Zweifellos! Es ist ein mächtiger Traum, wie ich bereits sagte. Er enthält die Saat der Wahrheit...« Er zauderte und meinte dann ganz ruhig: »Doch worin diese liegt, kann ich noch nicht sagen.« Er zog die Stirn kraus. »Nein, ich muß erst darüber nachdenken und den Sinn des Traumes ergründen.«

»Aber der ist doch ganz offenkundig«, sagte Esme, entsetzt über ihren Vorwitz. »Verzeih mir, Herr. Ich wollte nicht unehrerbietig sein.«

Bjorkis blinzelte sie an. »Sprich nur, Herrin. Der Gott hat dir den Sinn vielleicht schon offenbart.«

Esme fuhr sich mit der Zunge über die Lippen. »Das finstere Land muß gewiß das unsere sein, in dem die Menschen ziellos umherwandern, ohne das Licht der Wahrheit, das sie leiten könnte.«

»Ja, das würde ich auch sagen. Ganz recht.«

»Das Leuchtfeuer läßt sich ohne den richtigen Zunder nicht entzünden, die Flammen wollen nicht greifen...«

»Die Flamme des wahren Glaubens läßt sich nicht mit dem Zunder der alten Religion entfachen – das sollte ich bestens wissen«, sagte Bjorkis. »Doch fahre bitte fort. Du erklärst den Traum ganz wunderbar.«

Esme runzelte die Stirn. »Der nächste Abschnitt ist sehr schwierig. Ich weiß nicht, was es zu bedeuten hat, daß der Turm nicht stehenbleibt.«

»Ach, das ist der einfachste Teil«, versetzte der einstige Priester. »Der Gott stellt ein und dieselbe Botschaft oft auf unterschiedliche Weise dar.« Als Esme ihn fragend ansah, erläuterte er: »Der Turm des neuen Gottes läßt sich nicht auf dem Fundament der alten Bräuche errichten. Man kann nichts Neues bauen, ohne das Alte wegzuräumen.«

»Ich verstehe«, sagte Esme. »Doch den dritten Teil begreife ich noch immer nicht.«

»Der ist ganz offenkundig«, entgegnete Bjorkis.

»Tatsächlich?« warf Bria ein, die seit Esmes Erzählung ganz still gewesen war.

»Oh, ich glaube, du hast seinen Sinn bereits erkannt, Herrin. Ja, gewiß, dieser Teil des Traumes bedeutet genau das, was er darstellt. Esme hat mich davor bewahrt, zu vieles dahinter zu vermuten. Ich hätte vermutlich die ganze Nacht darüber gegrübelt und den Sinn völlig verkannt! Fürwahr, wir brauchen nicht weiterzusuchen, alles ist bereits offenbar.«

»Du meinst, dieser Teil des Traumes zeigt offen seine Bedeutung, Bjorkis?«

»Ich glaube ja. Sein Sinn steckt in den Ereignissen, die er beschreibt: Der Knochen der Zwietracht wird von einem Mann im Priestergewand geworfen …«

»Der Metzger?«

»Du sagtest, der Mann habe ein dunkles Gewand getragen; er ist also ein Priester oder einer, der sich als solcher verkleidet.«

»Der Knochen verwandelte sich ins königliche Banner«, stellte Alinea fest. »Die Hunde rissen es in Fetzen!«

»Das Königreich!« rief Bria entsetzt. »Es wir zerfleischt! Was kann man tun?« Ihre grünen Augen erflehten eine Antwort.

»O ja! Auf jeden Fall. Wir müssen wider jedes Erwarten hoffen, daß die Geschehnisse aus Esmes Traumgesicht sich abwenden lassen.« Bjorkis streckte seinen Zeigefinger in die Luft. »Gewiß aus diesem Grunde empfing sie den Traum.«

»Dann müßten wir sofort zurückkehren, um den König zu warnen«, sagte Bria.

»Ja«, pflichtete Alinea ihr bei. »Doch sage mir, du erwähntest den Prinzen in deinem Traume nicht. Ich frage mich, warum.«

»Das weiß ich auch nicht«, erwiderte Esme mit verwirrter Miene. »Es sei denn«, hilfesuchend blickte sie Bjorkis an, der ihr aufmunternd zunickte, »es sei denn, das Wohl des Prinzen steht außer Frage.«

»Sehr gut!« rief der alte Priester. »Besser hätte ich es selbst nicht machen können. Herrin, du hast ein herrliches Talent zum Träumedeuten. Darüber müssen wir uns vor deiner Abreise noch einmal unterhalten.«

»Gehen wir jetzt«, schlug Morwena vor. »Wenn Esmes Traumgesicht wahr ist, dann werden die Ältesten sofort davon erfahren wollen.«

»Ja, ja, geht nur gleich«, sagte Bjorkis. »Ihr müßt ihnen alles berichten. Sie werden sicher etwas entdecken, das mir entgangen ist. Ich wollte euch selbst dazu raten.«

Bria stand auf und verabschiedete sich. »Mit deiner Erlaubnis, lieber Bjorkis. Ich hoffe, wir sehen uns wieder, ehe wir nach Askalon zurückkehren müssen.«

»Kommt zu mir, sobald ihr Zeit habt. Doch macht euch keine Sorgen, wenn es nicht möglich ist. Ihr habt mein volles Verständnis. Geht nun. Es ist Zeit für meinen Mittagsschlaf.« Lächelnd faltete der alte Mann die Hände über dem Bauch und schloß die Augen.

Bria beugte sich über ihn und küßte ihn auf den kahlen Kopf. Dann stahlen sich die Frauen davon und überließen den Garten seinem einsamen Bewohner und diesen seiner Ruhe.

38

»Bis Einbruch der Nacht sind wir auf der Burg, Ruffo. Wenigstens nicht viel später. Ist aber noch ein gutes Stück Wegs. Fast zuviel an einem Tag für zwei Beine. Aber das stört mich nicht, Ruffo, ganz und gar nicht.« Der Kesselflicker streichelte den Hund und kraulte ihm das Fell hinter den Ohren, während sie auf einem Baumstumpf am Straßenrand eine kurze Rast hielten.

Die Nachmittagssonne stand bereits tief im Westen und schien golden auf die reifenden Kornfelder. Pym hatte den Pelgrin hinter sich gelassen und befand sich auf der offenen Ebene. Das Schwert, das so schwer war, daß ihm die Schnur in die Schulter schnitt, hatte er für einen Augenblick an den Baumstumpf gelehnt.

»Ah, was für ein Tag, Ruffo, wie? Sieh dir die Staubwolke dort drüben an. Da kommt jemand rasch herbeigeritten. Nein, nicht einer, sondern zwei oder drei, vielleicht sogar mehr. Gehen wir ihnen lieber aus dem Weg. Lassen wir sie vorbei und schauen erst einmal, wer es ist.« Pym beobachtete, wie die gelblich graue Staubwolke von der Straße aufstieg. Einen Augenblick später hörte er das Dröhnen von Pferdehufen auf der Erdstraße, das klang wie dumpfes Donnerrollen, dann konnte er die einzelnen Reiter unterscheiden, die über den Hügel auf ihn zukamen.

Schon bald konnte er auch die feine Kleidung der Herren erkennen und wußte sogleich, daß es sich um Ritter oder Adelige handeln mußte. Jetzt hörte er sogar das Klirren des Zaumzeugs.

Die vordersten beiden Männer, die nebeneinanderritten, näherten sich der Stelle, wo er auf einem Baumstumpf saß. Ohne nach rechts oder links zu blicken, stoben sie an ihm vorüber. Dann preschten drei weitere vorbei, von denen einer die Hand zum Gruß erhob und ein zweiter dem Kesselflicker einen Blick zuwarf und nickte. Pym rappelte sich auf und griff nach dem Schwert. Er trat auf die Straße und wollte es, den Davonstürmenden nachblickend, gerade wieder schultern, als ein sechster Reiter auftauchte.

Ehe Pym sich rühren konnte, war dieser schon da. Der Kesselflicker machte einen Satz und ließ das Schwert fallen, während der Reiter sein Pferd abrupt zügelte und zum Stehen brachte.

»Aus dem Weg mit dir, du Narr!« schimpfte der Reiter ergrimmt. »Wenn du nicht aufpassen kannst, wo du gehst, solltest du dich von der Straße fernhalten. Das nächste Mal wirst du zertrampelt!«

Pym warf die Hände empor. »Verzeiht mir, Euer Gnaden! Ich bitte um Verzeihung, Herr! Ach!« Er wollte weggehen, dann fiel ihm das Schwert wieder ein. Rasch drehte er sich um, bückte sich und hob es auf.

»Halt!« rief der Reiter. »Was hast du da?«

Verängstigt blickte der Kesselflicker auf. Er bewegte den Mund, brauchte aber einige Zeit, bis er mit furchtverzerrter Miene stammeln konnte: »N-nichts, Herr.«

»Halt, Bauer! Wenn du wüßtest, mit wem du sprichst, würdest du achtgeben, eine ehrliche Zunge zu führen.«

Der Kesselflicker senkte den Blick und erwiderte nichts. Statt dessen versteckte er das Schwert hinter seinem Rücken.

In diesem Augenblick bemerkte er den Lärm hinter sich. Die übrigen Reiter hatten, als sie sahen, daß einer von ihnen auf der Straße angehalten hatte, kehrtgemacht, um zu sehen, was los war. Alle fünf kamen sie herangeritten. »Worum geht es, Ameron?« fragte einer von ihnen und betrachtete Pym mit seinen schäbigen Kleidern argwöhnisch.

»Dieser Schurke ist vor mir auf die Straße gesprungen, so daß ich beinahe vom Pferd gestürzt wäre«, erwiderte der streitsüchtige Ameron.

»Er hat es sicher nicht böse gemeint«, sagte Fürst Edfried, der Pym beim Vorüberreiten zugenickt hatte. »Ich sah ihn gerade auf dem Baumstumpf sitzen. Laß ihn, und reiten wir weiter.« Der Edelmann wandte sein Pferd, aber keiner seiner Kameraden folgte ihm.

»Was hältst du da?« fragte Ameron abermals mit kalter und drohender Stimme. »Laß es mich erst sehen.«

Pym blickte sich im Kreis der Gesichter um, die ihn umringten; das Herz schlug ihm bis zum Hals. »I-ich… nichts, Herr.« Er drückte das Schwert an sich. »Ich bin eine armer Mann. Kesselflicker. Laßt mich bitte gehen.«

»Laß ihn, Ameron«, sagte der Mann, der zuvor gesprochen hatte. »Er hat nichts für uns.«

»Trotzdem«, brüllte Ameron, »will ich es sehen! Wenn es nichts ist, dann soll er es mir zeigen.« Mit stechenden Augen blickte er Pym entschlossen an. »Aber«, fuhr er arglistig fort, »wenn er in seinen Lumpen ein Schwert verborgen hält, dann möchte ich erfahren, wie ein Kesselflicker dergleichen bekommt.«

Das löste bei den anderen erstauntes Gemurmel aus. »Nun?« sagte Fürst Gorloch. »Zeige uns, was du da hast, ich möchte es auch sehen.«

»Unter den Lumpen ist eine Waffe zu erkennen«, meinte jetzt Fürst Lupoll, Amerons engster Freund. »Zeig uns dein Bündel, Kesselflicker. Wir haben ein Recht darauf.«

»Nein!« winselte Pym hilflos. »Das darf ich nicht!« Sein schwarzer Hund legte die Ohren an und knurrte. Eines der Pferde stampfte auf und schnaubte.

»Gib es mir!« verlangte Ameron und streckte mit einemmal die Hand vor.

Pym drückte seine Trophäe an die Brust und wollte sie nicht hergeben.

»Kommt«, sagte Fürst Edfried begütigend, »gehen wir unseren Geschäften nach.«

»Geh du!« schrie Lupoll. »Wir brauchen dich hier nicht. Ich bleibe, bis die Sache durchgefochten ist.«

Edfried zog die Zügel an, wendete sein Pferd und ritt davon. »Mit diesem Unsinn will ich nichts mehr zu tun haben«, rief er über die Schulter zurück.

»Bitte, Herr. Ich habe nichts«, sagte Pym flehend. Der Schweiß lief ihm den Nacken herunter und durchnäßte sein Hemd. »Laßt mich in Frieden ziehen. Ich bitte darum ...«

»Schweig! Halte deinen frechen Mund!« Darauf beugte Ameron sich aus dem Sattel und packte das Bündel.

Entsetzt klammerte Pym sich daran fest und wurde mitgezogen. Fürst Ameron versetzte ihm mit seinem genagelten Handschuh einen Schlag ins Gesicht, nahm den Fuß aus dem Steigbügel und trat dem Kesselflicker in den Bauch. Da ließ Pym das Schwert los und wand sich am Boden. Ruffo bellte und schnappte nach dem Angreifer.

Ameron zerriß die Lumpen, die in Fetzen zu Boden fielen.

»Nein!« rief Pym und rappelte sich wieder auf. »Bitte nicht!« Er sah die übrigen Adeligen flehentlich an, begegnete aber nur kalten, gleichmütigen Mienen. Sie standen auf Amerons Seite. »Ich bitte dich, Herr. Gib es mir wieder!«

Er machte einen Satz nach der Schneide, war aber nicht schnell genug. Der hochmütige Ameron trat mit dem Stiefel nach ihm und traf ihn mitten ins Gesicht, so daß der Kesselflicker in den Staub purzelte.

»Ich stehe in deiner Schuld, Kesselflicker«, rief Ameron, die letzten Fetzen wegreißend. »Du hast mir die Trophäe in die Hand gegeben!« Er reckte das Schwert empor. »Und die Krone dazu!«

»Bei den Göttern!« riefen die Adeligen baß erstaunt. »Es ist Zallkyr, das Strahlende Schwert!«

»Für diesen Dienst sollst du eine Belohnung erhalten, Kesselflicker«, sagte Ameron mit vor Gier leuchtenden Augen. »Was hältst du davon?«

Fassungslos vor Entsetzen starrte Pym das Schwert in der Hand des Thronräubers an und sagte nichts.

»Ich werde dein nutzloses Leben schonen«, sagte Ameron lachend. Auch seine Gefährten lachten nervös, noch immer erstaunt darüber, wie ihnen das Schwert zugefallen war. »Du hast es gewiß gestohlen, Kesselflicker«, fuhr der Fürst fort. Er reckte das Schwert und schwang es, erfreut, wie gut und federnd es in seiner Hand lag; die Klinge war so gut gearbeitet, daß sie fast lebendig schien.

»Jetzt steh auf, du Abschaum«, befahl er.

Pym, der am Mund blutete und dessen Haut am Kinn grün und blau anschwoll, rappelte sich mühselig auf.

Ameron hielt ihm die Spitze des Schwertes an die Gurgel und sagte: »Du wirst niemandem etwas davon erzählen, Kesselflikker, hast du mich verstanden? Ich habe meine Ohren überall, und wenn du etwas verrätst, werde ich es erfahren und deinen Kopf vor meiner Burg auf einen Pfahl stecken lassen. Hast du verstanden?«

Pym spürte den kalten Stahl auf seiner Haut. Er wußte, daß der machtbesessene Ameron nicht zaudern würde, ihn zu töten, und brannte innerlich vor Wut und Scham: Er hatte ihnen des Königs Schwert ausgeliefert. Was sollte er tun? Wie konnte er sie aufhalten?

»Ihr könnt mich auch gleich töten«, erwiderte er trotzig. »Denn ich werde kein Stillschweigen bewahren.« Jetzt war es heraus, und er stand dazu. »Ja, wir werden schnurstracks zum König gehen und ihm berichten, was geschehen ist.«

»Achtest du dein Leben so gering, Kesselflicker?«

»Ich achte den König so hoch«, versetzte Pym. »Es ist sein Schwert, das Ihr da haltet, das wißt Ihr genau. Wir wollten es ihm bringen, er hatte es nämlich verloren.«

»Ich warne dich zum letzten Mal«, drohte Ameron. Er holte mit dem Schwert aus. Ruffo knurrte böse und bellte den Angreifer an.

Pym wich nicht von der Stelle und preßte die Lider zu. Wenn dies sein letzter Augenblick sein sollte, dann gut, so wollte er im Dienste des Königs sterben. Er wartete auf das Sirren der Klinge in der Luft.

Statt dessen hörte er aus der Ferne einen schrillen Ruf.

»Warte!« sagte einer der anderen. »Da kommt wer!«

Als das Hufedonnern hinter ihnen lauter wurde, fluchte Ameron und sagte: »Dem hier mache ich trotzdem den Garaus!«

»Sei kein Tor!« sagte Lupoll aufgeregt. »Wir haben, was wir wollen; räumen wir lieber das Feld.«

Pym öffnete die Augen einen Spalt und sah das Gesicht des gewalttätigen Fürsten, dunkel vor Wut, noch immer drohend vor sich, das Schwert zum Schlag gereckt. Die Hufe kamen rasch näher, dann ertönte wieder ein Ruf.

Ameron blickte auf und zauderte einen Augenblick unentschlossen.

»Komm!« drängte Lupoll, sein Pferd wendend. Die anderen taten es ihm gleich.

»Die Götter seien Zeugen«, schimpfte Ameron dumpf. »Blindes Glück hat dich gerettet, Kesselflicker. Aber wenn wir uns wiedersehen, dann ist dein Leben verwirkt.« Damit spornte er sein Roß an und hielt geradewegs auf Pym zu, der rasch zur Seite sprang. Er war jedoch nicht flink genug, denn Ameron traf ihn noch mit dem Schwertgriff am Schädel.

Da verfinsterte sich das Firmament, die Sterne gerieten aus ihrer Bahn, und Pym brach auf der Straße zusammen.

39

Rennu trottete auf des Prinzen braunem Pony über die Straße nach Askalon. Aufrecht saß er im Sattel und tat so, als sei er ein Ritter, der von Abenteuern und Prüfungen in fernen Ländern ins Reich zurückkehrte. Er malte sich aus, daß er sich nach langer Abwesenheit wieder in den Dienst des Königs begab; sein Name würde ständig auf den Lippen seiner Landsleute sein, seine Taten würden in allen Hallen des Reiches, ob groß oder klein, besungen werden.

Ja, so ein Ritter zu sein, dachte er, wäre jeden Mannes größter Traum. Er hätte sein Leben dafür gegeben: für eine Stunde in einer Ritterrüstung auf einem echten Streitroß. Tarky trabte gemächlich dahin, während sich Burg Askalon bereits im Dunst über den grünen Feldern abzeichnete. Die Welt schien ruhig und träge in der Hitze zu liegen, und Rennu zweifelte bereits daran, daß ihm unterwegs irgendwelche Abenteuer begegnen würden, denn mit jedem Schritt kamen Burg und Dorf näher.

Als er dann den Fuß eines Hügels erreichte und diesen hinanritt, kam ihm in fliegendem Galopp ein anderer Reiter entgegen. Der Fremde raste so geschwind an ihm vorüber, daß sein kurzer Umhang hinter ihm im Wind flatterte. Ohne den Jungen eines einzigen Blickes zu würdigen, preschte er vorbei, die Augen streng geradeaus gerichtet.

»Das muß wohl ein Edelmann sein«, sagte Rennu zu seinem Pferd. »Und wie es aussieht, ist er auf der Flucht. Vielleicht sind dort Strauchdiebe.«

Sofort war sein junges Herz von Bildern eines heftigen Scharmützels gegen eine Bande gnadenloser Räuber erfüllt; er, Ritter

Rennu, würde das Pack besiegen und die Wegelagerer in die Wildnis zurückschicken, wohin die Feiglinge gehörten.

Von solch unmöglichen Heldentaten angelockt, spornte Rennu das Pony den Hügel hinan zu einer schnelleren Gangart an. Als er die Kuppe erreichte und die Straße wieder ein weites Stück vor ihm lag, bot sich ihm genau der Anblick, den er sich vorgestellt hatte: ein Trupp von Schnapphähnen bedrohte einen hilflosen Wanderer. Der einzige Unterschied war, daß die Wegelagerer zu Pferde waren und der arme Wanderer zu Fuß. Er ließ einen wilden Schrei los, stieß Tarky die Fersen in die Flanken und preschte ins Tal, um dem Bedürftigen zu Hilfe zu eilen, ohne zu bedenken, daß er keine Waffe besaß und auch gar nicht gewußt hätte, wie er sie benutzen sollte, falls er eine gehabt hätte. All dessen ungeachtet stürmte er mitten ins Getümmel, Bilder von Ruhm und Ehre vor Augen.

Gerade da hörten Fürst Ameron und seine Freunde den jungen Retter nahen. Rennu sah ein Schwert zum Schlag gereckt und stieß einen zweiten Kriegsschrei aus, Tarky zu noch rascherem Galopp anspornend. Wie der Wind brausten sie den Hügel hinab.

Da redeten die Fürsten auf ihren Anführer ein, den Kesselflikker zu verschonen und im Besitz von des Königs Schwerts das Feld zu räumen. Alle drehten sich gleichzeitig um und jagten auf Rennu zu, der mühsam schluckte, den Kopf senkte und in sie hineinraste.

Im Augenblick des Zusammenpralls preßte der Junge die Augen fest zu. Er spürte den Windzug, als die Reiter an ihm vorüberbrausten, und hörte dann, wie sie sich geschwind entfernten. Als er die Augen wieder öffnete, befand er sich allein auf der Straße; die Wegelagerer hatten sich aus dem Staub gemacht und waren bereits hinter dem Hügel verschwunden. Vor ihm lag der Wanderer zusammengekrümmt am Straßenrand. Rennu hielt an, schwang sich aus dem Sattel und eilte dem Mann zu

Hilfe. Er drehte ihn um: Aus einem frischen Schnitt am Mund des Fremden rann Blut, und sein Kiefer war blau geschwollen. Da leckte Ruffo seinem Herrn etwas von dem Staub und dem Blut aus dem Gesicht.

Mit Mühe öffnete Pym die Lider. »Au…«, stöhnte er.

»Lieber Herr, lebst du noch?« fragte Rennu mit Augen wie Topfdeckel.

»Au, mein Kopf! Sie haben mich umgebracht«, sagte er und versuchte aufzustehen.

»Immer mit der Ruhe«, sagte Rennu und setzte ihn auf. »Ich bin hier, um dir zu helfen.«

Pym, dem vor Schmerz Tränen in den Augen standen, blinzelte seinen jungen Retter an. »Wer bist du?«

»Ich heiße Rennu, Herr«, erwiderte er, als würde sein Name schon alles sagen. »Ich traf dich hier in den Händen von Strauchdieben an.«

»Wie?« Pym drehte den Kopf und sah, daß die Angreifer tatsächlich verschwunden waren. »Du hast mir das Leben gerettet! Sie wollten mich in Stücke hauen. Jawohl! Du hast mich gerettet, junger Herr! Ich danke dir.«

Rennu errötete vor Stolz. Ja, er hatte den Mann wahrhaftig gerettet, ganz wie ein Ritter es getan hätte. Er hatte sich einer Bande von Halsabschneidern gestellt und sie, obschon unbewaffnet, in die Flucht geschlagen. Jetzt suchten sie in der Wildnis, dem Arm der Gerechtigkeit zu entkommen. »Wer waren sie?« fragte er streng.

»Ach, ein böser Haufen, junger Herr. Ein böser Haufen – alle durch und durch verkommen. Sie wollten meinen Kopf auf einen Pfahl stecken, jawohl. Ich war schon so gut wie tot, als du herangebraust kamst. Ach, ich danke dir.«

»Haben sie dir etwas gestohlen?«

Da begann der Kesselflicker zu zittern. »O herrje! Sie stahlen das Schwert!«

»Das Schwert?«

»Nein, nicht meins. Nein, niemals! O nein, des Königs Schwert! Sie raubten es – derjenige, der Ameron hieß, war es. Er wollte mich in Stücke hauen und meinen armen Kopf auf einen Pfahl stecken.«

»Ameron? Fürst Ameron? Von dem habe ich schon gehört.«

»Ein böser Mensch. Ja. Sehr böse.«

Rennu dachte einen Augenblick nach. »Wie kamst du zu des Königs Schwert?« fragte er, sich am Kopf kratzend. »Du meinst doch nicht etwa das Strahlende, oder?«

»Kein anderes!« Pym nickte feierlich. »Ich hab's vor ein paar Tagen auf der Straße gefunden. Da wußte ich noch nicht, daß es das Strahlende war und versteckte es. Ja, ich versteckte es in einem Baum. Heute morgen bin ich dorthin zurück, um es zu holen und dem König zu bringen. Er braucht es dringend.«

Rennu erwog eingehend die Lage und überdachte, was der Mann ihm erzählt hatte. »Nun denn«, sagte er schließlich, »da gibt es nur eins: schnurstracks zum König reiten und ihm erzählen, was geschehen ist.«

»Einverstanden.« Pym stand mit wackligen Beinen auf und legte dem Jungen die Hand auf die Schulter.

»Kannst du reiten? Das Pony ist kräftig, und wir sind nicht weit von der Burg.«

»Ich glaube«, sagte Pym und nickte; dann preßte er vor Schmerzen wieder die Augen zu. »Au! Er hat mich wirklich fest getroffen, jawohl. Das würde ich ihm gern heimzahlen.«

Mit Rennus Hilfe kletterte Pym in den Sattel und reichte dem Jungen eine Hand, um ihm hinaufzuhelfen. Etwas schwankend ritten sie los; Tarky senkte zwar wegen des zusätzlichen Gewichts den Kopf, lief aber sicheren Schrittes gen Askalon.

Die Schatten der hohen Festungswälle erstreckten sich bereits über den gesamten Innenhof, bis Teido und Ronsard ihre Leute versammelt hatten, um sich auf die Suche nach dem Schwert zu begeben. Den ganzen Nachmittag hatte im Hof ein Durcheinander geherrscht, als Ritter und Bewaffnete zu einer Suche ausgerüstet wurden, wie Mensandor noch keine erlebt hatte. Ronsard nahm keinen von der Aufgabe aus, der nicht an anderer Stelle dringend gebraucht wurde. Man zäumte die Pferde und richtete Proviant für mehrere Tage her.

»Wir haben Krieg«, sagte Ronsard zu Hagin, als der Kastellan gegen die Plünderung seiner Vorräte Einspruch erhob. »Wenn wir scheitern, wird der Drachenkönig stürzen. Ich sehe keinen Grund, Reserven zurückzubehalten. Damit würden wir nur unsere Niederlage herausfordern.«

»Sprich nicht von Niederlage«, sagte Teido, der zufällig mitgehört hatte. »Die Sache ist schon heikel genug. Krieg hast du gesagt? Das hier ist schlimmer als ein Krieg, denn unser Feind ist die Zeit, und die gewinnt am Ende immer.«

»Diesen Kampf nicht, mein Herr«, erwiderte Ronsard grimmig. »Diesen Kampf nicht.«

Da kam ein Torwächter angelaufen, grüßte Hagin und haspelte seine Meldung herunter: »Herr Kastellan, am Tor sind Leute, die den König zu sprechen verlangen. Ich erwiderte, der König spreche mit niemandem, aber sie gaben nicht nach. Ich behellige dich ungern, aber sie lassen sich nicht abweisen.«

»Was wünschen sie?«

»Das wollen sie nicht sagen.«

»Dann jage sie mit der Spitze deines Schwertes davon«, ordnete Hagin an.

Teido und Ronsard wollten sich gerade abwenden, da hörten sie den Mann sagen: »Einer von ihnen sitzt auf einem braunen Pony und …«

»Ein braunes Pony, sagst du?« Ronsards Nerven waren aufs äußerste gespannt.

»Was ist, Herr?« fragte Hagin.

»Bringt sie hierher«, befahl Ronsard. »Mit dem Pony. Und zwar auf der Stelle.«

Der Torhüter verneigte sich und rannte los, um die Ankömmlinge zu holen. »Du hast sicher einen Grund dafür, oder?« fragte Teido. Hagin machte ein erstauntes Gesicht.

»Vielleicht irre ich mich«, erwiderte Ronsard. »Aber ich glaube mich zu entsinnen, daß jemand sagte, der Prinz habe am Tag der Jagd ein braunes Pony geritten.«

»Jawohl, so ist es. Es war sein Lieblingstier«, bestätigte Hagin. »Na und? Es muß hier in der Gegend ein Dutzend braune Ponys geben.«

»Ganz recht, aber es kommen nicht zwei Leute zur Burg geritten und fragen nach dem König, wenn die Sache nicht dringend ist.«

»Ich verstehe«, sagte Teido. »Aber glaubst du, die Sache könnte uns etwas angehen?«

»Das werden wir bald erfahren.« Ronsard deutete mit dem Kinn über den Hof. »Dort kommt der Torhüter mit unseren beiden Boten.«

Und schon stand der Torhüter mit dem Pferd und den beiden Leuten, einem dünnen, schlaksigen Jungen und einem untersetzten Mann, vor den Rittern. »Hier sind sie, meine Herren. Wie befohlen.«

»Kesselflicker, so sehen wir uns wieder«, sagte Ronsard. »Hagin, sieh dir bitte das Pferd an. Der eine oder andere von uns könnte es kennen.«

»Wir haben es nicht gestohlen, Herr«, erwiderte Pym. »Doch woher kennt Ihr mich?«

»Ich war der Elende, dem man in der Grauen Gans den Kopf einschlug, an dem Abend, als des Königs Tempel niedergerissen wurde.«

Da erkannte Pym ihn und riß die Augen auf. Er nickte wissend. »Desgleichen ist mir vor drei Stunden widerfahren.«

»Das ist des Prinzen Pferd, darin besteht kein Zweifel.« Hagin klopfte dem Pony auf den Hals. »Zaumzeug und Sattel sind unverkennbar. Das Tier stammt aus des Königs Ställen. Wenn du willst, Herr, rufe ich den Stallmeister. Er kennt es besser als jeder andere.«

»Nicht nötig«, erwiderte Ronsard. Er blickte die beiden vor sich an. »Nun? Erzählt uns lieber alles.«

»Ich habe es gefunden, Herr«, sagte Rennu kleinlaut. Da stand er im Innenhof von Burg Askalon, wo Ritter und Pferde, Knappen und Bewaffnete sich wie für den Kampf rüsteten. Er konnte sich kaum satt sehen. »Es lief auf unseren Acker am Waldrand. Ich fing es ein.«

»So kamst du an das Pony?« Ronsard lächelte gutmütig. »Und was tatest du dann?«

Ehe der Knabe etwas sagen konnte, mischte Pym sich ein: »Ich sage Euch, was er tat. Er rettete mir das Leben, jawohl. Wir ...«

»Du und der Junge?«

»Nein, ich und Ruffo«, sagte Pym, auf den Hund deutend.

»Ach ja. Fahre fort ...«

»Wir waren auf dem Weg nach Askalon und wurden von Strauchdieben und Schnapphähnen überfallen, zumindest hielt ich sie dafür.«

»Schnapphähne?« fragte Teido. »In dieser Gegend von Mensandor?«

Pym nickte heftig. »Sie packten mich und raubten das Schwert.«

»Sie raubten dein Schwert?« fragte Ronsard. »Seit wann hat ein Kesselflicker ein Schwert?«

»Nicht mein Schwert, Euer Gnaden«, erklärte Pym. »Des Königs Schwert.«

40

Teido faßte sich als erster. »Du hast des Königs Schwert gefunden?«

Pym nickte feierlich. Auch Rennu nickte, und Ruffo wedelte mit dem Schwanz. »Wir haben es vor zwei Tagen auf der Straße gefunden...«, hob er an und verstummte, als ihm einfiel, was er noch gefunden hatte.

»Neben einem Leichnam, nicht wahr?« half Ronsard nach.

Pym nickte bedächtig und warf die Hände empor. »Aber damit hatten wir nichts zu tun! Nein, Herr. Wir haben unser ganzes Leben nie die Hand gegen jemanden erhoben. Nein, niemals.«

»Wir glauben dir, Kesselflicker«, sagte Teido. »Was du uns erzählst, fügt sich zu dem, was wir bereits wissen. Was fingst du mit dem Schwert an, nachdem du es gefunden hattest?«

»Ich versteckte es, Herr. Wir versteckten es in einem hohlen Stamm im Wald. Aber damals wußten wir noch nicht, daß es des Königs Schwert war. Nicht gleich.«

»Aber als du dies erfuhrst, gingst du es holen. Richtig?« Ronsard hatte sich bereits ein Bild von allem gemacht, was geschehen sein mußte: wie der Kesselflicker das Schwert auf der Straße entdeckt hatte, erschrocken war, es versteckt hatte, ins Dorf gekommen war, die Gerüchte gehört und sich entschlossen hatte, es zurückzubringen. »Wolltest du dem König das Schwert aushändigen?«

»Ja, Euer Gnaden, das wollte ich sehr. Das hatten wir von Anfang an vor, nun ja, nicht gleich. Da wußten wir ja noch nicht, daß es des Königs Schwert war. Nein, das wußten wir nicht.«

»Wer nahm es dir weg?« fragte Teido. »Du hast von Strauchdieben gesprochen.«

»Sie waren zu sechst. Zwei ritten vorbei, als wir uns am Wegrand ausruhten, dann drei weitere, ohne auf mich zu achten. Aber der letzte hätte mich auf der Straße beinah umgeritten, jawohl, er kam herangeprescht. Wir hatten ihn nicht gesehen, bis er anhielt. Dann entdeckte er das Schwert und raubte es. Ich klammerte mich daran, so gut ich konnte, aber er versetzte mir einen Schlag gegen das Kinn.« Pym rieb sich vorsichtig über das geschwollene Gesicht. »Der hier«, er deutete auf Rennu, »rettete Pyms Haut, jawohl. Er rettete mich und ist doch bloß ein Knabe, aber mit Mumm in den Knochen, jawohl, meine Herren! Mit viel Mumm in den Knochen. Ja, er stürzte sich auf sie und vertrieb sie wie ein Rudel Bestien.«

Ronsard musterte den Burschen. »Ist das wahr, junger Mann? Du hast den Kesselflicker gegen die Strauchdiebe verteidigt?«

Zu überwältigt, um etwas zu sagen, nickte Rennu bloß.

»Tapferer Bursche«, stellte Teido fest. »Gut gemacht. Mit sechs Bewaffneten würden es nicht viele allein und waffenlos aufnehmen. Was trieb dich dazu?«

Da riß Rennu den Mund auf, daß die Wörter nur so herauspurzelten: »Ich will Ritter werden, Herr. Ritter sind tapfer und helfen denen in Not.«

»So etwas!« rief Ronsard. »Aber hattest du keine Angst?«

»Nein, Herr. Erst als Pym mir sagte, wer sie waren.«

»Ach? Du weißt, wer sie waren, Pym?« Teido beugte sich nach vorn.

»Wir hörten einen Namen, den Namen dessen, der das Schwert stahl. Er hieß ...«

»Laß mich raten«, warf Ronsard ein. »Ameron?«

»Genau so!« rief Pym. »Genau der war's! Ein ganz gemeiner Kerl, Herr. So gemein wie die Nacht. Ja, das ist er.«

»Das dachte ich mir!« sagte Ronsard. »Nun, da haben wir

unsere Schlacht ja schon. Es gibt keinen Zweifel, wohin der Halunke seine Beute gebracht hat.«

Teido zupfte sich am Kinn und blickte über den Hof. »In sein Schlangennest am Siplet. – Die Sache ist also klar. Wir rüsten uns nicht zur Suche, sondern zu einer Belagerung.«

Nach dem Erhalt des Erpresserschreibens hatte Quentin sich verzweifelt zu Bett gelegt und sich den ganzen Tag nicht gerührt. Von Hilflosigkeit gelähmt, lag er da wie von einer schweren Krankheit befallen, welche die Glieder zu Stein erstarren ließ. Das Schreiben hatte ihm den Tod seines Sohnes verkündet, denn er besaß das Strahlende Schwert nicht mehr, um es den Entführern auszuliefern, und hatte auch nicht genug Zeit, um es wiederzufinden.

Wegen des Vergehens, daß er den Elenden auf der Straße niedergestreckt hatte, würde er nun seinen Sohn und Erben verlieren und seinen Thron obendrein. Doch was galt es ihm? Er hatte bereits seine treusten Freunde verloren: Derwin war tot, Toli davongejagt und gefangen. Sogar die Königin hatte ihn in der Stunde seiner schlimmsten Pein allein gelassen. Doch darüber hinaus bestand der tiefste Schmerz, der ihm die Brust zerriß, darin, daß der Allerhöchste seine Hand von ihm zurückgezogen hatte und ihn jetzt schwer strafte.

Dieses Urteil war für ihn unerträglich.

Da klopfte es an der Tür, die sogleich aufging, obwohl Quentin sich nicht geregt noch gerührt hatte. Eine hohe, schlanke Gestalt trat ins dunkle Gemach und blieb vor seinem Bett stehen.

»Majestät«, sagte Teido, »alles ist bereit.«

Der König antwortete nicht.

Traurig betrachtete Teido einen Moment lang den alten Freund; dann sagte er: »Wir warten darauf, daß du uns anführst.« Er wollte eigentlich nur melden, daß sie aufbrechen würden, aber Quentins Zustand hatte ihn so sehr entsetzt, daß er versuchte, ihn aufzurichten. Einen Augenblick vermeinte er, seine Absicht werde aufgehen.

Quentin wandte seinen Kopf auf dem Kissen und suchte mit dem Blick nach Teidos Gesicht. »Sie werden meinen Sohn töten«, sagte er leise, »und alles durch meine Schuld.«

»Nein, Herr. Ich habe Neuigkeiten; das Schwert wurde gefunden. Jetzt können wir es uns holen.«

»Zallkyr wurde gefunden?«

»Fürst Ameron hat es einem Kesselflicker geraubt, der es am Tag von Prinz Gerins Entführung auf der Straße auflas.«

»Dann hat er gewonnen. Er wird es niemals herausgeben.«

»Nicht kampflos, gewiß nicht. Aber wir wollen ihm einen Kampf liefern, wie er noch keinen erlebt hat. Am Ende wird er das Strahlende mit Freuden herausrücken. Darum mußt du mit uns reiten.«

»Wir haben keine Zeit, Teido, keine Zeit. Es ist bereits zu spät.«

»Es ist nicht zu spät, Herr. Aber es wird zu spät, wenn du zauderst.«

»Dann geht und seht zu, was ihr bewerkstelligen könnt.«

Teido wollte schon ja sagen, zögerte aber und entgegnete stattdessen: »Ich werde den Befehl nicht erteilen, Herr. Das mußt du tun. Und du mußt an der Spitze deiner Truppen reiten, wenn wir Ameron und seinen Freunden zeigen sollen, daß wir in diesem Reich keinen Verrat dulden.«

Wieder blieb Quentin die Antwort schuldig. Teido wußte nicht, ob seine Worte den König erreicht hatten oder ob dieser bereits zu tief in seiner Verzweiflung steckte. Der Ritter sprach ein stummes Gebet zum Allerhöchsten, um den König zur Tat zu bewegen. »Verteidige deinen Thron, Herr«, sagte Teido. »Komm. Reite mit uns. Führe uns.«

Quentin seufzte und fuhr sich mit der Hand über die Augen. »Nein, ich bin kein König. Verlasse mich.«

»Wer soll die Truppen anführen, wenn nicht du?«
»Führe du sie.«
»Das will ich nicht.«
»Dann eben Ronsard. Irgendwer. Mir ist es gleich.«
Da wußte Teido, daß er geschlagen war, wandte sich ab und ging zur Tür. Die Hand auf dem Griff, blieb er stehen und sagte: »Es gibt Menschen, die ihr Leben für dich und deinen Thron geben würden. Und viele würden jeglicher Gefahr trotzen, um dir zu dienen. Das taten Derwin und Toli auch – und viele andere, von denen du nichts weißt. Willst du keinen Finger rühren, um dich selbst zu verteidigen?« Nach diesen Worten schloß er die Tür.
Der König hörte, wie Teidos Schritte sich entfernten, und starrte in die Finsternis seines abgedunkelten Gemachs. Er rührte sich nicht.

»Und?« fragte Ronsard, der die Antwort schon ahnte, denn sie stand dem Freund ins Gesicht geschrieben.
»Er will nicht mitkommen. Ich fürchte, wir haben unseren König schon verloren, noch ehe ein einziger Streich geführt wurde.«
»Wenn unser König sich geschlagen gibt, dann ist unser Reich in Unordnung. Die Schakale werden es in Stücke reißen.«
Teido holte tief Luft. »Laß uns die Gefahr wenigstens noch eine Weile abwenden. Wir werden nach Amerond-am-Siplet reiten und tun, was wir können.« Er blickte gen Himmel. »Wenn wir die ganze Nacht unterwegs sind, können wir bei Tagesanbruch dort sein.«
Als die Abenddämmerung herniedersank, verließ des Königs Heer Askalon. In all den vielen Kriegen, die Mensandors Bewaffnete hatten ausfechten müssen, in all den Tagen der Not, als der Feind drohte und der Friede sich nur mit Lanze und Schwert erringen ließ, war kein Auszug in die Schlacht bedrückender gewesen.

Die Krieger marschierten der Reihe nach in den Außenhof und durchs Torhaus, über die riesige Zugbrücke, die sich über den trockenen Burggraben spannte, und die lange Rampe hinab in die Straßen des Dorfes. Erst kamen die Ritter zu Pferde, deren Rüstungen zusammengelegt hinter den Satteln ihrer Knappen in Netzen hingen. Darauf folgten die Fußsoldaten, die wortlos nebeneinandergingen, denn es hatte sich die Kunde verbreitet, der Drachenkönig sei nicht beherzt genug, seine Mannen anzuführen. Hinter den Fußsoldaten polterten die schweren Karren mit den Vorräten und Waffen für alle, die Wagen der Schmiede und Feldschere, die Werkzeug mit sich führten, um zerschlagene Krieger samt ihrer Ausrüstung wieder zusammenzuflicken.

Die schweigende Truppe lief durch die Straßen des Dorfes wie ein Geisterheer aus einer Schlacht vor längst vergangener Zeit. Kein Dörfler trat vor die Tür, um sie zu grüßen, niemand jubelte ihnen zu. Die Straßen waren leer, abgesehen von ein paar ausgehungerten, räudigen Kötern, die den Pferden japsend nachrannten.

An der Spitze des Zuges ritten Ronsard und Teido Seite an Seite, aufrecht im Sattel sitzend, die Augen geradeaus. Sie sprachen nicht, sondern hüllten sich in ihre Gedanken. Und obwohl die Nacht warm war, lag eine Stimmung von Trübsal und Vergeblichkeit in der Luft, die einen erschauern ließ. Alle, die in dieser Nacht dem Banner des Königs folgten, spürten dies. Denn ohne daß der Feind auch nur ein Schwert gezückt hätte, hatte Mensandor seinen König verloren.

41

Der Älteste Jollen saß im Feuerschein da, strich sich über den Bart und starrte in die Glut. Neben ihm saßen seine Frau Morwena und Alinea. Ihnen gegenüber warteten Bria und Esme gespannt darauf, was er sagen würde. Über die Wände huschten Schatten, und in einer Ecke zirpte eine Grille ihr Abendlied. Schließlich holte er tief Luft, blickte auf und sprach: »Ja, ich stimme euch zu. Ihr müßt sofort zurückkehren. Der Traum ist, wie Bjorkis sagte, eine Aufforderung zur Rückkehr oder ein Zeichen, daß ihr da sein müßt, um die Geschehnisse zu bezeugen, die geweissagt wurden und bald stattfinden werden. Ihr müßt in jedem Falle gehen.«

»Danke, Ältester Jollen. Deine Worte machen mir die Entscheidung leichter«, erwiderte Bria.

»Ich könnte die Lage mit den anderen Ältesten erörtern, wenn ihr möchtet, aber ich hege keinen Zweifel, daß sie euch sagen werden, was ich bereits äußerte. Ja, geht. Ich weiß, daß ihr kaum Zeit hattet, euch von eurer Reise hierher zu erholen, aber ich werde beten, daß der Gott euch Kraft mit auf den Weg gibt.«

»Es gefällt mir gar nicht, von hier wegzugehen«, sagte Esme. »In der kurzen Zeit, die ich hier bin, habe ich mich sehr wohl gefühlt, fast so, als würde ich hierher gehören.«

Jollen blickte sie an und nickte in sich hinein, als könne er etwas in der jungen Frau sehen, das allen anderen entging. »Vielleicht spricht der Gott zu dir, Esme. Vielleicht hat er hier einen Platz für dich. Du wirst in Dekra auf jeden Fall stets willkommen sein. Kehre wieder, sobald du kannst, und bleibe, solange du möchtest. Erfülle dein Herz wieder mit Freude.«

Die letzten Worte des Ältesten überraschten Esme. »Hat Bria dir von … meinen Schwierigkeiten erzählt?«

Jollen lächelte freundlich. »Nein, Herrin. Es bedurfte keiner Worte, damit ich sah, daß du in jüngster Zeit viel Kummer und Weh erlitten hast. In dem Moment, als du durch dieses Tor tratest, erkannte ich in dir das verlorene Kind.«

Esme schlug die Augen nieder und starrte auf ihre Hände, die in ihrem Schoß lagen. »Ist es denn so offenkundig?«

»Nein!« rief Bria.

»Nein, nein, vielleicht nicht für jedermann«, räumte der Älteste Jollen ein. »Aber es gehört zu meinen Gaben, daß ich den Zustand der Seele klar erkenne. Ich verurteile dich nicht, Esme. Ich sage dir nur, daß ich um deine Wunden weiß und für dich bete, seitdem du hier bist.«

»Ich danke dir für deine Gebete. Und ich habe mich schon lange nicht mehr so im Einklang mit mir selbst gefühlt …« Sie stockte und verstummte.

Morwena stand auf und nahm sie in den Arm. »Komm wieder, wenn dein Werk getan ist, und bleibe bei uns. Es wäre uns eine Ehre.«

»Mein Werk?« Esme blickte in die Runde. »Was meinst du damit?«

»Unser aller Werk«, erwiderte Alinea. »Du bist diejenige, die das Traumgesicht hatte; du bist diejenige, zu welcher der Allerhöchste gesprochen hat.«

»Habe ich also auch eine Rolle zu spielen?«

Der Älteste Jollen lachte leise. »Wir alle, ganz gewiß. Aber du hast eine ganz besondere Rolle. Wist Orren hat dir allein einen Teil seines Plans offenbart. Ja, seine Hand ruht auf dir, Esme.«

Sie plauderten noch ein wenig über Belanglosigkeiten und die Vorbereitungen für ihre Abreise am nächsten Morgen. Über Esmes Traum und seine Bedeutung redeten sie nicht mehr; doch er sollte zu einer großen, unerhörten Tat führen, zu der die

Damen bald forteilten. Als sie sich widerwillig erhoben, um zu Bett zu gehen, geleitete Morwena sie zur Tür und sagte: »Ich bringe euch morgen das Frühstück und verabschiede euch.«

»Mach dir bitte keine Umstände«, entgegnete die Königin. »Du hast schon so viel für uns getan.«

»Es bereitet mir keine Mühe.« Mit einer Handbewegung wischte Morwena Brias Einwand beiseite. »Es tut mir nur leid, daß ich nicht das Vergnügen hatte, mehr Zeit mit den Kleinen zu verbringen. Sie sind so reizend! Du mußt bald mit ihnen wiederkommen und auch Quentin mitbringen. Er war schon zu lange nicht mehr hier.«

»Er würde dir sicher recht geben.« Bria faßte Morwena bei den Händen, da stellte Jollen sich hinter seine Gattin. »Betet für ihn. Bitte, betet für ihn und meinen Sohn.«

»Darauf darfst du vertrauen«, erwiderte Jollen. »Unsere Gebete dauern, seit ihr zu uns gekommen seid. Ja, ehe wir nicht hören, daß alles wieder zum Besten steht, werden wir unablässig weiterbeten.« Er verstummte und musterte die Frau lange. »Doch fasse Mut«, sagte er plötzlich. »Eure Aufgabe hier, der Grund für euer Kommen hat sich erfüllt, und der Allerhöchste gibt euch seinen Segen. Ihr wart ihm im Herzen treu, und die Dinge, die er euch versprach, werden eintreffen. Geht, damit ihr Zeuge von ihnen werdet und wisset, daß er stets denen treu bleibt, die ihm folgen.«

Schweigend umarmten die Besucher ihre Gastgeber und traten aus dem warmen, hellen Zimmer in die kühle Sommernacht hinaus, in der Abertausende von Sternen leuchteten. Eilig begaben sich die Frauen zu ihrem Quartier, in Gedanken versunken, aber einander nah, in Liebe und Freundschaft vereint. Auch wenn sie bald durch die Finsternis des Bösen reiten mußten, zweifelte keine von ihnen am Licht, das ihnen verheißen worden war.

»Toli? Bist du wach?« fragte Prinz Gerin. Der Junge rutschte ein Stück zu der zusammengekauerten Gestalt neben ihm.

»Ja«, erwiderte Toli und drehte sich um. »Was hast du?«

»Ich habe etwas gehört. Da kommt wer.«

»Ich habe es auch gehört. Es ist wieder der Wächter. Er will sich vergewissern, daß wir noch da sind und nicht durch die Mauerritzen verschwunden sind.«

»Sie haben uns heute streng überwacht und gestern auch – strenger als zuvor. Weißt du, warum?«

»Ihr Spiel hat, glaube ich, begonnen. Sie warten jetzt ab, wie es läuft, und wollen nicht, daß uns etwas zustößt, ehe sie ihre Absichten erreicht haben.«

»Aber was wollen sie bloß?«

»Rache. Nimrod versuchte schon einmal, sich des Thrones zu bemächtigen, und ...«

Bevor Toli seinen Satz beenden konnte, kratzte es an der Tür, und sie ging auf. Flackerndes Fackellicht fiel durch den Spalt und erhellte den Raum. Toli setzte sich auf. »Was willst du?« fragte er den Eintretenden.

»Ruht ihr wohl, meine Lieben?«

»Nimrod!« sagte Toli finster. »Du bist also hierhergeschlichen, um deine Gefangenen zu verhöhnen.«

»O nein, o nein! Ich bin hier, um euch mitzuteilen, welch hohen Preis ich für eure wertlosen Köpfe gefordert habe. Das Schreiben ist bereits überstellt worden. Und dem König bleibt keine Wahl, als meiner Forderung Folge zu leisten.«

»Was hast du getan, du Schlange?«

»Ich habe nur angeboten, meine Gefangenen freizulassen, wenn mir der König dafür einen Gegenstand von einigem Wert überläßt.« Nimrod hielt kurz inne und lachte bösartig. »Ha! Dieser Gegenstand wird für den König bald nicht mehr viel wert sein.«

»Wovon redest du?« rief Toli und sprang auf.

»Bleibe, wo du bist!« kreischte Nimrod. Toli gehorchte, und der Hexer fuhr etwas ruhiger fort: »So ist es recht. Um welchen Gegenstand es sich handelt? Nun, warum sollte ich es verbergen: sein Schwert. Das ist der Gegenstand, den er mir geben soll.«

»Das Strahlende!« flüsterte Prinz Gerin fassungslos, der inzwischen neben Toli stand.

»Ja, so heißt es wohl. Eine schöne Waffe, hat man mir gesagt; allerdings habe ich sie selbst nie gesehen.«

»Nein!« rief Gerin. »Der König darf das Strahlende Schwert nicht hergeben!«

»Das, junger Kläffer, werden wir herausfinden.«

»Der Prinz hat recht: Der König wird Zallkyr niemals herausgeben. Damit würde die Krone in den Schmutz gezogen, und das wird er nicht zulassen.«

»Wie schade«, meinte Nimrod höhnisch. »Aber vielleicht ist er ja anderer Ansicht. Was ist die Krone denn wert? Das Leben seines einzigen Sohnes und Erben und das seines besten Freundes obendrein?«

»Ich verstehe«, erwiderte Toli kühl. »Du willst ihn zu einer Entscheidung zwingen. Aber du vergißt, daß der König zuvörderst König ist und die menschliche Seite erst danach kommt. Er muß stets zum Besten des Reiches handeln.«

»Wie dem auch sei, die Entscheidung wird spannend werden. Und wie sie ausfällt, werden wir schon bald erfahren.«

»Wie bald?«

»Binnen fünf Tagen. Von heute an in fünf Tagen wird man euch des Mittags in den Tempelhof führen und fesseln. Wenn der König dann nicht sein Zauberschwert herbeibringt, werdet ihr auf dem Altar des Ariel geopfert. Oh, ich weiß, die Götter verlangen heutzutage keine Menschenopfer mehr. Doch diesmal wird der Oberpriester wohl darauf bestehen. Was wird der kühne König Quentin dann tun, wenn euer Blut an seinen Händen klebt? Wie wird er sein Leben dann ertragen können?«

Nimrod trat einen Schritt zurück und reckte die Fackel empor. »Darüber solltet ihr nun nachdenken.«

Toli stand versteinert da: Mit geballten Fäusten und gelähmten Gliedern starrte er dem alten Hexer nach. Die Zellentür ging zu, der Riegel fiel knirschend in seine Verankerung, und in dem Loch war es wieder dunkel und still. Sie hörten, wie Nimrod in sich hinein lachte, während er sich in sein Vipernnest zurückzog.

»Ist das wahr?« fragte mit zitternder Stimme Prinz Gerin, sobald das Gelächter des Geisterbeschwörers nicht mehr zu hören war.

»Ja«, erwiderte Toli, den Jungen umarmend und an sich drükkend, »ich fürchte, es ist wahr. Es wäre möglich, daß er uns verhöhnen wollte, doch das glaube ich nicht. Der alte Geier will unter uns das Gift der Angst streuen. Er hofft, daß es in uns schwären wird wie eine unheilbare Wunde. Aber das dürfen wir nicht zulassen. Wir dürfen die Hoffnung nicht einen Augenblick lang aufgeben.«

»Toli, ich habe Angst. Was wird mit uns geschehen?«

»Das weiß ich nicht, junger Herr. Das liegt nicht in unserer Hand.«

42

Trüb und grau zog über dem Pelgrin die Morgendämmerung auf und führte Nebel von den schlammigen Wassern des Siplet heran. An einer Stelle des Ufers, an der ein hoher Fels in den Strom ragte, erhob sich Burg Ameron. Unterhalb der Festung wand sich der Siplet breit und träge durch sein steiniges Bett und bildete auf zwei Seiten ein natürliches Hindernis; auf einer weiteren Seite wurde die Burg vom Wald geschützt, der in diesem Teil Mensandors dicht und wild war. Damit war sie nur von der Vorderseite zugänglich, wo das rauhe, steil ansteigende Gelände einen Angriff allerdings erheblich erschwerte.

Teido und Ronsard stützten sich auf ihre Sattelknäufe und betrachteten im fahlen Licht des neuen Tages das Gelände. »Es ist felsiger, als ich es in Erinnerung hatte«, stellte Ronsard fest. »Und die Burg ist besser befestigt.«

»Dort drüben stellen wir uns auf«, sagte Teido und deutete mit einer weit ausholenden Handbewegung hin. »Gerade außer Schußweite. Ein Mann wie Ameron ist jederzeit zum Kampf gerüstet, daher dürfen wir uns nicht im Glauben wiegen, ihn im Schlaf zu überraschen.«

»Wir könnten eines tun, ehe sie merken, daß wir hier sind, und zwar die Sappeure aussenden, damit sie erkunden, wo sich ein Laufgraben ausheben ließe.«

»Gib sofort den Befehl dazu und schicke Bogenschützen mit, falls man in der Burg wach wird und den Kampf eröffnet.«

Müde schwang Ronsard sich vom Roß und ging zum Waldrand zurück, wo die Krieger warteten. Er sprach mit mehreren

Rittern, die als Hauptleute fungieren sollten, und erteilte ihnen Befehle. Auch Teido saß ab und ging am Wald entlang, um die Bodenbeschaffenheit und die Lage der Burg genauer in Augenschein zu nehmen. Während er dabei war, kam ein Trupp in grobe Felle gehüllter Männer mit langen spitzen Stöcken in der Hand aus dem Wald gerannt. Ihnen folgten Bogenschützen mit Langbogen und Köchern voller Pfeile auf dem Rücken.

Als sie zum Fuß der mächtigen Wälle gelangten, bildeten sie Gruppen von zwei oder drei Mann und begannen den Boden zu untersuchen. Sie rammten die Stöcke in die Erde und stocherten in Mauerritzen des äußeren Befestigungswalls.

Nach einer Weile gesellte Ronsard sich zu Teido und beobachtete mit ihm das Treiben der Sappeure. »Es wird eine ganze Weile dauern. Ich schlage vor, daß wir inzwischen versuchen, möglichst viel Schlaf zu bekommen, ehe Ameron erwacht und feststellt, daß wir ihn belagern. Der Truppe habe ich schon entsprechenden Befehl gegeben.«

Teido rieb sich mit den Fäusten die Augen und erwiderte: »Dieser Kampf ist mir gar nicht recht. Die Hand gegen einen von uns zu erheben, selbst wenn er Ameron heißt, gefällt mir nicht. Er gehört noch immer zu den Fürsten des Reiches.«

Ronsard zuckte nur die Achseln. »Er ist kein Fürst des Reiches mehr, seitdem er dem König absichtlich trotzt. Er ist abtrünnig und muß bestraft werden. Verrat ist kein geringes Verbrechen.«

»Da gebe ich dir recht. Aber mir wäre lieber, wir könnten anders vorgehen.«

»Je länger er sich in seiner Festung verschanzt und des Königs Schwert behält, um so länger hat er des Königs Erben in der Hand.«

»Ich frage mich, ob er das weiß.«

»Würde es etwas ändern?«

»Vermutlich nicht. Aber ich will ihn so bald wie möglich ins

Bild setzen. Dann wird er es sich zweimal überlegen, ehe er die Sache auf die Spitze treibt.«

Ronsard zog die Stirn kraus. »Er wird nicht nachgeben. Ameron ist stolz und hat lange auf so eine Gelegenheit gewartet. Die Belagerung ist nicht aufzuhalten. Hoffen wir, daß sie kurz wird. Wir haben nicht viel Zeit.«

Daraufhin wandten die beiden Männer sich um und kümmerten sich um die Errichtung des Lagers und ein Plätzchen, an dem sie sich ausstrecken konnten, um den bitter notwendigen Schlaf zu bekommen.

Auf Burg Amerond schliefen Fürst Ameron und seine Freunde in hohen weichen Betten unter feinem Leinen. An den Wänden ihrer Gemächer hingen kostbare Seidenteppiche. Ameron umgab sich mit aller Pracht und staffierte sich aus wie ein König, so heiß loderte die Machtgier in ihm.

Jetzt schlief er tief und fest in seinem breiten Bett und träumte davon, daß der Tag, an dem er den Drachenthron besteigen würde, nicht mehr fern sei. Diesen Traum hatte er lange in seinem Herzen gehegt und stand nun kurz vor seiner Erfüllung, da er das sagenumwobene Zallkyr besaß. Das Schwert lag in einer Truhe seines Bettes verwahrt. Nicht einmal seinem Rüstmeister mochte er es anvertrauen, sondern wollte es ständig in seiner Nähe haben.

Auf den Mauern vor des Fürsten Turmzimmer rannten laut rufend Männer. Davon wurde Ameron aus seinen Träumen von königlichem Glanz geweckt. »Kammerdiener!« rief er, worauf sogleich ein glatter, wieseläugiger Mann mit braunen, verfaulten Zähnen herbeigelaufen kam.

»Herr?« sagte er, den Kopf durch die Tür steckend.

»Bei Zoar, was geht hier vor? Wie soll man bei so einem Radau schlafen? Ich habe Gäste im Haus und möchte nicht, daß sie gestört werden.«

»Draußen vor der Burg ist etwas im Gange. Was, das hat man noch nicht entdeckt.«

»Zum Donnerwetter! Ich werde mich selbst darum kümmern!« Ameron schlug die Decke zurück, trat auf den Söller und stieg die Stufen zum Aussichtspunkt empor. Sein Gemach befand sich nämlich im Westturm, von dem aus man das Tor und den Zugang vom Wald überblickte.

Sobald er sich den Schlaf aus den Augen gerieben hatte, brauchte er nur einen Augenblick, um den Grund für den Lärm, der ihn aus dem Schlaf gerissen hatte, festzustellen. »Bei allen Göttern des Himmels und der Erde«, rief er. »Wir stehen unter Belagerung!«

In diesem Augenblick kam ein junger Ritter, Amerons Burghauptmann, herbei und sagte: »Herr, wir werden belagert!«

»Das sehe ich! Wie viele sind es?«

»Das konnten wir noch nicht bestimmen. Ich komme gerade vom Festungstor. Einer der Wächter an der südlichen Burgmauer hat eben erst Alarm geschlagen. Sappeure, Herr, erkunden Schwachstellen.«

»Des Königs Leute?«

»Sie tragen keine Abzeichen, Herr. Zumindest sah ich keine.«

»Nun gut. Schickt einen Pfeilhagel auf ihre törichten Häupter. Das wird sie lehren, wie Hunde an meinen Mauern zu schnüffeln.«

»Die Bogenschützen wurden bereits auf die Wälle befohlen. Aber sobald sie eintrafen, ergriffen die Sappeure die Flucht.«

Ameron drehte sich um und blickte zum Wald hinab, in dem die Truppen des Drachenkönigs warteten. Nun denn, sagte er sich, es geht also bereits los. Er brüllte dem jungen Ritter über die Schulter zurück einen Befehl zu: »Stelle Bogenschützen auf und mache mir sofort Meldung, wenn der Feind wieder auftaucht.«

»Jawohl, Herr.« Der Hauptmann verneigte sich, und Ameron

stolzierte von der Mauer barfuß die Stufen hinab in sein Gemach. Dann kleidete er sich hastig an und warf sich das gefütterte Hemd über für den Fall, daß die Ereignisse erforderten, daß er seine Rüstung anlegte. Schließlich eilte er in die Rüstkammer, um zu befehlen, daß man die Waffen vorbereite; von dort aus begab er sich zum Kastellan, um ihn nach der Vorratslage der Burg zu fragen: Nahrungsmittel, Wasser, Korn und Futter für die Pferde. Am Ende ging er persönlich zum Tor, um die Verstärkung der mächtigen Holzflügel mit Keilen und Querbalken zu beaufsichtigen.

All dies tat Fürst Ameron ohne Aufregung und Furcht wie ein Mann, der den Krieg und die Vorbereitungen darauf gewöhnt ist. Auf diesen Tag hatte er in der Tat sein Leben lang gewartet. Daß er seinen Aufgaben mit der Klarsicht und dem Gleichmut eines kampferprobten Veteranen nachkam, verdankte er der Tatsache, daß er wie sein Vater durch das Streben nach dem Thron gut für den Gebrauch der Macht und ihren Erhalt geschult war.

Er würde König werden, gelobte er, oder beim Versuch, es zu werden, sterben.

Am Mittag erwachte Ronsard von seinem zu kurzen Schlaf. Er drehte eine Runde durchs Lager, besprach sich mit seinen Hauptleuten und Kriegern, die allesamt den Wald rundherum ganz emsig in ein kleines Dorf verwandelt hatten: ein Soldatendorf.

»Ritter Gard«, sagte Ronsard und winkte einen vierschrötigen Mann herbei, der die Errichtung der Stelle zum Anbinden der Pferde leitete. »Welche Kunde bringen die Sappeure, die heute morgen unterwegs waren?«

Der bullige Mann holte tief Luft und blies die Backen auf, daß die Luft durch seine Zähne zischte. »Keine gute, Herr. Die Burg ist so sicher wie der Felsen, auf dem sie steht. Die Sappeure fanden keine Bresche rund um die Burg. Und auf den übrigen Seiten befindet sich der Fluß.«

Ronsard runzelte die Stirn. »Gar keine?«

Ritter Gard schüttelte den Kopf. »Nein. Die Wurzeln der Burg sind aus Stein, so hart wie das Herz ihres Herrn. Wir werden unter den Mauern keinen Tunnel graben können.«

Ronsard nickte und ging weiter. Sei's drum, dachte er. Wenn wir unter den Mauern nicht durchkommen, steigen wir darüber. Für eine langwierige Belagerung bleibt uns keine Zeit. Die Sache muß binnen vier Tagen erledigt werden, wenn wir den Hochtempel erreichen wollen, ehe … Nun gut, irgendwie werden wir schon rechtzeitig dort sein. Mit Hilfe des wahren Gottes werden wir rechtzeitig eintreffen.

Da hörte er hinter sich Schritte und sah Teido kommen. »Der Schlaf hat dir gutgetan, mein Freund. Wir werden allmählich zu alt, um die ganze Nacht durch den Wald zu jagen, was?«

Ronsard wollte seinen Freund ein wenig aufmuntern, aber Teidos Herz blieb schwer. Mit schroffer Stimme entgegnete er: »Gibt es Nachricht aus der Burg?«

»Nein. Ich sprach soeben mit dem wachhabenden Offizier. Er sagte mir, daß von den Mauern und Türmen kein Signal kam. Aber anscheinend hat man ein paar Bogenschützen aufgestellt. Sie warten ab.«

»Hm!« Teido überlegte. »Dann werde ich ihnen etwas zum Nachdenken geben.« Er machte auf dem Absatz kehrt und rief seinem Knappen zu, er solle ihm sein Roß holen.

»Was hast du vor?« fragte Ronsard, ihm nacheilend.

Da kam der Knappe mit Teidos Renner angelaufen. Der hehre Ritter packte die Zügel und setzte den Fuß in den Steigbügel. Ronsard legte ihm seine Hand auf die Schulter. »Reite nicht allein.«

»Dann komm mit. Mir gilt es gleich.« Teido schwang sich in den Sattel und wendete sein Pferd.

»Warte!« rief Ronsard und schickte seinen eigenen Knappen nach seinem Roß.

Als Ronsard seinen starrköpfigen Freund einholte, befand dieser sich schon auf halbem Weg den steinigen Anstieg zur Burg hinan. Durch die Grasnarbe bohrten sich Granitsplitter und machten den Aufstieg noch mühsamer. Die Sonne schien senkrecht auf das Gestein hinab und tauchte es in hartes Licht. Burg Amerond erhob sich vor den beiden Rittern auf der Felshöhe. Ronsard sah sich die Mauern genau an.

Sie ritten bis in Schußweite der Bogenschützen und hielten an. Teido legte die Hand um den Mund und rief den Wächtern zu: »Ich bin Fürst Teido, ein Freund des Königs, und möchte mit eurem Herrn verhandeln. Holt ihn her.«

Die beiden Reiter warteten, während die Männer auf dem Wall die Forderung erörterten und zum Schluß kamen, daß sie ihr Folge leisten mußten. Einer der Männer sagte etwas, dann tauchte zwischen den Zinnen ein Kopf auf, und der erste Wächter rief zurück: »Wir haben nach unserem Fürsten geschickt, Herr.«

Es dauerte eine Weile. Die Pferde der Ritter stampften und schnoben; ungeduldig schüttelten sie ihre Mähnen. Ihr Warten wurde jedoch durch das Erscheinen Fürst Amerons auf dem Wall belohnt.

»Du bist es also, Teido!« rief Ameron herab. »Und das ist wohl Ronsard?«

»Ich will mit dir sprechen, Ameron. Von Angesicht zu Angesicht.«

»Es tut mir leid, aber anscheinend sind die Tore verschlossen und verstärkt worden. Ich kann sie dir nicht öffnen.« Ameron sprach freundlich, als hätte er vergessen, daß sein Gegenüber ihm keineswegs wohlgesonnen war.

»Dann laß uns näher kommen. Ich muß dir nämlich etwas mitteilen, ehe zwischen uns Blut vergossen wird.«

»Du verschwendest deine Zeit«, schimpfte Ronsard. »Das einzige, was dieser Wolf versteht, ist die Schneide eines Schwerts.«

»Ich weiß«, versetzte Teido. »Aber diejenigen, die sich bei ihm befinden, sind aus anderem Holz geschnitzt. Vielleicht können wir sie auf unsere Seite ziehen. Siehst du? Da sind sie schon.«

Ronsard sah neben Ameron noch ein paar Köpfe über die Zinnen lugen. »Fürst Edfried ist nicht bei ihnen.«

»Vielleicht hat er genug Verstand besessen, sich von ihnen abzusetzen, ehe er noch tiefer in die Ränke dieses Machthungrigen verstrickt wird. Das beweist zumindest, daß das Pack nicht völlig eins ist.«

»Ihr dürft näher kommen«, rief Ameron von oben. »Ich will mir anhören, was ihr mir zu sagen habt.«

43

»Das behagt mir nicht, Ameron«, sagte Fürst Kelkin. »Wenn wir tatsächlich das Pfand für des Königs Sohn in der Hand halten, müssen wir es herausgeben. Ich will nicht des Prinzen Blut auf mein Haupt laden.«

Amerons Freunde waren mit ihm im Ratszimmer versammelt, ein Raum, der sich hoch oben im Turm über dem Verlies befand. Die Fenster waren geöffnet, damit frischer Wind in den stickigen Raum wehen konnte. Ameron saß auf einem Fenstersims und blickte auf den Wall, von dem Teido und Ronsard sich soeben erst zurückgezogen hatten.

»Du hattest genug Mumm, als wir zum König selbst ritten«, versetzte Lupoll. »Da hörte ich dich nicht klagen. Wenn es stimmt, daß, wer das Schwert besitzt, König sei, dann steht unser König hier!« Er deutete auf Ameron, der sich auf den Sims stützte, aufstand und sich zu den übrigen umdrehte, so daß seine Umrisse sich vor dem schmalen Fenster abhoben.

Fürst Denell schimpfte leise vor sich hin: »Wenn er König ist, warum verschanzen wir uns dann hier und warten auf einen Kampf?«

Ameron überhörte diese Bemerkung. »Seht ihr nicht, daß sie genau dies beabsichtigen?«

Die anderen blickten ihn fragend an. »Was willst du damit sagen?« wollte Gorloch wissen. »Sprich deutlich.«

»Es liegt doch auf der Hand. Es ist ein Trick, damit wir das Schwert herausgeben, ohne daß auch nur ein Pfeil verschossen wird. Teido ist ein listiger Fuchs. Er wußte, daß wir darüber in Zwist geraten würden, und darum verbreitete er diese Lüge.«

»Du zweifelst an seinen Worten – nach allem, was in Askalon geschah?« fragte Denell.

»Oh, ich zweifle nicht daran, daß der Prinz entführt wurde. Das ist wohl wahr. Aber vermutlich wurde er von schlichten Strauchdieben entführt, und die wollen sicher nur ein paar Goldstücke, um ihn freizulassen. Womöglich ist das Lösegeld schon bezahlt und der Knabe frei.

Nein, die Geschichte mit dem Schwert als Pfand für den Prinzen, dessen Leben verwirkt sei, wenn man Zallkyr nicht binnen vier Tagen ausliefere, die ist eine List, und zwar eine ganz schäbige.«

Die Fürsten hörten sich Amerons Rede an, die er ruhig und sicher vortrug, und runzelten die Stirn. Sie waren noch nicht überzeugt. Schließlich stand Kelkin auf und sprach: »Meine Herren, ich glaube, wir begehen einen schweren Fehler. Und zwar einen, den wir lange bedauern werden. Aber da wir bereits alle in der Sache drin stecken, müssen wir sie nun durchstehen.«

»Nun, welche Antwort willst du ihnen geben, Ameron?« fragte Lupoll. »Sie werden gleich wieder da sein, um sie zu erfahren.«

»Welche Antwort kann ich ihnen schon geben?« erwiderte Ameron, die Hände spreizend. »Ich werde ihnen sagen, daß wir das Schwert nicht herausgeben können. Ich werde ihnen sagen, daß ich ihnen die Kränkung meiner Ehre nachsehe, die sie mir durch ihr Erscheinen zugefügt haben, falls sie wieder abziehen. Falls nicht? Ja, dann habe ich die Sache nicht mehr in der Hand.«

Daraufhin erhoben die Fürsten sich und traten der Reihe nach auf den Wall hinaus. Unten wartete Teido allein; er wollte die Antwort auf seine Forderung nach Zallkyr.

»Herr Teido«, rief Ameron hinab, »ehe ich dir meine Antwort mitteile, möchte ich dich etwas fragen.« Die übrigen Fürsten hinter der Brüstung blickten einander an. Was hatte der verschlagene Fürst nun wieder vor?

»Nur zu«, entgegnete Teido von unten, einen Arm auf den Sattelknauf stützend.

»Welche Garantie habe ich, daß du das Schwert, wenn ich es dir aushändige, nicht benützt, um damit selbst den Thron zu erlangen?«

»Dergleichen kann nur einem Mann wie dir einfallen«, fauchte Teido ergrimmt. »Da du keinem treu bist, hältst du alle für so unredlich wie dich selbst.«

Da zuckte Ameron nur die Achseln. »Welche Garantie?« wiederholte er.

Nur mit Mühe zügelte Teido seinen Zorn. »Ich kann dir keine Garantie bieten außer meinem Ehrenwort. Aber wenn es dir lieber ist, kannst du mit uns zurück nach Askalon reiten und dem Drachenkönig das Schwert höchstpersönlich überreichen.«

»Mit dir und deinen Rittern als Geleit?« höhnte Ameron. »Nach einer halben Meile hättet ihr mich bereits erschlagen.«

»Mir genügt Teidos Wort«, warf Fürst Kelkin ein. »Es ist so gut wie des Königs Brief und Siegel.«

»Er bietet uns eine Gelegenheit, unsere Ehre zu retten, ohne Blut zu vergießen«, meinte Fürst Denell. »Ich finde, wir sollten uns die Sache überlegen.«

»Er sagte, wir könnten es dem König selbst überliefern«, pflichtete Gorloch ihm bei. »Ich finde auch, wir sollten darüber nachdenken.«

»Und uns in Askalons Kerkern wiederfinden, sobald wir das Schwert ausgehändigt hätten?« fragte Lupoll.

»Dergleichen würde der Drachenkönig niemals tun«, antwortete Kelkin. Gorloch und Denell nickten zustimmend. »Wir könnten freies Geleit verlangen.«

»Freies Geleit! Ha! Das einzige freie Geleit, das wir bekommen würden, wäre das zum Richtblock des Henkers!« Ameron machte ein finsteres Gesicht. »Nein, wir wagen das Schwert nicht herauszugeben. Der Würfel ist gefallen, und wir müssen das Spiel bis zum Ende durchstehen.«

»Ich warte«, rief Teido hinauf. »Wie lautet deine Antwort?«

»Da hast du sie«, erwiderte Ameron. »Ich werde das Schwert nicht herausgeben. Wenn der Drachenkönig es will, soll er kommen und es sich holen!«

»Dir ist klar, daß das Verrat ist!«

»Sprich mir nicht von Verrat! Wenn ich König bin, könnte deine Haltung als Verrat gelten, und dann werden wir sehen, wer sich windet! Verlasse diesen Ort und nimm deine Leute mit!«

»Wir haben den Auftrag, das Strahlende Schwert zurückzubringen, und wir werden ihn erfüllen. Wenn du für den König nichts übrig hast, so denke wenigstens an das Leben seines Sohnes.«

»Alles List! Geh! Ich habe es satt, mit dir zu reden.«

»Ich gehe«, erwiderte Teido kühl. »Wenn wir uns das nächste Mal begegnen, dann mit den Spitzen unserer Schwerter voraus. Du hast uns dazu gezwungen, den Belagerungszustand zu erklären.« Teido schnalzte mit den Zügeln, wendete sein Pferd und galoppierte den Hügel hinab. Dort wartete Ronsard am Rande des Lagers auf ihn.

»Wie steht's mit ihnen?« fragte der blonde Ritter.

»Du hattest recht, mein Freund«, erwiderte Teido hitzig. »Es ist der Bau eines Schakals. Die anderen – Gorloch, Kelkin und Denell – scheinen ihn zwar zur Vernunft bringen zu wollen, lassen sich aber doch von seiner glatten Zunge verführen.«

»Dann hat die Belagerung also begonnen.« Ronsard starrte die Burg an. »Diese Wälle werden sich nicht leicht überwinden lassen. Aushungern können wir sie nicht. Wir werden hinüberklettern müssen.«

»Vielleicht kommt es soweit«, versetzte Teido, Ronsards Blick folgend. »Aber laßt uns abwarten. Ich will mir die Seite, die auf den Fluß geht, ansehen.«

»Wie willst du das bewerkstelligen?«

»Das soll heute nacht geschehen im Schutz der Dunkelheit.«

»Sehr schön. Ich werde ein Ablenkungsmanöver leiten. Das wird unsere wahren Absichten verbergen. Aber was hoffst du zu finden?«

»Ein rückwärtiges Tor. Ich war noch in keiner Burg, die keinen Hinterausgang hatte. Ein Mann wie Ameron hat eine Geheimtür, das steht fest. Wir müssen sie bloß finden.«

Mit einem Kopfnicken fügte Ronsard hinzu: »Wenn wir sie nur rechtzeitig finden.«

Den Rest des Nachmittags und den frühen Abend über herrschte im Lager reges Treiben. Die Wälder in der Umgebung hallten vom Klang der Äxte wider, mit denen Bäume gefällt und ihrer Äste beraubt wurden; die Männer durchkämmten den Wald, um Arme voll trockener Nadeln zu sammeln; von der Schmiede und dem Blasebalg stieg schwarzer Rauch durch die Bäume zum Himmel empor.

Als die Nacht einbrach, war alles bereit. Fahl stieg der Halbmond über den Wipfeln auf und warf funkelndes Licht aufs Lager; die Burgmauern und Granitsplitter schimmerten weiß wie ausgebleichte Knochen.

»Es ist alles gerüstet«, sagte Ronsard. Er stellte sich neben Teido, der gerade einen Trupp Ritter unterwies, die er für sein nächtliches Unterfangen ausgewählt hatte.

»Gut. Wir sind ebenfalls bereit.« Teido entließ die Männer mit den Worten: »Ruht euch aus. Ich werde euch rufen, wenn es Zeit ist.« Die Ritter verschwanden in der Dunkelheit und ließen Ronsard und Teido allein am verglühenden Feuer stehen. »Jetzt heißt es warten. Der Mond geht in ein paar Stunden unter. Dann müßte es dunkel genug sein, daß man uns nicht sieht.«

»Sobald wir loslegen, wird keine Menschenseele in der Burg daran denken, nach euch zu suchen. Dafür sorge ich.«

»Wie lang kannst du sie ablenken?«

»So lange wie nötig. Wir sind bestens gerüstet.«

Teido seufzte. »Dann ist also alles bereit. Ruhen wir auch ein wenig. Wir müssen aufgeweckt sein, wenn wir den Löwen in seiner Höhle überraschen wollen.«

44

Die beiden Trupps versammelten sich am Waldrand: Der eine bestand aus etwa vierzig Bewaffneten, der andere aus einem Dutzend handverlesener Ritter. Der Mond war übers nächtliche Firmament gewandert und hinter den Bäumen des Pelgrin untergegangen. Jetzt lag das Land in völliger Dunkelheit. Hätten die hellen Sterne nicht wie ein himmlisches Heer gefunkelt, den Belagerern hätte das Licht gefehlt, um den Weg zu sehen.

»Wir werden euch ausreichend Zeit verschaffen, daß ihr in Stellung gehen könnt«, sagte Ronsard. »Ihr werdet merken, wann unser Ablenkungsmanöver beginnt, seid dessen gewiß. Wenn wir Glück haben, steht bald die ganze Burg in Alarmbereitschaft.«

Teido nickte. »Wir werden uns bereit halten. Laßt Vorsicht walten und haltet euch außer Schußweite. Es besteht kein Grund, Verletzte in Kauf zu nehmen. Ihr braucht keinerlei Gefahr zu laufen, zumindest noch nicht.«

»Wir sind durchaus erpicht, mit heiler Haut davonzukommen, mein Freund. Wir werden uns nicht in Schußweite begeben, keine Sorge.«

Darauf trennten die beiden Männer sich. Teido führte seine Leute durch den Wald zum östlichen Flußufer. Nach einer Weile, die sie wie eine Ewigkeit dünkte, erreichten die Ritter den dunkel und leise fließenden Siplet. Das Plätschern des Wassers verriet ihnen, daß sie die erste Etappe bewältigt hatten.

Lautlos, Waffen und Gerätschaften mit Lumpen umwickelt, schlich die kleine Schar am Flußufer entlang zur Burg. Mit einemmal wurde der Fluß breiter und seichter: Er wand sich um den Burgberg. Das Ufer stieg zu einer steilen Böschung über dem schwarzen Gewässer an, das man nicht hätte sehen können, hätte sich nicht gelegentlich ein glitzernder Stern gespiegelt.

Die Ritter erklommen den Felsen und kämpften sich dabei durch ein Gewirr aus Nesseln und Dornengestrüpp. Ihre Mühsal wurde belohnt, als Teido sie anhalten ließ und flüsternd weitergab: »Die Burg liegt unmittelbar vor uns. Wir warten.«

Rechts vor ihnen am Rand des Felsens ragte die Westmauer von Burg Amerond empor. Das Überfallkommando kniete nieder und harrte des Signals. Dieses ließ nicht lange auf sich warten, denn schon bald ertönte hoch droben der Ruf: »Feuer!« Im Nu hallte er entlang der gesamten Befestigungsanlagen wider. Dann hörten die Ritter unmittelbar über sich Schritte über die Mauer trappeln, und abermals erscholl es: »Feuer!«

Teido wartete noch immer ab und reckte die Hand empor, um seine Männer zurückzuhalten. »Wartet!« rief er. »Laßt ihnen Zeit.«

Jetzt schallten die Alarmrufe durch den Burghof und weiter entfernt über die Wälle. Unmittelbar über den Rittern war nichts mehr zu hören. Daher kroch Teido verstohlen bis an die Mauer und ging ein Stück an ihr entlang, den Blick stets emporgerichtet.

Im Handumdrehen kehrte er zurück und sagte: »Es hat geklappt. Die Wachen sind zur anderen Seite der Burg gelaufen. Wir haben nicht viel Zeit. Also hurtig voran. Los!«

Sogleich setzten die Ritter sich in Bewegung. Sie holten Taurollen hervor und trieben dicke Pflöcke in den Boden. An diesen banden sie die Seile fest und ließen sich über den Felsrand hinab zum Fluß. Teido blieb mit zwei Bogenschützen an der Mauer zurück, um den Rettern Deckung zu geben.

Als der letzte von ihnen verschwunden war, sagte Teido:

»Jetzt warten wir wieder. Haltet euch dicht an der Mauer, falls die Turmwache wiederkehrt, und horcht aufmerksam auf mein Zeichen.«

Die beiden Ritter traten zurück und verschmolzen mit der Dunkelheit. Auch Teido entfernte sich vom Felsrand und lehnte sich an die wuchtige Steinmauer. Er betete, daß die Wächter nicht zu bald zurückkehren sollten.

Der Recke hätte sich keine Sorgen zu machen brauchen, denn in diesem Augenblick waren alle verfügbaren Leute unter Amerons Befehl entweder dabei, Eimer voll Wasser zu schleppen, um die Brände im Burghof zu ersticken, oder standen auf der östlichen Burgmauer, um mit Pfeil und Bogen die Belagerer daran zu hindern, weitere Feuerkugeln über die Zinnen zu schießen.

Als Teidos Trupp nämlich fort war, hatten Ronsard und seine Mannen erst ein wenig gewartet und waren dann mit grob gezimmerten Wurfmaschinen aus dem Wald gezogen, die sie während des Tages gebaut hatten. Es waren zwei ungehobelte Geräte aus Holz und Seilen. Lange Eschenstangen mit Schlingen am einen und Gegengewichten am anderen Ende hatte man an schweren Schlitten aus Kiefernholz befestigt. Zu diesen Wurfmaschinen gehörten zwei Wagenladungen zu Bündeln gebundener Nadelzweige, die strohtrocken waren und nur auf den Funken warteten, der sie zum Lodern brachte.

Von Pferdegespannen gezogen, wurden die Wurfmaschinen in Stellung gebracht, und zwar links und rechts vom Torhaus, gerade außerhalb der Schußweite des kühnsten Bogenschützen. Sobald sie standen, schirrte man die Pferde aus und führte sie ins Lager zurück. Die Kriegsmaschinen wurden unterdessen fest im Boden verankert. Auf Ronsards Signal hin kamen zwei Reiter mit lodernden Fackeln aus dem Lager geritten, und der Feuerangriff auf die Burg begann.

Man steckte die ersten Bündel in die Schlingen, spannte die

Wurfmaschine und hielt die Fackeln daran. Sofort standen die trockenen Nadeln in Flammen und wurden losgeschleudert. Der Feuerball zischte einen vollkommenen Bogen beschreibend durch die Luft hin zur Mauer. Einen Augenblick später raste die zweite Brandkugel von der anderen Seite her durch die Luft.

Das erste Geschoß überwand die Mauer und fiel in den Burghof. Das zweite reichte zu kurz, traf auf den oberen Teil des Walls und rutschte vor der Burg in die Tiefe.

»Übernimm den Befehl hier, Ritter Ban«, rief Ronsard. »Und schießt, was das Zeug hält.« Er lief los, um das zweite Katapult neu einzurichten. Es dauerte eine Weile, bis das Gegengewicht bewegt und der Wurfarm verlängert war, aber noch ehe der Warnruf durch die gesamte Burg geeilt war, schleuderte die zweite Wurfmaschine mit tödlicher Genauigkeit Feuerkugeln durch die Luft.

»Na also!« rief Ronsard stolz, während er zusah, wie die lodernden Geschosse in den Hof fielen. »Die sind sicher die ganze Nacht beschäftigt.«

Jetzt tauchten Bogenschützen auf den Wällen auf und schickten einen Pfeil nach dem anderen auf die Männer an den Wurfgeräten. Ronsard hatte die Entfernung jedoch richtig abgeschätzt, so daß die Pfeile wirkungslos zu Boden fielen. Das löste auf den Wällen Schreie der Wut und Empörung aus; die unten Stehenden aber jubelten zur Erwiderung, als Geschoß für Geschoß den Himmel mit Flammen überzog.

Man holte Fürst Ameron aus seinem Schlafgemach, sobald die ersten Flammen im Burghof loderten. Eine Feuerkugel hatte nämlich das Stalldach getroffen und war, Stroh und Futter entzündend, zerstoben. Die verängstigten Pferde wieherten schrill und scheuten, als Knappen und Diener sich mutig in die Lohe stürzten, um die Tiere in Sicherheit zu bringen, so daß der gesamte Innenhof in völligem Chaos versank. Ein zweiter Brand loderte in der Nähe der Küche.

Mitten in all dem Wirrwarr stand Ameron, die Fäuste in die Hüften gestemmt, und brüllte Befehle, vor Wut über den Angriff schnaubend. Bisher hatte der ehrgeizige Edelmann die Angelegenheit mehr als Spiel betrachtet. Jetzt sah er, daß die Truppe des Königs es todernst meinte. Da änderte seine Haltung sich schlagartig.

»Mehr Eimer!« schrie er. »Holt mehr Eimer.« Überall schossen Leute umher und versuchten, die Ställe zu retten.

Das Feuer war nicht schlimm. Man hatte es rechtzeitig bemerkt und bekam es bald unter Kontrolle. Ameron verließ den Innenhof und stieg wutergrimmt auf die Umfassungsmauer. »Hatten die Bogenschützen Glück?« fragte er seinen Hauptmann, Ritter Bolen.

Der junge Mann wandte ihm sein vom Fackelschein rot glänzendes Gesicht zu. »Nein, Herr. Die Feinde stehen zu weit entfernt.«

»Sind Schäden zu melden?«

»Im Außenhof nicht. Man scheint uns mit den Feuerkugeln vor allem ärgern zu wollen. Wirkliche Schäden gibt es nicht. Die Brände lassen sich leicht löschen.«

»So leicht auch wieder nicht!« schnaubte Ameron. »Wenn du gerade mit mir im Innenhof gewesen wärst, dann wüßtest du, welchen ›Ärger‹ die Geschosse anrichten können.« Zwischen den Mauerzacken hindurch starrte er erbost auf die unten schimmernden Fackeln hinab. Dort standen die Wurfmaschinen. Genau in diesem Augenblick krachte eine Feuerkugel in den Torhausturm und rollte über das schräge Dach auf die Mauer. Ein Dutzend Krieger ließ die Waffen sinken und wich aus.

»Ich könnte einen Trupp aussenden und der Sache ein Ende bereiten«, schlug der junge Hauptmann vor. Im flackernden Fackelschein verrieten seine Augen die Erregung eines Mannes, der bereit ist, jeglicher Gefahr zu trotzen, um sich auszuzeichnen und bei seinem Oberen ins rechte Licht zu rücken.

»Was? Und ihnen die Tore öffnen? Das wollen sie doch gerade!« brüllte Ameron. »Wozu gebrauchst du deinen Kopf, Mann? Nein! Dergleichen wirst du nicht tun. Wir werden den Angriff, so gut es geht, ertragen und bis morgen früh warten.«

»Es tut mir leid, Herr«, stotterte der junge Ritter. »Ich dachte nur...«

»Warte!« rief Ameron und blickte die Mauer entlang. »Wer hält auf der anderen Seite Wache?«

»Niemand...«, erwiderte der Hauptmann zögernd. »Als der Alarm ertönte, sind alle hierhergelaufen...«

»Schicke die Turmwächter sofort wieder auf ihren Posten! Sie sollen unverzüglich Meldung erstatten, wenn etwas nicht stimmt! Geschwind! Wer weiß, was diese Hunde des Königs treiben!«

»Habt ihr etwas entdeckt?« fragte Teido, der auf dem Bauch am Rand des Felsens lag und mit einem Mann sprach, der unter ihm an einem Seil baumelte.

»Am Wasserrand gibt es einen schmalen Uferstreifen, Herr, der sich den ganzen Felsen entlangzieht. Wir haben Kundschafter in beide Richtungen geschickt, aber noch nichts entdeckt.«

»Fahrt fort«, sagte Teido und stand auf.

Da ertönte von oben eine Stimme: »Halt! Wer ist da?«

Teido krampfte sich das Herz in der Brust zusammen. Halb kauernd, halb stehend, blieb er reglos wie ein Stein und hoffte, daß der Mann oben ihn nicht sehen würde, denn er war nun sogar für einen schlechten Schützen ein leichtes Ziel.

»He!« rief die Stimme von oben. »Bring deine Fackel hierher! Ich glaube, da unten ist wer.«

Teido hörte jemanden herbeilaufen. Jetzt stellte sich ein zweiter Wächter mit einer Fackel neben den ersten. Der Ritter hielt den Atem an und fürchtete schon, jeden Augenblick einen Pfeil herniedersirren zu hören. Eins... zwei... drei. Dann sagte jemand: »Da unten ist nichts, du Spatzenhirn. Du siehst Schatten und hältst sie für Krieger. Begib dich auf deinen Posten und ruf mich nicht mehr, es sei denn, du siehst mehr als einen dunklen Fleck auf den Felsen.«

Der erste Soldat schimpfte und begab sich auf seinen Platz im Turm. Teido atmete aus und zog sich in die Deckung der Mauer zurück. Zu beiden Seiten hörte er aus nächster Nähe die Schritte seiner Bogenschützen und merkte, daß sie sofort ihre Pfeile eingelegt hatten, als der Wächter ihn entdeckte. Hätte einer der Wächter auch nur den Versuch gemacht, Alarm zu schlagen, wäre er sofort tot gewesen.

Teido schlug seinen Mantel um sich und lehnte sich ans harte Gemäuer. Gelegentlich drangen Rufe von der anderen Seite der Burg herüber, aber das anfängliche Durcheinander aufgrund der ersten Brandgeschosse war vorüber. Im Osten wurde der Himmel bereits heller. Hurtig! flüsterte Teido vor sich hin. Hurtig! Der Tag bricht an, und wenn wir nicht bald fort sind, wird man uns entdecken. Hurtig, es bleibt nicht viel Zeit.

45

Die Sterne im Osten verblaßten und wurden weniger, als der Morgen zu grauen begann. Ronsard und seine Truppe schossen immer noch mit ihren Katapulten, aber die Feuerbälle sausten nun seltener durch die Luft. »Wir haben bald keine Bündel mehr«, meldete einer der Männer. »Lang können wir nicht mehr weitermachen.«

Ronsard blinzelte zum Firmament empor und sagte: »Die anderen müßten inzwischen wieder im Lager sein. Fahrt fort, solang ihr könnt. Mit etwas Glück sind sie bei uns, ehe es richtig hell wird.«

Hurtig! dachte Ronsard. Hurtig, bevor sie es merken... Einen flüchtigen Moment lang dachte er: Und wenn sie es schon gemerkt haben? Aber diesen Gedanken schob er sofort beiseite. Das hätte er längst erfahren.

Der blonde Ritter blickte zur zerklüfteten Waldlinie, die zum Fluß hin abfiel. Von dort mußten Teido und sein Trupp zurückkommen. Aber er sah niemanden. Keiner grüßte ihn von den Bäumen aus, noch kam ein Bote, um ihm zu melden, daß alles zum Besten stehe und der Spähtrupp sicher zurückgekehrt sei.

»Kommt schon«, flüsterte Ronsard. »Bald ist Tag!«

Die Wurfmaschinen blitzten auf und schleuderten ihre Flammengeschosse auf die Burgmauern, die jetzt immer deutlicher zu sehen waren und sich im schwachen Licht mächtig und grau abzeichneten. Die Abstände zwischen den einzelnen Geschossen waren jetzt recht groß, und die Feinde standen zwar noch immer auf den Mauern und löschten jeden neuen Brand rasch aus, aber sie schrien und höhnten nicht mehr, sondern wirkten gelangweilt vom stets gleichen Schauspiel.

Da ertönte ein Ruf, und ein Mann kam vom zweiten Katapult herbeigelaufen. »Herr«, meldete er, »wir haben keine Bündel mehr. Jetzt können wir nichts mehr auf sie schleudern.« Er wartete auf Ronsards Anweisung.

»Wir müssen noch ein wenig durchhalten. Schickt ein paar Leute ins Lager. Sie sollen weitere Bündel schnüren und sich dabei von den übrigen dort helfen lassen. Wir brauchen genug für beide Katapulte. Inzwischen müssen wir die Aufmerksamkeit der Männer auf den Wällen fesseln. Nimm also mit deinen Kriegern eine neue Stellung ein, während ihr auf Nachschub wartet.« Er deutete über das Feld. »Dort drüben, mehr zur Mitte hin.«

Der Soldat eilte fort, um die Befehle auszuführen. Ronsard verschränkte die Arme über der Brust und blickte stirnrunzelnd zum Himmel hinauf. »Du müßtest längst wieder hier sein, Teido. Soll ich einen Suchtrupp aussenden?«

Er beschloß, noch ein wenig zu warten, und fing an, zwischen den Wurfmaschinen hin und her zu gehen. Dabei warf er immer wieder einen Blick zum Waldrand, weil er hoffte, von dort seinen Kameraden auftauchen zu sehen.

Die Sonne stand jetzt schon fast voll am Horizont und färbte den Himmel hinter den grauen Wolken hellrot. Der aufkommende Wind wehte schwarze Rauchfahnen über die Mauern von Burg Amerond. Wenigstens, dachte Ronsard grimmig, haben wir sie die ganze Nacht lang auf Trab gehalten und keine Verwundeten zu beklagen.

Als die Männer mit weiteren Bündeln aus Fichtenzweigen zurückkamen, befahl Ronsard, die Leute auszuwechseln. Ausgeruhte Soldaten übernahmen die Aufgaben derer, die während der Nacht tätig gewesen waren, auf daß diese ihre wohlverdiente Rast bekamen. Der neue Trupp machte sich eifrig ans Werk, und das Schleudern ging weiter.

Ronsard, der sich um das lange Ausbleiben seines Freundes immer größere Sorgen machte, legte den Befehl über die Maschinen in die Hände eines Untergebenen und kehrte ins Lager zurück, um eine Suchmannschaft zusammenzustellen. Er hatte die Leute gerade ausgewählt und sie sich entsprechend bewaffnen lassen, um dem Pfad zu folgen, den Teido eingeschlagen hatte, als es aus dem Wald scholl: »He! Ronsard!«

Der Ritter drehte sich rasch um und sah die zurückkehrende Truppe aus dem Wald stapfen, mit vor Müdigkeit gezeichneten Gesichtern, aber den Kameraden zuliebe fröhlich.

»Wir wollten uns gerade auf die Suche nach euch begeben. Ihr hättet längst wieder hier sein sollen.«

»Ich glaubte selbst schon, wir würden ewig dort bleiben. Die Wachen kehrten auf den Wall und die Türme zurück, so daß wir unterhalb des Felsens in der Falle saßen. Wir mußten den Wachwechsel abwarten, ehe wir uns rühren konnten.«

»Und? Soll ich alles übrige erraten?«

»Wir haben ihn gefunden, mein tapferer Freund: den geheimen Hintereingang. Ameron ist schlau. Darum brauchten wir die ganze Nacht, aber wir haben ihn gefunden.«

Daraufhin brachen Ronsard und sein Suchtrupp in Jubelrufe aus und klatschten ihren Kameraden Beifall. Sie klopften ihnen auf den Rücken und schüttelten ihnen die Hand. »Wo ist er? Erzähle mir alles, was du weißt.«

Teido entließ seine Männer und ging mit Ronsard zu dem Zelt, das man ihnen als Befehlsstand und Unterkunft aufgestellt hatte. Dort setzten sie sich einander am grob gezimmerten Tisch gegenüber. »Erst sah es so aus, als ließe sich kein Eingang finden – weder ein geheimer noch ein anderer. Der Felsen unterhalb des Westwalls ist glatt und bricht jäh zum Wasser hin ab. Aber darunter befindet sich ein schmaler Kiesstrand, auf dem man einzeln hintereinandergehen kann …« Er hielt inne und deutete auf einen Krug. »Einen Schluck Wasser könnte ich vertragen.«

Ronsard griff nach dem Krug, schenkte einen Becher voll und reichte ihn Teido. »Weiter, nur weiter. Was habt ihr gefunden?«

»Jetzt geht's mir schon besser«, erwiderte Teido. »Also, ja, der Fluß strömt in einem Bogen um den Burgfelsen, und wenn man ihm weit genug folgt, stellt man fest, daß das Ufer hinter dem Felsen breiter wird.« Er zeichnete mit seinem Finger auf dem Tisch. »Hier und da reicht der Wald bis ans Wasser. Ich schickte Männer auf dem niederen Ufer entlang, bis dieses wieder in den Fluß überging.

Erst fanden wir nichts. Beim zweiten Mal entdeckte einer der Männer eine Höhle ein ganzes Stück oben in der Felswand – klein, aber ausreichend, daß ein Mensch sich hindurchzwängen kann. Sie liegt hinter Wacholderbüschen verborgen und ist daher nicht zu sehen, wenn man von Norden kommt. Aber aus der Gegenrichtung kann man sie ausmachen. Die Männer kletterten zur Höhle hinauf und entdeckten, daß sie sich nach ein paar Schritten zu einem Tunnel weitet.«

»Nein!«

»Doch«, bestätigte Teido. »Der Tunnel ist lang und windet sich wie eine Schlange. Er führt zu einem eisernen Fallgitter mit einem Tor dahinter.«

»Mitten in Amerons Bau. Gut gemacht! Gut gemacht, fürwahr!« Ronsard strahlte seinen Freund an. »Diese Nacht ward nützlich verbracht.« Sofort begann der Ritter Berechnungen anzustellen und Pläne für den weiteren Verlauf des Feldzugs zu schmieden. »Können wir das Eisengitter überwinden?«

»Ja«, erwiderte Teido gähnend. »Ich sah es zwar nicht, und die Leute hatten auch keine Fackeln, um den Tunnel genau zu untersuchen – sie arbeiteten sich in völliger Dunkelheit voran –, aber der Tunnel ist auch nicht besonders lang, so daß sie das Fallgitter mühelos erreichten. Ja, es läßt sich aufschneiden, wenn man genug Zeit hat. Das Eisen ist dick und scheint von hoher Güte. Es wird einige Zeit dauern.«

»Dann müssen wir sofort anfangen«, stellte Ronsard fest. Als er Teidos Miene sah, fragte er: »Können wir bei Tageslicht zum Tunnel gelangen, ohne daß man uns sieht?«

»Nein.« Müde schüttelte Teido den Kopf. »Zumindest nicht auf dem Landweg. Es besteht jedoch eine Möglichkeit, wenn wir übers Wasser kommen und uns dicht unterhalb der Mauern halten. Dann würde man uns nicht sehen.«

»Und schwimmen?«

»Zu schwierig. Wir könnten das Werkzeug, das wir brauchen, nicht mitnehmen.«

»Boote haben wir nicht.«

»Flöße also. Wir müssen zwei Flöße bauen, auf denen je ein Dutzend Mann mit Waffen und Gerät Platz hat.«

Ronsard starrte über den Tisch. »Das dauert mindestens einen Tag, vielleicht zwei.«

»Eine andere Wahl bleibt uns nicht, soweit ich sehe. Die Wände hochzuklettern ist unser letztes Mittel. Der Feind ist wohl ausgerüstet und hat sicher bessere Vorräte als wir; darum können wir nicht abwarten, bis er durch die Belagerung geschwächt wird. Nein, die Geheimtür ist der einzige Weg.«

Ronsard verstummte und überlegte sich die Sache. Schließlich mußte er Teido recht geben. »In diesem Falle dürfen wir keinen weiteren Augenblick verschwenden. Ich lasse die Zimmerleute sofort die Flöße bauen.« Er stand auf. »Du siehst hundemüde aus. Schlafe jetzt. Ich kümmere mich um die Flöße und hole dich, wenn wir dich brauchen.« Am Eingang schob er die Klappe beiseite und blieb zaudernd stehen. »Wir werden siegen, Teido.«

Sein Tonfall verlangte nach Bestätigung. Teido, der immer so sicher war, der immer gewiß war, daß das Recht obsiegen werde, brachte in diesem Fall nicht die übliche Überzeugungskraft auf. Ausnahmsweise schien es so, als würden sie trotz all ihren Mühen nicht die Oberhand gewinnen, als würde das

Böse, welches das Reich so rasch vergiftet hatte, ans Ziel gelangen, ohne daß sie es abwenden konnten.

Ronsards Frage lag noch immer in der Luft. Teido zuckte die Achseln und seufzte. »Ich wünschte, es wäre so, mein tapferer Freund.«

Einen Moment lang sahen sich die beiden tief in die Augen und versuchten die Gedanken des anderen zu lesen, um dort eine verborgene Hoffnung oder Gewißheit zu entdecken. Schließlich wandte Ronsard sich ab und blickte ins Lager hinaus, ohne jedoch die Männer zu sehen, die dort ihr Frühstück am Feuer bereiteten, Feuerholz und Wasser holten, ihre Waffen pflegten und die Pferde versorgten. Mit der Sonne auf dem grimmigen Gesicht trat Ronsard ins Freie und überließ Teido dem Schlaf.

46

Quentin stakste auf den hohen Burgmauern umher. Rastlos, schlaflos ging er über Söller und Wälle, während sein kurzer Umhang wie Flügel hinter ihm herwehte und das ungepflegte Haar ihm in wirren Zotteln vom Kopf stand. Auf jeden, der ihm begegnete, wirkte der König wahnsinnig, einer, der mitten in der Nacht in der Burg spukt wie die unglücklichen Geister, die verlassene Stätten heimsuchen.

Der König war sich seines Tuns selbst nicht bewußt. Er wußte bloß, daß er nicht länger stillhalten konnte; er mußte sich bewegen, umhergehen und durfte nicht innehalten, um nicht unter dem Gewicht der Finsternis zusammenzubrechen, die sich seines Herzens bemächtigt hatte. Er hatte in den letzten Tagen so oft mit ihr gerungen, daß er wußte: Gegen sie war nicht zu gewinnen. Sie hielt ihn in tödlicher Umklammerung umfangen und wollte ihn in den Staub des Vergessens zerren.

Um das Unvermeidliche noch ein wenig länger hinauszuschieben, schlich er also des Nachts auf den Wällen umher, im fahlen Schein der Mondsichel, wie ein vor Schmerzen halb wahnsinniges Tier. Quentin spürte, wie die Nacht ihn bedrängte, ihn in ihre samtene Umarmung schloß, ihn beruhigte. Er starrte gen Osten übers Land und sah dort den dunklen Saum des Pelgrin-Waldes, welcher die weite, flache Ebene begrenzte. Hinter dem Pelgrin lagen im Nordosten Narramur und der Hochtempel auf seinem Felsplateau mit Blick übers ganze Reich.

Irgendwo in diesem Tempel wartete sein Sohn darauf, daß er ihn rettete, wartete, wie er als Knabe auf etwas gewartet hatte, das ihn von jenem Ort fortbringen würde. Und er war gerettet worden: von einem schwer verwundeten Ritter, der ihm einen Auftrag gab, den nur er allein erfüllen konnte. Damals war alles leicht gewesen – leicht zu glauben, leicht zu befolgen, ohne nach einem Zeichen oder Gewißheit zu fragen oder zumindest ohne sie an jeder Wegbiegung zu verlangen.

Jetzt war alles viel schwieriger. Er war nicht mehr der schlichte, vertrauensselige Priesterschüler ohne Heim und Familie, der nichts zu verlieren hatte. Er war der Drachenkönig, der Führer seines Volkes und Beschützer des Reiches.

Leider war er in letzter Zeit kein starker Schutz gewesen. Er hatte sich außerstande gezeigt, Derwins Tod zu verhindern, die Entführung seines Sohnes aufzuhalten oder irgendeine aus dem Schwarm von Schwierigkeiten zu klären, die ihn bedrängten. Der Gott hatte seine Hand von ihm genommen, hatte den Segen zurückgenommen, den er ihm erteilt hatte, und hatte ihn allein und hilflos zurückgelassen.

Sei's drum. Der Gott hatte sich entfernt, hatte ihn im Stich gelassen nach der Götter Art. Er konnte es nicht ändern. Schließlich war er nur ein Mensch. Die Dinge der Götter gingen die Götter an. Sterbliche konnten sie nicht beeinflussen oder verändern, sobald die Götter gesprochen hatten. Und Quentin hatte zwar Wunderbares, Unerhörtes über den Allerhöchsten geglaubt und hatte ihm sein Leben und das Leben seiner Lieben anvertraut, aber der Gott hatte ihn wie alle Götter letztendlich enttäuscht.

Dennoch blieb ihm eine Wahl: Er konnte entweder sein Vertrauen in den Allerhöchsten aufgeben und sein Leben wieder für sich selbst fordern oder ihm weiter dienen und vertrauen, auch wenn er keinen guten Grund dazu hatte, auch wenn ihm der gesunde Menschenverstand riet, dem Glauben abzuschwören, der ihn so lange in blinder Zuversicht an einen Gott gebunden hatte, der ihn nicht mehr kannte, während er behauptete, sich um seine Kinder zu kümmern. Gab es überhaupt einen Gott, der wenigstens so tat, als würde er sich um seine Anhänger sorgen? Unter den alten Göttern mit Sicherheit keinen. Jedenfalls keinen, über den er im Tempel etwas erfahren hatte. Wenn die Wege der alten Götter sich von den Menschen nicht einschätzen ließen, dann ergab es zumindest mehr Sinn, an den einzigen zu glauben, der einem die Hoffnung auf etwas Größeres bot als die jämmerlichen Rituale, welche die lachhaften Priester des Hochtempels aufführten.

Die alten Götter? Jene schwer faßlichen Hochstapler aus Urzeiten? Jene unbestimmten, launischen Mächte, die von den Menschen unter den Namen von Göttern angerufen, angebetet und verehrt wurden? Wie konnte er an die glauben, da er wußte, was sie waren? Als Priesterschüler hatte er lang genug im Tempel gedient, um zu erfahren, daß ein Priester, der seine Lippen aus Fleisch und Blut an eine Öffnung in der Wand legte, das Orakel des Gottes sprach und die habgierigen Gelüste eines Priesters zu den Forderungen des Gottes wurden.

Wenigstens verschmähte der Allerhöchste Wahrsprüche und Gegenstände aus Gold und Silber, um damit die Gunst der Menschen zu erringen. Er sprach unmittelbar zu ihnen und machtvoll. Ja, Quentin hatte seine Macht gespürt. Auch wenn er sie jetzt nicht spürte und sie vielleicht nie wieder spüren sollte, würde er sich stets an die Zeit erinnern, als er fern jeden Zweifels gewußt hatte, daß der Gott zu ihm gesprochen und ihn gestärkt hatte.

Das war mehr als Worte, die undeutlich durch ein in der Mauer verborgenes Sprechloch genuschelt wurden. Hierin steckte Hoffnung, und dies war etwas, das die alten Götter der Erde und der Luft, der Wegkreuzungen und Berggipfel, der Flüsse und Jahreszeiten niemals hatten geben können. Quentin erinnerte sich noch, wie es gewesen war, ohne Hoffnung zu leben, er erinnerte sich der peinigenden Verzweiflung, die ihn überkam, wenn er als Knabe auf seiner Strohmatte in der Tempelzelle lag und des Nachts darum betete, daß ihm die Wahrheit offenbart werde. Da hatte er gewartet, gehorcht und wieder gewartet; doch seine Worte waren lediglich auf ihn zurückgefallen und hatten seiner aus der leeren Stille gehöhnt.

Nein, nachdem Quentin die so lang ersehnte Hoffnung gefunden hatte, wollte er sie nun nicht fahrenlassen. Ohne Hoffnung konnte er nicht sein, denn ohne sie gab es kein Leben. Lieber ein Leben ohne Gesichts-, Tast- oder Geschmackssinn, ohne ein Dutzend anderer Empfindungen einschließlich der Liebe als ein Leben ohne Hoffnung. Diesen Weg kannte er nur zu genau und wollte ihn nicht noch einmal beschreiten.

In Dekra war er sich des Unterschieds zum ersten Mal bewußt geworden, des scharfen Gegensatzes zwischen dem hohlen Trug des alten Glaubens und dem wahren Glauben. Ach, Dekra ... mit den guten, liebevollen Menschen und den zurückhaltenden Bräuchen. Sollte es ihm nie bestimmt sein, dorthin zurückzukehren und seine Tage in Frieden zu beschließen, umgeben von Liebe und Schönheit? Leider wohl nicht. Sein Lebensweg war ihm vorgezeichnet – ohne Dekra. Das wußte Quentin nun.

Aber andererseits genügte es ja bereits, zu wissen, daß es auf Erden einen solchen Ort gab und man gelegentlich dorthin reisen konnte, um sich geistig zu erfrischen. Ja, das genügte; damit konnte er leben. Denn er würde etwas von Dekra in sich bewahren, wohin er auch ginge.

Ob der Gott sich entschied, in ihm zu wohnen oder nicht, sei's drum. Er konnte dem Allerhöchsten keine Vorschriften machen – welcher Gott würde sich dazu herablassen? Aber glauben, das konnte Quentin. Davon konnte sogar der Allerhöchste ihn nicht abhalten. Er konnte glauben – und hoffen, kostete es ihn seinen Thron, kostete es ihn sein Leben!

In diesem Augenblick fiel es Quentin wie Schuppen von den Augen. Er achtete nicht mehr darauf, was der Gott für ihn tun konnte. Er wollte glauben, auch wenn dies seinen Sturz bedeuten sollte. Er konnte weiterhin Vertrauen haben, auch wenn der Gott sich nicht als vertrauenswürdig erwiese. Jeseph hatte geglaubt und war im Glauben gestorben. Derwin hatte geglaubt, und auch er hatte seinen Glauben bis zum Grab bewahrt. Nun denn! Quentin wollte es den Menschen gleichtun, die er geliebt hatte und die ihm gezeigt hatten, wie man glaubt. Er wollte glauben und mit aller ihm verbliebenen Kraft an diesem Glauben festhalten.

Als er sich darüber im klaren war, wandte er seinen Blick abermals dem Hochtempel zu. Er konnte ihn zwar nicht sehen, so weit war er weg, aber er wußte, wo er sich befand: Wie ein Aasvogel, der auf den nächsten Leichenschmaus wartet, hockte er auf dem Felsen. Ja, in jenen Mauern wartete seine Sohn auf ihn. Er wollte zu ihm gehen. Durfte er sich Vater nennen, wenn er es nicht tat? Wenn er das Schwert dafür aufgeben mußte, würde er es tun. Was wäre er für ein König, wenn er zuließe, daß sein einziger Sohn, der Thronerbe, den Tod fände, während er die Kraft und den Willen besaß, dies zu verhindern!

Die beiden langen Flöße aus mit Seilen verknüpften Baumstämmen glitten in das nächtliche Wasser des Siplets; dann kletterte auf jedes ein Dutzend Soldaten mit Waffen und Gerätschaften, um Eisengitter und Tor vor dem geheimen Hinterausgang von Burg Amerond aufzubrechen.

Sobald die beiden Flöße beladen waren und die Fahrgäste sich in ihrer Mitte niedergelassen hatten, stakten die Steuerleute die ungelenken Gefährte in die träge Strömung des Flusses. Gegen die Strömung zu fahren war nicht leicht, aber am Ufer entlang war der Sog nicht besonders stark, so daß die Steuerleute ihre grob gezimmerten Fahrzeuge langsam flußaufwärts lenken konnten.

Teido saß mit seinen Leuten in der Mitte des vorderen Floßes. Den ganzen Tag lang hatten die Zimmerleute sich abgemüht. Die

Flöße waren zwar nicht schön geworden, aber Teido war erleichtert, als er entdeckte, daß sie recht gut schwammen. Bei Einbruch der Nacht waren sie bereit gewesen, und er hatte befohlen, sie zu Wasser zu lassen, um den Schutz der Dunkelheit zu nutzen und ihr weiteres Tun dahinter zu verbergen. Er zweifelte nicht, daß die Nachtwachen sie beim geringsten Geräusch entdecken und ihr Vorhaben zunichte machen würden. Wenn Ameron nur den geringsten Verdacht schöpfte, daß sie seinen Geheimgang gefunden hatten, konnte er ihn mühelos verteidigen. Drei Bogenschützen konnten eine unbegrenzte Zahl von Rittern in Schach halten.

Jetzt hockte Teido mit seinen Rittern da und lauschte auf das Platschen und Glucksen des Wassers, während sie das mit Büschen bestandene Ufer entlangfuhren und wider jedes Erwarten hofften, ungehört an den Mauern vorbei zu gelangen. Die Steuerleute stakten die Flöße voran und hielten sich dabei so nah wie möglich am Ufer. Es kam ihnen wie Stunden vor, bis sie die Stelle erreichten, an welcher der Burgfelsen emporragte und sich der Fluß um ihn wand. Vorsichtig und peinigend langsam schoben sich die Flöße voran, denn die Türme standen unsichtbar geradewegs über ihnen. Angestrengt suchte Teido die Felswand nach den Wacholderbüschen ab, die den Eingang zur Höhle verbargen.

Als sie um den Felsen bogen, hob Ritter Gard, der ihn in der Nacht zuvor begleitet hatte und selbst in dem neu entdeckten Tunnel gewesen war, lautlos den Arm und deutete auf eine Stelle in halber Höhe des Felshangs. Ja, dort war die Höhle. Teido erkannte sie gerade noch als schwarzen Fleck auf dem Gestein. Er nickte stumm. Ja, sie waren fast da.

Das erste Floß stieß auf den felsigen Strand und kam leise knirschend zum Stillstand. Die vordersten Männer kletterten an Land und luden Waffen und Ausrüstung ab. Dann folgten die übrigen. Jetzt erreichte das zweite Floß das Ufer, und seine

Passagiere wollten es umgehend verlassen. Da machte der erste Soldat aus Überängstlichkeit eine falsche Bewegung und brachte das Gefährt zum Kippen, so daß alle übrigen mit ungeheuer lautem Platschen ins Wasser stürzten.

Die Männer am Ufer erstarrten klopfenden Herzens, während ihre Kameraden an Land schwammen und sich so leise wie möglich aus dem Wasser wanden. Alle hielten den Atem an und beteten, daß niemand in der Burg das Geräusch bemerkt habe.

Sie warteten.

Irgendwo oben auf den Mauern ertönte ein Ruf, der kurz darauf beantwortet wurde. Die einzelnen Worte ließen sich nicht ausmachen, aber Teido vermutete, daß ein Wächter den anderen auf das Geräusch aufmerksam gemacht hatte. Dann hörte man Stimmen herabwehen: Da beugten sich Leute über die Brüstung, um zu sehen, wodurch das Platschen verursacht worden war.

Teido gab ein Zeichen, daß alle Grabesstille bewahren sollten. Einen Moment lang dachte er an sein Abenteuer vom Vorabend zurück, als man ihn fast entdeckt hatte. Dann erscholl ein Ruf, der unten deutlich zu verstehen war: »Alles klar!« Die Männer am Ufer atmeten erleichtert auf.

Teido bedeutete ihnen, die Arbeit wiederaufzunehmen. Jetzt wurden die inzwischen entladenen Flöße ein Stück weiter gestakt und im Ufergestrüpp versteckt. Die übrigen Soldaten bildeten eine Kette und reichten sich die Ausrüstung hügelan weiter bis zur Höhlenöffnung.

Ritter Gard und Teido kletterten zur Höhle und stiegen hinein. Gard holte einen Flintstein und ein Stück Metall heraus und entzündete eine der Fackeln, die sie mitgebracht hatten. »Jetzt werden wir gleich sehen, womit wir es zu tun haben.«

Er hielt die hell leuchtende Fackel empor und führte Teido in die Höhle hinein. Sie schlichen durch einen Gang, der nicht breiter als ein Minenschacht war, und erreichten das Ende der

Höhle. Dort hatte man ins weiche Gestein einen Tunnel gehauen. »Diese Höhle wurde vor Urzeiten durch den Fluß ausgewaschen. Als man die Burg errichtete«, sagte Gard, auf die glatt gemeißelte Oberfläche des Gesteins deutend, »muß jemand sie entdeckt und diesen Durchgang angeschlossen haben.«

Er bückte sich und betrat den Tunnel. Teido folgte ihm. Er war schmal, noch schmaler als die Höhle, so daß nur ein Mann bequem hindurchkam. Der Geheimgang stieg leicht an. Der Boden war trocken und meistenteils staubig. Aber als sie in die Nähe der Tür gelangten, bemerkte Teido, daß an den Wänden Wasser herablief. Gard deutete darauf und sagte: »Wir befinden uns jetzt sicher unter der Burgzisterne.«

Kurz darauf erreichten sie eine Stelle, an der die Tunnelwände sich weiteten: Hier stand das Eisengitter und glitzerte dunkel im Fackelschein.

»Da ist es«, sagte Gard und steckte die Fackel in einen Halter neben der Tür. »Bei Licht betrachtet, wirkt es viel stärker, als ich gedacht hatte.« Er strich mit der Hand über das Eisen, um Dicke und Stärke abzuschätzen.

»Ja«, pflichtete Teido ihm bei, »ein gutes Stück. Das hätte man sich denken können, wenn man Ameron und seinesgleichen kennt. Und in gutem Zustand.«

»Kein einziger Rostfleck, Herr.«

»Die Schmiede haben eine Menge Arbeit vor sich. Ein Grund mehr, daß sie rasch beginnen.«

»Sofort, Herr.« Gard machte kehrt und begab sich zurück zum Ausgang.

»Gard«, rief Teido ihm hinterher, »lasse auch die Waffen hierherbringen. Ich möchte sie bei der Hand haben.« Der Ritter verschwand, und Teido wandte sich wieder dem Eisengitter zu. Würden sie es rechtzeitig aufbrechen können? Und was würde sie auf der anderen Seite erwarten?

47

Bria war weit vor Tagesanbruch aufgestanden und hatte ihren Leibwächter beauftragt, daß er die Kutsche und die Pferde bereitmachen sollte. Sie waren zwei Tage lang rasch durchs Sumpfland zwischen den Hügeln von Dekra und dem Malmar vorangekommen und hatten bei Einbruch der Nacht die Stelle erreicht, an der sie die Kutsche zurückgelassen hatten. Dort hatten sie ihr Nachtlager aufgeschlagen.

Sobald sie Dekra verlassen hatten, war die Königin von unterschwelliger Unruhe erfaßt worden. Bei jedem Schritt, den sie sich Askalon näherten, schien sie eine flehentliche Stimme zu hören: Hurtig! Hurtig, flüsterte diese, ehe es zu spät ist! Und Bria achtete auf diese innere Stimme; sie trieb die Reisenden zu größerer Eile an.

Alinea, die das veränderte Verhalten ihrer Tochter wohl bemerkte, hatte sie danach gefragt, als sie den Tag zuvor am Wegrand Rast hielten. »Was ist mit dir, meine Liebe? Was hast du?«

Die grünen Augen starr gen Askalon gerichtet, gab Bria zu: »Das weiß ich nicht. Aber ich spüre, daß bald etwas geschieht, bei dem ich dabeisein muß, entweder um zu helfen oder um ein Unglück zu verhindern. Was es genau ist, weiß ich nicht. Aber mein Herz treibt mich zur Eile, und wir müssen auf es hören. Wir dürfen nicht verweilen, Mutter.«

»Geht es um Gerin?«

Bria überlegte wie eine Mutter, die auch auf große Entfernung spürt, daß ihrem Kind etwas geschieht. »Nein, um Gerin geht es nicht, da bin ich recht beruhigt. Es handelt sich wohl eher um Quentin.«

»Hat es mit Esmes Traum zu tun?«

»Ja, das muß es sein, wenigstens zum Teil. Aber was ich damit beginnen soll, weiß ich nicht. Trotzdem spüre ich, daß wir so rasch wie möglich nach Askalon zurückkehren müssen.«

Jetzt, im trüben Schein des neuen Tages, drängte es Bria um so mehr heimwärts. Sie war früh aufgewacht und hatte die anderen geweckt, um geschwind das Lager abzubrechen. Die kleinen Prinzessinnen, die noch gähnten und sich verschlafen die Augen rieben, spritzten sich Wasser ins Gesicht und machten aus der Eile ein Spiel. Alinea nahm sie unter ihre Fittiche und achtete darauf, daß sie den Männern nicht im Weg standen, welche die Pferde vor die Kutsche spannten. Bria kümmerte sich um das Packen der Schlafdecken und half den Männern, die Vorräte wieder auf dem Wagen zu verstauen.

Auch Esme half mit, allerdings war sie leicht abwesend. Seit ihrem Aufbruch aus Dekra hatte sie sich immer stärker in sich zurückgezogen, grübelnd, nachdenklich, oft schweigsam, das reizende Gesicht vor Anspannung finster verzogen. Welche Empfindungen oder Gedanken sie so heftig bewegten, daß sie trotzig und seltsam wirkte, ließ sich nicht erkennen. Denn als Bria versuchte, sie aus der Reserve zu locken, erwiderte sie einfach: »Ich mache mir nur Sorgen. Verzeih mir.« Und jedesmal wenn sie versuchte, sich am Gespräch der übrigen zu beteiligen, verfiel sie bald wieder in ihre Tagträume.

Als schließlich alles zur Weiterreise bereit war, lugte die Sonne gerade über den Berggrat im Osten. Esme drehte sich um und blickte sehnsüchtig nach Dekra zurück. Dann machte sie abrupt kehrt, saß auf und folgte der Kutsche. Am halben Vormittag erreichten sie Malmarn und vereinbarten, nachdem sie das ganze Dorf begrüßt hatten, mit Rol, dem Fährmann, daß er sie über die Bucht schiffte, wo hinter Zelbakors Wall des Königs Straße auf sie wartete.

Erst wurde die Kutsche mit den Pferden und zwei Leibwächtern hinübergebracht, dann kam Rol wieder, um die übrigen Fahrgäste zu holen. Esme setzte sich allein in den Bug des breiten Bootes und blickte aufs Wasser hinaus. Der Malmar lag tief und dunkel da, das Wasser war still und klar. Während Esme es anstarrte und über den glatten Spiegel zur großen Mauer glitt, die auf der gegenüberliegenden Seite emporragte, versank sie vollkommen in Gedanken.

Der Wall, dachte sie. Mit der Mauer ist etwas. Und während sie so hinüberstarrte, schien die Mauer sich zu verändern, sich immer höher aufzutürmen, sich über das gesamte Reich auszudehnen, bis ganz Mensandor von einer glatten, undurchdringlichen schwarzen Steinwand umgeben war. Und dann wuchs sie noch weiter, bis sie die Sonne verdeckte.

O nein! dachte Esme fassungslos. Wir sind abgeschnitten. Wir sitzen in der Falle! Bald gibt es kein Licht mehr. Sie schaute wieder hin und sah Priester in langen Gewändern oben auf der Mauer gehen. Da erkannte sie, daß die Priester es waren, die die Mauer zum Wachsen brachten. Dann sah sie, wie der Wall sich veränderte und weitere Mauern, Säulen und ein steinernes Dach ausbildete, einen Tempel – den Hochtempel. Und dort befand sich eine Unmenge von Menschen, die auf der langen, gewundenen Straße zum Tempel gingen, immer höher hinauf. Da ertönte ein Brausen wie von tosendem Wind, Rauch wallte auf und verhüllte alles. Sie lugte durch den Rauch und sah nun keinen Tempel mehr, sondern ein Gelände voller Steine und Geröll, eine Brache voller Unkraut und Dornenhecken, auf dem Eulen ihren einsamen, gespenstischen Ruf ausstießen …

»Esme!«

Die Prinzessin fuhr hoch, als sie ihren Namen hörte. Sie drehte sich um und sah Bria neben sich sitzen, deren Kommen sie überhaupt nicht gewahrt hatte.

»Esme! Was hast du nur?«

Esme faßte Bria bei den Händen und hielt sie fest. Dann

wandte sie den Blick wieder zur Mauer. »Ich hatte wieder ein Traumgesicht. Der Gott hat abermals zu mir gesprochen.« Sie starrte Zelbakors Wall an, der sich kühn und gebieterisch vor ihnen erhob. Da schauderte ihr wie vor Kälte; sie sah Bria an und sagte ganz ernst: »Wir müssen zum Tempel reisen, Bria.«

Die Königin musterte ihre Freundin genau. »Bist du sicher? Zum Tempel? Warum?«

Esme drückte Brias Hände fester. »Ich bin sicher. Bitte, wir dürfen nicht nach Askalon zurückkehren. Zum Tempel, das sah ich genau.«

»Was schautest du noch?«

»Nur dies. Der Wall veränderte sich und wurde zu einem Tempel mit Priestern. Jetzt habe ich zweimal Priester geschaut. Das ist die Bestätigung meines ersten Traums. Am Tempel wird etwas geschehen, und wir müssen dort sein.«

Nickend erwiderte Bria: »Auch ich fühlte mich unwohl, seit wir Dekra verließen, als würde etwas mich zur Eile antreiben. Aber wegen des Tempels? Was ist mit Quentin?«

Esme schüttelte den Kopf. »Das weiß ich nicht. Ihn sah ich nicht, aber im Tempelhof war eine große Menschenmenge versammelt. Dort war unser Platz.«

Bria biß sich auf die Lippe und überlegte.

»Bitte«, wiederholte Esme. »Ich bin mir meiner Sache völlig sicher. Ich weiß, ich habe ein Zeichen vom Allerhöchsten erhalten.«

»Nun gut«, erwiderte die Königin bedächtig. »Wir werden nach Narramur und zum Hochtempel reisen. Beten wir, daß wir rechtzeitig eintreffen, um zu tun, was der Gott uns bestimmt hat.«

»Ja«, sagte Emse, »darum will auch ich beten.«

Den ganzen langen Tag harrte Ronsard auf seinem Posten am Rand des Feldes vor der Burg aus. Er beobachtete, wie die Sonne über den Baumwipfeln aufging, die Himmelskuppel durchwanderte und gen Abend wieder hinabstieg – aber noch immer keine Nachricht von Teido. Der Haupttrupp der Ritter und Krieger wartete ruhelos, Lanze und Schwert schärfend, die Rüstungen pflegend. Wenn Teido das Signal gäbe, sollte Ronsard seine Truppen in den Kampf führen, um die Burgmauern zu erstürmen.

Teido und seine Leute sollten dann durch den Geheimgang bis in die Burg vorgedrungen sein und hinter dem Rücken von Amerons Soldaten ihren Kameraden das Tor öffnen. Doch das Zeichen war noch nicht gekommen, und das konnte nur heißen, daß die Geheimtür noch nicht aufgebrochen war.

Als das Zwielicht daher die Schatten im Lager lang werden ließ, erteilte Ronsard den Befehl zum Wegtreten. »Des Nachts können wir keinen Angriff wagen«, sagte er. »Aber morgen müssen wir, ob mit oder ohne Signal, in die Schlacht. Wir haben keine Zeit zum Warten mehr.« Er gab seinem Hauptmann Anweisungen und wandte sich mit den Worten ab: »Ich bin in meinem Zelt, falls der Bote kommt.«

Im gesamten Lager begannen die Männer, ihre Rüstungen und Waffen abzulegen. Auch Ronsard nahm Brustharnisch und Halsberge ab, sobald er im Zelt war. Er ging zu dem Becken, das auf dem Dreifuß stand, tauchte die Hände ins kühle Wasser und spritzte sich welches ins Gesicht.

Wieder ein Tag verloren, dachte er, und jetzt bleibt keiner mehr übrig. Morgen gilt es. Morgen, oder des Königs Sohn wird sterben. Mit nassen Händen stand er vor dem Becken und starrte auf die Zeltwand. Er stellte sich den kleinen Prinzen in den Klauen des widerwärtigen Oberpriesters vor. Er sah, wie man den Knaben fesselte, auf den Altar legte und ihm einen Dolch ins Herz stieß.

»Nein!« schrie er laut und schlug mit der Faust in das Becken, daß das Wasser überschwappte und in die Luft spritzte. »Solange ein Atemzug in meinem Leib steckt, soll dem Knaben kein Leid geschehen!« gelobte er. Dann hörte er ein Geräusch hinter sich. »Reiche mir ein Tuch«, sagte er zu dem vermeintlichen Knappen und streckte die Hand aus.

»Ich habe einen ähnlichen Schwur geleistet.«

Jetzt erst blickte Ronsard auf und bemerkte, wer vor ihm stand. »Quentin! Majestät! Ich dachte …«, stammelte er.

Quentin lächelte schwach. »Ich weiß, was du dachtest. Das ist nicht wichtig. Hier.« Damit reichte er dem Ritter ein sauberes Tuch. »Trockne dich ab. Dann reden wir.«

Der König legte seine Reithandschuhe und seinen Umhang ab und setzte sich auf eine Bank am Tisch. Ronsard fuhr sich mit dem Handtuch übers Gesicht. Dabei musterte er die ganze Zeit den Mann vor sich wie ein Arzt einen Patienten, der plötzlich und unvermutet vom Krankenbett aufgestanden ist. »Ich bin müde, Ronsard. Der Ritt von Askalon hierher ist lang. Ich wundere mich, daß Ameron den Weg so oft auf sich nimmt. Aber er saß ja schon immer fest im Sattel.«

»Herr, gestatte mir, daß ich dir etwas zum Essen bringen lasse. Ich wollte mir gerade selbst etwas einverleiben.«

»Ja, tu das. Ich habe Hunger. Ich habe den ganzen Tag nichts zu mir genommen.«

»Dann mußt du ja halb verhungert sein!« rief Ronsard fast erfreut, denn vor ihm saß der König und war allem Anschein nach vollkommen bei Verstand. Ronsard entdeckte nichts mehr von der Trübsal, die seinen Freund noch vor kurzem bedrückt hatte. Wohl wahr, hinter seiner Höflichkeit verbarg sich Ernst; der König mußte sich Mühe geben, um ruhig zu wirken. Und die Erschöpfung lastete auf ihm, drückte ihn nieder und ließ ihn blaß wirken.

Aber er war hier, und er sprach, als wisse er, was er tue, als stecke hinter seinem Tun Sinn und Verstand. Das war ein höchst willkommenes Zeichen.

Ronsard ging bis zur Zeltklappe und rief dem Knappen zu, er

solle Speise und Trank bringen, dann kam er zurück. »Herr, wie schön, daß du hier bist! Wir dachten... das heißt, wir fürchteten...«

»Ihr fürchtetet, euer König habe euch völlig im Stich gelassen.« Als Quentin Ronsards Blick gewahrte, fügte er hinzu: »Und ihr hattet recht. Ich hatte euch verlassen. Ich schickte euch an meiner Statt in den Kampf, während ich selbst in meinen Mauern sitzenblieb und mich vor Selbstmitleid und Kummer verzehrte. Aber das ist vorbei. Obwohl ich nur noch einen Tag lang König sein werde, will ich es diesen einen Tag auch sein und kein räudiger Hund.«

Es ermutigte Ronsard sehr, Quentin so reden zu hören – so feurig und entschlossen. »Setze dich, lieber Ritter«, sagte Quentin, »und berichte, wie die Lage steht.«

Ronsard ließ sich auf der Bank gegenüber nieder, stützte die Ellbogen auf und begann, alles zu erzählen, was sich seit ihrer Ankunft vor Amerond-am-Siplet ereignet hatte. Während des Gesprächs trug der Knappe ihr Mahl auf. Ronsard schickte den jungen Mann mit einem Wink fort. Sie wollten allein gelassen werden und würden sich selbst bedienen.

Quentin hörte aufmerksam zu, nickte beim Essen hin und wieder und hob schließlich seinen Becher, um ihn zu leeren, als Ronsard fertig war. »Du und Teido habt eure Sache gut gemacht«, stellte er fest. »Ich bin hocherfreut.«

»Herr, wirst du morgen unsere Truppen anführen?«

Quentin überlegte und neigte zustimmend den Kopf. »Ameron muß sich seinem König stellen, wenn er selbst die Krone tragen will. Ja, ich werde euch führen. Er muß mich an der Spitze meines Heeres reiten sehen, damit er weiß, mit wem er sich angelegt hat.«

Ronsard lächelte. »Hervorragend! Ja, Quentin, so kenne ich dich! Diese Schakale werden den Schwanz einziehen und das Hasenpanier ergreifen!«

»Weißt du, ich würde die Klinge nicht gegen sie führen, wenn es sich vermeiden ließe. Ich möchte nicht, daß jemand verletzt wird. Aber das Leben meines Sohnes steht auf dem Spiel, und ich darf ihn nicht im Stich lassen.«

Ronsard wollte etwas erwidern, überlegte es sich aber anders und schloß den Mund wieder. Quentin hatte seine Absicht jedoch bemerkt und sagte: »Was ist? Sprich nur! Wir kennen uns gut genug.«

»Wie du wünschst, Herr«, hob Ronsard an, zauderte aber wieder. »Majestät, die Worte gehen mir nur schwer über die Zunge.«

»Wenn du sie für dich behältst, ist auch niemandem gedient.«

Der kühne Recke wandte sich ab und sagte: »Was tun wir, wenn es uns nicht gelingt, das Schwert zurückzuholen?«

»Das weiß ich nicht. Wenn ich dächte, wir könnten mit einer Schar Bewaffneter zum Hochtempel reiten und auf diese Weise etwas ausrichten, so hätte ich es sofort getan. Aber ich wage es nicht, das Leben meines Sohnes aufs Spiel zu setzen, Ronsard. Wir müssen unbedingt versuchen, das Strahlende zurückzugewinnen.« Er hielt kurz inne und fügte dann ruhig hinzu: »Wenn dies nicht möglich ist, müssen wir auf den Allerhöchsten vertrauen, daß er uns helfe. Mehr kann kein Mensch tun.«

»Wie lange noch?« fragte Teido, dem der Schweiß von der Stirn tropfte und in den Nacken rann. Ritter Gard blickte ihn an und schüttelte traurig den Kopf.

»Das läßt sich nicht sagen, Herr. Mindestens noch ein paar Stunden. Vermutlich mehr.« Der stämmige Ritter deutete mit dem Daumen über die Schulter auf die Männer, die mit verschiedenen Gerätschaften die Eisenbänder des Fallgitters zu durchschneiden versuchten.

»Schicke frische Leute ans Werk und wechsle sie jetzt regelmäßig aus. Wir müssen auch noch kämpfen, sobald wir die Tür hinter uns haben. Ich möchte nicht, daß die Männer erschöpft sind, bevor sie die Klingen gekreuzt haben.«

»Es liegt an der Hitze in diesem verflixten Tunnel«, schimpfte Gard. »Die setzt einem zu. Wir wären schon seit Stunden weiter, wenn sie nicht wäre.«

Teido machte kehrt und ging zu dem Hindernis. Trotz aller Bemühungen war es den Männern bisher nur gelungen, einen kleinen Teil der dicken Eisenwehr zu entfernen. Ein zweiter Teil war fast losgelöst, doch dann fehlten immer noch zwei, ehe ein Bewaffneter rasch hindurchgehen konnte. Es ließ sich nichts machen, außer mit zum Wahnsinn treibender Langsamkeit weiterzuarbeiten.

Plötzlich verließ Teido den Ort und ging durch den schmalen Gang zurück zum Höhlenausgang in die kühle Nacht. Das Klappern und Klirren der Geräte hallte durch den Gang. Unterhalb der Höhle ruhten sich die Soldaten, deren Hände nicht am Tor gebraucht wurden, auf dem Kies aus. Inzwischen war der Mond aufgegangen und spiegelte sich funkelnd im dunklen Fluß; Felsen und Burg tauchte er in ein gespenstisches Licht.

Die Soldaten blickten auf, als Teido zu ihnen herabstieg. Gab es Fortschritte? schien ihr Blick zu fragen. Keine, erwiderte Teido stumm.

Einer von ihnen, ein Ritter namens Olin, beugte sich zu Teido hinüber und fragte: »Was geschieht, wenn wir die Tür nicht aufbrechen? Was werden wir tun?«

»Wir werden sie aufbrechen«, erwiderte Teido steif.

»Ja, ich weiß – irgendwann. Aber wenn es uns nicht vor dem Morgengrauen gelingt?«

Teido blickte den Mann freudlos an und erwiderte: »Ronsard wird im Morgengrauen angreifen. Ihm bleibt keine andere Wahl. Ob mit oder ohne unsere Hilfe wird er gegen die Mauern anstürmen.«

Olin starrte Teido stumm an.

»Du wolltest die Wahrheit erfahren; jetzt weißt du sie.«

»Eine harte Wahrheit, Herr. Es bedeutet den sicheren Tod, gegen diese Wälle anzurennen. Wurfmaschinen und Rammböcke …«

Teido fiel ihm ins Wort: »Wir haben keine Zeit, um mit Wurfmaschinen Breschen in die Mauern zu schlagen oder die Tore mit Rammböcken zu zerstören. Keine Zeit.«

»Wenn wir hier nicht weiterkommen, müssen wir also sterben.«

»Ja, aber das ist noch nicht alles. Wenn wir scheitern, dann stirbt das Königreich mit uns.« Teido nickte bedächtig und blickte auf den glatt fließenden Strom hinaus. »Ahntest du nicht, daß so viel auf dem Spiele steht?«

»Nein, Herr«, antwortete der Ritter. »Ich dachte, es gehe allein um den Prinzen.«

»Es geht um den Prinzen, um uns, um unser Land.«

Nun sagte Ritter Olin lange Zeit nichts mehr. Dann stand er ohne ein Wort auf und kletterte die Felswand hinan, um seinen Platz neben den anderen am Fallgitter wieder einzunehmen.

Und der Reihe nach machten sich alle, die sich ausgeruht hatten, und sei es nur kurz, wieder auf den Weg zurück an die Arbeit.

48

Als im Osten hell und klar der Tag anbrach, hob der Drachenkönig seine eisenbewehrte Hand und spornte Feuersturm an. Das mächtige Streitroß tänzelte und warf den Kopf herum, denn es witterte die Schlacht, die in der Luft lag, und spürte das Blut kühn durch die Adern rauschen, begierig darauf, sich mit seinem Herrn ins Getümmel zu stürzen. Mit funkelnder Rüstung ritt Quentin, Ronsard zu seiner Linken, aufs Feld hinaus.

Er trug das Kampfgewand, das der sagenumwobene Inschkad für ihn geschmiedet hatte, die Rüstung, die er an dem Tag getragen hatte, als er im Kampf gegen Nin den Verheerer König geworden war. Glatt poliert und klar wie Wasser schimmerte das Silber in den ersten Sonnenstrahlen, die aus der reinen, geschmeidigen Oberfläche blitzende Funken schlugen. Auf seinem Haupt trug der Drachenkönig den silbernen Helm ohne jede Zier außer dem schmalen Goldband, das man ihm am Tag seiner Krönung aufgesetzt hatte. Am Leib hatte er das herrliche Kettenhemd, dessen winzige Glieder bei jedem Schritt wie Quecksilber schillerten.

Auch Ronsard hatte seine beste Rüstung angelegt. Die Augen geradeaus, das Visier hochgeschoben, ritt er neben seinem König und betrachtete die dicken Mauern, die vor ihnen aufragten. Seine Hand ruhte locker auf dem Schwertheft. Sein Schild hing am Sattelknauf, griffbereit, falls die Lage es erforderte. Sein Streitroß schüttelte die Mähne und stolzierte frisch voran.

Hinter dem König kamen die Ritter auf ihren Rössern, deren Rüstungen in der Stille des Morgens klirrten. Keine Trommeln gaben den Takt vor. Keine Trompete rief zu den Waffen. Das Heer des Drachenkönigs zog an diesem Tag unangekündigt zum Streite.

Auf die Ritter folgten die Fußsoldaten mit ihren Piken und Leitern sowie den Enterhaken an langen Seilen, mit deren Hilfe sie die Mauern überwinden wollten. Sie trugen schwere Kurzschwerter an ihren Gürteln, denn beim Nahkampf auf den Festungsmauern ließ sich mit einer langen Schneide nichts ausrichten. Und jeder von ihnen, der das Glück haben würde, auf die Mauern zu gelangen, brauchte eine kräftige Waffe.

Die vorrückende Truppe erreichte die Wurfmaschinen. Sofort rannten einige Gruppen von Kriegern los, um diese vorzubereiten, und luden Steine und Feuerbündel hinein. Dann warteten die Männer auf des Königs Befehl. Quentin ließ seinen Blick über die Schanzwälle schweifen, reckte sein Schwert – ein stämmiges Ding, das er sich auf dem Wagen des Rüstmeisters ausgesucht hatte – und ließ es rasch sinken.

Da sirrten die Ladungen der Katapulte durch die Luft, und die Fußsoldaten rasten mit lautem Geschrei zu den Mauern. Dort stellten sie ihre Leitern an und warfen ihre Enterhaken empor, während die Bogenschützen sich aufstellten, um ihnen Deckung zu gewähren, so gut es ging.

Fast im gleichen Moment erhob sich auf den Wällen ein Geschrei, denn Amerons Leute rannten zu den Scharten und begannen, einen Hagel aus Pfeilen, Steinen und Holzbrocken auf die Angreifer zu schicken. Die ersten Männer auf den Leitern fielen kreischend herab, aber sofort nahmen andere ihre Stelle ein, denen wieder andere folgten, ein jeder den Kopf mit einem Schild vor dem tödlichen Schauer schützend. Dennoch fanden einige Pfeile ihr Ziel, Steine zerschmetterten Knochen, und tapfere Krieger fielen.

Als der Angriff einsetzte, saßen Ameron und seine Adelsfreunde im Bankettsaal beim Frühstück und hörten das Geschrei, das die Männer vor den Wällen erhoben. Grinsend stand Ameron auf und sprach: »Aha, des Königs Heer hat die Geduld verloren, wie? Es hört sich an, als wollten sie die Mauern durch ihr Gejaule zum Einsturz bringen. Kommt, meine Freunde, das wird ein seltenes Vergnügen. Diese Mauern wurden seit Menschengedenken nicht überwunden. Sehen wir uns an, wie es der Truppe des Drachenkönigs ergeht.«

Damit drehte er sich um und eilte aus dem Saal, Lupoll ihm hinterdrein. Die anderen blieben schweigend sitzen und blickten sich eine Weile verlegen an. Dann folgten sie nach. »Er scheint nicht zu bedenken, daß die Mauern all die Jahre nur deshalb so sicher waren, weil er unter dem Schutz des Drachenkönigs stand«, schimpfte Gorloch.

»Richtig«, pflichtete Denell ihm bei. »Es tut mir leid, daß wir jemals auf ihn gehört haben. Wir werden unseren Irrtum büßen, bevor der Tag zu Ende geht. Merkt euch meine Worte. Wir werden büßen, meine Herren.«

Draußen schritt Ameron auf den Wällen und brüllte seinen Männern Befehle zu. Er ermahnte sie, voll wilder Entschlossenheit zu kämpfen. Ohne auf seine Sicherheit zu achten, rannte er hierhin und dorthin, um sich ins schlimmste Getümmel zu stürzen, lehnte sich zwischen den Zinnen hinaus und schob die Leitern mit bloßen Händen weg.

»Seht nur, wie er rast!« rief Fürst Kelkin und faßte sich vor Entsetzen an den Kopf. »Wie ein Wolf ist er, blutrünstig und mordlüstern!«

Als Ameron ihrer ansichtig wurde, rief er: »Schaut! Ist das nicht ein Anblick? Der Drachenkönig hat sich zum Kampf gesellt!« Er streckte den Arm aus und deutete hinab.

Die übrigen Fürsten eilten zur Brüstung und lugten ängstlich ins Getümmel. Dort, mitten im Gewühl der Männer, die versuchten, die Mauern zu erklimmen, erspähten sie die weißen Flanken von des Königs Renner, der unter den Kämpen hin und her flog. Und auf ihm saß der Drachenkönig selbst, Schwert und Schild emporgereckt.

»Bringt mir einen Bogen!« brüllte Ameron über den Lärm hinweg. »Einen Bogen! Bringt mir einen Bogen!«

»Halt!« rief Gorloch. »Überleg, was du tust!«

Aber Ameron wollte nicht hören; er riß einem seiner Schützen einen Langbogen aus der Hand, legte einen Pfeil ein und schoß ihn auf den König ab. Gorloch und Kelkin rannten vor und packten Ameron an den Armen. »Laßt mich los!« kreischte er. »Laßt mich los!« Er riß sich aus ihrem Griff und schüttelte sie ab. »Wenn ihr nicht genug Schneid zum Kämpfen habt, dann geht nach unten und versteckt euch mit den Frauen in der Speisekammer! Ich will die Krone tragen und werde sie mir holen, gleichviel, wie!« Entsetzt wichen die Edelleute zurück und begaben sich in den Torhausturm, von dem aus sie der Schlacht in Sicherheit beiwohnen konnten.

Sobald der Kampf begonnen hatte, ließ Ronsard die Hauptstreitmacht der Fußsoldaten vor dem Burgtor aufrücken, während er einen kleineren Trupp zur schwächer verteidigten Nordmauer führte. Sie lehnten Leitern an und sicherten sie. Ein Ritter gelangte unbemerkt nach oben, dann ein zweiter, ehe Alarm geschlagen wurde und Amerons Leute mit Schwert und Hellebarde angerannt kamen, um die Angreifer zurückzudrängen. Aber Ronsards Ritter fochten gut und hielten die Stellung, während von unten mehr nachkamen. Ronsard schaffte es als dritter, und schon bald folgten ihm die übrigen, bis zwölf von den Königstreuen auf der Mauer standen.

Gemeinsam versuchten diese zwölf, sich zu ihren Kameraden durchzuschlagen, die vor dem Westwall kämpften. Sie arbeiteten sich über die Nordmauer vor bis zum Nordturm; dort bestand eine Verbindung zum Westwall. Sobald sie jedoch den Turm erreichten, trafen sie auf starken Widerstand. Zehn von Amerons Rittern, die den Alarm an der Nordmauer gehört hatten, waren vom Hof nach oben gerannt, um sich ihnen in den Weg zu stellen.

Der erste von ihnen, ein Hüne in schwarzer Eisenrüstung mit einer zweihändigen Axt in der einen und einem Ochsenhautschild in der anderen Hand, polterte durch die Turmtür und teilte in weitem Bogen tödliche Schläge aus. Ronsard gelang es mit Hilfe zweier seiner Ritter, den Riesen zurückzudrängen. Sofort schlossen sie die Tür.

»Könnt ihr die Tür halten?« fragte Ronsard und öffnete sein Visier.

»Ich glaube, ja«, erwiderte sein Stellvertreter. Da ertönte ein fürchterliches Krachen an der Tür, die sie gerade verriegelt hatten: Der Riese donnerte mit seiner Axt dagegen. »Im Augenblick, ja«, ergänzte der Stellvertreter.

»Haltet sie, so lange ihr könnt«, sagte Ronsard, »und kommt dann zu uns nach unten. Ich will mich zum Haupttor durchkämpfen. Vielleicht bekommen wir es auf.« Daraufhin führte er die übrigen Ritter die hölzerne Wendeltreppe des noch unbewachten Turms hinab.

Mit sirrenden Schwertern bahnten sie sich ihren Weg durch den Außenhof zum Torhaus und trafen nur auf geringen Widerstand, da die Mehrzahl der Verteidiger oben auf den Wällen stand. Sobald sie im Torhaus waren, überwältigten sie mühelos die erschrockenen Feinde.

»In des Königs Namen, öffnet das Tor!« gebot Ronsard, dem Torhüter das Schwert an die Kehle haltend.

Der Mann jammerte und verdrehte entsetzt die Augen. »Auch wenn du mir den Kopf abschneidest, kann ich es nicht!« rief er.

»Öffne es, oder ich werde dich auf der Stelle fällen!«

»Ich kann nicht!« kreischte der Torhüter. »Tapferer Ritter, glaube mir! Das Tor ist befestigt und kann von niemandem geöffnet werden, wenigstens nicht, ohne daß die Bohlen und Ketten entfernt werden.«

»Herr«, rief einer von Ronsards Leuten, »er spricht die Wahrheit. Das Tor liegt in Ketten und ist mit Bohlen verstärkt. Sie zu entfernen würde einen halben Tag dauern!«

Ronsard wollte gerade antworten, als sie hinter sich auf der Treppe, die zum Söller führte, einen Schrei und viele Füße die Stufen herabtrappeln hörten. »Wir sind entdeckt!« rief einer der Ritter.

Im Nu waren die Belagerer von Rittern umzingelt, denn das Torhaus füllte sich mit Kriegern von den Wällen. Ronsard und seine Leute leisteten zwar erbitterten Widerstand, waren aber zahlenmäßig weitaus unterlegen und mußten sich über den Innenhof zum Nordturm zurückziehen, wo ihre Kameraden noch immer die Türen hielten, die hinaus auf die Mauern führten.

»Verschließt die Türen unten!« befahl Ronsard. »Wir gehen oben herum und erobern die Turmspitze!«

Sie polterten die Stufen zur Turmspitze hinauf, die von Bogenschützen verteidigt wurde. Ein Blick auf die gerüsteten Ritter, die aus dem Turm brachen, und die Bogenschützen glaubten, die Königstreuen hätten die Mauern durchbrochen. Sofort ließen sie ihre Waffen fallen und bettelten um Gnade. »Nehmt ihre Waffen!« befahl Ronsard und ließ die Bogenschützen in eine Ecke des Turmes zusammentreiben. Dort mußten sie sich auf den Boden legen, während ein Ritter mit gezücktem Schwert sie bewachte.

Darauf schritt Ronsard zur Brüstung, stellte sich auf eine Zinne und schwenkte sein Schwert über seinem Haupt. Die Krieger unten erkannten ihn und jubelten. Sofort legten sie mit ihren Leitern und Enterhaken am Turm an.

Dieser kleine Sieg war jedoch nur von kurzer Dauer, denn Ameron sah Ronsards Signal ebenfalls und schickte seine besten Ritter zum Nordturm. Im Nu waren sie da und hieben auf die Türen ein. Im gleichen Moment gelang es dem Hünen auf der Mauer, die Tür mit seiner riesigen Axt in Stücke zu hauen. Gefolgt von anderen kam er die Stufen emporgestürmt.

»Wir sitzen in der Klemme!« rief einer der Belagerer. »Man hat und abgeschnitten!«

»Ihr da!« sagte Ronsard zu den Bogenschützen, die sich bereits verloren gegeben hatten. »Setzt euch alle Mann auf die Falltür!«

Die Gefangenen drängten sich zusammen auf den Bohlen nieder und drückten die Tür dadurch mit ihrem gemeinsamen Gewicht zu. »Damit lassen sie sich eine Weile aufhalten«, stellte Ronsard fest. »Jetzt heißt es abwarten. Wir sind für den Moment aus dem Spiel.«

Auch im Geheimgang tief unter der Burg war, gedämpft durch die schwere Tür hinter dem Fallgitter, der Kampflärm zu vernehmen. »Horcht!« sagte Teido, und das Hämmern hörte auf. Durch die Stille zog jetzt das unheimliche Tosen der hitzigen Schlacht, als würden die Echos der Ahnen in den Felsen der Höhle hausen und aus den Steinen kommen.

»Beim einzigen Gott!« rief Teido. »Die Schlacht hat begonnen! Beeilt euch, Männer, andernfalls kommen wir zu spät.«

Sofort hallten die Hämmer auf dem kalten Eisen wider und erfüllten den Tunnel mit einem Höllenlärm, um das letzte Eisenband zu lösen. Jetzt brauchten sie sich um den Krach nicht mehr zu scheren, denn dieser ging völlig im Dröhnen der Schlacht unter.

Schimpfend und fluchend hieben die Soldaten auf das unnachgiebige Eisen ein, bis sie keuchend in den Tunnel zurückliefen. Sobald einer zu erschöpft war, nahm ein anderer seinen Platz ein.

49

Rund um ihn am Boden lagen die Körper der Verwundeten, Zerschlagenen und Sterbenden, manche von den Holzscheiten und Steinen zerschmettert, viele mehr von Pfeilen durchbohrt. Dennoch mühte der König sich noch immer, seine nachlassenden Kräfte zu sammeln, um den Angriff fortzusetzen. Doch das Heer des Drachenkönigs wich, vom geringen Erfolg beim Erstürmen der Mauern entmutigt und ob der hohen Verluste entsetzt, von den Wällen zurück. Quentin blieb keine andere Wahl, als sich erst einmal ganz zurückzuziehen und neu zu sammeln.

Als die Verteidiger auf den Mauern dies bemerkten, jubelten sie laut. Der Fürst selbst stimmte in ihre Begeisterung ein und rief den Truppen auf dem Rückzug nach: »Habt ihr schon genug? Kommt zurück! Setzen wir der Sache ein für allemal ein Ende!« Das riß seine Leute zu weiteren Freudenstürmen hin. Darum lehnte Ameron sich über die Mauer und rief zum Entzücken seiner Anhänger noch lauter: »Der Drachenkönig schleicht sich davon wie ein geprügelter Hund – mit hängenden Ohren und eingezogenem Schwanz! Komm zurück und stell dich dem Kampf wie ein Ehrenmann!«

Oben im Torhausturm beobachteten die Herren Kelkin, Gorloch und Denell, wie die Königstreuen zurückwichen. »Es sieht schlecht aus für sie«, stellte Kelkin fest. »Ich wünschte, ich hätte meine Ritter hier. Ich wüßte schon, auf welche Seite ich mich schlagen würde.«

»Auch ich würde dem König meine Unterstützung antragen«, sagte Denell. »Von Ameron habe ich genug. Jetzt im Krieg zeigt er sein wahres Gesicht, und das möchte ich nicht mit einer Krone geschmückt sehen.«

»Ich auch nicht«, setzte Fürst Gorloch hinzu. »Meine Ritter bewachen zwar meine eigene Burg und sind weit weg von hier, aber ich habe selbst ja ein Schwert und weiß es zu gebrauchen! Und solange ich lebe, gehört meine Kraft dem Drachenkönig!«

»Jawohl!« stimmten die beiden anderen ein. »So sei es!«

»Wir sind jedoch nur zu dritt. Ameron und Lupoll haben einen Vorteil über uns. Sie würden uns in Stücke hauen lassen, ehe wir Hand an unsere Waffen legen könnten.«

»Dann müssen wir einen anderen Weg finden, um sie zur Vernunft zu bringen. Hier können wir nichts ausrichten. Kommt, meine Freunde«, sagte Gorloch, »die Zeit wird knapp und wir haben viel zu tun!«

»Hältst du das wirklich für klug, junger Herr?« fragte Pym, als er mit Rennu durch den Wald ritt. »Was wird deine Mutter sagen, wenn sie erfährt, daß wir dem König in die Schlacht folgen – ohne auch nur einen Stock zu unserer Verteidigung!«

»Sei still«, erwiderte Rennu. »Ich denke nach.«

»Du hast dich verirrt! Wir reiten jetzt schon einen Tag lang durch den Wald und haben noch immer keine Spur vom König entdeckt. Am besten kehren wir um!«

»Kehr du um, wenn du willst«, versetzte Rennu stur. »Ich will auf der Seite des Königs kämpfen.«

Pym seufzte, wie er es in den vergangenen zwölf Stunden Hunderte Male getan hatte, und kratzte sich an seinem ergrauten Kopf. »Na schön, wenn dein Herz daran hängt, dann kann man dich nicht davon abbringen. Versucht hab ich's ja. Aber du mußt zugeben: Wir haben uns verirrt.«

»Verirrt nicht«, entgegnete Rennu. »Wir sind nur vom Weg abgekommen.«

Sie hatten Askalon am Tag zuvor verlassen, als der König

aufgebrochen war, und waren ihm gefolgt wie er seinem Heer. Doch die beiden konnten auf Tarky natürlich nicht mit dem munteren Schritt Feuersturms mithalten und blieben bald weit zurück. Pym war fürs Umkehren gewesen, aber sein junger Gefährte setzte seinen Willen hartnäckig durch, darauf erpicht, dem Drachenkönig an der Seite der edlen Ritter beizustehen, denen sie begegnet waren, als sie das Pony zurückgeben wollten.

Die zwei ruhten sich gerade an einem selten benutzten Pfad im Südosten des Pelgrin-Waldes aus, als sie das Glockengeläut eines Pferdes und Stimmengemurmel vernahmen.

»Da kommt wer!« Rennu sprang auf und spähte in das grüne Dickicht. »Ein einzelner Reiter! Den fragen wir, wo es nach Burg Ameron geht.«

Bald sahen sie nicht nur einen, sondern zwei Reiter behende auf dem Weg herantraben. Kühn trat Rennu mitten auf den Pfad, damit sie anhalten mußten, und blickte gleich darauf einem schwarzbärtigen Edelmann auf einem schlanken Rappen ins Gesicht.

»He! Wen haben wir hier?« rief der Edelmann, seinem Gefährten zuwinkernd, einem Ritter mit breitem Schwert und Kettenhemd.

»Einen Strauchdieb, wie es aussieht«, versetzte dieser.

»Bitte, Herr«, sprach Rennu, seinen ganzen Mut zusammennehmend, »wir brauchen Hilfe.«

»Wir sind ehrliche Leute«, entgegnete der Herr. »Du brauchst nur darum zu bitten, und wir wollen dir gewähren, was in unserer Macht steht. Doch rasch zu, wir haben Wichtiges zu erledigen.«

Als Pym sah, wie der Herr Rennu behandelte, kam er mit Tarky herbei und stellte sich neben den Knaben. »Dies ist mein Freund«, sagte der Knabe. »Wir sind unterwegs zu des Königs Heer vor Amerond-am-Siplet.«

»Wir haben uns verirrt, Euer Gnaden«, fügte der Kesselflicker hinzu. Und Ruffo bellte zustimmend.

Der Edelmann beugte sich vor und musterte die Wanderer genau. »Was wißt ihr von des Königs Heer?«

Da wurde Pym vorsichtig. »Nur daß es vor zwei, nein, drei Tagen gegen Sonnenuntergang aus Askalon marschiert ist. Der König folgte vergangene Nacht, und wir folgen ihm.«

Rennu nickte. »Er will sich sein Schwert von dem zurückholen, der es raubte.«

Der Herr warf seinem Begleiter einen Blick zu und schaute dann wieder die beiden Gestalten vor sich an. Da ging ihm mit einem Schlag ein Licht auf. »Mann, ich kenne dich«, sagte er, Pym genau musternd. »Du bist der Kesselflicker.«

»Und ich kenne Euch auch, Herr, Ihr seid derjenige, der einem armen Kesselflicker kein Leid antun wollte.«

»Hast du die Verletzung am Kinn Ameron zu verdanken?«

»Wenn ich sagen würde: nein, würde ich lügen, Euer Gnaden. Er brachte sie mir bei, ganz recht.« Pym rieb sich über das dick geschwollene Kinn. »Als er das Schwert raubte.«

»Es war also ein Schwert, was du unter deinen Lumpen bargst?« Er beobachtete Pym genau. »Des Königs Schwert?«

Pym nickte. »Ich weiß nicht, ob es das Strahlende war, aber zahllose Leute glauben es.«

»Das muß es sein!« sagte der Edelmann zu dem Ritter neben ihm. »Und Ameron nahm es an sich, sagst du?«

Pym nickte wieder. Da meldete Rennu sich zu Wort: »Und wir wollen dem König helfen, es wiederzubekommen. Er braucht es, um den Prinzen zu retten!«

»Was ist das nun wieder? Was hat die Sache mit dem Prinzen zu tun?«

»Das Schwert soll ihn auslösen, Euer Gnaden. Das Schwert muß bis morgen mittag zum Hochtempel gebracht werden, andernfalls tötet man die junge Hoheit.«

»Weiß Ameron dies?« fragte der Edelmann.

»Das ist unbekannt. Aber ganz Askalon weiß es inzwischen. Alle Leute reden davon. Gestern verbreitete sich das Gerücht wie ein Lauffeuer, als der Drachenkönig ausritt. Die Leute sagen, er will sein Schwert zurückfordern, um seinen Sohn zu retten.«

»Ich verstehe.« Der Edelmann richtete sich auf und sagte zu dem Ritter: »Reite sofort zurück und rufe meine Krieger zu den Waffen, und zwar allesamt. Und meine Pächter dazu. Alle, die Waffen haben. Wenn es daran fehlt, dann lasse welche aus meiner Rüstkammer ausgeben.«

»Ja, Herr Edfried«, erwiderte der Ritter und wandte unverzüglich sein Roß.

»Trefft uns vor Burg Amerond. Ich reite sofort hin.«

»Allein?«

»Ich werde wohl kaum allein sein. Ich habe zwei unerschrokkene Kameraden bei mir. Keinem Mann im Reiche könnte es besser gehen. Geh und hole mein Heer. Der König wird alle Hilfe bedürfen, die wir ihm gegen Ameron bieten können. Geschwind!«

»Ronsard und seine Schar sitzen in der Falle, Herr. Einigen von unseren Leuten ist es gelungen, zu ihm zu stoßen, ehe der Turm wieder genommen wurde«, meldete einer von des Königs Hauptleuten. »Sie kämpfen jetzt um ihr nacktes Leben. Hilfe können wir von ihnen nicht erwarten.«

Quentin nickte ernst und entließ den Ritter. Auf dem Schlachtfeld sah es nicht gut aus. Seine Feldschere brachten Bahren mit Verwundeten und Sterbenden ins Lager. Amerons Truppen schauten von den Wällen aus zu und warteten auf den nächsten Angriff, im Augenblick zufrieden, sich ihre Kräfte aufsparen zu können.

So weit, dachte Quentin, ist es also gekommen. Ronsard ist gefangen, Teido zum Nichtstun verurteilt, und ich stehe hier allein. Er dachte an die vielen Menschen zurück, auf die er sich im Leben schon verlassen hatte: Derwin, Bria, Alinea, Jeseph, Eskewar, Ronsard, Teido und vor allem Toli. Aber jetzt war er plötzlich allein. Nun, da er am dringendsten auf ihre Hilfe angewiesen war, konnte ihm keiner von ihnen raten: »Ja, weiter so« oder: »Halt ein.« Er hatte niemanden, mit dem er die Lage erörtern oder seine Sorgen teilen konnte.

Sogar der Allerhöchste hielt sich fern, hatte seine Hand von ihm genommen und sich zurückgezogen.

Quentin drückte die Brust heraus. Ich bin der Drachenkönig, sagte er sich, und ich muß endlich anfangen, mich wie ein König zu verhalten. Ein Mann muß seine Entscheidungen selbst treffen und aufgrund seiner Entscheidungen leben oder sterben. Ach, wie schwer das ist! All die anderen hier schauen auf mich, vertrauen auf mich, auf daß ich sie führe, sie rette, über ihr Leben verfüge. Mit welcher Zuversicht sie mir ihr Schicksal anvertrauen! Ich habe mich nie danach gedrängt, König zu werden, sondern wurde gekürt. Und ich werde diese letzten Getreuen führen, so gut ich es verstehe.

Quentin schwang sich aus dem Sattel und drückte die Zügel einem Knappen in die Hand. Dann ging er zwischen seinen Soldaten umher, sprach mit ihnen und ermutigte sie für den nächsten Angriff.

»Hurra! Das Gitter ist auf!« hallte es durch den Geheimgang unter Amerons Burg.

»Gut!« rief Teido. »Endlich! Jetzt an die Tür dahinter. Los, Männer! Wir haben es fast geschafft!«

Da rannten die Männer mit Äxten und Keilen durch das Loch im Fallgitter und setzten den Holzbohlen zu. Im Nu zersplitterten diese unter den Hieben.

»Haltet euch bereit!« rief Teido den Wartenden zu. »Wir sind gleich durch. Rüstet euch zum Kampf!«

Gorloch, Kelkin und Denell schlichen durch die Flure der Burg; heimlich hatten sie die Waffen Gefallener an sich genommen. Jetzt hielten sie rasch aufs Torhaus zu.

»Ich kümmere mich um den Torhüter«, sagte Gorloch. »Ihr zwei erledigt seine Leute.«

»Was tun wir, wenn Ameron oder Lupoll uns entdecken?« fragte Kelkin. Er blickte sich unruhig um, als könnten die verräterischen Fürsten jeden Moment auftauchen.

»Das wird nicht geschehen«, erwiderte Denell.

»Genau«, pflichtete Gorloch ihm bei. »Wir warten auf den nächsten Ansturm, dann haben sie andere Sorgen. Aber wir müssen rasch zu Werke gehen. Seht ihr? Hinter der nächsten Tür liegt das Torhaus. Sind wir soweit?«

»Horcht!« sagte Denell, denn in diesem Augenblick ertönte im Hof ein unglaubliches Dröhnen. Und dann wurde der Außenwall abermals erschüttert. »Die Katapulte! Der Angriff hat begonnen!«

Oben auf den Wällen erklang das Gebrüll der Verteidiger. »Los geht's!« sagte Gorloch, umklammerte sein Schwert und lief ins Torhaus, die Gefährten dicht auf den Fersen.

»Torhüter!« rief er. »Öffne das Tor!«

Der Torhüter und seine Leute, von denen sich einige in einer Ecke hinter Fässern versteckt hielten, blickten die Edelleute entsetzt an. »Aber, Herr«, jammerte der Torhüter, »das können wir nicht! Die Tore sind verstärkt worden! Fürst Ameron hat befohlen, daß sie verriegelt bleiben.«

»Schweig, du Tor!« schrie Gorloch. »Jetzt befiehlt er, daß sie geöffnet werden sollen. Die Schlacht hat sich gewendet. Er erwartet, daß die Feinde in kurzem die Flucht ergreifen und will ihnen sogleich nachsetzen!«

Der Torhüter schüttelte ungläubig den Kopf und blickte Gorloch zögernd ins Gesicht. »Herr, das wage ich nicht ohne einen persönlichen Befehl meines Herrn.«

Da stürzte Denell vor. »Hörst du das Geschrei? Geschwind!«

Und Kelkin setzte hinzu: »Denk nur, wie du deinen Herrn erzürnen wirst, wenn er erfährt, daß du seinen Befehlen nicht gehorchst.«

Das erschütterte den Torhüter. Seine Augen quollen hervor, und er warf die Hände empor. Dennoch weigerte er sich. »Ich wage nicht, gegen meine Befehle zu handeln.«

Wütend ging Gorloch auf ihn los. Er packte ihn an den Schultern und schüttelte ihn. »Wenn du und deine Leute uns nicht helft, dann handeln wir selbst! Ich werde Ameron persönlich melden, daß du ihm getrotzt hast!«

»Nein! Ich …«

»Dazu ist keine Zeit!« fiel Gorloch ihm ins Wort. Er nickte Kelkin und Denell zu. Diese liefen zum Tor und hieben mit ihren Schwertern auf die Ketten ein. »Hilfst du uns nun?«

»Und wer übernimmt die Verantwortung?«

»Ich, und zwar mit Freuden!«

Der Torhüter winkte seinen Männern, und diese holten einen Bund Schlüssel heraus. »Hier, damit geht es schneller.« Daraufhin sperrte er die Schlösser auf, während seine Männer die schweren Ketten abrissen, mit denen die Bohlen ans Tor gebunden waren.

50

Mit aller Kraft warfen die königlichen Truppen sich gegen die Wälle, pflanzten ihre Leitern abermals auf und versuchten sie zu erklimmen. Doch überall, wo sie Tritt fassen wollten – an einem ungedeckten Mauerabschnitt oder unter dem Schutz der eigenen Bogenschützen –, wurden sie zurückgeschlagen. Die Feinde kamen an die Brüstung und schleuderten Steine und Balken auf sie hinab. Und ihre Bogenschützen verdunkelten den Himmel mit Pfeilen und vertrieben die Angreifer.

Furchtlos ritt der Drachenkönig durchs Gewühl, so daß hin und wieder Pfeile von seiner Rüstung und seinem Schild abprallten. Er feuerte seine Krieger an und ermunterte sie unermüdlich zum Kampf. Doch das Glück stand nicht auf seiner Seite.

»Majestät!« Dort kam einer von Quentins Hauptleuten herbeigeritten. Der Ritter öffnete sein Visier und sagte: »Wir haben keine linke Flanke mehr. Es sind so viele von uns gefallen, daß wir nicht weitermachen können.«

»Dann schließt euch mit der Truppe von Ritter Helder in der Mitte zusammen!« befahl Quentin. »Die Mitte müssen wir halten.« Der Kämpe ritt fort, da kam von der anderen Seite eine Meldung. Sie lautete ähnlich: Die rechte Flanke sei geschwächt und stehe in Gefahr, zusammenzubrechen. Binnen kurzem würden die verbliebenen Soldaten vor Angst und Enttäuschung den Rückzug antreten und fliehen.

Noch während Quentin überlegte, liefen die ersten Reihen davon. »Halt!« rief er und preschte mit gerecktem Schwert nach vorn, obwohl er tief in seines Herzens Innern wußte, daß kein Grund bestand, weiterzukämpfen. Immer mehr Soldaten schlossen sich dem Rückzug an. Bald strömten sie zu Dutzenden von der Walstatt.

Gerade als die vorderste Reihe von Fußsoldaten aufgeben wollte, rief jemand: »Das Tor! Das Tor ist gefallen!«

Quentin blickte auf und sah, wie die Torflügel aufgingen. Geschoben wurden sie von Gestalten, an die er sich schwach erinnerte. Und als sie ganz offenstanden, sprang ein Mann heraus und winkte ihm mit dem Schwert. »Gorloch?« rief Quentin, zum Tor reitend.

»Herr«, hob der Edelmann an und beugte das Knie, »vergib mir meine Treulosigkeit. Gestatte mir, mit dem Schwert dein Vertrauen zurückzugewinnen.«

»Und mir auch«, sagte noch einer.

»Und mir auch«, ein Dritter.

»Denell, Kelkin, Gorloch – eure Bitte sei euch gewährt!« rief Quentin, während seine Ritter bereits durchs Tor in den Außenhof strömten.

»Man hat uns verraten!« brüllte Ameron. Mit geballten Fäusten hämmerte er auf das rauhe Gemäuer der Zinne und mußte mit ansehen, wie des Königs Heer in seine Burg eindrang.

»Zum Kampfe! Zum Kampfe!« schrie Lupoll, der neben ihm stand. »Wir können es Mann für Mann mit ihnen aufnehmen. Wir sind ihnen zahlenmäßig überlegen.«

Das war richtig. Der Sturm auf die Mauern hatte die Streitkräfte des Drachenkönigs geschwächt und erheblich dezimiert.

»Ja! Wir haben noch lang nicht verloren!« fügte Ameron hinzu. »Und ich freue mich darauf, dem König im Kampf zu begegnen und ihn mit seinem eigenen Schwert auszustechen.«

Im Handumdrehen rannten Amerons Krieger von den Wällen hinab in den Außenhof, um dort die Feinde zu stellen. Sofort war die Luft vom Klirren der Waffen erfüllt: Schwerter trafen auf Schilde, Axt und Morgenstern schlugen auf stählerne Rüstungen. »Für den Drachenkönig!« riefen des Königs Leute, während sie sich beherzt voran kämpften.

Amerons Leute waren jedoch zäh und gut ausgebildet. Sie wichen nicht. Überall tobte erbittert die Schlacht. Quentin stürzte sich hier und da ins Getümmel, schlug immer wieder zu, bis man den Eindruck gewann, er sei überall gleichzeitig. Diejenigen seiner Anhänger, die kurz vor dem Zusammenbruch standen, diejenigen, die den Halt verloren und fallen wollten, brauchten nur aufzublicken, und schon sahen sie des Drachenkönigs Schwert durch die Luft blitzen, ihnen zu Hilfe. Und war es auch nicht das Strahlende, das die Menschen zu fürchten und achten gelernt hatten, so war es zumindest ein Schwert in der starken Hand eines Retters.

Die Bogenschützen auf den Wällen warfen ihre Waffen weg und liefen in die Rüstkammer, um Armbrüste zu holen, die sich zum Eingreifen in den Nachkampf besser eigneten. Jetzt schossen sie ihre tödlichen Bolzen ins Gewühl und trieben die Königstreuen zurück. Denn den bösen Geschossen hielt nichts stand, sie durchschlugen die schwerste Rüstung, und keiner kam nahe genug an die Schützen heran, um sie zu erschlagen.

Hoch oben auf dem Nordturm standen Ronsard und seine Gefolgsleute, die laut gejubelt hatten, als die Königlichen durchs Tor geströmt waren, nun stumm da, weil Ameron das Kampfglück wieder auf seine Seite zog.

»Wir müssen ihnen helfen!« rief einer der Ritter.

»Hier!« sagte Ronsard. »Alle Mann an die Bogen unserer Gefangenen! Zielt genau, meine Herren, unsere Freunde befinden sich mitten unter den Feinden dort unten!«

Daraufhin schossen die eingeschlossenen Ritter eine Menge Pfeile ins Getümmel. Amerons Leute, die gerade noch so sicher gewesen waren, zogen sich nun zurück, da der Tod vom Himmel auf sie herniederprasselte.

»Das hat etwas genützt, aber wenn wir ihnen keine dauerhaftere Unterstützung bieten können, ist der Kampf verloren. Seht ihr? Ameron ist uns an Zahl zwiefach überlegen.«

Kaum hatte Ronsard das ausgesprochen, ertönte auf der Walstatt vor der Burg ein Schrei. Ronsard rannte zur gegenüberliegenden Brüstung und sah unten ein Heer eilends heranrücken.

»Wer sind die?« fragte einer der Ritter. »Ich erkenne das Wappen nicht.«

»Die Standarte ist die Herrn Edfrieds.«

»Ein Feind! Wir sind verloren!« Anscheinend fielen Fürst Edfried und seine Truppe dem König in den Rücken, um ihm den Rückzug abzuschneiden und so jegliche Hoffnung auf einen Sieg oder einen ehrenwerten Abzug zunichte zu machen.

»Nein, halt!« versetzte Ronsard. »Er reitet vor die Truppen des Königs.« Einen Augenblick lang war der Fürst nicht mehr zu sehen, denn er ritt jetzt durchs Torhaus. »Seht! Er kommt uns zu Hilfe!«

»Wir sind gerettet!« jubelten die Ritter auf dem Turm, als Edfried und seine Mannen durchs Tor preschten, mit blitzenden Schwertern und Schlachtrufen für den König. Alle, die sie hörten, faßten wieder Mut.

»Für Mensandor! Für die Ehre! Für den Drachenkönig!«

Ameron, der sich in diesem Augenblick gerade mit Zallkyr eine Schneise zum König bahnte, blickte auf und sah Edfrieds Heer hereinströmen. Er hörte den Jubel und rief Lupoll, der neben ihm focht, zu: »Edfried steht auf seiten des Königs! Wir sind zwiefach betrogen!« Verzweiflung überkam ihn, er stolperte rückwärts.

»Noch sind wir nicht besiegt!« rief Lupoll, packte ihn am Arm und schüttelte ihn. »Du hast das Schwert, fliehen wir damit, solange wir können. Mit dem Schwert in Händen können wir andernorts ein frisches Heer ausheben.«

»Ein guter Rat. Fliehen wir!« Ameron machte kehrt und

rannte zwischen seinen Soldaten hindurch ins Schloß, Lupoll ihm hinterdrein.

Von überlegenen Truppen umgeben und jetzt im Nachteil, ließen Fürst Amerons Hauptleute die Waffen fallen und baten um Gnade. »Wir ergeben uns!« erscholl es überall in der Burg, während es kurz zuvor noch geheißen hatte: »Haltet durch! Wir siegen!« Im Handumdrehen war die Schlacht zu Ende.

Pym und Rennu, die auf Tarky saßen, lugten ängstlich durchs Tor. Da sie keine Waffen und Rüstungen besaßen, hatten sie sich auf Edfrieds Befehl aus dem Kampf herausgehalten. Doch als sie die Schreie der Besiegten hörten, kamen sie näher, um zu sehen, wer gewonnen hatte: »Der König ist Sieger geblieben!« rief Rennu. »Hurra! Der Drachenkönig hat gesiegt!«

»In der Tat, so ist es«, bemerkte Pym klug. »Daran bestand für uns nie ein Zweifel, oder? Nicht einen Augenblick lang.« Sie ritten durchs Tor an die Seite des Königs.

Denell, Kelkin und Gorloch bahnten sich ebenfalls einen Weg durch die Masse und stellten sich neben Edfried, der abgesessen war. Alle vier traten sie vor den König. »Es ist vorüber. Der Sieg ist dein, Herr«, sagte sie, und alle im Kreise stimmten einen Jubelgesang an.

Quentin gebot Schweigen, und als das Geschrei erstarb, sagte er: »Es ist erst vorbei, wenn ich das Schwert habe.« Er richtete sich in den Steigbügeln auf und blickte in die Runde. »Wo ist Ameron? Er soll vor mich treten.«

Ronsard, der unverzüglich herbeigeeilt war, schob sich durch die Menge um den König. »Ameron ist entflohen!« rief er, vom Rennen außer Atem. »Ich sah ihn und seinen verschlagenen Kumpan den Kampf verlassen und in der Burg verschwinden.«

»Dann hat er das Schwert mitgenommen!« sagte Gorloch. »Unsere Bemühungen waren vergebens!«

»Fluch dem Verräter, bei Zoar!« rief Kelkin. »Jetzt holen wir ihn nicht mehr ein!«

»Warum?« fragte Quentin, dem es vor Angst plötzlich den Magen umdrehte. »Wo ist er hin?«

»Es gibt unter der Burg einen Geheimgang«, erklärte Kelkin. »Dieser führt zum Siplet und zu einem Uferpfad. Ein Stück flußabwärts hält Ameron ein Boot verborgen. So war es zumindest bei seinem Vater.«

Daraufhin warfen Quentin und Ronsard den Kopf zurück und lachten herzlich; das Entsetzen in ihren Mienen machte Erleichterung Platz – wie die Wolken der Sonne weichen, wenn sie mit aller Macht brennt.

»Herr, findest du das lustig?« fragte Kelkin erstaunt.

»Du weißt nicht, welche Sorgen du mit deinen Worten vertrieben hast, edler Freund«, erwiderte Ronsard. »Du könntest dem König gerade deinen größten Dienst erwiesen haben.«

»Weshalb, Herr?«

»Schaut!« sagte Ronsard und hob den Arm. »Ich glaube, unser Freund bringt uns gerade zwei höchst widerspenstige Gefangene.«

Da tat sich eine breite Gasse auf, und eine Schar Ritter trieb Ameron und Lupoll, die verdrießliche, aber noch immer trotzige Mienen machten, mit den Schwertspitzen vor sich her.

»Herr!« rief Teido. »Welch eine Freude, dich zu sehen! Wir erwarteten nicht …«

»Daß euer König euch bei der Verteidigung seines Thrones zur Seite stehen würde? Wie schlecht du mich kennst«, fuhr Quentin ihm lächelnd ins Wort.

Teido gab das Lächeln zurück. »Ja, ich muß noch viel lernen. Ich sehe einen Mann vor mir, der nichts mehr mit dem zu tun hat, den ich vor drei Tagen zu Bett liegen sah.« Der hochgewachsene Ritter legte Ameron eine Hand auf den Rücken und schob ihn vor den König. Dann zwang er ihn, niederzuknien. »Den haben wir erwischt, als er zusammen mit seinem Kumpan durch den Geheimgang flüchten wollte.«

»Gib mir das Schwert, Ameron.« Erzürnt blickte Quentin auf den gedemütigten Fürsten hinab. Ameron griff sich an die Hüfte und zog das Schwert aus der Scheide. Dann legte er es sich quer über die ausgebreiteten Hände und bot es dem König gesenkten Hauptes dar.

Quentin nahm das Schwert und reckte es ins Sonnenlicht, dann schob er es in die dazugehörige Scheide. »Ich habe jetzt keine Zeit, mit dir abzurechnen, Verräter«, sprach er. »Aber du sollst deine Strafe bekommen, und sie wird streng ausfallen.« Zu den anderen sagte er: »Meine Freunde, morgen mittag wird mein Sohn sterben, wenn ich nicht das geforderte Pfand übergebe. Ich reite augenblicklich zum Hochtempel.«

»Und ich mit dir«, sagte Teido.

»Ich auch«, stimmte Ronsard ein. Alle Umstehenden taten es ihnen gleich, so daß der Drachenkönig mit großem Gefolge von Burg Amerond fortritt: mit Edelleuten, Soldaten und einfachem Volk aus der Gegend, das es zum Kampfplatz gezogen hatte. Gemeinsam zogen sie durch den Pelgrin-Wald gen Norden nach Narramur und zum Hochtempel.

51

Die ganze Nacht über plätscherte der Regen in den Tempelhof. Toli lag wach und lauschte. Er betete um die Befreiung des kleinen Prinzen und seiner selbst sowie darum, daß sie den Mut aufbrächten, sich ihrem Schicksal zu stellen. Als der Morgen graute, blieb der Himmel finster und bewölkt, obwohl der Regen aufgehört hatte und von Westen ein frischer Wind wehte.

Toli stand dort, wo er die Nacht lang gewacht hatte, als der Prinz aufwachte, sich sofort auf seiner Strohmatte aufrichtete und sagte: »Heute ist der Tag unserer Befreiung! Nicht wahr, Toli? Heute holt mein Vater uns hier heraus!«

Toli nickte und lächelte ob der Zuversicht des Knaben, die durch die langen, lähmenden Tage in Gefangenschaft nicht getrübt worden war. »Ja, heute kommen wir frei.« Er betrachtete den Prinzen eine Weile und setzte sich dann zu ihm aufs Lager. In ernsterem Tone fuhr er fort: »Gerin, ich muß dir etwas sagen.«

Der Junge wartete einfach ab. Jetzt blickte Toli ihm in die Augen und sprach: »Du weißt, daß ich dich liebe wie einen eigenen Sohn. Darum möchte ich dich nicht im unklaren darüber lassen, was uns heute widerfahren könnte.«

»Ich habe keine Angst mehr, Toli. Die hatte ich zuvor, aber nur kurz. Mein Vater ist ja der König und wird nicht zulassen, daß uns ein Leid geschieht. Das weiß ich.«

Toli lächelte wieder und sagte: »Ja, ich glaube, daß er kommen wird... Aber es gibt Augenblicke, in denen selbst Könige den Lauf der Ereignisse nicht bestimmen können. Dein Vater ist zwar König, aber er ist auch ein Mensch und kann vielleicht nicht alles nach seinem Willen lenken. Manchmal geschehen Dinge, die sich nicht mehr ändern lassen.«

Gerin schwieg eine Weile und dachte über Tolis Worte nach. »Werden sie uns töten?« fragte er schließlich und platzte, ohne die Antwort abzuwarten, gleich heraus: »Ich habe keine Angst vor dem Sterben.«

»Angst zu haben ist keine Schande. Auch ich habe zuzeiten um mein Leben gebangt. Nur rührt der Mut daher, daß man die Furcht nicht die Oberhand gewinnen läßt.«

»Ja, aber ich habe ja gar keine Angst. Ich habe nämlich nachgedacht. Der Allerhöchste verfolgt mit allem einen Zweck, das sagte Derwin immer, und wenn ich um des Reiches willen sterben muß, so sei es.«

Toli staunte ob solch schlichten, innigen Vertrauens. »Das sind tapfere Worte, junger Herr, und sie verraten mehr Klugheit, als du weißt. Ja, es könnte sein, daß unser Leben heute endet. Jetzt, da ich weiß, welch beherzten Gefährten ich an meiner Seite habe, werde ich unseren Weg ruhiger gehen.« Er drückte den Knaben fest an sich. »Aber noch sind wir nicht tot, und welche Wendung die Sache nimmt, steht noch nicht fest. Wir müssen daran glauben, daß der König uns retten wird, Gerin.«

»Er wird uns retten, das weiß ich. Er ist mein Vater.«

Dann sprachen sie nicht länger über die bevorstehende Prüfung, sondern wandten sich fröhlicheren Zeiten zu. Als die Tempelwächter sie holen kamen, hallte die Zelle vor Gelächter wider, denn Toli erinnerte Gerin gerade daran, wie dieser erst vor kurzem Reiten und Springen gelernt hatte.

»Wie herzerfrischend, zu hören, daß unsere Gefangenen ihre letzten Stunden so sehr genießen«, sagte Nimrod beim Hereinkommen. »Findest du nicht, Pluhel?«

Der Oberpriester bückte sich durch die Tür. Sein Gesicht war fahl und seine Miene verdrießlich. »Die Sache ist weit genug gegangen, Nimrod. Zu weit! Laß sie ledig, ehe der König kommt. Noch ist Zeit.«

»Ja, Zeit. Zeit, um unsere Gefangenen herauszuputzen, damit wir sie vorzeigen können. Wir dürfen nicht den Eindruck erwecken, als ob wir unsere Gäste schlecht behandelt hätten. Das wäre von Übel.« Er winkte den Wächtern, die noch vor der Tür standen. Diese kamen mit Wasserbecken, sauberen Leintüchern und den Kleidern der Gefangenen herein, die man ihnen am Tag zuvor weggenommen hatte. »Seht ihr? Frisch gewaschen. Der König selbst könnte sie tragen. Ach, ich hoffe, er wird die Mühe zu schätzen wissen, die wir uns deinetwegen gegeben haben, Prinzlein.«

»Bitte«, flehte Pluhel mit gepeinigter Miene, »bitte, laß sie gehen. Es ist nichts damit gewonnen, die Sache auf die Spitze zu treiben.«

»Schweig, du Tor!« fauchte Nimrod. »Darüber haben wir oft genug gesprochen. Dein Gejammer ermüdet mich. Ich will nichts mehr davon hören! Hast du verstanden? Nichts mehr! Die Sache ist entschieden.«

Toli, der sich wusch und das zerschlissene Gewand überstreifte, das man ihm gegeben hatte, beobachtete die beiden aufmerksam. »Was soll das heißen: die Sache auf die Spitze zu treiben?« fragte er.

»Siehst du?« sagte Nimrod zum Oberpriester. »Du hast uns die Überraschung verdorben.«

Toli trat auf den alten Hexer zu. Sofort zückten die Wächter ihre Schwerter. »Du willst uns überhaupt nicht freilassen, ob der König das Pfand bringt oder nicht, wie?« sagte der Dscher tonlos. »Du willst uns ohnehin töten.«

Nimrod blickte ihm gerade in die Augen, so daß Toli sah, wie tief sein Haß war. Da wußte er, daß er dem Bösen in reiner Form gegenüberstand. Aber er zuckte nicht zurück. »Du Dscherhund solltest eigentlich wissen, daß ich dich nicht zweimal davonkommen lasse. Ich, Nimrod, werde meine Rache bekommen. Gegen dich und deinen lächerlichen, schwächlichen Herrn. Und es wird nicht Zauberkraft gewesen sein, die euch niederrang – meine Kräfte hast du mir vor langer Zeit geraubt. Es wird meine Schläue gewesen sein, mein überlegener Verstand, der euch überwand.«

Nimrod ging quer durch die Zelle zu Prinz Gerin. Toli wollte ihn aufhalten, spürte aber sofort die scharfe Spitze eines Schwertes im Rücken. Der alte Geisterbeschwörer legte dem Knaben die Hände auf die Schultern. »Du brauchst nicht geopfert zu werden, Junge. Sieh mich an.« Der Prinz blickte auf. Nimrod sah auf ihn hinab und sagte: »Ich mache dir ein Angebot. Komm mit mir, werde mein Schüler, und ich will dich Geheimnisse lehren, die noch kein Mensch außer Nimrod allein erfuhr. Ich könnte dir Macht verleihen, Junge, Macht über Feuer und Luft, Erde und Wasser, Leben und Tod. Komm mit mir und laß mich dein Lehrer sein.« Er streichelte dem Knaben über den blonden Schopf. »Nun? Was sagst du, mein Junge?«

»Nein! Im Namen des allerhöchsten Gottes!« rief Toli. »Laß den Knaben in Frieden!«

Gerin schauderte, als würde er aus einem trägen Schlaf erwachen, und schüttelte die Hand des Hexers ab. »Nein!« rief er und lief zu Toli.

Da kniff Nimrod haßerfüllt die Augen zusammen. »Ich habe dir die Wahl gelassen; vergiß das nicht, wenn dein Blut über den Altarstein rinnt, du frecher Bengel. Ich hätte dir unvorstellbare Macht und Reichtum verleihen können.«

»Mit dir wird der Allerhöchste abrechnen, Nimrod«, sagte Toli fest. »Er wacht über seine Diener und merkt sich die Kränkungen, die man ihnen zufügt. Er wird sie dir heimzahlen.«

Da ging Nimrod auf Toli los und schlug ihm mit der Hand ins Gesicht. Der Hieb hallte in der Stille wider, die vor Entsetzen folgte. »Halt den Mund!« fauchte Nimrod wild. Seine Augen loderten, von seinen Lippen troff Speichel. »Halt den Mund! Glaubst du denn, euer kleinlicher Gott kümmert mich? Ha! Ich achte ihn geringer als den Wurm, der vor mir durch den Dung kriecht. Ihr kleinen Menschen«, rief er und starrte den beiden vor sich in die Augen, »heute werdet ihr sehen, wie eure kleinen Götter handeln, wenn sie von wirklicher Macht herausgefordert werden!« Der Geisterbeschwörer drehte sich um und ging zur Zellentür. »Ich bin fertig, und es ist Zeit. Nehmt sie mit.«

Der Oberpriester Pluhel warf einen erschrockenen Blick auf die Gefangenen und folgte seinem wahnsinnigen Meister. Die sechs Tempelwachen, teils mit Lanzen und teils mit Schwertern, schoben die Gefangenen vor sich her durch den Flur.

»Ich weiß nicht, was geschehen wird, Gerin«, flüsterte Toli. »Doch achte auf jede Fluchtmöglichkeit. Auch ich will wachsam sein, und wenn ich sage: ›Lauf!‹, dann flieh, so schnell du kannst, und schau nicht zurück. Einverstanden?«

»Einverstanden.« Gerin nickte entschlossen, und Toli wußte, daß er tun würde wie ihm geheißen.

Als sie zur Vorhalle des Tempels gelangten, standen die Tore weit offen. Man führte die Gefangenen ins Freie. Im gepflasterten Tempelhof befand sich vor ihnen der große Altar, den man von seinem üblichen Platz neben dem heiligen Stein im Allerheiligsten nach draußen gebracht und am Fuße der Treppe aufgestellt hatte, wo sämtliche Zuschauer, die sich jetzt innerhalb der Tempelmauern drängten, ihn gut sehen konnten.

Die Leute waren von weit her gekommen: aus Hinsenbucht, Persch, Waldsand und nicht wenige sogar aus Askalon. Sie strömten in den Hof und drängelten, um einen guten Platz zu bekommen, denn es hatte sich wie ein Lauffeuer verbreitet, daß der Prinz im Hochtempel festgehalten wurde und der König ihn dort auslösen sollte. Und alle, die zu Roß oder zu Fuß hatten herbeieilen können, waren gekommen, um zu sehen, wie ihr König gedemütigt und der Tempel erhöht und in seiner Vormachtstellung bestätigt werde. Das Volk liebte seinen König zwar, aber noch mehr fürchtete es Ariel. Und es glaubte, der Drachenkönig habe den Gott des Hochtempels erzürnt, weil er einen neuen Tempel zu Ehren eines seltsamen, neuen Gottes erbauen ließ; und dafür mußte der König, obwohl er König war, bestraft werden.

Dem Aussehen der Leute nach zu urteilen, waren viele die ganze Nacht gewandert. Ihre Kleidung war noch naß vom Regen, dem sie sich jedoch gerne ausgesetzt hatten, um zu erleben, wie der König sein Zauberschwert preisgab. Ehrfürchtig warteten sie im Hof; manche hinter vorgehaltener Hand flüsternd, andere freimütig sprechend, lachten und scherzten sie über das, was gleich geschehen sollte.

Aber in dem Augenblick, als die Tempeltore aufgingen und die Gefangenen vor den Altar geführt wurden, legte sich Schweigen über die Menge. Erwartungsvoll sahen die Leute zu, wie die Gefangenen mit geflochtenen Stricken an den Händen gefesselt wurden.

Der Himmel über ihnen dräute dunkel und versprach jeden Moment prasselnden Regen. Die Sonne war gar nicht mehr zu sehen, wodurch über dem Schauspiel im Tempelhof schwere Düsternis lag. In den fernen Fiskills donnerte es verhängniskündend, als würde ein ausgehungertes Ungeheuer heranstapfen, um sich über seine Beute herzumachen.

Seite an Seite standen Toli und Gerin auf der Tempeltreppe, umgeben von bewaffneten Wächtern in scharlachroten Uniformen. Ein Stück weiter unten standen unmittelbar neben dem Altar der Oberpriester und der weißbärtige, weißhaarige Nimrod, in schwarze Gewänder gehüllt wie in die Finsternis selbst.

»Macht Platz für die Königin!« ertönte eine Stimme. Der Pöbel trat zur Seite und öffnete eine Gasse, die bis zu den Tempelstufen führte. Auf ihr schritt die Königin einher, gefolgt von Esme und der Königinwitwe mit den Prinzessinnen Brianna und Elena in ihrer beider Mitte. Begleitet wurden sie von den Rittern, die sie als Leibwächter mit auf die Reise genommen hatten. So stellten sie sich vor den Oberpriester.

»Lasse meinen Sohn frei, Herr«, bat Bria. »Zum Besten des Reiches Mensandor und seines Volkes, lasse ihn sofort frei.« Wut und Erleichterung widerstritten in ihr und ließen ihre Stimme zittern.

Der Oberpriester warf die Hände empor und machte ein ängstliches Gesicht. »Du weißt nicht, was du da verlangst, Frau. Tritt beiseite.«

»Wenn du ihn nicht freiläßt, so lasse mich an seine Stelle treten.«

Rasch blickte Pluhel zu Nimrod hinüber. Dies entging der Königin nicht, und sie wandte sich an den Hexer. »Ich sehe, daß ich dich fragen muß. Gestatte mir, die Stelle meines Sohnes einzunehmen, wenn du ihn anders nicht freilassen willst.«

»Es ist zu spät für einen solchen Handel. Tritt beiseite und sieh mit den anderen zu.«

»Herr!« Die Königin machte ein Schritt nach vorn. Sofort merkten die vorderen Wachen auf und versperrten ihr mit den Lanzen den Weg. Die anderen richteten ihre Schwerter gegen Toli und Gerin. Die Ritter zückten ihrerseits die Schwerter und wollten gegen die Wächter vorgehen. »Nein!« rief Bria. »Ich warte, wenn es sein muß. Ich will an diesem finsteren Tag keinen Anlaß zum Blutvergießen geben.«

Sie fürchtete um die Sicherheit ihres Sohnes, falls sie auf ihrem Verlangen beharrte, und zog sich daher mit den anderen Frauen zurück. Da sie ahnte, was kommen würde, bat sie die Ritter, die Prinzessin zur Kutsche zurückzubringen und dort bei ihnen zu warten. Dann zogen Tempelwächter mit gekreuzten Lanzen vor ihnen auf, um sicherzustellen, daß aus dieser Ecke keine Störungen mehr erfolgten. Die Frauen verschränkten die Hände und senkten schweigend den Kopf.

»Es ist Zeit«, stellte Nimrod fest. »Der König kommt nicht.«

Pluhel blickte zum Himmel empor und sagte: »Nein, das stimmt nicht. Es ist noch nicht ganz Mittag. Du sagtest, wir würden bis Mittag warten.«

Nimrod holte tief Luft und schien widersprechen zu wollen, nahm sich aber zusammen und sagte nur: »Wie du willst, Priester. Warten wir noch ein wenig. So eilig habe ich es nicht, daß ich das Warten nicht genießen könnte.«

Überall im Hof wurde es still. Nicht einmal der Wind fuhr durch das Laub der Bäume entlang der Mauern, in deren Äste besonders Neugierige geklettert waren, um besser sehen zu können.

Alles wartete.

Toli blickte auf Prinz Gerin hinab und nickte ihm zu, als wollte er sagen: »Nur Mut, er wird kommen.« Der Junge erwiderte den Blick: »Ich weiß, ich habe keine Angst.«

Am Himmel zogen wütende, dicke Wolken vorüber. Hart und dunkel wie geschwärzter Bernstein wirkten sie und flogen auf den raschen Schwingen des Sturmwinds dahin. Im Tempelhof herrschte nun ein merkwürdiges Zwielicht, als sei die Sonne gänzlich verschwunden und weigere sich, ihre Wärme und ihr Licht auf das Ereignis zu werfen.

Alles wartete weiter.

Schließlich hielt Nimrod es nicht mehr aus. »Die Zeit ist um. Es ist Mittag und der König nicht da. Er kommt nicht. Bringt die Gefangenen.«

Die Wächter blickten einander an und zauderten.

»Bringt sie!« rief Nimrod mit schriller Stimme. Der Oberpriester, der jetzt sichtlich zitterte, nickte und wandte sein Gesicht ab. Da trieben die Wächter die Gefangenen mit den Spitzen ihrer Waffen die Stufen hinab.

Toli machte eine Vorwärtsbewegung, hob den Fuß, ließ sich fallen und rollte die Stufen hinunter. »Lauf!« schrie er dem

Prinzen zu. Der kleine Gerin sprang die Stufen hinab und rannte in die Menge.

»Haltet ihn!« brüllte Nimrod. »Holt ihn zurück!«

Ehe die Ritter, die neben der Königin standen, eine Hand rühren konnten, hatte einer der Tempelwächter dem Prinzen nachgesetzt, ihn am Kragen gepackt und hochgehoben.

»Gerin!« rief die Königin. Mit verzweifelt ausgestreckten Händen bemühte sie sich, zu ihm zu kommen, aber der andere Wächter hielt sie mit seiner Lanze zurück. »Mein Sohn!«

Toli wurde wieder emporgerissen und weitergetrieben. »Ein äußerst plumper Versuch für einen behenden Dscher«, sagte Nimrod glucksend. »Deine Mühe soll dir damit gelohnt werden, daß du die Opferung des Knaben mit ansehen darfst. Eigentlich sollte die Reihenfolge andersherum lauten.«

Darauf hastete Nimrod los und hob den Knaben auf den Altar, während dieser strampelte, um sich loszumachen. Ein Wächter hielt ihn an den Füßen, der andere zog ihm die gefesselten Hände über den Kopf hoch. Toli schrie und stürzte zum Altar, aber die übrigen Wächter packten ihn und hielten ihn an den Armen fest.

»Nein!« kreischte die Mutter des Knaben mit vor Entsetzen verzerrtem Antlitz. Esme schloß die Königin fest in ihre Arme.

»Das Messer«, sagte Nimrod zum Oberpriester. »Zücke deinen Dolch.«

52

»Meinen Dolch?« Pluhels Gesicht wurde noch blasser als zuvor. Verwirrt tastete er seine Gewänder ab. »Ich scheine meinen Dolch verlegt zu haben. Ich habe ihn nicht bei mir.«

Nimrod lächelte boshaft. »Ich dachte mir schon, daß du ihn vielleicht vergißt. Das ist mir ganz recht. Ich habe dir meinen eigenen mitgebracht.« Er holte einen langen, schmalen Dolch aus seinem Gewand und drückte ihn dem Priester in die Hand. »Nun denn, Oberpriester. Erfülle deine Pflicht!«

Mit glasigen Augen und schweißnasser Stirn blickte Pluhel erst die Königin leidvoll an, die ihr Gesicht in den Händen vergraben hatte, und dann seinen bösen Komplizen, dessen Augen vor Freude funkelten.

Pluhels Hand mit dem Dolch darin zitterte zwar, aber er wandte sich dem Prinzen auf dem Altar zu und erhob den Dolch über dessen Herzen. Gerin schloß die Augen und hielt den Atem an, um nicht zu schreien.

Das Messer schwebte in der Luft, der Priester zögerte, aber dann…

»Halt! Der König ist hier! Warte! Der Drachenkönig kommt!«

Laut zischend stieß der Oberpriester die Luft aus. Sein Arm schwankte und fiel dann schwer herab; er trat vom Altar zurück.

Von der anderen Seite des Hofes her drangen das Getrappel herbeisprengender Pferde und Stimmen, die den König laut grüßten.

Im Nu teilte sich die Menge im Hof, und der König galoppierte auf seinem Roß herein. Quentin zügelte Feuersturm so abrupt, daß die Hufe Funken aus dem Pflaster schlugen, und sprang aus dem Sattel.

Er ging bereits auf den Tempel zu, als seine Begleiter – Teido, Ronsard, Fürst Edfried und eine Reihe von Rittern und Soldaten – ihm in den überfüllten Hof nachjagten. Das Volk wich vor dem König zurück und ließ ihm eine breite Gasse.

»Ich habe das Pfand mitgebracht«, rief Quentin kühn. »Lasse meinen Sohn frei!« Dies sagte er zum Oberpriester, der sich zwischen die anderen Priester am Rande der Tempeltreppe zurückzog.

»Das wird nicht reichen, mein König«, erwiderte Nimrod kühl.

Da wandte Quentin sich ihm zu. »Wer bist du?« fragte er, näher tretend und den Greis eingehend musternd. »Kennen wir uns?«

»Ja, du kennst mich, auch wenn du noch nie das Vergnügen hattest, mir in Fleisch und Blut zu begegnen, wenn ich es mir recht überlege.«

»Ich wiederhole meine Frage: Wer bist du?«

»Willst du einen Namen? Nun gut, den sollst du bekommen. Vor dir steht kein anderer als Nimrod, vor langer Zeit als Geisterbeschwörer bekannt, ehe mir meine Macht geraubt wurde.«

»Nimrod!« Quentin mußte seine ganze Kraft zusammennehmen, um nicht rückwärts zu taumeln. »Du erhebst dich aus dem Staub des Todes wie eines deiner gespenstischen Geschöpfe.«

»Ja, ich bin hier, um meine Rache einzufordern.« Er trat hinter den Altar und gab den Wächtern einen Wink, daß sie den Knaben wegnehmen sollten. »Dein Schwert, stolzer König, das Strahlende, sollte das Faustpfand sein. Wo hast du es?«

Quentin zückte das Schwert. Sirrend glitt es aus der Scheide. Er hielt es empor, so daß alle es sehen konnten, und trat auf den Altar zu.

Nimrod hob die Hand. »So nicht!« kreischte er. Quentin blieb stehen. »Auf die Knie! Alle deine Untertanen sollen sehen, daß du dich vor mir niederbeugst. Ich will, daß du vor all diesen Zeugen meine Überlegenheit anerkennst.«

Quentin machte wieder zwei Schritte auf den Altar zu. »Auf die Knie, stolzer König!«

»Niemals!« rief Quentin. »Du verlangtest das Schwert. Hier ist es. Mehr bekommst du von mir nicht.«

»Beuge das Knie vor mir, oder der Knabe stirbt!« Nimrod wirbelte herum und entriß dem erschrockenen Oberpriester den Dolch. Im Handumdrehen hatte der Junge das Messer am Hals liegen. »Knie nieder, großer König, oder du verlierst deinen Sohn und Erben.« Die schnarrende Stimme steckte voller Gift.

Quentin, dessen Körper sich mit jeder Faser wehrte, beugte langsam ein Knie. Entsetzt blickte er Nimrod an, der böse lächelnd dem Knaben das Messer an die Kehle hielt. Totenstill beobachtete das Volk, wie sein König gedemütigt wurde.

»Jetzt her mit dem Schwert!« rief Nimrod, die unheimliche Stille durchbrechend. »Lege es auf den Altar.« Seine Worte waren scharf wie Dolchspitzen und drangen bis in den hintersten Winkel des Tempelhofes, so daß alle sie vernahmen.

Der Drachenkönig reckte abermals das Schwert und hielt es am Heft. Dieses Schwert, dachte er, nennt man das Strahlende; es wurde mir vor langer Zeit in einem Traum verheißen. Der Allerhöchste selbst legte es in meine Hand. Es ist sein Schwert. Ich darf es Nimrod nicht geben. Ich darf es nicht auf den Altar legen. Das wäre eine Tat der Ehrerbietung gegenüber diesem verkommenen Ungeheuer. Ich werde den wahren Gott nicht verlassen, auch nicht, um mein Leben oder das meines Sohnes zu retten.

Quentin drehte das Schwert in seiner Hand und betrachtete es. Dann blickte er Nimrod an und stand wieder auf.

»Auf die Knie!« kreischte Nimrod. »Beuge dich mir!«

Quentin reckte das Schwert mit beiden Händen hoch über seinen Kopf und blickte zum Firmament empor. »Allerhöchster Gott«, sprach er so laut, daß seine Worte im ganzen Hof widerhallten, »erhöre deinen Diener. Zeige jetzt deine Macht. Erhebe dich über deine Feinde. Lasse deine Gerechtigkeit im ganzen Land wie Feuer lodern, auf daß alle Menschen den wahren Gott verehren!«

»Dein Gott scheint taub zu sein!« höhnte Nimrod. »Ha! Es gibt keinen wahren Gott! Bete zu mir, Drachenkönig! Vielleicht erhöre ich dein Gebet!«

Quentin hielt die Augen geschlossen und das Gesicht emporgewandt. Er hörte nicht auf das spöttische Gelächter des Hexers, sondern betete so inbrünstig wie noch nie im Leben. Und in diesem Augenblick spürte er, wie die Klinge in seiner Hand sich erwärmte. Er öffnete die Augen und sah, wie die schweren Wolken am Himmel aufrissen und ein einzelner Lichtstrahl auf die Schneide in seiner Hand fiel. Er stand in einem Kreis goldenen Lichts und konnte beobachten, wie der Schein an der Klinge entlanglief und sich in den Edelsteinen des Hefts brach. Das Licht funkelte lebendig, und aus ihm heraus ertönte eine Stimme: »Stürze den Altar um! Das hätte längst geschehen sollen!«

Plötzlich regnete Feuer vom Himmel auf das Schwert herab. Zallkyr blitzte auf und loderte hell. Das Volk konnte den beißenden Glanz nicht ertragen; alle warfen sich die Hände vors Gesicht, um dem schrecklichen Leuchten zu entgehen.

Das Schwert flammt wieder! dachte Quentin. Der Allerhöchste hat mich nicht verlassen! Er steht mir bei; er war immer mit mir! Diese Erkenntnis durchzuckte Quentin so, wie der Blitz in das Schwert gefahren war.

»Das Schwert! Das Schwert!« heulte Nimrod. »Gib mir das Schwert!«

»Nein!« rief Quentin. Das Schwert funkelte furchterregend,

von seiner schimmernden Schneide schien Feuer zu züngeln und überall Licht zu verbreiten. »Du sollst diese Klinge niemals halten.« Darauf reckte der Drachenkönig das Strahlende in die Höhe und ließ es mit aller Macht auf den massiven Steinaltar niedersausen.

Ein blendender Lichtkranz sprühte empor, und es zischte, als würde heißes Metall jäh in kaltes Wasser getaucht. Die Luft füllte sich mit dem Geruch brennenden Steins. Tief in der Erde rumpelte es, die Altarplatte kippte und glitt entzweigehauen zu Boden. Dort, wo das Strahlende Schwert sie getroffen hatte, war sie zersprungen und qualmte nun.

Die Menge brüllte auf, ein Schrei aus tausend Kehlen, und wich zurück, als sie den König mit dem flammenden Schwert in Händen vor dem zerbrochenen Altar stehen sah.

Der Oberpriester warf entsetzt die Hände empor und rannte die Stufen hinauf in den Tempel; seine Priester flohen mit ihm. Die Tempelwächter ließen die Waffen fallen und rannten ihnen nach.

Da holte Nimrod aus. Der Dolch in seiner Hand blitzte. Toli erkannte seine Gelegenheit, senkte den Kopf und rammte ihn dem Hexer in den Bauch, so daß dieser den Knaben fahrenließ. Gerin stolperte nach vorn, fing sich und lief in die offenen Arme seiner Mutter. Bria hob ihn auf und drückte ihn fest an sich. Die Menge sammelte sich dicht um sie.

»Du wieder!« kreischte Nimrod. »Jetzt werde ich meine Rache bekommen!« Toli sprang beiseite, konnte, da seine Hände gefesselt waren, das Gleichgewicht aber nicht halten und fiel rücklings auf die Tempelstufen.

Wie eine Katze sprang der alte Hexer ihn an und stieß ihm den Dolch tief in die Brust. Dann floh er die Stufen empor in den Hochtempel.

53

Der Boden wackelte und zitterte unter den Füßen der Leute, so daß alle entsetzt aufschrien, als die Pflastersteine zersprangen und sich in der Erde Spalten auftaten. Der Riß, der sich unter dem zerschmetterten Altar geöffnet hatte, brach nun um den ganzen Tempel herum auf. Ohne auf irgend etwas zu achten, rannte Quentin zu den Tempelstufen und schrie. »Teido! Ronsard! Geschwind!« Er erreichte Toli, der zusammengesunken auf den Stufen lag, bückte sich nieder, zog den grausamen Dolch aus seiner Brust und schleuderte ihn fort.

Oben am Eingang zum Tempel ertönte schnarrendes Gelächter. Er schaute auf und sah Nimrod dort stehen, der den Kopf zurückgeworfen hatte und wie eine Aaskrähe häßliche Laute ausstieß. Ronsard gelangte als erster zu Quentin. »Bring Toli in Sicherheit«, befahl der König. Dann sprang er auf und rannte die Stufen hinauf.

»Herr! Komm zurück! Der Tempel stürzt ein!« schrie der Ritter.

Der Riß im Boden hatte inzwischen die Treppe erreicht, so daß sie zersplitterte. Die Luft erbebte vom Tosen der mahlenden Erde und des berstenden Steins. Es hagelte Dachziegel, die auf den Pflastersteinen zerschellten. Die Säulen schwankten bedrohlich, wodurch die Quersteine entzweigingen und in großen Brocken herniederstürzten. Das flammende Schwert in der Hand, mühte Quentin sich die wankenden Stufen hinauf. Als Nimrod dies sah, kreischte er: »Bleib mir vom Leib!« Dann rannte er davon. Quentin setzte ihm nach und bekam einen Zipfel seines Priestergewands zu fassen.

Nimrod versuchte, sich von seinem Gewand zu befreien, verhedderte sich jedoch nur noch mehr darin. Quentin hielt es mit aller Gewalt fest, zerrte daran und brachte den Hexer dadurch zum Stürzen. Verzweifelt, einer Schlange gleich, wand der alte Geisterbeschwörer sich am Boden. »Rette mich!« zischte er. »Ich werde alles tun, was du von mir verlangst. Ich kann dir Reichtum verschaffen, dir zu Ruhm verhelfen! Ich werde deine Feinde vernichten! Rette mich!«

Da blitzte die Schneide in Quentins Hand auf, Zallkyr pfiff durch die Luft und senkte sich in tödlichem Bogen auf des Zauberers Hals. Mit einem letzten Schrei krümmte er sich zusammen und blieb als elendes Bündel liegen. Der finstere Nimrod war tot.

Jetzt fielen immer mehr Steine und Ziegel herab, die Säulen ächzten, das Dach brach ein. Quentin hörte das laute Krachen der schweren Quader, die Grundmauern schwankten.

Die Menschen im Tempel warfen sich vor dem heiligen Felsen aufs Gesicht und riefen die alten Götter um Hilfe an: Ariel! Azrael! Zoar! Heoth! Doch leer und machtlos verklangen ihre Namen. Der Boden drehte sich, da sahen die Tempeldiener, wie sich in der gesalbten Oberfläche des heiligen Felsens ein Riß auftat. Der Stein zersplitterte vor ihren Augen in tausend Stücke. Die Priester heulten laut und wälzten sich, die Häupter unter ihren Gewändern verbergend, am Boden.

Der entsetzte Pöbel im Tempelhof brandete durchs Tor hinaus und hastete ins Tal, um sich in Sicherheit zu bringen. Quentin wich den zerstörten Steinen aus und rannte über den Hof zur Stelle, an die man Toli gebracht hatte.

Dort sank er neben seinem Freund auf die Knie. »Toli, vergib mir!« rief er, umfaßte die leblose Hand und drückte sie an sich. »Ich trieb dich fort. Ich gab dir die Schuld an allem und tat dir Unrecht! Verzeih mir!« Der König weinte, daß ihm die Tränen wie Sturzbäche übers Gesicht rannen.

Die anderen liefen herbei, Bria legte ihm ihre Hand auf die Schulter. »Er ist nicht mehr!« brachte Quentin unter Schluchzern hervor. »Und ich bin schuld daran!«

Esme kniete neben Quentin nieder und faßte ihn am Ärmel. »Ich hatte in Dekra ein Traumgesicht über das, was heute hier geschehen würde.«

»Du wußtest es?« Untröstlich blickte der König Esme in die Augen. »Du wußtest alles und verhindertest es nicht?«

»Alles nicht. Ich sah den Sturz des Tempels, doch nichts von Gerin und Toli«, erwiderte sie. Quentin starrte nur den Leichnam seines Freundes traurig an. »Der Allerhöchste zeigte mir, was geschehen sollte, aber vom Tod unseres Freundes kündete er mir nicht. Dieser lag nie in seiner Absicht.«

»Dem mag so sein«, sagte Teido. »Aber auf dieser Welt geschehen viele Dinge, die den Absichten des Allerhöchsten zuwiderlaufen. Das ist der Gang der Welt.«

»In der Tat«, pflichtete Ronsard ihm bekümmert nickend bei. »Vom Totenlager steht kein Mensch mehr auf.«

»Warum nicht«, rief Esme, »wenn Gott es so will?«

Da erschütterte ein weiteres Beben den Hof, und die letzten Überreste des Tempels stürzten mit ohrenbetäubendem Poltern ein. Staub und Rauch stiegen in einer dicken grauweißen Wolke zur Sonne empor. »Seht ihr das?« fragte Esme. »Der Tempel ist zerstört, wie mir offenbart wurde. Er steht nicht mehr, und mit ihm ging das Böse unter.«

Verwundert blickten alle Esme an, deren Gesicht wie von innen leuchtete. Sie hielt ihre Hände über Tolis Leib und berührte die karmesinrote Wunde in seiner Brust. Dann zog sie den Stoff seines Hemdes weg, das vom Dolch zerrissen worden und voll Blut gesogen war. Und obwohl die Haut vom vergossenen Blut tiefrot war, konnte man keine Verletzung sehen.

»Schaut!« rief Königin Bria, die sich am Ärmel ihrer Mutter festhielt. »Toli erwacht!«

»Er lebt!« rief Gerin glücklich.

»Toli?« sagte Quentin und schaute seinem Freund ins Gesicht. Da schlug Toli blinzelnd die Lider auf und blickte sich mit seinen schwarzen Augen in dem Kreis von Gesichtern um. »Toli, du lebst! Du lebst!« Quentin stürzte sich auf ihn und hob ihn auf.

Ungläubig wohnten Teido und Ronsard dem Vorgang bei, dann kamen sie näher und klopften Toli auf die Schultern. Bria und Alinea brachen in Freudentränen aus. Gerin tanzte und hüpfte vor Glück.

»Womit habe ich dies alles verdient?« fragte Toli, als sie ihn endlich losließen.

»Ich würde es nicht glauben, wäre ich nicht selbst dabeigestanden!« rief Ronsard und schüttelte verblüfft den Kopf.

»Ich kann es immer noch nicht glauben«, versetzte Teido.

Esme schlang ihre Arme um Tolis Hals und küßte ihn. »Wie fühlst du dich?«

»Wie ich mich fühle ...?« Er hielt inne und gewahrte erst die Zerstörung des Tempels, dann sein blutgetränktes Hemd. »Ich habe das Gefühl, etwas verpaßt zu haben ... Ach ja! Nimrod! Ist er ...«

»Er ist tot. Sie sind alle tot«, fiel Quentin ihm ins Wort. »Aber du bist wieder unter den Lebenden.«

»Hat Nimrod mich verletzt?«

»Es war eine tödliche Wunde, Herr«, sagte Teido. »Ich sah ihn mit dem Messer zustoßen. Erinnerst du dich nicht?«

Verdutzt schüttelte Toli den Kopf. »Ich erinnere mich, daß ich ihn umstieß, um Gerin zu befreien, und daß ich auf den Rücken fiel. Ich erinnere mich an sein Gesicht ... und an nichts mehr, bis ich hier wieder aufwachte.«

»Der Allerhöchste hat dich uns wiedergegeben, tapferer Toli«, sagte Alinea. »Groß ist er!« Alle stimmten in ihr Lob des Allerhöchsten ein und dankten ihm für Tolis Wiedererweckung.

Ihre Freudenrufe schallten durch den leeren Hof und hallten von den Ruinen wider. Während sie sich ins Tal begaben, stiegen hinter ihnen noch immer Rauch- und Staubwolken aus dem Schutt auf, doch der Wind vertrieb den Dunst, und der Himmel wurde wieder strahlend blau.

Bis sie das Tal erreichten und an den staunenden Menschen, die den Wegrand säumten, vorübergingen, hatte sich bereits in ganz Mensandor die Kunde vom Triumph des Drachenkönigs und der Macht des neuen Gottes verbreitet, des Allerhöchsten, des einzig Wahren, der Altäre vernichten, Tempel zerstören und Tote wiedererwecken konnte.

54

Der Drachenkönig saß, in seine prunkvollsten Gewänder gehüllt, in seiner prächtigen großen Halle auf seinem hohen Thron: Er trug einen königsblauen Mantel mit dem Drachenmuster in Goldstickerei; zusammengehalten wurde dieser von einer goldenen Drachenbrosche mit Kette. An den Füßen hatte der König Stiefel aus weichem roten Leder und an der Hand den goldenen Ring, den schon Eskewar getragen hatte. Auf seinem Schoß lag Zallkyr in seiner Scheide, des Königs Hand ruhte auf dem mit Edelsteinen besetzten Griff. Die großen geschnitzten Holztüren der Halle standen weit offen, damit alle, die es wollten, herbeiströmen konnten, um zu bezeugen, wie ihr König Recht walten ließ. In drei Reihen hintereinander stand das Volk auf den Balkonen und noch dichter zwischen den glänzenden schwarzen Säulen bis zu den Stufen des Podests.

Als alle versammelt waren, blies der Trompeter einen lauten Ruf. Der Lärm in der Halle erstarb, und Quentin sprach: »Als ich noch ein Knabe war, stand ich am Hofe König Eskewars und sah zu, wie er weise und großzügig Strafen und Gunstbezeigungen verteilte. Und ich gelobte, daß ich, falls mir diese Aufgabe jemals zufallen sollte, ebenso aufrichtig und gütig sein wollte wie er.

Ein König bekommt nicht oft Gelegenheit, diejenigen, die ihm dienen, ihren Verdiensten gemäß zu belohnen. Aber heute will ich mein Bestes tun. Als erstes aber sollen die Gesetzesbrecher bestraft werden.« Er nickte dem Trompeter zu, der einen Heroldsrock mit dem königlichen Abzeichen trug. Der junge Mann blies einen kräftigen, klaren Ton, auf den lautes Schrittegetrappel folgte.

Da kam eine Schar Ritter in den großen Saal, in ihre besten Rüstungen gewandet, mit blank geputzten Brustharnischen und langen scharlachroten Umhängen. Zwischen ihnen gingen Fürst Ameron und sein Freund Lupoll, beide in Ketten gelegt. Vor Entsetzen aschfahl, hielten sie den Blick gesenkt und wagten es nicht, zum König aufzuschauen.

»Fürst Ameron«, sagte Quentin, als die Ritter die beiden Missetäter bis zum Fuß des Throns geführt hatten. »Sieh mich an.« Der gedemütigte Fürst blickte vorsichtig auf. »Wir sehen uns unter ganz anderen Umständen wieder, nicht wahr? Du hattest Zeit, über deine Verbrechen nachzudenken, und ich auch.« Da erbebte der Verräter, denn er befürchtete das Schlimmste.

»Dein Verbrechen heißt zunächst Ehrgeiz«, fuhr der König fort. »Das kann ich verstehen und verzeihen, da auch ich einst auf meine Weise ehrgeizig war. Du wolltest diesen Thron und diese Krone für dich. Davon träumt jeder Fürst einmal, und ich will dir in diesem Punkt vergeben.

Du versetztest mich in Angst und kränktest mich, als ich einen großen Verlust erlitt. Du nahmst das Schwert namens Zallkyr an dich, obwohl du wußtest, daß es mir gehörte und meinen Sohn retten konnte. Und du gabst es nicht heraus. Dies sind Kränkungen, die du mir zufügtest, und ich will dir von Mensch zu Mensch dafür vergeben, denn du warst von Machthunger geblendet.

Aber deine Taten fügten den Soldaten Schaden zu, die keine Wahl hatten, als mit Leib und Leben für ihren König zu streiten. Viele tapfere Männer fielen in der Schlacht. Sie verloren ihr Leben. Ihr Blut schreit nach Gerechtigkeit.

Ich könnte dich hinrichten lassen«, bei diesen Worten unterdrückte Ameron einen Schrei, »aber was würde ich erreichen, wenn ich dein Blut vergösse? Sehr wenig, meine ich, auch wenn einige unter uns tiefe Befriedigung darüber empfinden würden.

Nein, ich habe beschlossen, daß du am Leben bleiben sollst und daß dir der Unterhalt sämtlicher Frauen, die durch dich zu Witwen wurden, und sämtlicher Kinder, die du zu Waisen machtest, obliegen soll.«

»Ach!« rief Ameron. »Da muß ich die Hälfte meines Landes verkaufen und werde mein ganzes Leben nicht mehr zu Reichtum gelangen!«

»So sei es«, erwiderte der König nüchtern. »So wirst du erleben, wie dein Unrecht wiedergutgemacht wird. Die Familien der Erschlagenen werden zu deinen Familien werden, die Verstümmelten zu deinen Brüdern. Und entsprechend wirst du mit ihnen umgehen, denn sollten jemals Klagen gegen dich laut werden, findet dein Leben ein Ende.

Und du, Fürst Lupoll«, fuhr Quentin fort, »du stelltest dich in den Dienst deines Freundes Ameron. Da du bei einem Sieg die Beute mit ihm teilen wolltest, sollst du auch den Verlust in der Niederlage mit ihm tragen. Denn das Urteil, das ich über ihn verhängte, soll auch für dich gelten. Zweifellos wird Ameron deine Unterstützung in den kommenden Jahren recht sein.«

Dann traten die übrigen Fürsten vor den Thron. Sie erwiesen ihre Ehrerbietung, blickten aber ernst und dumpf. »Meine Herren«, hob Quentin an, »es stand euch frei, Ameron von seinem Vorhaben abzubringen, ehe er seine Ränke ausführen konnte, aber ihr tatet es nicht. Doch anders als Lupoll saht ihr, wem ihr zu dienen hattet, als die Sache zu weit ging.

Darum, Fürst Edfried, Gorloch, Kelkin und Denell, verurteile ich hiermit eure Treulosigkeit. Aber ich bin bereit, euch wieder als Freunde anzuerkennen, wenn ihr dem Thron abermals euren Eid schwört.«

Da beugten die Fürsten das Knie und gelobten vor aller Welt dem König Treue. Danach nahmen sie ihre Plätze unter den übrigen ein.

»Was Nimrod, den Oberpriester und ihre faule Brut angeht«,

sprach der König weiter, »über sie hat der Allerhöchste sein gerechtes Urteil verhängt. Möge keiner behaupten, sie hätten es nicht verdient.« Alles murmelte beifällig.

»Als dann«, sagte Quentin, »mögen meine Freunde vortreten, damit ich sie belohne.« Der Trompeter blies abermals, und die Zuschauer reckten die Hälse, um den schmächtigen Knaben zu sehen, der nicht älter war als Prinz Gerin und jetzt furchtsam zum Thron schritt, gefolgt von Pym, dem Kesselflicker, und seinem Hund Ruffo. Quentin winkte den Eltern des Knaben, die schüchtern in der Menge standen. »Kommt näher, liebe Leute.« Der Bauer und seine Frau traten ängstlich herbei und knieten neben ihrem Sohn und dem Kesselflicker nieder.

»Steht auf, meine Freunde«, sprach der König, »denn meine Freunde seid ihr, so wahr jemals ein Mensch des Drachenkönigs Thron diente. – Rennu, dein junges Herz sehnt sich nach dem Ritterstand, und du hast dich auch ohne Roß und Rüstung als so tapfer erwiesen wie der kühnste Recke im Reich. Wünschst du noch immer, Ritter zu werden?«

»Ja, Majestät«, erwiderte der Knabe mit leisem Stimmchen. »Mehr als alles auf der Welt.«

»So sei es. Vom heutigen Tage an soll dein Name auf der Liste mit des Königs Rittern geführt werden. Sobald du alt genug bist, darfst du dem Reiche als Ritter dienen.« Quentin hielt kurz inne. »Aber ein Ritter muß reiten und den Umgang mit den Waffen lernen. Darum sollst du das Pony Tarky behalten, das du fandest und zurückgeben wolltest. Behalte es, bis du groß genug bist, um einen Renner aus den Ställen des Königs zu führen. Den darfst du dir selbst erwählen. Was sagst du dazu, Rennu?«

Dem Knaben fehlten die Worte, doch seine strahlenden Augen waren Antwort genug.

»Mein Sohn hat darum gebeten, daß du gemeinsam mit ihm vom Waffenmeister der Burg Askalon unterwiesen wirst. Ein Ritter des Königs muß, auch wenn er noch lernt, in einer Weise leben, daß er seines Herrn würdig ist. Darum, Ritter Rennu, wird die Krone dir eine jährliche Rente aussetzen, die deine Eltern nach ihrem Gutdünken verwenden mögen.«

Die Freude, die aus den Mienen der drei sprach, war nicht zu übersehen. Aus Dankbarkeit verbeugten sie sich immer wieder, während sie auf ihre Plätze zurückkehrten.

»Und du, lieber Kesselflicker«, sagte der König, während Pym die Hände über den Knien verschränkte und erwartungsvoll aufblickte, »du fandest das Strahlende Schwert und bargst es sicher, um es zu holen, als du erfuhrst, daß dein König seiner bedurfte. Zweifellos hättest du es mir gebracht, wärst du nicht daran gehindert worden.«

»Ja, Majestät, das steht fest, jawohl«, erwiderte Pym.

»Mir ist zu Ohren gekommen, daß du dir seit langem ein Pferd und einen Karren wünschst, um mit deinen Waren von Dorf zu Dorf zu ziehen.« Als der Kesselflicker ein verwirrtes Gesicht machte, fragte Quentin: »Trifft dies nicht zu?«

»Doch, doch, Majestät, mehr als Ihr wißt, aber ...«

»Ja? Ist noch etwas?«

»Der Schleifstein, Majestät. Unsereiner wünscht sich einen Schleifstein mit einem Trittbrett, um die Messer und Scheren zu wetzen.«

»Natürlich, der Schleifstein! Wie konnte ich den vergessen! Du sollst den schönsten bekommen, der sich in ganz Mensandor auftreiben läßt. Und der Burg Askalon soll stets dein erster Halt gelten, wenn du in die Gegend kommst.«

Pym konnte sein Glück kaum fassen und klatschte vor Freude in die Hände; Ruffo bellte ihm fröhlich zu. Unter dem Gelächter und dem Beifall der Versammlung zogen die beiden sich zurück.

»Schließlich«, sagte Quentin, als im Saal wieder Ruhe eingekehrt war, »will ich meine alten Freunde belohnen. Toli, Teido und Ronsard, tretet vor.« Er erhob sich und stieg die Stufen hinab, um ihnen auf gleicher Ebene zu begegnen. »Nein, liebe

Herren, kniet nicht vor mir. Brüder knien nicht voreinander. Eure Freundschaft hat sich als von höchster Güte erwiesen, wahrer und stärker als Blutsbande.

Wie kann ich eure Standfestigkeit und Tapferkeit belohnen? Was kann ich euch geben, das ihr noch nicht habt? Ländereien, Stellungen, Titel? Ihr wart bereit, all dies aufzugeben, ja sogar euer Leben zu opfern – um eines Freundes willen, gerade als dieser fehlte. Ihr ließet mich nicht im Stich, sondern handeltet an meiner Statt voll Klugheit und Mut, jeder von euch. Darin wart ihr edler noch als Könige. Darum will ich euch diese Zeichen meiner Wertschätzung und Dankbarkeit verleihen.«

Er winkte einem Pagen mit einem Kissen aus blauem Samt, auf dem drei goldene Drachenbroschen lagen, die haargenau waren wie seine eigene. Die erste vom Kissen nehmend und sie an Teidos Schulter heftend, sprach der König: »Für Teido, dessen Rat stets klug und weise ist …« Dann nahm er die zweite, befestigte sie an Ronsards Mantel und sagte: »Für Ronsard, dessen unerschrockener Mut nur von der Kraft seines Armes übertroffen wird …« Die dritte steckte er Toli an den Mantel: »Für Toli, dessen Liebe und Treue bis zum Tode fest sind. Von heute an sollt ihr Prinzen des Reiches heißen.« Nach kurzem Schweigen fügte er hinzu: »Toli, ich möchte dich des weiteren dadurch belohnen, daß ich dich von deinem Eid mir gegenüber entbinde. Von Stund an bist du kein Diener mehr.«

Dann wandte Quentin sich der Versammlung zu und stellte ihnen die drei mit einer ausgreifenden Armbewegung vor. »Seht meine königlichen Freunde«, sagte er. »Möge jeder ihnen die Achtung und Ehrerbietung erweisen, die einem König gebühren.«

Sogleich verbeugten sich alle im Saale tief und bejubelten des Königs Auszeichnung mit lauten Rufen, die vom hohen Gewölbe widerhallten und durch sämtliche Gänge und Flure der Burg Askalon schallten.

Quentin stieg wieder auf seinen Thron und verkündete: »Heute soll in ganz Mensandor ein Festtag sein. Mögen alle feiern und ihre Freude haben!« Die Jubelbekundungen, die der Ansprache folgten, gingen in den lauten Trompetenstößen unter, die über die Mauern der Burg hinaus im ganzen Land zu vernehmen waren. »Das Fest hat begonnen!« riefen sie. »Kommt und feiert alle fröhlich mit!«

Und die Menschen, welche die muntere Weise hörten, ließen von ihrem Tagwerk ab, legten ihre feinsten Kleider an und liefen zur Burg, um an den Festlichkeiten teilzuhaben.

Es wurde allmählich dunkel, die rotgoldene Sonnenscheibe versank im Westen im Meer, ehe Quentin eine Gelegenheit fand, sich allein davonzustehlen. Feuersturm wartete gesattelt auf ihn und trug ihn rasch durch die verlassenen Straßen Askalons auf die Ebene hinaus.

Der König fand den schattigen Hain mühelos. Er war mehrmals mit Derwin dort gewesen und erinnerte sich an das Ufer am Waldteich, an dem der Einsiedler gern die heißen Stunden des Sommers zubrachte. Der Grabhügel war frisch und ordentlich mit Steinen bedeckt, ganz schlicht, wie Derwin es sich gewünscht hätte, und schon spitzten zarte grüne Grassprossen zwischen den Steinen hervor.

Lange stand Quentin vor dem Grab und betrachtete es nachdenklich. Ein wichtiger Teil seines Lebens war vorüber: die Zeit, die er gemeinsam mit dem Mann erlebt hatte, der beim einfachen Volk noch immer der heilige Einsiedler aus dem Pelgrin-Wald hieß. Für ihn hatte bereits ein neues Leben begonnen. Quentin war jedoch sicher, daß er seinen Freund wiedersehen würde, daß sie sich an einem Ort finden würden, an dem es weder Trennung noch Tod gab. Er war es zufrieden, bis zu diesem Zeitpunkt zu warten.

Hufegetrappel beendete seine stille Träumerei. Dort kamen

zwei Reiter, die absaßen und ihre Rösser an einem Pappelzweig neben seinem festbanden. »Ich dachte, ihr hättet Besseres zu tun, als durch die Landschaft zu jagen«, sagte Quentin.

Toli lächelte und faßte Esme an der Hand. »Wir wollten ungestört mit dir sprechen«, erklärte er. »Ich sah dich das Fest verlassen. Also folgten wir dir nach einer Weile.«

Als Quentin nichts erwiderte, warf Toli einen Blick auf die Frau neben sich, fuhr sich mit der Zunge über die Lippen und sagte: »Wir haben eine Entscheidung getroffen ...«

»Ach ja?« spottete Quentin. »War denn eine Entscheidung zu treffen?«

Toli schlug die Augen nieder. »Bitte, es ist uns nicht leichtgefallen.«

»Verzeiht mir«, sagte Quentin rasch. »Natürlich war es für keinen von euch beiden leicht. Und für mich wird es auch nicht einfach sein. Ich mache mich ja nur lustig, um euren Abschied leichter zu ertragen.«

»Unseren Abschied?«

»Ihr werdet fortgehen, das weiß ich. Aber es macht mich für euch beide sehr glücklich ...« Er hielt inne, als er den Blick gewahrte, den Toli und Esme austauschten.

Esme lachte freundlich und sagte: »Wir gehen nicht weg. Zumindest nicht gemeinsam. Noch nicht.«

»Nein?«

»Nein«, sagte Toli fest.

»Ich habe dich aus meinen Diensten entlassen. Du bist frei. Du und Esme, ihr ...«

»Wir können tun, was uns beliebt. Ja, aber wir haben uns entschieden.«

»Ich gehe nach Dekra«, fügte Esme hinzu. »Ich habe dort etwas gespürt, über das ich mir allein klarwerden muß. Ich spürte den Geist des Allerhöchsten in mir wirken. Ich empfing ein Traumgesicht. Vielleicht ruft er mich zu seinen Diensten.

Darum möchte ich zurückgehen: Ich muß mir Gewißheit verschaffen. Ich will alles mögliche über denjenigen erfahren, dem ich mein Leben geweiht habe, ehe ich mich auf ein Leben mit einem anderen Menschen einlasse.«

»Ich verstehe«, erwiderte Quentin nickend. »Ich weiß, wie dir zumute ist. Mir erging es ebenso, aber Dekra war anscheinend nie meine Bestimmung. Meine Zukunft folgt einem anderen Pfad. – Und was ist mit dir?« fragte er Toli.

»Ich bleibe an deiner Seite, Kenta. Ich sagte dir einst, daß es für die Männer meines Volkes keine höhere Ehre gibt, als einem großen Herrn zu dienen und ihm beim Erringen seines Ruhms zu helfen. Du hast mich wie schon einmal von meinem Eid entbunden, und ich erneuere ihn hiermit.« Toli sah Esme liebevoll an und drückte ihre Hand fester. »Wir lieben einander zwar und werden vielleicht eines Tages zusammenleben. Aber im Augenblick«, sprach er, und ein schelmisches Funkeln flackerte in seinen Augen auf, »im Augenblick mußt du mein Joch noch ertragen, mein König.«

»Und das anscheinend für immer.«

»Dann komm«, sagte Toli. »Kehren wir gemeinsam zur Feier zurück.« Nach einem Blick auf das Grab fügte er hinzu: »Wenn du soweit bist.«

Quentin betrachtete den schlichten Hügel und sagte: »Ja, ich bin soweit. Wir haben uns bereits Lebewohl gesagt. Er kam nämlich zu mir. In meinem damaligen Zustand gewahrte ich das allerdings nicht.

In den ersten grausamen Tagen, als ich meinen Sohn suchte, wahnsinnig vor Leid und völlig erschöpft, fuhr ich auf die heilige Insel. Vielleicht führte mich etwas dorthin. Doch wie dem auch sei, Derwin erschien mir dort. Jetzt weiß ich, daß er es war. Er sagte mir Lebewohl und versicherte mir, daß wir uns wiedersehen würden. Er wußte, wieviel es mir bedeutete, ihm ein letztes Mal zu begegnen. Da kam er zurück, um mein Vertrauen in den Allerhöchsten zu stärken. Hätte ich auf ihn gehört, ich hätte diese schwere Prüfung leichter und würdevoller ertragen.«

Toli sah seinen Herrn lange an und sagte schließlich: »Ja, Kenta, du hast dich verändert. Das erkannte ich, als du im Tempelhof standest und vorhin in der großen Halle. Du hast deine Schwächen als Mensch überwunden und bist dadurch erst recht zum König geworden – zum wahren Priesterkönig.«

Quentin zuckte nur die Achseln. »Ich weiß nur, daß ich nicht mehr darauf brenne, ein neues Zeitalter einzuläuten. Der Allerhöchste wird alles zu seiner Zeit richten.«

Die drei ritten über die Ebene nach Askalon zurück und hielten auf dem Weg an den Ruinen von des Königs neuem Tempel an. Dort gingen unerklärlicherweise Dutzende von Menschen zu Werke und räumten den Schutt auf. Unter ihnen erkannte Quentin seinen Baumeister und grüßte ihn. »Bertram! Was geht hier vor? Was tut ihr?«

»Majestät«, erwiderte der Mann mit einer Verbeugung, »wir bereiten alles zum Bauen vor.«

»Warum? Wer gab euch den Befehl dazu?«

Der alte Maurer kratzte sich am Kinn und neigte den Kopf schräg. »Niemand, Herr. Es war ein Einfall der Dörfler. Sie beharrten darauf, daß ihr neuer Gott einen Tempel bekommen solle. Sie wollen ihn selbst errichten. Natürlich nur mit deinem Segen. Wir werden uns an deine Pläne halten.« Dann eilte Bertram zu dem Schutthaufen zurück, um die Arbeiten zu beaufsichtigen.

»Siehst du das?« fragte Toli. »Das neue Zeitalter kommt mit Macht. Es hat schon begonnen. Willst du hierbleiben und mithelfen?«

Da blickte Quentin zum Firmament auf, an dem bereits die ersten Sterne wie Edelsteine funkelten, obwohl im Westen noch das Abendrot leuchtete. »Nein«, entgegnete er und lenkte Feuersturm heimwärts. »Kommt, der Allerhöchste hat sich andere

Hände ausgesucht, um diesen Tempel zu bauen. Es ist, wie es sein sollte.«

Bria kam ihnen auf dem Söller entgegen, der auf den Garten ging. Sie schlang ihre Arme um ihren Gemahl. »Ich habe mich schon gefragt, wo ihr geblieben seid.« Sie warf erst Toli und dann dem König einen Blick zu. »Ist alles in Ordnung?«

»Es könnte nicht besser stehen«, erwiderte Quentin und küßte sie auf die Wange. Im großen Garten unten strahlten überall im Laub der Bäume Laternen.

»Dann kommt zu Tisch. Das Bankett soll beginnen«, sagte Bria und führte die drei über den Söller. Die Türen zum großen Saal standen weit offen, und auf den langen Tischen sah man Speisen aller Art. Davor wartete eine unzählige Schar von Gästen auf die Aufforderung, Platz zu nehmen. Überall ertönte Musik, das fröhliche Gelächter der Menschen mischte sich mit dem sanften Abendwind und dem zarten Duft der Blumengirlanden im Saal und im Garten.

»Das Fest kann noch einen Augenblick warten. Zuerst möchte ich meine Kinder begrüßen. Ich will sie rasch aufsuchen.« Quentin eilte in den Garten davon und lief zwischen den Gästen umher.

»Ich erinnere mich an einen Abend genau wie heute«, sagte Toli, »als König Eskewar heimkehrte. Die Feier damals konnte sich mit der jetzigen messen.«

»Nein, nicht ganz«, entgegnete Bria ein wenig traurig. »Mein Vater kümmerte sich längst nicht so um seine Familie wie Quentin.« Sie lächelte und wies mit dem Kinn auf die Stelle, an welcher der König mit seinen Kindern zurückkam, eines auf dem Rükken, die beiden anderen in den Armen, alle in fröhlichem Lachen vereint. »Siehst du, er hat sich verändert.«

Toli zwinkerte und sagte: »Ein neues Zeitalter ist angebrochen, Herrin.«

»Wahrhaftig! Hoffen wir, daß es tausend Jahre dauert«, versetzte Bria.

»Zehntausend!« überbot Esme sie.

»Hoffen wir, daß es ewig dauert!« schloß Toli.

»Kommt mit«, rief Quentin, an ihnen vorbeilaufend. »Wir dürfen nicht zu spät auf unser Fest kommen!« Er schritt mit seinen Kindern durch die Tür, Bria an seiner Seite. Toli und Esme folgten ihnen. Alle gingen sie zur Hochtafel, wo bereits Ronsard und Teido saßen, außerdem Rennu mit seinen Eltern und der Kesselflicker Pym, Ruffo zu Füßen, und all die übrigen Ehrengäste.

Quentin griff nach seinem Kelch, hielt ihn empor und sprach: »Willkommen, liebe Freunde! Der Schmaus möge beginnen!« Da setzten sich alle nieder und feierten in der Halle des Drachenkönigs.

Stephen Lawhead

In der Halle des Drachenkönigs

Die Saga des Drachenkönigs. Roman. Aus dem Englischen von Frieder Peterssen. 397 Seiten. Geb.

Mensandor steht unter der Herrschaft des gierigen und ungerechten Prinz Jaspin. Nun soll der junge Novize Quentin das Land befreien und in die Hände des gütigen Königs Eskevar zurückgeben. Quentin muß seinen ganzen Mut, seine Tapferkeit und seine Standhaftigkeit unter Beweis stellen, bis er schließlich alle Gefahren und Mutproben wohlbehalten überstanden hat.
Damit beginnt der erste Roman eines neuen Abenteuerzyklus.

Die Kriegsherren des Nin

Die Saga des Drachenkönigs. Roman. Aus dem Englischen von Frieder Peterssen. 397 Seiten. Geb.

Diesmal wird Quentin vom gierigen Herrscher Nin herausgefordert, der das Königreich Mensandor und seine friedfertigen Bewohner bedroht. Doch einem Traum und einer Weissagung zufolge ist Quentin als Priesterkönig auserkoren, dem grausamen Herrscher mit Mut und List die Stirn zu bieten.

Stephen Lawhead

Taliesin

Sänger und Seher. Aus dem Englischen von Frieder Peterssen. 576 Seiten. Serie Piper 2611

Die Sage der Atlanter, die in England eine neue Heimat fanden, und die Liebesgeschichte von Taliesin und Charis bilden in »Taliesin« den Auftakt zu Stephen Lawheads großangelegter Pendragon-Saga.

Im Mittelpunkt des zweiten Bandes der Pendragon-Saga steht

Merlin

Magier und Krieger. Aus dem Englischen von Frieder Peterssen. 528 Seiten. Serie Piper 2612

Der dritte Band der Pendragon-Saga ist das fesselnde Epos über König

Artus

Der legendäre König. Aus dem Englischen von Frieder Peterssen. 538 Seiten. Geb.

Den Abschluß der Pendragon-Saga bildet der vierte Band

Pendragon

Artus auf dem Weg zum heiligen Gral. Aus dem Englischen von Frieder Peterssen. 485 Seiten. Geb.

Mensandor
Die Siebe
Koryth
Gerfallen
(Das Meer)
Waldsand
Flachlande
Malmar
Worsto
Wilst
Kartwart
Lindalien
Askalon
Pelgrin-
Wald
Malr
Belwies
Arwen
Wilst
Herwüt
Zelbak
Wal
Narramur
Hoch-
tempel
Towin
Erlott
Hinsenbucht
Fiskills
Siplet
Manerlin
Endon
Heilige
Insel
Perach
Ödland
Gerfallen
Sud
land
N
Garre
Dorn
Kelkins
Drin
Heradrin